夜行猫
网络文学作品丛书

长篇小说

汴京上元局

牛凳 著

海峡出版发行集团
海峡文艺出版社

图书在版编目(CIP)数据

汴京上元局/牛凳著. －福州:海峡文艺出版社,
2022.11
ISBN 978-7-5550-3163-5

Ⅰ.①汴… Ⅱ.①牛… Ⅲ.①长篇小说－中
国－当代 Ⅳ.①I247.5

中国版本图书馆 CIP 数据核字(2022)第 195262 号

汴京上元局

牛　凳　著
出 版 人　林　滨
责任编辑　陈　瑾
编辑助理　吴飓茉
出版发行　海峡文艺出版社
经　　销　福建新华发行(集团)有限责任公司
社　　址　福州市东水路 76 号 14 层
发 行 部　0591－87536797
印　　刷　福建新华联合印务集团有限公司
厂　　址　福州市晋安区福兴大道 42 号
开　　本　720 毫米×1010 毫米　1/16
字　　数　275 千字
印　　张　18.5
版　　次　2022 年 11 月第 1 版
印　　次　2022 年 11 月第 1 次印刷
书　　号　ISBN 978-7-5550-3163-5
定　　价　58.00 元

如发现印装质量问题,请寄承印厂调换

目　录

第一章　东京城中地理鬼

大宋宣和三年（1121），正月十二。

离上元佳节，还有三日。

尽管东南烽火正急，崇德、秀州数县尽皆沦陷在南方反贼方佛儿的铁蹄之下，但随着宋江一伙流寇舍了河朔要地，自沭阳乘船出海，北上海州而去，饱受惊吓的东京百姓们，反而松了口气，得享一时安宁。所以上元节虽未至，但整个东京城中，已是花团锦簇，街流如织，市灯如昼，提前弥漫起上元节喜庆的气氛。正因如此，东京城中的勾栏瓦肆，也是一反过往年余逐渐萧条的景象，人声鼎沸，格外繁盛。

东京城的街头上，孟迁一身皂色短褐，脸上挂着狡黠的笑容，混迹在如潮的人群中，一双黑白分明的眸子，不断在来往的行人身上扫视。作为"闲汉"行当中的翘楚，他在这桑家瓦子中大小也算个名人了。因为揽客的手段一绝，勾栏中说书唱曲、表演杂耍的艺人，都乐得与他亲善。虽说这小子讨赏时胃口比谁都大，但他拉来的客人，出手却也都是一等一的阔绰，时日久了，大家也就默认他的例钱比其他闲汉要高一筹了。

"客官，这任小三的杖头傀儡可是一绝啊，客官不去看上一看吗？"

"踏索的把式啊，只要三五文，便可一览高空飞人的刺激，这样的好事哪里寻啊？"

"梅花棚的说书天下第一，走过路过还不来听一听哟……"

眼看身边的闲汉同行都已经开始揽客，孟迁却是半点儿都不着急，依然站在原地，四下打量着。他能在这个竞争激烈的行当做出头，奉行的就是"轻易不开张，开张吃到饱"的准则。

又等了片刻，他的眼睛才猛地一亮，露出了看到"肥羊"的欣喜。

1

在离他不远处，有三人正缓缓走来。为首一人是个道士，方鼻阔口，一身鹤氅，哪怕时值隆冬，手中也依然擎着一柄鳖壳扇子，一派仙风道骨；在他身后，跟着两位壮士，一人作头陀打扮，腰佩两把雪花镔铁戒刀，神色不怒自威；另一人剑眉星目，着一袭锦缎襦袄，衣襟半敞，结实的胸膛上隐约能看到一幅水墨山川的刺青。

这三人有僧有道也有俗，孟迁只看了一眼，就笃定他们肯定是刚从外地来京的生客。

凡是城中生客，能来此处的，大多出手阔绰。有时候耍开心了，一通赏钱下来，足够他歇上十天半个月的。这是孟迁多年做街头闲汉攒下来的经验。

"这几个活财神，小爷定要拿下来！"孟迁心里嘀咕了一句，挤出一个谄媚的笑脸，快步迎了上去。

此时，那三名生客已经被另外揽活儿的闲汉给截住了，但孟迁可不管那么多，肩膀一拱，就把那先到的闲汉给挤到一旁，讨笑道："几位客官是刚到我们东京吧？那找小可就对了！真不是小可胡吹大气啊，在这东京城里，除了官家的宫城内院进不去，其他吃喝玩乐之地，小可都能给几位妥妥当当地带到地方！"

"孟小二！"那名闲汉没想到半路里杀出个程咬金来，看清孟迁的面目之后不由大怒，骂道，"你怎的半路截胡，还懂不懂规矩了？"

孟迁认得此人叫刘黑子，也是桑家瓦子闲汉中的狠角色，素来霸道。但肥羊当前，他自不会示弱，反唇相讥道："规矩？什么规矩？我就知道，我们做闲汉的，把客官伺候得舒舒服服，给他们推荐最好的把式，带他们去最好的地方耍乐，这才叫规矩！你若办不到，便休要在此搅闹！"

他这话说得颇有几分技巧，顿时把刘黑子噎得半死。

这也难怪，刘黑子平时多是靠纠集兄弟欺行霸市来谋生，但论起门道，就远不如孟迁这个地理鬼精熟了。现在孟迁摆明了就是要跟他拼服务，他又能奈得几何？

"哈哈哈，有趣，当真有趣。"那为首的道士闻言，摸着胡须笑了起来，"既然这位小哥如此有信心，那贫道便挑你做向导了。但你若是夸下海口却办不到，可休怪咱们不与你干休。"

"放心，包在小可身上！"孟迁大喜，把胸脯拍得砰砰响。

刘黑子不甘心，还要再说，那道士已然面露不耐之色，旁边的头陀立刻会意，眼睛一瞪，怒喝道："兀那厮儿，还不退下！可是要惹洒家哥哥发怒吗？"

刘黑子在这桑家瓦子也算是个狠人了，但对上头陀充满煞气的眼神，不由得瞬间败退。

"孟小二，你等着！咱们骑驴看唱本——走着瞧！"刘黑子不敢再搅扰这几名豪客，只得对孟迁放狠话，随后便骂骂咧咧地走了。

"此人心怀怨怼，过后怕不是会找小哥你的麻烦啊！"道士看着刘黑子的背影，若有所思道。

孟迁冲着刘黑子走的方向啐了一口："怕什么！小可虽不惹事，但也不是谁人都可欺辱的。"啐罢，他又堆起讪笑，对三人讨好道："三位客官，咱不说那败兴玩意儿了，还是让小可给客官们挨个介绍一下这桑家瓦子中的好玩把式吧！不知该怎么称呼三位客官哩？"

道士笑道，"贫道俗家复姓公孙，你叫我公孙道长便是，这位壮士姓武，曾任阳谷县步兵都头，你可唤他武都头，这位是燕小乙，你……"

燕小乙看着孟迁温和一笑："我比你痴长几岁，你唤一声燕兄吃不了亏。"

"岂敢，岂敢。"孟迁在勾栏瓦肆中混迹这么多年，难得见到这么平易近人的豪客，竟不由得生出几分受宠若惊之感。

"无妨。江湖儿女，哪有恁多规矩？"燕小乙爽朗笑道，"玩乐之事也暂且不急，我等初来乍到，想在这城中四下里看看，也好体会一下东京繁华。当然，你也休要担忧短少了例钱，我等皆也不是吝啬之人。"

说着，燕小乙就把一个沉甸甸的钱袋抛到了孟迁手中。孟迁下意识接过，初时只觉得手上一沉，待到扯开钱袋，看着里面串得整整齐齐的一贯铜钱，呆住了。他上次听说书人讲古，说东坡先生当初在黄州任团练副使时，月俸也才不过七贯钱而已。如今这随手一抛的赏钱就足足有一贯之多，足够他和嫂嫂、小妹的三口之家饱饱地吃上一个月了。

当真是一笔天降横财了！

"这……实在太多了，不用这么多的……"孟迁嘴上说着客气话，手指却已经出卖了他的真实想法，紧紧攥着钱袋舍不得撒手了。

"拿着吧!"燕小乙看出他的不舍,笑道,"送出去的赏钱,便断没有收回的道理,只要你尽心尽力当向导便好!"

"那是自然,那是自然!"孟迁连连点头,大包大揽道,"您几位尽管放心,包在小可身上便是!"

接下来一整天的时间,三人居然真的就让孟迁带着他们在这东京城中兜兜转转,而且这几人也是奇怪,大相国寺等香火旺盛的宫观寺庙不去朝拜,勾栏瓦肆也只是浅尝辄止,反而对一些荒僻破败的长街陌巷颇感兴趣,看了一条又一条,问题还恁多。

也亏得孟迁是在这东京城中长大,若要换了旁人,还真未必招架得住他们这古怪的癖好。

如此一直逛到日薄西山,公孙道士等人才叫歇罢,今日城中闲逛,到此为止。

这就完了?

这恐怕是孟迁操持闲汉勾当以来,挣得最轻松的一笔钱财了。

不过,既已事了,孟迁自然也不多做停留,与三位出手阔绰的豪客拱手拜别,然后一路向南,从保康门出了内城,沿着下土桥大街又继续走了五里有余,回到了自己燕居的安仁坊。

第二章　上元夜欲登西楼

此时正是用晡食的时候，安仁坊中家家户户炊烟袅袅，孟迁家中自也不例外。

"嫂嫂，我回来了!"孟迁一进家门，神情就变得温和起来。

"二叔回来了啊。"话音刚落，一个美少妇就擦着素手，从后厨迎了出来。

只见此女荆钗布裙，不施粉黛，但却有一种清水出芙蓉的纯净之美，配上少妇的风韵和妩媚，足以令任何男人魂不守舍。但孟迁看到她，却只是露出温和的笑容。因为她正是孟迁的寡嫂杜秀娘，嫁入孟家已经七年有余。

在孟迁的父兄都战死沙场、母亲也伤心病故之后，是她把年少的孟迁和妹妹孟晓莲拉扯长大，其间不知经历了多少辛酸苦楚，对孟迁兄妹来说，就是亦嫂亦母的存在。

"嫂嫂，今日我可是大发利市，晓莲这个月的汤药钱可有着落啦!"孟迁哈哈笑着，像献宝一般把那装着一贯钱的钱袋摆在了桌上。

"这么多?!"杜秀娘也被吓了一跳，用狐疑的目光看着孟迁，问道，"二叔你莫不是做了甚昧良心的勾当吧? 不然怎会一日之内，得了如此多的例钱? 嫂嫂可告诉你啊，咱老孟家穷归穷，但伤天害理的事可做不得，须知你父为你起名孟迁，便正是取了孟母三迁的典故，希望你能择善而处之。你父兄都走得早，光耀门楣就指望着你了，你可莫要一失足成千古恨啊!"

"嫂嫂你误会了。"孟迁怕惹杜秀娘忧心，忙解释道，"我做的还是往日那些活计，只不过今日遇上了几个出手阔绰的豪客，比往日多了些赏钱。我又岂会去做那些伤天害理的勾当呢?"

"如此便好。"杜秀娘幽幽一叹，自责道，"唉，都怪我这当嫂嫂的没用，若是我的香囊生意能再好上一些，你也可以找份正经营生，不必再去勾栏瓦肆之中厮混了，也省得嫂嫂整日里提心吊胆的。"

"嫂嫂切莫这般说。你对我们兄妹的大恩大德，此生难以回报万一！"孟迁最受不得这股子悲戚的氛围，一边说一边逃也似的向里间走去，口中喊道，"嫂嫂莫要胡思乱想了，我先去看看晓莲。"

来到里间，床榻上躺着一个面黄肌瘦的小娘子，时不时还咳上两声，但她一看到孟迁，就露出了甜甜的笑容："二哥，你回来了！"

她正是孟迁的妹妹孟晓莲。

孟晓莲已经十四岁了，但因为身染怪病，身量看着只像个八九岁的稚童，而孟迁每个月拼命挣例钱，也是为了给她延请大夫诊病。只可惜她这恶疾当真古怪得紧，问遍整个东京城的大夫都束手无策，每个月只见银钱流水似的花出去，好好一个家已是四壁徒然，却也只能堪堪吊住小娘子的性命。

"妹子今日身子可好些了？"孟迁笑着摸了摸床榻上孟晓莲的头。

"嗯呐，感觉身子一日好似一日了呢！"孟晓莲乖巧地回答道，好宽孟迁的心。

"二叔，你去帮我看着后厨的锅灶，莫要把哺食烧煳了。"杜秀娘跟进来道，"我帮晓莲穿衣，待会儿一起用膳。"

"善。"孟迁应了一声，转身往庖厨而去。

但是他才走出房门没几步，忽听后边传来杜秀娘和孟晓莲的惊呼。

"你是谁？为何闯我家来？"

"二哥救命！"

"什么人？！"孟迁闻言一惊，宛如被毒蜂蜇到一般，猛地转身。

他的手下意识探入怀中，再拔出来时，多了一把防身用的匕首。嫂嫂和妹妹，已经是他在世上唯有的两个亲人，不管是什么人擅闯私宅，想必都来者不善，就算赔上自己的性命，他也决不允许任何人伤到她们！

当他回过头快步进来里间时，就见一个怪人兀立在孟晓莲的病床前，而杜秀娘双目紧闭，像是昏迷了过去，也已经落在这人手中。

乍一看，这怪人有着两撇快刀一样的浓眉。如将他的五官分开来端详，瞧着端端正正，但不知为何，这五官拼在一起，却总给人一种皮影戏人偶的怪异感。

"放开她们！否则小爷定让你好看！"嫂嫂和妹妹眼下被对方治住，孟迁不敢轻举妄动，但这个怪人身上透着一股危险的气息，让他如临大敌。

"呵。"怪人用白多黑少的眼珠扫了孟迁一眼，从牙缝里挤出一声不屑的冷笑。

"直娘贼！"孟迁火撞顶梁门，不顾一切就要往上冲。

"咳咳！"就在这时，旁边突然响起一声轻咳，"孟小哥，少安毋躁。"

孟迁霍地扭头，循声望去，只见几道熟悉的身影，正笔直地坐在厅屋的方桌前，目光冷肃，注视着自己。

"是你们？"孟迁顿时皱眉，他一眼就认出来，这几人正是不久前才分道扬镳的公孙道士一行。

道士微笑颔首，冲怪人使了个眼色："时头领。"

怪人会意，立刻把杜秀娘放在床上，但还不等孟迁松口气，他又拿出一支竹管，对着惊恐的孟晓莲脸上一吹，小娘子立刻眼睛一闭，也昏迷了过去。

"你给我嫂嫂和妹妹下了蒙汗药？"孟迁眦眦欲裂。

"孟小哥无须忧虑，这蒙汗药与江湖上流传的方子不同，乃是由一位神医亲手调配，对人无毒无害，于她们而言，不过是睡上一觉而已，醒来也不会记得我们来过的。"公孙道士轻笑道。

在他说话的同时，那名怪人也径直从杜秀娘和孟晓莲身边离开，走到道士身后站定。

孟迁见状，心口的大石头方才落下去一点，便板起脸问道："各位如此行事，究竟意欲何为？"

"自然是请孟小哥继续当我们的向导。"公孙道士道，"只不过往后要做的事，有点风险，想来孟小哥也不想令嫂和令妹听了担心吧？"

孟迁嘴角抽了抽："小可与各位的生意已经做完了，寒舍也不欢迎诸位，还请莫要为难小可。"

"啪！"那名头陀把戒刀往桌上重重一放。"锵"的一声，刀锋竟然自己从鞘中跳出半尺，刀刃寒光耀眼，刀吟悦耳，一看就是吹毛断发的神兵利器。

"做没做完，你说了不算数，先问过洒家的刀才算！"头陀冷硬道。

"你……"孟迁气苦，但在这些一看就杀人不眨眼的江湖客面前，他又实在硬气不起来，只能深吸了一口气，恨恨道，"诸位，这东京城里的闲汉何止百千，各位又何必为难小可这个后生晚辈呢？"

"哈哈哈，你可不是什么普通的后生晚辈。"公孙道士抚须大笑起来，"你孟小二祖上乃是兵部职方，专司堪舆图样，传到你这一代，虽家道中落，但你家学渊源颇深，又是自幼在这城长大，因此东京四河三十二桥，八厢一百二十坊，就没有你孟小二不熟的，人称'东京地理鬼'，贫道说得对否？"

孟迁一听，顿时明白这几人压根不是什么偶遇的豪客，而是专门冲着自己来的，不由气恼道："好，好，好，孟某本想在街上揽个肥差，没承想却早已是诸位眼中的肉、盘中的餐。如此，孟小二认栽！诸位有何索求，尽管说来便是，只要不伤了我嫂嫂妹子，便是要了孟某这一条命去，我也认了！"

"孟小哥说笑了，我等岂是那平白无故破门杀人劫财的匪盗？"一直对孟迁态度温和的燕小乙笑道，"今日来寻孟小哥，是要做一件利国利民的大事，正需小哥助一臂之力罢了！"

见过这僧道俗三人还有那个怪客的行事作风之后，孟迁对他们所谓的利国利民之事，当真是半个大字都不信。这几人一看就是刀头舔血的强人，说他们杀人越货孟迁信，但救国救民这等大事，跟他们真心无甚干系。不过他也知道自己眼下没有反抗的余地，只得无奈地摇了摇头，道："孟某手段不如人，诸位但有吩咐，尽管开口便是。"

公孙道士听出他言语里的怨气，不由得笑道："孟小哥何必如此作态？贫道等人当真对你没有恶意，不但没有恶意，还会给你大大的好处……"

说罢，他右手轻轻挥了挥，头陀马上从怀中掏出一锭银子，啪的一声，扣在桌上。公孙道士把银子向孟迁推了推，诚恳道："这只是定金，若是孟小哥能助我们成事，后续的好处，十倍不止！"

孟迁看着那锭白灿灿的银子却只是苦笑，向来贪财的他从未如此刻一般，觉得这赏钱拿得是如此烫手。

"再大的好处，也要有命享受才行。"他叹息道，"罢了，诸位究竟要小可做何事，不妨细细道来，也省得小可本事不足，误了诸位的大事。"

"哈哈，此乃易事尔。"一听孟迁应承，锦衣秀士燕小乙继续接过茬，说道，"我等北地之士，久慕东京繁华。故希望孟小哥可以在上元之夜，助我等兄弟登上樊楼西楼，一观这花灯如昼的东京城！"

燕小乙说得风轻云淡，但孟迁心里却是顿生惊涛骇浪，忙不迭摇头，断然拒绝道："此事……办不到！"

第三章　饭肆惊闻公门事

头陀闻言，豹眼一瞪，怒视于孟迁，森然道："说好的除了皇宫内院，无处不可去呢？洒家可是警告过你，若夸了海口却做不到，要唯你是问的！"

"我的个天老爷哟！"孟迁闻言，不由得叫苦连天，"诸位便是新来东京，也当知晓那西楼是什么地方吧？那可是燕馆行首李师师的雅阁。她可是当今官家的心头肉，诸位让我带你们去那地方，还不如去宫城内院呢，至少死得还利索点！"

公孙道人想了想，又掏出一锭银子。但孟迁却把头摇得跟拨浪鼓似的："这不是银子的问题！"

头陀面露不耐之色，威胁道："你可要想清楚了！现在你的嫂嫂与妹子的性命，可都还在洒家手里捏着呢！带我们去西楼，未必会死。但不去，现在立刻便要死！"孟迁闻言，眉头一皱，心头无明之火，腾地就蹿了起来。

就在这时，公孙道士瞪了头陀一眼，责道："武都头，休要胡言！"

孟迁沉默数息后，忽地一笑，昂然道："嫂嫂与妹子，乃是孟某的逆鳞，谁若触之，我便是拼着万劫不复，也要取他的命！"

那被唤作武都头的头陀也是个心高气傲之人，闻言冷笑一声："就凭你？"

"武都头，弱犬还知护母，何况人乎？"

燕小乙对武都头摆了摆手，然后对孟迁说道，"孟小哥，刚刚是我武家兄弟冒失了，我替他向你道歉。"

"道歉就不必了。"孟迁走上前，把银子推了回去，沉声道，"孟某算是看出来了，今天我若是不应承你们，恐是难以善了。孟某也非怕死之人，但想要我陪你们冒着掉脑袋的风险走一遭，这个价钱……呵呵，怕是不够！"刚刚的瞬息之间，孟迁的心中就有了计较，既然要冒死一搏，那怎么也得把妹子将来的

9

汤药钱讨到手再说。

公孙道士闻言，沉思了片刻后，颔首道："贫道懂了！"说着，他站起身，走向里间沉睡的杜秀娘和孟晓莲。他走到床前，摸了摸孟晓莲的脉搏，又捏开她的小嘴看了看舌苔。

孟迁大急："你要作甚？"

"放心，贫道不傻，既有求于你，又怎会伤你妹子？"公孙道士轻笑一声，道，"经我观瞧，令妹气血两虚，患这怪病已经有不少年头了吧？"

孟迁怔了怔，凄苦一叹："大夫说是胎里病，无药可医，唯有不断进补，多活一天算一天了。"

"呵呵，庸医误人！"公孙道士摇头失笑，径直从怀中取出一枚丹药，塞入孟晓莲口中，又让那怪人时头领端来清水，化开服食。

"你给我妹子喂的是什么？"孟迁虎问道。

"你就偷笑吧，小子。"武都头在旁漠然说道，"此药乃俺们寨中安神医亲手炮制的灵药，包治百病，生死人肉白骨，便是只有一口气，也能从阎王爷那里把命抢回来。就这一丸药，便是千金不换的至宝，令妹今日有幸吃上一丸，乃是她天大的福分，莫要不识好歹！"

孟迁瞪大了眼睛，将信将疑。但说来也怪，孟晓莲服药之后不久，呼吸就平顺了许多，而且往日她睡梦之中，都苦于梦魇纠缠，今日却是睡得颇为香甜，苍白的小脸也浮起一丝血色，看着恬静安然，惹人怜爱。

"果真有效！"孟迁见状大喜，对公孙道士感激道，"多谢道长赠药之恩！"

"你先不忙谢贫道，听完了怕是还要恨贫道。"公孙道士摆了摆手，笑道，"此药虽然神效，但必须日服一丸，连服月余，方可痊愈，其间一日都不得断，断上一日，旧疾卷土重来，若是断上三日，呵呵，病入膏肓，便是大罗金仙来了都救不了了。"

孟迁大怒，拳头猛地握紧，捏得骨节"嘎嘣"作响。几息过后，他缓缓抬起头来，对上公孙道士那双似笑非笑的眼睛，满腔怒火宛如被冰水浇灌，顷刻间消散得无影无踪。

"罢了！"他无力地叹息一声："为了我家小妹，这趟西楼便是刀山火海，我也去！"

翌日。

孟迁起个大早，和嫂嫂妹子打了个招呼，便出了安仁坊。

正如公孙道士说的那样，中了他们秘制蒙汗药的杜秀娘和孟晓莲，在醒来之后，浑然记不起他们家有外人造访过。至于公孙道士一行人，交代孟迁等他们的消息之后，便离开孟家，不知去向。

从东京外城，走了一路，到了内城。

孟迁的肚子"咕咕"地叫了起来，空着腹离开家，这会儿饿极了。他倒也不亏了自己，径寻了道旁一间兼卖食次下酒的茶饭肆，随手扔出一枚铜钱，叫了一碗菜粥、一个炊饼。

不一会儿，吃食便上齐了。他正呼噜吃着过瘾时，忽然身旁不远处，坐下了两个身穿步人甲、外罩紫色绣衫的公门中人。

两人才坐下，就听那一名方面大耳的公人压低了声音询问道："刘校尉，不知上头今日为何突然下令，要我等搜索全城啊？"

"据说有反贼匿迹入城，欲在上元之夜，行不轨之事。"刘校尉说着，信手抓起桌上的炊饼掰了一块放进口中咀嚼了起来。

孟迁隐约听到"反贼入城""上元之夜"，心里忍不住"咯噔"了一下，耳朵本能地一下就支棱了起来。

"东京人口足足百万之众，要在这茫茫人海中找出区区几名反贼，从何找起呀？简直就是大海捞针嘛！"方面大耳的公人似有不耐，声量不由高了一些。

"大海捞针也要捞！"刘校尉瞪了他一眼，训道，"蔡相可是给咱们指挥使大人下了死令，三日之内，不管是大海捞针，还是掘地三尺，都要把这伙反贼翻出来。不然的话，就让他人头落地！若是指挥大人都掉了脑袋，我等职属还能有安生日子过？"

"啊！这……"方面大耳的公人脸色大惊，有些难以置信地说道："这反贼年年闹，咱的日子还不是照过不误？为何此番竟如此严重？"

"你以为这伙反贼是寻常毛贼？"刘校尉剜了他一眼，郑重其事地说道："据说前日刘镇将军在秀州大破逆贼方七佛一部，从贼兵巢穴中搜出不少有用的文书。"

"方七佛？南方大寇方腊的人？"方面大耳公人又是一惊。

刘校尉嗯了一声，继续说道："刘镇将军在一封贼党往来的书信中发现，方七佛这群胆大包天的逆贼，竟然打算在上元夜，趁官家登上樊楼西楼，与师师行首密会之时，刺杀官家！"

"咳，咳，咳！"刘校尉话音刚落，孟迁便猛地一呛，一口菜粥差点全从鼻孔里全喷了出来！

第四章　无忧洞中厉鬼娃

南方反贼方腊的人，竟然想趁上元之夜，在樊楼西楼刺杀当今圣上！孟迁惊出了一身冷汗！

昨天那几个怪人百般威胁自己，就是想在上元之夜登樊楼上西楼……孟迁赶紧放下粥碗，在两位公人略有些惊诧的注视中，起身离开了饭肆。

来到街上，没走多远，他脸上微微异样，随后转进一条不知名的小巷子里。走着走着，他倏地驻足转身，就见着十几步之外，公孙道人一行人正尾随着他。

"你们跟踪我？"孟迁心头火起。

"孟小哥说笑了，这东京城，你闭着眼睛也能将我等甩掉。"公孙道人笑道，"不过是恰巧偶遇罢了！"

武都头望着他冷冷道："废话真多！某家问你，此时已是巳初，离上元夜不足三日了。睡了一夜，你可曾想出登楼之法？"

孟迁想起刚刚在饭肆里听到的话，不由满心踌躇，正想设法拖延一二时，公孙道人却像看破了他的心思，笑道："若是孟小哥还没有好的法子，那贫道倒是有一法。"

孟迁没想到对方会这么说，不由怔了怔。

"贫道听闻有一处妙地，此间之妙人，可助我等达成目的。"

"既有妙人，道长又何必舍近求远来找小可？"孟迁抢答道，"不若道长把舍妹的药交出，小可定当守口如瓶，就当从未见过几位，如何？"

"孟小哥说笑了，若无用你之处，贫道又何须多此一举？"公孙道人缓缓道，"只是那妙地、妙人不知真假，贫道原想若是孟小哥能助我们上西楼自是再好不过。若是无法，时不我待，我等也只能碰碰运气。不过那妙地，也是须得有小哥这个'地理鬼'领路方可啊！"

孟迁蹙了蹙眉："不知道长要去往何处?"

公孙道人盯着他的眼睛,一字一顿道:"无、忧、洞。"

"什么?!"孟迁像是想到了什么,脸色骤变,脱口而出道,"你们不会是想找那厉鬼娃娃帮忙吧?"

"孟小哥果然也知此人。"公孙道人微微一笑。

"怪力乱神之说,不可信,不可信。"孟迁把脑袋摇得像拨浪鼓。

身为东京本地人,公孙道人开了个头,他就知道对方的企图是什么了。无忧洞便是这东京城地下的暗渠系统,与其他城池的暗渠大有不同。汴梁所处之地,在古时便有城池。大宋定都之后,更特意延请名家,在五代古城的水渠基础上,进行了额外的修缮和拓宽,其后连年不绝,时至今日,已经形成庞大的地下管网系统。据坊间传闻,在修葺暗渠的过程中,甚至还有人发现过埋藏在地下的先秦城郭,虽不知真假,但管窥蠡测,这个地下世界的庞大可见一斑。这些暗渠错综复杂,高可容人,不少走投无路的亡命徒便寄宿其间,美其名曰:"无忧洞"。而像这种黑暗的藏污纳垢之地,自然也会诞生出不少的怪诞传说,孟迁刚刚提到的"厉鬼娃娃",就是在东京各大勾栏瓦肆间流传得最广的一则。传说厉鬼娃娃乃无忧洞中戾气所聚化为鬼神,堪称神通广大,走投无路之人如有幸找到它的祭坛,叩头祈求,它就会现身相见,但有所求,无不应验。

"所以你们是想靠我在无忧洞中帮你们寻找它的祭坛?"此时的孟迁经过了一开始的惊诧后倒是镇定了下来,语气中多了些不以为然,"小可看诸位都是大英雄大豪杰,想不到也会信这种愚夫愚妇的无稽之谈。"

公孙道人无视了他的后半句话,只道:"听说无忧洞下形如迷宫,除了孟小哥,我们也想不出其他人能祝我们一臂之力了。"

孟迁还要劝说,武都头已不耐道:"休得废话!你只管带我们下去便是,至于传言是真是假,与你何干?"

孟迁顿时气苦,也再懒得与这帮人废话。直直将人带到了安仁坊外,指着一处散发着阴风恶臭的暗井,说道:"这便是你们要下的无忧洞。"

公孙道人闻言,点燃早就准备好的火把,毫不犹豫地跳了下去,武都头自然也是如影随形,走在最后的燕小乙则伸手一提,自己下去的同时,把还在犹豫的孟迁也一道拉了进去。

待一行人全都下到井中之后，才发现这里头赫然别有洞天，一人高的拱形穹顶被雕刻了兽首的立柱撑起，脚下则用平整的石板铺成一条笔直的廊道，污水就从廊道中央的沟渠中流过，虽然难免还有异味，却不会沾染鞋袜分毫。

燕小乙温声道："还请孟小哥带路。"

虽是请求，但他话语中却蕴含着不容辩驳之意。孟迁无语，从怀中默默取出一截炭笔，然后以地为纸，不断测算着什么。

"孟小哥这是作甚？"燕小乙询问道。

孟迁头也不抬："找路。"

公孙道人挑了挑眉："厉鬼娃娃的祭坛？"

"不错。"孟迁说话间已经完成了计算，把炭笔一收，道，"算出来了……这边！都跟上来，莫要在无忧洞中走丢了！"

言罢，他选了个岔道，笔直地往黑暗中走去。公孙道士见状，冲不远处的阴影打了个手势。那个鬼魅般的时头领不知何时也出现在这无忧洞中，身影在黑暗中一闪而逝，紧追着孟迁的脚步。孟迁听见身后脚步，也不作声，只是每走出一段，就借着火把的光芒不断察看周围的环境，然后计算一番。

看他在洞中各处暗渠轻车熟路的样子，燕小乙忍不住问道："孟小哥可是这无忧洞的常客？"

孟迁分心二用，笔下演算不停，嘴上还飞快回答道："没，我也是第一次下来。"

"第一次来？"众人意外，"却是不像啊。"

他们这一路走来，已经拐过数个岔口，除了藏在暗处的时头领还能靠暗记辨别方向之外，其他人都颇觉晕头转向，此时听说孟迁也是初来乍到，都不禁有些诧异，而诧异过后，多少也有些忧虑。

似乎感觉到众人心中所想，孟迁缓声道："小可虽未下来过，但家祖遗留的书籍中，却是有这无忧洞的相关记载。诸位寻我相助，不正是看上了家祖的职权吗？"

众人闻言，心下稍安。

孟迁祖上职方乃户部属官，专司山川地理、堪舆之图的绘制和管理。无忧洞再如何神秘，终是在天子脚下，想必孟迁对其的了解，便是从其先人处得来。

但他们不知道的是，孟迁所说，也并非言无不尽。他对无忧洞的了解，的确是出自先人不假，但却并不是什么家学渊源。他出生的时候，这个出任职方的祖上，早已故去多年，户部的堪舆图册又不可能搬回家作私人收藏，因此他对于自己祖上事迹的了解，其实也仅限于自己家人口中的只言片语。真正开启他对堪舆图爱好的，其实是一本幼时从家中故纸堆中翻出的无名图谱。那上面赫然记载着许多东京城不为人知的密道和地底无忧洞的走法。严格来说，此物应当算是禁书了，只是不知怎么被他祖上留了下来，孟迁又肯钻研，这才有了如今"东京地理鬼"的名号。他小时得到那本无名图谱的时候，就曾动过进无忧洞探险的念头，但还没进洞，就被他父亲提溜了回去，吊在房梁上狠狠鞭笞了一顿。那也是他第一次听到厉鬼娃娃的传说。

"迁儿，不要靠近无忧洞……永远……不然厉鬼娃娃就会摇动他无声的铃铛，把你带去伸手不见五指的地底献祭，你就再也回不来了……"

父亲虽然已经不在，但谆谆嘱咐，却在孟迁的记忆深处中，永远根植着。那次经历，成了他儿时长久的阴影，以至于在那之后，他再也没有踏足过无忧洞附近，直到今日。

孟迁摇摇头，把这些不愉快的回忆抛之脑后，带着公孙道士等人又在幽深的地底绕了起来。这一次，足足绕行了一刻钟后，一间风格迥异的暗室，出现在了众人眼前。剥蚀的四壁上刻着古老诡异的壁画，暗室中央，一个渗透着暗红色泽的神坛无声伫立。孟迁脚步一顿，仔细打量着火光下的神坛，眼神中藏着隐隐的忌讳，童年时期父亲的告诫，到底是在他心里留下了阴影。

还是燕小乙开口问道："这里便是那厉鬼娃娃的祭坛？"

孟迁不置可否："小可劝你们还是不要抱太大希望为好，毕竟都是坊间传言，做不得数。"

"便是试一试也无妨嘛!"公孙道人笑了笑。

祭坛找到了，接下来就是谁去磕头了，但公孙道人一行都自诩英雄人物，自不可能朝着这个不知真假的祭坛磕头，几人视线交错，最后还是落在了孟迁身上。孟迁何等聪明的人，此刻还有什么不明白的，不由在心里怒骂，但人在矮檐下，不得不低头，他踌躇片刻，还是走上前，朝着祭坛不情不愿地行了三叩九拜的大礼。

磕完头，孟迁起身警惕地打量着四周，默默等待着。

时间一息一息过去。但暗室之中，依然寂静无声，并没有传说中的厉鬼娃娃现身，给他们指引登楼之法。孟迁不由松了口气，嗤笑道："小可早说了，此等怪力乱神之事，徒费时间！"

公孙道人心中微叹，脸上亦露出了失望之色，却也不多言，转身准备离去。但就在这时，密不透风的暗室里，突然一阵阴风不知从何吹来，吹拂得火把明灭不定。下一瞬，一个阴沉沙哑的笑声，贴着众人的脊背幽幽响起："桀桀桀……"

第五章　诸方会猎风云动

东京城。

左承天门内，屹立着一座庄严肃穆的官署，正是皇城司的衙门。因皇城司掌宫城出入、周庐宿卫、宫门启闭，故官署来往之人络绎不绝。而离皇城司衙门不远之处，还有一座不太起眼的小衙门。这处官署，青瓦白墙，朱漆大门紧闭，在官署大门上方，悬着一块木匾，上书"冰井务司"四个端方大字。

冰井务，名义上是负责给官家掌藏冰消暑的内侍官署，实际上也隶属皇城司。冰井务中人，多数为奇人异士，都是从官家最为亲近的内侍中千挑万选出来的，专事危及皇城、官家安全的大案要案。所以，冰井务在皇城司中地位超然。

冰井务司的衙署配制很小，只有一名都知，七个押班，一百二十余名逻卒。但是，东京城中凡是有可能会危及当今圣上安危的大事小情，最终都会汇总到这座不起眼的小衙门里，然后由冰井务司的都知向皇城司指挥使呈禀，并及时做出应对。

此时，冰井务司别致的院落里，矗立着一个麻石雕刻的日晷。温暖的阳光落下，在日晷表盘的第六个刻度上，投下一道阴影。

日晷正对着的是一间简朴古拙的大殿，殿前大门外，驻着两名披甲佩刀的逻卒。大殿之内，一幅巨大的堪舆图当堂悬挂。图中，绘着东京城的四河三十二桥、八厢百二十坊。除宫城之中的地势仅以文字相代，其余内外城郭、坊门集市，均在图上绘制得毫厘不差、惟妙惟肖。堪舆图前，一个头戴幞头、身着紫袍的娉婷身影，正背对着殿门，双手负立，微微昂头，腰杆挺得笔直，似在凝神冥思。

倏地，大殿外传来急奏："卑职冯修，有江南急报呈送都知！"

"速速呈上！"紫袍身影转过身来。

只见她眉如青黛、目若晨星，竟是一名美貌的妙龄女子。此人就是冰井务都知，褚三娘。

据传闻当年陈桥驿，太祖皇帝黄袍加身，开创大宋三百年皇朝基业，而褚家先祖便是第一个将黄袍披在太祖皇帝身上、拥立赵匡胤登基称帝的武将。自此，褚家兴荣不断，圣眷绵长。褚家没有出过宰相，也没出过三公九卿，但几代人一直替赵氏官家牢牢掌控着皇城司。到了褚三娘这代，更是极尽恩宠。不过双十年华，一介女儿身，却被赵氏官家破格征召，出任从六品的冰井务都知，掌冰井务一司之权。就连枢密院事兼皇城司指挥使郑居中，都要对她这个下属礼让三分。

殿中。

冰井务押班官冯修，将手中一个金属圆筒呈上。褚三娘素手一屈，飞快地刮去金属圆筒上的火漆封印，拧开盖子，从里头抽出一张残损的帛书来。

展开帛书，只扫了一眼，她秀丽的眉峰微蹙了起来。接着，她又倒了倒金属圆筒，从中倾出一张附录文书，仔仔细细看了一遍。

顷刻，身边的押班低声问道："都知为何脸色这般凝重？"

褚三娘将帛书递给他，"你也瞧瞧。"

冯押班接过帛书一看，只见帛书上写满了密密麻麻蚯蚓般扭曲的古怪文字，跟中原人所用的文字截然不同。

"这……卑职看不懂。"他苦笑一声，将帛书双手奉还。

"这是波斯文。"褚三娘将帛书收好，说道，"江南官府在急报上附言，说这封帛书乃他们在南方平叛时，在方腊一党的贼窝中新近缴获的。方腊一党素来信奉摩尼教，行事诡秘，能用波斯文记载的，必是要事！"

"又是南方的方腊贼党！"冯押班微微皱起眉头，"卑职记得前几天，也是江南那边从方逆贼窝里缴呈上来的一封书信，说是要贼酋方腊近期将派人潜入东京，在上元之夜刺杀官家。搞得整个皇城司满城搜捕，鬼影都没见到一个，如今也不知此事，是真是假了。"

"所以，当务之急便是要弄清楚这帛书上的波斯文，到底讲了什么！"褚三娘说着，将帛书往袍袖里一塞，说道，"事不宜迟，带上人、备上马，随我走一趟!"

冯押班一怔，问道："去哪儿呀？"

褚三娘："自然是去找能替我们翻译这波斯文的人！"

与此同时，东京城的外城。某个不具名的小坊。数名行商打扮的男子，在一间暗室内聚首。

一名高壮男子，情绪焦躁，在逼仄的暗室里来回踱步。突然，他一把扯去头上幞头，露出一颗绑着红色头巾、顶门心还烫着几个戒疤的大光头，赫然是一名僧人！

这红巾僧人将幞头直接摔在地上，怒视着暗室中另一名长须男子，大声质问道："仇道人，你夸下海口，说那赊刀人与你是旧相识，他能助我等登上樊楼西楼，我等才冒着舍命的风险随你来此。可如今眼看着上元之期将至，那狗屁赊刀人却是不见半点动静，连面都不肯露。莫不是改了主意，想把我等好汉送给那昏君，卖个好价钱？"

"方七佛，休得胡言！"旁边一名手拿折扇的儒雅中年男子立刻出声喝止。

长须男子脸颊微微抽搐了一下，徐徐站了起来，看着红巾僧人方七佛，冷笑道："方七佛，你这毛猴脾气，早晚要坏大事。若非你是圣公堂弟，呵呵，这一趟你还真没资格随贫道进东京。"

"你敢辱我？"方七佛怒。

"方七佛，你忘了来时圣公的交代了？"儒雅中年男子再次喝止，然后对仇道人笑道，"道长莫怪，七佛也是忧心圣公大计，如今眼看举事之期将近，赊刀人却是半点音讯也没有，只管招待咱们在此吃喝，学生也担心夜长梦多，万一他将我等卖给赵宋官家……"

"陆行儿，怎的你也如此沉不住气？"仇道人淡淡道。

"实非在下沉不住气，只是事关重大，不得不谨慎。至于这赊刀人，究竟有何异处，能让道长你在此苦等？还请道长解惑。"陆行儿不卑不亢地问道。

"也罢，看来贫道不说个清楚，你们是不会善罢甘休了。"仇道人沉吟了一下，又坐了回去，缓缓道，"那贫道就给你们好生说说这赊刀人，也省得你们心生疑虑。这赊刀人并非是一个人，而是一股暗处的势力，他们自称是鬼谷子传人，身上的刀只赊不卖，且赊期不定，走时会留下一句谶语，待到来日预言成真，便是赊刀人收账之时。赊刀人说是赊刀，其实不尽然，他们赊天下万物，多年来经营下的人脉、渠道不可想象。尔等不知，并非贫道与那赊刀人有旧，实则是圣公与那赊刀人之主有旧。说是当年圣公尚在堰村之时，偶遇刀主，刀主观圣公面相，留下一句谶语，言圣公隆准而龙颜，此天子之相也。"

"算他有眼力见。"方七佛没好气地道。

"不错。"仇道人道，"然赊刀人光有眼力却是不够的，须得预言成真，方可兑现。贫道之所以耐着性子等这刀主，便是认定了他想要收账，必得助圣公成这天下之主。且圣公允他此事事成后，洗城三日。试想这东京何等繁华，三日之财，可称海量。他若出卖我们，便是败了他赊刀人的招牌，况且这黑了心的朝廷又能赏他几坨金锭？孰轻孰重，他还能拎不清？"

儒雅文士陆行儿闻言，脸色释然，点头道："原来如此，还是道长想得周全，学生佩服！"

仇道人轻轻说道："诸位，暂且少安毋躁，静等消息吧。"

接着，暗室中又陷入一片寂静。

若是冰井务司褚三娘在此，只怕听到他们三人的名号，便要欣喜若狂。因为这三人，正是他们大索全城，要抓捕归案的反贼方腊麾下的爱将仇道人、方七佛和陆行儿一行。尤其是红巾僧人方七佛，是方腊手下的一员猛将，前些日子在秀州被刘镇将军破了，不曾想如今已经潜入了京师。

只是寂静只维持了片刻，突然——暗室之外传来一阵急促的脚步声，还伴着叮叮当当兵器碰撞的声音，暗室内的三人，顿时面色大变。

方七佛更是反应迅猛，"锵"的一声拔出随身兵刃，大喝："俺说什么来着？这腌臜家伙果真知会官军来拿咱们，定是将我等项上人头卖了好价钱！"

第六章　地底深处有乾坤

另一边，无忧洞中。筑着神坛，充满诡异的暗室内。

骤然响起的桀桀怪笑，让孟迁一行如临大敌。武都头当即暴起，腰间镔铁戒刀铿然出鞘，在香烛的余火下散发出幽幽的寒光。孟迁识时务，直接一个闪身藏到了燕小乙和公孙道人背后，悄悄地从怀里拔出一把匕首。

刚刚还空无一物的神坛上，凭空多出来一个矮小的人影。孟迁目测了一下，这个袖珍小矮人，比他妹子孟晓莲还要矮上几许。小矮人站在神坛之上，脸戴一副青铜面具，两脚不丁不八地岔开，左手叉腰，右手平举，整个一副天老大他老二的架势。他平举的右手上，还提着一枚被雕刻成恶鬼形象的铃铛，滑稽之余，令人心生几分毛骨悚然的诡异感觉。

"这便是厉鬼娃娃?"燕小乙问。

"应……应该是吧?"孟迁讪讪道。

"什么叫应该是吧?"武都头恼道："这怪物是你招来的，你竟不知他是什么东西?"

"这主意可是你们出的，我比你们也不多知晓半点，怎生怨我?"孟迁也是怒，正要多说几句，却被一阵怪笑打断。

"桀桀桀……"青铜面具小矮人恻恻一笑，"厉鬼娃娃不过是市井无知妇孺起的诨号，某家甚是不喜，你们唤某厉鬼便是!"

众人再仔细一听这个嗓音，的确不像是个稚嫩孩童的声音，原来是个侏儒，但这个自称厉鬼的侏儒嗓音有些奇怪，孟迁听到耳中，竟有些莫名的异样感觉……

这时，一直若有所思的公孙道士猛地上前一步，朗声大笑，突然呵斥一声，"咄!"

这声呵斥，仿若平地一声惊雷，在狭窄逼仄的暗室中反复回荡，滚滚不休。霎时，孟迁他们耳中的异样感骤然消失，灵台清明。

"你这道人好生本事，竟能破了我的拂菻迷魂术！"厉鬼的笑声戛然而止，身影一晃，一抹白烟飘起，人已经从神坛上消失，出现在了暗室门口。

"拂菻……迷魂术？"孟迁一听"拂菻"这个词儿，有些耳熟，很快便想起，这可不正是瓦肆那些说书人讲的奇闻逸事里，那个西域邦国的名字吗？这藏在东京城下的侏儒怪人，怎会西域的邪术？不过这公孙道士也是厉害，竟一眼就识出，还破了他的邪术。孟迁脑中千回百转，而看向公孙道人的眼神里，则多了几分敬佩。

只见公孙道人对厉鬼又打了个一稽首，说道："贫道听说，在这东京城中，就没有阁下办不到的事，故冒昧闯入无忧洞中，是想寻阁下做上一笔交易！"

"东京城里没我办不成的事？我可没这通天的本事！不过市井传言罢了，岂能当真！"厉鬼摇头道。

公孙道士没料到对方如此说，不由一怔。

却又听厉鬼桀桀怪笑起："不过你们也算找对地方了，我虽没这通天本事，但有人可以！"

"哦？"公孙道士急忙问道："此话当真？"

厉鬼道："自然当真，在这无忧洞中，我不过只是一个引路人，能不能见到正主，他愿不愿意与你们交易，就看你们的代价够不够了！"

"敢问需要付出什么样的代价，正主才愿意与我等交易？"公孙道人又问。

"你们随我来便是！"厉鬼再无二话，转身就走。

公孙道士一挥手，众人赶忙跟上。

厉鬼前头带路，众人紧密尾随，开始在无忧洞的暗渠中，往复迂回起来。越往里走，往深处走，众人愈发能感觉到地底暗渠环境的阴冷和潮湿。走了约莫有小一刻钟，厉鬼的脚步才慢慢放缓，这时孟迁竟听到了河水哗哗流过的声音，应该是附近有一条地下暗河流过。他不由想起东京坊间的传闻，说是东京城下无忧洞直通幽冥，其中就会经过黄泉路，莫非这黄泉便是对地下暗河的捕风捉影？

"喂，我们到底还要走多久？"武都头一路跟下来，武者天生敏锐的危机感，让他觉得他们一行人正离危险越来越近。

厉鬼没有回应他，继续前头自顾带路。

"你这怪厮，信不信某家……"

公孙道人轻轻一喝："贤弟！"

"道长，这地方古怪的很！"武都头说道。

"这地方确实古怪。"一向温和的燕小乙也道，"道长，不如我们先离开此地，再从长计议吧？而且此番来东京城，军师有交代……"

"诸位，到了！"厉鬼突然在一个洞口处，停住了脚步。

众人闻言，逐一上前来到洞口。当他们看清眼前一幕时，纷纷面色震惊，口中不约而同地发出惊叹之声！

简直不可思议！他们没想到，刚才在暗渠中七拐八绕了这么久，才来到这处洞口，而这洞口竟然生在一片断崖的半山腰。而断崖之下，却是一处方圆足有里许大小的盆地，盆地上空，挂满了钟乳石的穹顶，离地约有数十丈高下。影影绰绰的钟乳石缝隙中，透着一片片蓝绿色的荧光，倒是把本该漆黑一片的地底世界映照得半明半暗。那幽然冷寂的蓝绿荧光，像仲夏夜坟地里游荡的鬼火。借着蓝绿荧光的映照，孟迁等人渐渐看清了这断崖之下的地底世界。这个地底世界，竟是半座被黑雾笼罩的古老城池，从他们脚下断崖一直蔓延到地底盆地的另一头。

是的，只有半座城池。

之所以说半座城池，是因为在地底盆地的另一侧，还有一道看不见底的深渊，一条暗河就从深渊尽头的岩壁上冲出，汇入黑暗之中。城池中无论是道路还是城郭，都在深渊前被整齐地一刀切断，仿佛另外半座古城，已经被九幽深渊吞噬了殆尽！诡异的黑雾，从深渊之中汩汩涌出，如黑色潮水般倾覆淹没着古老城池的城楼、街道，房子……

饶是武都头、燕小乙和时头领等人走南闯北、见多识广，但眼前地底世界无比壮阔奇诡的一幕，还是让他们不由瞠目结舌。

孟迁更是张大着嘴，支吾半晌，失声叫道："先秦古城！这是先秦古城！想不到传闻竟是真的，真的有一座古代的城阙啊！"

"此地，才是真正的无忧洞，又叫鬼樊楼。阳间樊楼有多辉煌，此间却也不差。桀桀桀……"厉鬼抬起手臂，遥指着盆地城池深处，"诸位，能与你们做交易的那个人，就在这洞底尽头的大殿之中。但是，你们能不能活着走到大殿见到他，就看你们自己的本事与造化了！"

第六章 地底深处有乾坤

第七章 瘴疠之中灯火明

孟迁一行人，被这地下无忧城壮丽诡异的一幕深深震撼到了，久久无话。

"咦？那地老鼠去哪儿了？"等他们反应过来时，厉鬼已经消失不见了。

公孙道人打量了地洞四周，疑道："应是从什么暗道遁走了吧。"

燕小乙遥指着断崖下的地底无忧城，道："我们真要下去吗？"

武都头摇头道："那地老鼠的话不可信。"

最后，武都头和燕小乙都把征询的目光投向了公孙道人。后者略一沉吟，说道："来都来了，岂有空手而回的道理？你说对吗，孟小哥？"

孟迁一怔："这……"

"时头领，前头探路。"公孙道人一声令下，隐藏在黑暗中的鬼影腾空而起，如利箭一般，直射崖底。紧接着，公孙道人伸手一抓，将孟迁提起，袍袖一拂，像老鹰抓小鸡儿般，朝着下方被无边黑雾笼罩的城池落去。

武都头和燕小乙见状，同时纵身一跃，也瞬间消失在了洞口。

孟迁被公孙道人抓起，向崖底下坠，耳边呼呼生风，赶紧闭起双眼，一颗心都提到了嗓子眼儿。约莫过了有十几息，众人纷纷平稳落地。

公孙道人第一时间松开孟迁，拍了拍他的肩膀，笑道："是不是惊吓到孟小哥了？"

"喊，这算甚？我要是只有这点胆，也就不跟你们下来无忧洞了。"孟迁故作镇定一番，这才发现他们驻足的地方是崖底。而前方不远处，正有一片黑气腾腾的雾海阻住了他们的去路。

穿过雾海，就是他们之前在半山腰处看到的无忧城！

就在这时，负责探路的时头领从雾海中穿梭回来，只见猿臂轻舒，如蜻蜓点水般几个腾跃出现在了众人面前。随之而来的是一股刺鼻的尸臭，直把孟迁熏得倒退了几步。待他站稳身形，定睛细看，时头领用一件灰袍将自己从头到脚严严实实地笼罩着，而灰袍上面已被腐蚀成暗黄色，就跟古坟中腐尸身上的寿衣一般无二，那尸臭就来自时头领身上。

孟迁不觉脊背一凉，这黑雾有毒？

那边，公孙道人和燕小乙三人也是脸色骤变。

武都头叫道："幸亏时迁兄弟先头探路，不然咱们一头跳进黑雾中，浑身皮肉不得烂透了？"

时头领将身上披着的灰袍扔在地上，拱手道："三位哥哥，穿过眼前这片黑雾，便是无忧城。俺刚才拼死一试，勉强可以穿过黑雾，但是诸位哥哥还有这位小兄弟……"

言下之意，除了他，在场几人根本就别想活着穿过这片黑雾。这话由别人说出来，武都头和燕小乙肯定激恼，但由时头领来说，他们倒觉得正常。因为在他们众兄弟中，时头领闪躲腾挪的轻身功夫，堪称一绝。

"如果贫道没有猜错的话，这黑雾应是地底矿物，混合大量尸体腐烂时的尸毒形成的瘴疠之气。传闻这瘴疠之气，奇毒无比，中者立毙，时头领能够全身而退，已是本事了得了。"公孙道士见多识广，片刻间猜出了这片黑雾的来由。

孟迁闻言，讪讪道："这地下古城被瘴气包围，难怪那矮子说，让我们别死在半路上！"

"不知道长可有破解之法？"燕小乙见公孙道人说出来历，便轻声问道。

"这破解之法……"

公孙道士话刚开口，突然，眼前这片黑雾的深处，隐隐传来"哚、哚、哚"的轻响，仿佛有人拄着拐杖，朝着他们这边走来。众皆愕然，循声望去，就见黑沉沉的瘴气中突然亮起一点如豆灯火，宛若风中残烛，看似微弱，却始终不灭，反而随着敲击声的不断靠近，而变得愈发明亮起来。终于，随着拐杖敲击声的愈发清脆响亮，黑雾瘴气一阵涌动，就此散开，走出一个枯瘦的人影。

这是一个形貌奇异的男子，披一身已经看不出本色的粗布深衣，腰间挂着一个革囊，头上戴着一顶高高的铁帽子，手中拄着一根比人还高的铁杖。他的帽子上和铁杖顶端，各铸成一个火盆之形，盆中火焰熊熊燃烧，火光连成一片，正是孟迁他们之前看到的灯火。借着火光，孟迁他们看到来人骨瘦如柴，浑身上下透着沉沉死气，仿若一个活死人。

他的胡须也不知多久没梳洗过了，被污物板结在一起，几乎遮住了大半张脸。这让孟迁他们难以判断对方的年纪，只能从活死人那双充满疲惫和痛苦的眼眸中，看出他至少已经不年轻了。离奇的是，他头顶的火焰仿佛有着神奇的魔力，周围的瘴气就像惧怕他散发出的光与热一般，他走到哪里，哪里的瘴气就自动翻涌避开，空出一大圈白地来。

他来到孟迁等人的面前，站定之后，缓缓问道："诸位是想进无忧城吗？鄙人可以帮你们穿过这片黑雾，但你们需答应鄙人一个条件！"

要说这也真是瞌睡来了就有人递枕头。但对方突然的时机和地点，都让武都头和燕小乙等人不得不暗中戒备。

公孙道人打了个稽首，直言道："不知阁下的条件又是什么？"

"你们到了城中之后，要帮鄙人寻找一个人的下落。"

公孙道人："何人？"

"找我那苦命的女儿。"顶火男子长叹一声，眼中泪光隐现。

"还未请教，阁下怎么称呼？"公孙道人问道。

"山野村夫，贱名何足挂齿。"顶火男子道，"我点一盏明灯，在此为你们这些意图进入无忧城的外人引路，你们便唤我一声掌灯人吧！"

"掌灯人？这名字有些意思。"孟迁在旁嘀咕一声。

公孙道人继续问道，"掌灯人，贫道瞧你这身打扮，已在此淹留多时了吧？"

掌灯人面露悲苦之色："若是没记错的话，我在此已经十二年四个月零八天了。"

听到他这个回答，众人心中一凛。通常会把日子算得这么精确的人，不是有天大的喜事要纪念，就是心怀天大的冤屈要申诉。再想起他刚才要求众人进城替他寻回女儿，莫非他的女儿便是失落在这无忧城中？

公孙道人又问道："这么些年，经你之手引渡穿过黑雾入城的外人，不知几何？"

"这世道，多得是走投无路之人，这么些年下来，没有一百也当有八十了吧？"

"哦？那这么多人中，难道就没有一个能完成与你的承诺，寻回令爱？"公孙道人疑道。

掌灯人被污物遮住大半的脸上露出了愤懑之色："世人皆诡诈，会入这无忧洞之人尤其。我长居此地十二年，相助过的人又何止百十，但他们进入无忧城之后，竟通通是过河拆桥之辈，再无一人给我半字回音，当真可恨呐！"

这么多人，一个言而有信之辈都没有？都是进城之后，就再也不肯出来？恐怕不见得吧？

几人对视一眼，均感其中大有蹊跷。而一旁的孟迁在听到掌灯人的话后，忍不住动了恻隐之心，插言问道："你既然可以自由在黑雾中穿梭，为何不亲自进城寻人呢？"

"当年，小女刚失踪之时，我便怀疑是这无忧城作祟，欲上门讨要，奈何这无忧城主手段厉害，我当时又正在气头上，与他一言不合便动起手来，终究不敌，败于他手，遭他逐出了城。之后，他更放出狠话，今生不许我踏足他大殿半步，也不许我离开这地穴，否则便要让我父女二人永世骨肉分离。从此，我只好将希望寄托在你们这些外人身上，可惜，唉，这么些年，所托非人，全是言而无信之辈呀……"掌灯人长叹一声，惆怅无比地说起了他的陈年往事。

原来这掌灯人昔年乃是东京城勾栏瓦肆间一个小有名气的杂耍艺人，靠着一手从西域祆教学来的拜火之术，小日子过得也颇为富足，但所有的一切，都从他女儿失踪的那一刻起毁灭了。因他是内行，对厉鬼代表无忧城采生折割的前科多有耳闻，于是第一时间就下了地穴暗渠，找上无忧城，欲要讨回女儿。怎奈他技不如人，与无忧城主斗法落败，反被盛怒的无忧城主威胁恫吓，只能一直困守在这黑暗的地下。听了掌灯人的遭遇，孟迁等人对无忧城主的手段又多了几分警惕。

"我说了这么多，不知各位可愿相助？"掌灯人期待地问道。

众人都望向公孙道士，他才是此行的主心骨，帮与不帮，都在他一念之间。

公孙道人思索片刻之后，最终还是摇了摇头，道："对不住了，我等此番到此，另有要务，替你寻回爱女之事，实难相助！"

掌灯人面色一变，问道："可是没有我，你们如何穿过眼前这片黑气缭绕的雾海？这黑雾只要沾惹上一分，便能立时要了你们的性命呀！"

"此事贫道自有主张，就不劳烦你了。"言罢，公孙道人从行囊中取出一个葫芦，倒出几粒药丸分发给众人，吩咐道："这瘴气虽烈，但所幸贫道出门之时也带了避瘴丹，倒是刚好可以派上用场，你们一人一粒，含于舌下，莫要吞服，这瘴疠之气便伤不得我等半分。"

掌灯人见状，立时僵在原地。

几人按照公孙道士的嘱咐，含了避瘴丹，就脱离了掌灯人的火光范围，朝瘴气深处的城池走去。掌灯人望着几人背影，眼中神色渐渐显出绝望。他能察觉到公孙道士这一行人的不凡，也许正是这么多年来最有可能助他找到女儿的有缘人。但是没想不到，公孙道士却不接受他的交易。巨大的心理落差，让他趋于崩溃，脸上渐渐露出癫狂之色，哈哈大笑起来。

笑着笑着，突然，黑雾中有一道身影去而复返，正是孟迁。他急匆匆地跑了回来，对掌灯人说道："且莫要伤心，等进了城之后，但凡有余力，我一定设法替你打听令爱的下落。"说完，他又飞奔返身钻入黑雾，追赶公孙道士等人的脚步去。

掌灯人大喊："为何帮我？"

黑雾之中，却不见孟迁的回应。掌灯人望着他的背影，脸上癫狂之色渐渐褪去，取而代之的，是一个灯火般温暖的笑容。

第八章　金炉玉簟锦书开

就在孟迁一行深入无忧洞的同时，皇城司冰井务都知褚三娘，也策马来到阃阓门附近。她在一户清净宅院前勒住了缰绳，让冯修等随行的人在门外等候，自己上前叩了叩门，然后也不等门房通报，就径直登堂入室，轻车熟路地来到了一间厢房外。

这间厢房看着便是女儿家的闺房，进门之后，还有一层珠帘相隔，帘内是轻烟缭绕。

褚三娘信手卷起珠帘，就见不远的桌案上，摆放着一个鎏金兽首香炉，里面燃烧着檀木碎屑，这满屋萦绕的轻烟薄雾和香味，便是从香炉中散发出来的。

褚三娘未语先笑："晗妹子，姐姐来看你啦!"

"得了吧，姐姐不妨直说，此番又遇着什么棘手的事了?"一个柔柔弱弱的女声从淡淡的烟雾中传出。

"晗妹子这么说可真是太伤姐姐的心了。难道在你眼里，姐姐我真就这般势利?"褚三娘佯装生气。若是冯修等人看到这一幕，只怕眼珠子都会惊掉，他们一向高冷的褚都知，居然也会有这般小女儿情态的时候。

褚三娘尤不自知，一边说着话一边脚下也不停，又走近了几步，隐在烟雾之后的那个人影，终于清晰地暴露在她眼前。那是一个生得极美的女子，穿着一身月白色直领对襟窄袖褙子，眉如翠羽，发如墨染，但却像是抱病在身，脸色呈现如一种病态的苍白。此刻，女子拥着衾被，歪坐在床榻之上，手中还捧着一个小小的手炉，如娇花照水一般，令人望之就不禁心生怜惜之意。

"妹妹我也不敢这般想。"赵晗直起了身子，故作幽怨道，"只是姐姐乃是大忙人，这东京阃阓城百姓的安危，可都系于姐姐一人之手，能来瞧我的时间，委实不多。"

"罢了罢了。"褚三娘无奈笑着摇头道，"你还真别说，今日来此，真是有事要请你帮忙的。"

赵晗立刻"咯咯"轻笑起来："看吧，我就说姐姐素来是无事不登三宝殿的吧？行了，说吧，这回我能帮上什么忙？"

褚三娘黛眉一挑，便袖中取出帛书，在桌上细致地铺平。赵晗含笑起身，却没有放下衾被，而是拥着衾被，来到桌前，细细打量起那卷残损的帛书来。

"你的病……"褚三娘迟疑了一下，还是开口问道。

"都是命，姐姐不必为我忧心。"

赵晗却像是早知她要说什么，也不抬头，一边看着手中的帛书，一边道，"先说正事吧……这波斯文，可是从摩尼邪教那边缴获过来的？"

"不错。妹子眼光锐利。"褚三娘道，"要说这京师中，识得波斯文的老学究也不在少数，只是这份帛书事关重大，唯有妹子才让我信得过，故而厚颜上门求助。只是我却不知妹子的病又发了，早知如此，就不让妹子劳神了。"

"不过译几个字而已，倒也谈不上劳神。何况我这身子姐姐也是知道的，整日闲着莫非就能好了？"赵晗微微蹙起眉头，把帛书从头到尾看了一遍，转眼心中已有成算，她问道，"这帛书上废话不少，尽是赞美他们明尊的狂言妄语。不过其中却是提到了一个地址，想必这就是姐姐欲求之物吧？"

"不错！"褚三娘闻言大喜，"妹子你今日可算是帮了我的大忙！"

"好说，我写与你便是。"

赵晗当即抬手磨墨，但她体虚力弱，磨了几下都没将墨块化开，褚三娘看得心疼，连忙接过墨块磨了起来。须臾之后，一行娟秀中隐含风骨的小字就跃然纸上，正是二人谈话中提到的那个地址。

褚三娘看了看，发现其所载之地，就在这外城一角。她也是雷厉风行之人，收起帛书和写了地址的纸笺，就往门外行去，口中道："今日之事，多谢妹子了，不过照例还是要叮嘱妹子一声，切莫泄了风声。我尚有要事，就不多留了，待有闲暇，再来探望妹子。"

"我送姐姐。"赵晗颔首道。

两人并肩走到闺房门口，褚三娘忽然抬头瞧了一眼看似宽敞，实则透出一股萧条之意的院落，蹙眉道："如今德甫公也算起复了，怎的妹子这里还是如此冷清，可是那些下人欺你孤女，怠慢于你？"

她口中的"德甫公"，正是大宋金石学一道上首屈一指的大拿赵明诚，因为表字德甫，故褚三娘尊称他一声"德甫公"。赵明诚早年与礼部员外郎李格非的女儿李清照成婚，只是成婚多年，两人膝下尚无子。恰巧赵明诚的大哥早逝，留下一个孤女赵晗，夫妇俩就把这个侄女视若己出。不过自从十三年前，赵明诚的父亲，也就是赵晗的爷爷，当时的左仆射赵挺之和当朝公相蔡京党争失败、病故之后，赵明诚便被连累罢官，不得不迁居青州老家。当时赵晗还是垂髫稚童，又先天病弱，青州路途遥远，自然没法随他们东去，于是就在京师其他亲戚的关照下，在赵挺之的故宅里住了下来。这些年来，朝堂上早已忘了赵家昔日的荣光，怕是蔡京本人都快忘了这个和自己官邸不过一街之隔的地方是昔日斗得你死我活的政敌的故园。赵晗就是在这种孤独的环境中，慢慢成长起来的，更是因为先天病弱，出不得门，只好把时间消磨在赵明诚留下的一些金石学书籍中，如今渐渐也有了叔父七八成的造诣。

本来这一切都藏在高墙深闺之内，无人得知，但是褚三娘却在一次偶遇中，发现了这个才学不凡的奇女子，从此两人一见如故，成了无话不说的闺中密友。她在查案过程中遇到什么难解之事，往往也会来寻赵晗相助。

"人走茶凉，也是人之常情。何况叔父眼下也只是莱州知府，与京师还隔着千里之地，又如何照应得到我？真要说起来，他们不害我性命、夺我家财，已算是忠仆了，我很是感激。"赵晗自己却很看得开，淡淡一笑，把所有委屈视若无物。

"他们敢！"褚三娘闻言柳眉倒竖，但看到赵晗自己都满不在乎的神情，又不由轻叹一声，"妹子胸襟当真宽广。"

"姐姐过奖了……"赵晗摇头轻笑，"不过前日我接到婶婶的书信，说是她不日将要回京，与师师行首一晤，我却是得把屋子洒扫一二，也省得她瞧见了心酸。"

"李易安要回来了？"褚三娘闻言有些意外，又听到李师师的名字，不禁心中一动。但还不等她再问些什么，赵晗被室外的寒气一激，突然撕心裂肺地咳嗽起来。

"妹子快进屋吧，送到这里便够了！"褚三娘忙把她推进屋里，又怜惜地回顾了一眼，方才沉下俏脸，恢复了平素高冷的模样，大步流星出了门。

再见冯修等人，褚三娘下令道："帛书已经译完，方逆细作的地址也已经到手，你们收拾一下，即刻就随我上门拿人！"

冯修等人哪敢怠慢，齐齐躬身应命，一行人随即策马绝尘而去。

而在赵家故宅之中，送别了好友，赵晗又坐回了床榻边，摊开一本旧书，继续品读度日。极致的宁静，让墙角铜壶滴漏中水珠落下的声音，都变得清晰可闻。

"滴答，滴答……"

时光如水，香炉中飘散的烟雾缓缓合拢，掩去了赵晗无限美好的身影，而滴漏中箭舟的刻度，正缓缓朝着代表"巳正"的线条移动而去。

第九章　樊楼之上无好宴

巳正，东京外城某坊。

方七佛手持朴刀，怒目圆睁，恶狠狠地盯着暗室的门扉，眼中杀意几乎要撑破眼眶。门外突然响起的密集脚步声，让他认定已经被出卖了。他满心想着，只等对方破门之时，就立刻痛下杀手，杀一个够本，杀两个有赚。不过他的举动，马上被陆行儿给制止了。

仇道人虽也被惊了一下，但还算稳得住，压低了声音道："少安毋躁，看清敌我再行分说。"

来人似乎也很理解他们现在草木皆兵的心态，脚步声在门口就停了下来，随即一个雌雄难辨的声音响起："在下乃是半截明尊的使者，明尊大人派在下前来，诚邀几位当面一晤。"

"半截明尊？"

"是。"外头的声音不疾不徐，"半截明尊是刀主的雅号。"

"终于来人了！"方七佛闻言松了神色，咧开大嘴笑了起来，仿佛刚才要搏命的人不是他一般。

便是仇道人也在心底松了一口气，沉声道："请进。"

"吱呀"一声，暗室的门被人推了开来，一个步伐颇为婀娜的身影走了进来。

但当三人适应了突然明亮的光线之后，却发现来人竟是个男子，不过面白无须，样貌颇类阉伶，就算不是，恐怕也是天阉之人，难怪说话的时候声音也雌雄难辨。

"在下丑儿，见过三位英雄。"丑儿拱手行礼，但举动中无处不阴柔。

方七佛忍不住啐了一口，嘀咕道："怎么来个不男不女的东西！"

仇道人忙瞪了他一眼，向丑儿还礼致歉："贫道这兄弟素来莽撞，让使者见笑了。"

"仇道长哪里的话，英雄快人快语，让人好生佩服。若非有一副急公好义的心肠，在东南也做不出大事业来！"丑儿被人当面冒犯，竟半点不动怒，依然是面带微笑，谀辞如潮。

"你这家伙说话倒中听，说得老子心里舒坦。"方七佛摸了摸自己的光头，嘿嘿笑了起来。

"丑儿也巴不得多与几位英雄交谈片刻，只是明尊已经吩咐设宴，还请英雄们尽快赶去，不然酒菜恐要凉了！"丑儿温言催促道。

"那事不宜迟，我们这就出发吧！"仇道人做了个"请"的手势，和丑儿并肩出了门，这才发现门外当真是摆出了好大阵仗。

破落的院落里，满满当当停着三乘八抬大轿，之前密集的脚步声，应当就是那群轿夫们发出来的。几人正欲上轿，忽听一阵急促的马蹄声由远及近。

循声望去，只见数骑快马从门前疾驰而过，马上的骑士皆是身着紫绣袍，可还不等他们看得更清楚些，这疾驰的身影就消失在了街道的尽头，但看着他们离去的方向，仇道人和陆行儿对视一眼，都露出了意味深长的表情。

"皇城司巡检出动，想是又有绿林道上的朋友要遭殃了。"丑儿也朝那边看了一眼，感慨道，"不过这与我们无甚关系，几位还是快些上轿吧！"

"请！"

一行人上了轿子，丑儿当先引路，把礼数做到了十足十。轿子一路摇晃着，拐上了大街，穿过东京的车水马龙。尽管口头上一直骂着东京、骂着昏君，但真正看到东京城的繁华之时，方七佛几人还是不禁有种看花眼的感觉。

等他们回过神来时，轿子已经停了下来，丑儿在帘外柔声邀请道："到地儿了，请几位贵客下轿。"

"这声音听几次都起一身鸡皮疙瘩。"方七佛抱怨了一句，搓了搓胳膊，跳出轿子。

下一刻，当他看清眼前的景象，不由保持着落地时的动作，整个人都呆住了！

在他面前的，是一组宏伟的楼阁，三层相高，五楼相向，碧瓦飞甍、雕梁画栋，楼间各有飞桥相通，此情此景宛若天宫，怎一个华丽壮美不能形容。

"这……莫不就是樊楼？"仇道人的声音在他背后响起，虽然努力保持平淡，但听得出来，他内心其实也是颇受震撼。

"正是樊楼。"丑儿笑盈盈道。

"明尊竟是在樊楼宴请我等？"仇道人诧异道。

樊楼乃是东京七十二家正店之首，位于御街北端，因最初是以卖白矾发家，故又名矾楼，只是后来才改成了酒店。这樊楼每日宴客数千人之多，在仇道人看来，自己等人商议的事情颇为隐秘，怎么着也得找一处密室方可。但转念一想，所谓大隐隐于市，这樊楼又的确是绝佳的谈事之地，那来往的客流，本身就是最好的掩护。

果然，丑儿闻声笑道："有何不可？我敢保证，在这东京城中，除了宫城，再没有比樊楼更稳妥之地了！"

听他说得笃定，仇道人才放心地点点头，跟在他身后登楼。

今日刀主宴请众人之地，是在樊楼中楼。当一行人自中楼拾级而上时，目光却都忍不住投向一侧的西楼。不过很快，他们的举动就被丑儿出声打断："到了。几位贵客，明尊就在这暖阁之中等着各位了……"

仇道人收回目光，点头谢过丑儿，推门而入。这是一间布置得颇为豪奢的暖阁，但四壁的窗户都被关得严严实实，阳光只能穿过半透明的贝壳窗户，透进来一点点。昏暗的室内，即使白日也须掌上灯火。暖阁中央摆着一桌丰盛的酒菜，边上是四张椅子。

忽而，暖阁尽头一席珠帘丁零作响，将众人的目光都引了过去，只见自帘后走出一个身形消瘦、高挑的男子。男子的样貌看起来极其的普通，是那种完全不招人眼的五官，似乎前一秒刚打过照面，下一个转身就会想不起那张脸来，身上穿的亦是大街上最常见的鸦青色的交领长袍。他自室内缓缓而出，目光轻落在三人身上，神色颇有些漫不经心。

见此情形，一直不曾说话的陆行儿率先开口："阁下便是赊刀人之主，半截明尊？"

男子微微勾唇，声音平淡："诨号罢了，不足挂齿。"

说着，便毫不客气地在主位上坐了下来，顾自往酒杯里倒了酒，却也并不再说话，场面一度冷了下来。陆行儿不由地看了仇道人一眼，仇道人点点头。

"我等所求之事，不知明尊考虑得如何了？"仇道人开门见山地问道。

"上元之夜，助你们登上樊楼之西？"半截明尊轻笑一声，把仇道人的要求反问了一遍，隐隐带上了几分讥诮。如之前一般，他的话只说到这里，又不再继续往下说了。

仇道人皱眉："待圣公事成，可允明尊洗城三日，这个价码明尊满意否？"

"呵呵呵……"半截明尊这次大笑了起来，"仇道长，这是欺我不出东京，视听闭塞吗？试问谁不知道你们的义军在东南已经被官军打得节节败退，若是再无转机，恐怕不日就要自身难保，这等情形下，圣公给出的承诺，与白纸何异？"

方七佛对方腊死心塌地，闻言勃然大怒："放屁！圣公乃是天命所归之人，区区官军，不过土鸡瓦狗，反手可灭！"

"你跟我吼没用，成王败寇，结果摆在那里……说起来，秀州正是在你方七佛手上丢了的吧？"

"混账！"痛处被戳，方七佛简直气炸了肺。

"够了！"仇道人大喝一声，又看向半截明尊，"我等所求，正是明尊所言之转机……况且贫道听圣公说过，明尊曾言圣公隆准而龙颜，乃天子之相。依着赊刀人的规矩，明尊这一赊，须得圣公事成，方可兑现吧。"

"你又怎知我没有与其他人赊过此言？"半截明尊的声音里没有任何起伏。

"你！"方七佛觉得自己从未见过如此无耻的人。

"你也不必急躁。"半截明尊的话锋度一转，"我也没说不做这买卖。不过，你们想要在后天晚上登上樊楼之西，却是还要额外答应我一个条件……"

第十章　森罗大殿鬼影戏

在仇道人和刀主谈条件的当口，孟迁一行也终于通过了地底瘴气的考验，来到了深渊边的大殿门前。这大殿有着鲜明的先秦风格，只不过屋顶从茅草变成了漆黑的木质，夯土的墙壁上多刷了一层惨白的石灰，门窗紧闭，黑灯瞎火，看不出半点生人气息，被头顶落下的荧光一照，更像是葬礼上纸扎的殉葬品，幽冥之意呼之欲出。

公孙道人轻轻挥挥手示意，时头领倏地从黑暗中窜出，第一时间推开了大殿的门。

"没机关，可以进来。"很快，时头领的声音已经从大殿中传来。

公孙道士和孟迁等人闻言，放下心来，信步走向大殿。入得殿门，一股远年的尘土气味，伴着淡淡的霉味扑面而来，让人忍不住蹙起了眉头。一间屋子，但凡最近有人活动，都绝不会是这个味道。

"砰"的一声，大殿的门扉，突然关闭。

孟迁脸色一变："怎么回事？"

武都头第一时间看向时头领，怒目而视："鼓上蚤，你不是说没有机关吗？"

时头领也是一脸茫然，百口莫辩，因为他刚才检查过，大门之处的确平平无奇，没有机关。还是燕小乙沉稳冷静，一个箭步上前，用力扳住门扉，想将它打开。可这门扉上也不知装了什么机关，合上之后坚如磐石，任凭燕小乙如何用力，就是纹丝不动，孟迁见状，也是心急如焚，连忙冲上去帮忙。可他才刚一迈步，就听见身后又传来一连串怪异的动静！

"轰！轰！轰！"

一声声火焰升腾的异响中，空荡荡的大殿尽头，突然亮起了数盏灯火。这灯火和人们日常所用的橘红色火光截然不同，而是一团团冷飕飕的蓝绿色火光，和殿外石穹上的荧光一般无二。

这种诡异的冷火并不明亮，光晕只能波及身周数尺，就更别提完全照亮漆黑的大殿了，反倒是摇曳的灯影闪烁不定，在众人身后拖出一道道张牙舞爪的黑影，宛如群魔乱舞。

"啪啦！"又是一声脆响，一道帷幕突然从大殿的穹顶上垂落而下，隔断了灯火。紧接着，一个扭曲的人影，从帷幕后浮现，跃然其上，映着那幽光，手舞足蹈，"咿咿呀呀"地唱了起来：

"打破筒，泼了菜，便是人间好世界……"

"三千索，直秘阁；五百贯，擢通判……"

这个人影唱的小曲儿，都是近些年来，大宋街头巷尾开始流行起的童谣。

因为"花石纲之役"的繁重，各地百姓颇有些苦不堪言的意思，故而才编了这些童谣来嘲讽童贯和蔡京等人鱼肉百姓、卖官鬻爵的暴行，歌谣里的"筒"和"菜"，就是暗指"童"和"蔡"。这本是极平常的小曲儿，孟迁也不是第一次听了。但这人影的嗓音极为尖细，像受屈的稚童，又像含冤女鬼，如泣如诉，婉转百折，配上大殿里毫无阳世气息的氛围，令人感到分外的毛骨悚然。

可当彻底看清了那人影的样貌时，孟迁又是一惊，一股寒流从尾椎骨直蹿天灵盖！原来那载歌载舞的人影，居然并非活人，而是一个活灵活现的皮影戏！

鬼火、童谣、鬼影戏，同时出现在这荒无人烟的大殿中，直让人怀疑，自己是不是来到了真正的阴曹地府。而随着这个念头才一起，众人就同时感到身体一紧，下意识看向周围。不知从何时起，那涌动的黑暗中，徒然生出无数充满恶意的视线，正在贪婪地窥伺着他们，似乎只等他们露出一丝破绽，就会马上一拥而上，把他们连皮带骨吞噬殆尽。

"平心静气，收敛心神！"就在孟迁心中的恐惧快要到达极限时，一声沉着的大喝，在他耳边如雷炸响，"都是迷魂术惑人耳目，莫要着了他的道！"

从进门之后就一直在静观其变的公孙道士，这时终于施展出了自己的独门绝技。只见他从怀中抽出一叠黄纸符箓，迎风一甩，那一张张符箓居然就在他手中无火自燃。然后他把点着的符箓望空一抛，本该轻飘飘的符纸，却像是坠上了无形的秤砣一般，直上直下，精确地落在众人周围，形成一个火圈，把他们紧紧包围在当中!

符纸燃起的同时,更有一股令人心旷神怡的檀香气息也弥漫起来,冲淡了大殿中的腐朽气味。最后,伴随着公孙道士大喝一声"咄",如雷贯耳,让众人同时一震,那鬼哭狼嚎一般的歌谣,也仿佛瞬间失去了慑人的魔力。

这时候孟迁再环顾大殿,就觉得这不过是一间再普通不过的破败建筑罢了,哪里还有半分之前那种阴曹地府一般的阴森诡异。

"阁下可是无忧洞主?"公孙道士踏前一步,沉声道,"大家都是行内人,这般故弄玄虚的把戏就不要再玩了吧!"

第十一章　汴河之下有暗影

"原来是二仙山罗真人的高徒，倒是我有眼不识泰山了。"那皮影轻颤作势怪笑了一声，尖细的嗓音徒然一变，成了一个浑厚的男声，"此事确是我的不是。只是诸位无端闯入我殿内，一番不速之客的做派，难免令人误会。"

"误会？无忧洞既然开门做生意，自然是允人前来的。何来不速之客之说？"

公孙道士实在是懒得听这皮影胡搅蛮缠，直接问道，"贫道听闻洞主这里有桩买卖，只要出得起价，天下人所求之事皆可成？"

"嘿嘿，倒不是本洞主托大，只怕是各位出不起那个价啊。"无忧洞主淡淡道，"这就好比人想要我帮着摘星辰，也得先拿那月上的金桂作为酬金。"

"贫道明白了。"公孙道士脸色凝重，斟酌词句，审慎地问道，"两日后，上元夜，神不知鬼不觉地把我们的人送上樊楼西厢，不知洞主所要何价？"

"送多少人上樊楼？"无忧洞主问。

"十人！"公孙道士回。

"你确定只是送人上楼，无须再帮其他忙？"无忧洞主意味深长地反问了一句，"以我无忧洞的势力，只要你点头，我们还能帮你更多。"

公孙道士微微一笑，摇头："不用，只需送我们的人上楼即可。"

"哈哈哈，很好，你是一个聪明人，我最喜与聪明人打交道。"无忧洞主大笑，"那么现在，来谈谈你们需要付出的代价吧！"

"只要城主能办成此事，万贯钱财双手奉上。"公孙道士平静地说道。"万贯"在他嘴里，仿佛成了一个微不足道的数字，听得孟迁的嘴角不由得抽了一抽。

"万贯钱财？哈哈哈哈……"无忧洞主又是一声大笑，但这次的笑声里带着几分讥讽，笑完那皮影的手虚虚动了动，"各位站立之处，左三上一位的地上有一块翻板，不妨打开看看。"

大殿中的地面，都是遵循了先秦古制，在夯实的泥土上敷上了一层白垩。众人不明白这皮影是何用意，一时间都只盯着白垩看。须臾，还是公孙道士冲时头领点了下头，后者如蛇一般无声无息地游蹿而出，在离众人左手边不远的地面上，发现一块散发着腐朽气味的木板。只见他没有片刻的犹豫，猛地出手，撬开了那块翻板。

下一刻，一片银灿灿的光芒，就在大殿油绿的灯火下耀目生辉，几乎晃瞎了他的双眼。

银子！

原来那翻板之下，赫然码放着一溜的银锭子，一层压着一层，一直堆下去不知道多深。孟迁倒吸一口凉气，就连一向阴恻恻不动声色的时头领，似乎都被这阔绰的手笔震撼住了，鬼魅般的身体僵立当场。

"瞧清楚了？"无忧洞主的语调淡淡响起，"我无忧洞虽不说什么富甲天下，但些许浮财还是有的，如诸位的诚意仅仅是这等阿堵物的话，那我们就没有继续谈下去的必要了。"

"凡事都有价码，洞主的钱财，想必也是一点点挣来的，仅仅只是登楼而已，贫道开出的价码应当不算低了……"公孙道士虽然也为无忧洞的财力暗暗心惊，但言语间还是想要再争取一下。

"呵呵，道长真打得好算盘！"无忧洞主的声音再次恢复了刚开始的尖锐，皮影也跟着微微晃动，周围鬼火般的烛光飒飒摇曳起来，"道长登楼所为何事，你我俱是心知肚明。如此天大之事，你竟用这些个破铜烂铁来交易，你拿我当三岁稚童吗？"

公孙道士知道这无忧洞主不好敷衍，看来事已瞒不住，只得深吸一口气，伸手请道脸："那不如由洞主来开这个价码吧。"

"诸位请看。"无忧洞主的皮影闪烁了一下随之淡去，大殿宽阔的帷幕上取而代之的，是一幅巨大的东京城的堪舆图。

孟迁扫了一眼，就瞧清这张堪舆图上，不但屋舍俨然，便是穿过城池附近的水系，都被描摹得纤毫毕现，连每一处河湾、水门、码头都清楚地标记了出来。

安静一会儿过后，无忧洞主的声音再次响起："诸位，我无忧洞虽深居地底，倒也并非真的就从此无忧。实不相瞒，我有一对头，数年来借水路大肆敛财。奈何我与他立有君子之约，不可互犯。我已经许久没有遇到诸位这般手段不凡之人了，如今，正好借重诸位之手，去坏一坏他的买卖。"

公孙道士闻言，便知这绝不是一个好差事，况且他们这一行人生地不熟的，能办完事马上就走自是最稳妥的，一旦卷入本地势力的冲突之中，难免会节外生枝，于此行大计不利。

他还没开口婉拒，一旁的武都头就已经嘟囔出声了："无忧洞还在乎君子之约？"

武都头的话糙，理却不糙，但这般直白的话，在此时此地说出来，多少让人有些尴尬。

"我无忧洞若是不守信重诺，又怎能凭着名头，引来诸位大驾啊？"无忧洞主的声音透着平静。

公孙道士连忙给武都头使了个眼色，让他闭嘴，随后说道："洞主所言极是，只是贫道等人怕是当不起洞主如此抬举！我等若真的手段不凡，今日也不至于到此求助了。"

"道长不必过谦。你们此番想要借我无忧洞的势，不过是因为时间紧迫，且对东京城不熟罢了。正如我不便对那人动手一样。非不能，实是不便。"无忧洞主道，"当然，诸位若是不愿，自可另寻高明，我无忧洞绝不强留。"

公孙道士稍一沉吟，就有了决断。他们已经没有时间了，正如这皮影所言，非不能，实是不便。

"那洞主需要我等做什么，还请明言。"公孙道士问。

"好，果然爽快。"无忧洞主性子喜怒无常，音调也随之更改，这会儿又变得言笑晏晏，宛如一名得了情人宠溺的女子，听得众人起了一身的鸡皮疙瘩。

不过很快，他们就无暇关心这种旁枝末节了。因为就在他们眼皮子底下，一道鬼火像变戏法一般，被凌空引渡，落在帷幕倒映出的堪舆图上，顺着一条河道瞬间蔓延，将其化作火河。无忧洞主就是用这种方式，标记出自己那个对头的水上财路。

"我这对头干的是贩卖私盐和拍花子的勾当，这条河便是他们转运私盐和女子进入东京的通路。"

"居然是汴河?!"孟迁细细一打量,不由吃了一惊。

身为东京街头的瓦子闲汉,孟迁对贩卖私盐和拍花子的营生自不陌生,两者都是杀头的买卖。前者是跟官府"盐铁专卖"的制度作对。大宋朝廷为了做到"民不加赋而国家采用足",实行的是"官山海"的政策,也就是把百姓日常必备的盐与铁收归国营,私贩者是杀头的重罪,不过因为利润高得吓人,所以民间也不乏铤而走险之辈。而后者则是人牙子,专门拐卖妇女儿童,再卖于秦楼楚馆,同样也是昧良心的营生。

以无忧洞主和厉鬼表现出的诡秘,他的对头会做这种杀头的勾当,孟迁并不感到奇怪,真正让他震惊的,还是这个对头的胆量,他竟然选择了汴河作为自己贩卖私盐的通路。要知道,东京城共有四条水路通向城外,分别是汴河、惠民河、金水河、五丈河,合称"东京四渠"。不过尽管四渠齐名,但自太宗朝以后,东京的漕运,其实主要是由汴河负责,其他三条河大多作为取水之用。

时至今日,汴河承担的漕运,不但有八成五以上的漕粮,更有南方的金银、犀象、香料、贡茶等珍稀之物,就连官家修建艮岳所用的花石,也是通过汴河运入京师。正因为汴河如此重要,所以朝廷对汴河的防护,向来也是不遗余力。不但设立了一支规模庞大的河堤巡检使队伍,其下更是分为若干埽所和铺屋,沿河驻防,在必要的时候,都水监甚至还有权调动厢军乃至禁军参与巡查,堪称天罗地网。

孟迁没想到,在这种严防死守之下,居然还有人敢走汴河水路贩卖私盐和妇女,这已经不是用胆大包天能够形容的了。

"不瞒诸位,我那对头确实颇有几分手段,不但善于以金银开道,打通关节,他们名下的货船,也都是特制的。船底带有夹层,私盐和被迷晕的女子,便被安置其中,无论是登船检查,还是外观,都看不出任何异常,你们的任务,就是要想法子让其大白于天下。既然劳各位动手了,坏他一桩生意也是坏,坏他一门也是坏。自然是要赶尽杀绝才好。"洞主三言两语,就把目标的特征和需要达成的效果阐明。

只是他话说得轻巧,却连孟迁都能听出其中凶险,但再看那公孙道士却只是略一蹙眉,就应了下来。

"诸位自可离去了，此事办妥之日，便是诸位登楼之时。切记，时间可不多了。"临别之际，无忧洞主又道，"对了，那边的银钱，诸位也可任意取用，以作行事之资。愿意跟我无忧洞合作的，都是在下的朋友，在下可没有亏待朋友的惯例。"

公孙道士等人心怀大义，对这等身外之物自无留恋，但孟迁可不同，一听这话，眼睛亮了三分："真能随意拿？"

"那是自然。"

孟迁喜上眉梢，不过，他的脑子尚算清醒，知道这银子绝不可能白拿，于是也就将将揣了两锭银子入怀意思意思，并不敢多取。

拍了拍怀里的银子，孟迁抬起头，问出了另一个问题："小可在来路上曾偶遇一人，答应要帮他寻找失散的女儿，洞主神通广大，不知可否不吝相告？"

"小哥所说是那掌灯人吧？想不到十余年过去了，他还不死心……"帷幕一变，陡然浮现出一个可怖鬼脸，无忧洞主的声音骤然变得阴冷，"小哥如果执意相询的话，那可就是另外的价钱了……"

第十二章　双面鬼身份可疑

尽管公孙道士一行并不愿节外生枝，但孟迁还是与无忧洞主达成了一项额外的契约。待此间事了，孟迁帮他办一件事，他就告诉孟迁掌灯人女儿的下落。只是这交易最终能不能成，就另说了。

几人随后原路出城，刚走到城池边缘，遥遥就见涌动的瘴气外有一圈火光，却是那掌灯人无疑了。

"喏，你要结的善缘来了。"武都头不满孟迁之前的自作主张，此刻浓眉一挑，语带厌烦。

孟迁还未及反驳，掌灯人似乎已经听到了武都头的话，枯槁的身形猛地挺拔了不少。只见他用力一杵手中铁杖，星火四溅。大盛的火光中，他的脚步宛如能缩地成寸，明明还有数丈之遥，却是眨眼就到跟前。

"五行遁法?!"公孙道士愕然。

孟迁一听颇为好奇，刚要张嘴去问，却觉手腕一紧，已经被掌灯人紧紧握住："小哥可曾探听到我那孩儿的下落?"

孟迁斟酌答道："不曾探得，不过已有些眉目了。还望老人家您多等几日。"

"无妨，无妨!"掌灯人听孟迁这样说，早就已经热泪盈眶，"多少年都等得，不差这几日，不差……"

他边说，边朝孟迁连连作揖。

"还真是感人肺腑的一幕啊……"就在此时，熟悉的阴笑响起，一个矮小畸形的身影，提着灯笼从黑暗中大摇大摆地走了出来。

"孽障，你还敢出现在某家眼前!"掌灯人见之大怒，手中铁杖一挥，泼洒出一片火海，烧向厉鬼。

这厉鬼行的本就是采生折割的勾当，掌灯人的女儿，多半就是被他拐走的，也难怪两人一见面就是水火不容。不过厉鬼似乎也早就防着他发难，只以迷魂幻影现身，立在火海中毫发不伤，只是一个劲催促孟迁等人："洞主让本大爷送你们出去，要走赶紧的，我还赶着去招呼下一批娃子们。"

公孙道士也不理二人间的龃龉，闻言拱手道："正好我们也有要事，就劳烦先生带路了！"

说着，直接绕过掌灯人布下的火海，跟着厉鬼走向无忧洞的出口。掌灯人也知自己仓促间奈何不了这个宿敌，虽然怒发冲冠，也只能无奈地目送众人离开，临别之时，还不忘叮嘱孟迁小心仔细。

与掌灯人别过，孟迁加快脚步，追上了公孙道士一行，正好听见他们在讨论如何完成与无忧洞主的交易。

燕小乙听到孟迁脚步声，淡然笑道："孟小哥人称'地理鬼'，不妨为我们讲讲这汴河水文，如何？"

孟迁虽不喜他们，但也不会在这种事上推搪，当即介绍道："汴河乃是四渠中最深广的一条，河面阔及四十丈，水深六尺余，官府尤为重视，沿河皆有埽所铺屋相护，河堤巡检使日夜巡查，诸位若无十足的把握，最好还是不要轻举妄动，以免枉自断送了性命。"

听他说得严峻，燕小乙和武都头脸上都不禁露出淡淡愁容。唯有公孙道士仿佛智珠在握，淡然道："无妨，我等下山之前，军师就已然考虑到此行可能会遇到凫水之需，所以派了张二并水鬼营相助，算算路程，他们此时当已到城外了。"

"军师真是算无遗策，有张家二哥相助，此事大定！"武都头闻之，立刻松了口气，欣然而笑。

就在此时，厉鬼突然插言问道："不知诸位所言张家二哥，可是昔日浔阳江里，号'浪里白条'的那位？"

"此事与你无关，前头好生带路便是。"武都头的笑声戛然而止，语气骤然转厉。

"桀桀桀。"厉鬼阴笑两声，便不再问。

如此沉默着走出一段路后，孟迁突觉不对。和其余人等不同，他每走一段就要在心中默算路程，但仅凭一丝印象，也足以让他断定自己一行已经步入歧途。

孟迁大惊，正待出声示警，耳边已经响起公孙道士的怒斥："竖子！竟敢暗算贫道！"

轰的一声，一道火符在黑暗中炸开，火星四溅，但火光炸裂时，厉鬼的身影已经消失不见。孟迁见势不妙，拔腿就往燕小乙身后躲去，但才一迈步，就是一个趔趄，险些栽倒在地。一股冻僵般的麻木，在他肢体上扩散开来，使得手脚都不听使唤。

"坏了，还是着了他的道！"孟迁咬牙挪到墙边，双目警惕地看向四周。

黑暗之中，厉鬼原本点来照路的灯笼早已熄灭，只剩火符暗淡的余晖，映照出几道快速闪动的人影，以及兵戎交错的声响。但很快，就有人陆续在厉鬼的拂菻迷魂术前败下阵来。

唯有那公孙道士还在死死抗争，但被人有心算无心，似乎也只剩招架之功了，他咬牙喝道："厉鬼，你如此胆大妄为，就不怕坏了你们洞主的大事？"

"桀桀桀，你们这班蠢货，真以为本大爷会效忠洞里那个怪物不成？"厉鬼大笑道，"还是明尊英明，早就料到这怪物不会甘心守约，才将我安插在此地。今日之事，你们若是无能为力也就罢了，但你们竟然贼心不死，妄想引'浪里白条'入局，这就怪不得本大爷心狠了，谁让你们威胁到明尊的生意呢?！"

"明尊？"公孙道士等人一头雾水，不知怎么又冒出这么一号人物。

倒是孟迁突然想起勾栏瓦肆间一则与无忧洞齐名的怪谈，失声叫了起来："你是赊刀人？"

"你还知道赊刀人？"他这一出声，却是引起了厉鬼的注意。

后者猛一摇铃，无声无息，公孙道士却终于应手而倒。随后，他恶毒的小眼睛，就在重新燃起的灯笼光中，锁定了孟迁的面庞。

"略，略知一、一二。"孟迁心中苦涩，暗骂自己嘴太快。

其实，在瓦肆的怪谈中，赊刀人乃是和无忧洞齐名的存在。只不过相比起无忧洞，赊刀人的行事要更神秘。无忧洞起码还有迹可循，对于走投无路之人，也算一个念想；但赊刀人不同，无人知道他们是谁、在哪儿，但所有关于它的只言片语，都极尽所能地描绘出了一个未卜先知，能预知一切的存在。至于这个"明尊"的名号，也是前阵子孟迁听那些闲汉胡扯听到的只言片语。只是这些闲话、传言，孟迁也是听了便罢。谁承想，自己有朝一日，居然会看到赊刀人，而且不幸的是，双方好像还站在了对立的立场上。

"厉鬼先生，我与他们并无瓜葛，我，我就是他们花钱请来的向导，他们的事，也都跟我无关啊！"眼看厉鬼拔出一柄鬼头匕首，朝自己走来，孟迁血都凉了，连忙大声撇清自己和公孙道士一行的关系。

但他的话，只换来在场所有人的冷笑。

"你们知晓了本大爷的身份，今日就都得死，早晚而已，小子，就先从你开始吧！"厉鬼残忍地笑着，短小的手臂高高举起，姿势滑稽，但手中匕首已经搭上了孟迁的咽喉。

凉津津的刀锋贴着孟迁的皮肤，只要轻轻一拉，就能让他身首异处。感受着喉间沁人心脾的寒意，孟迁儿乎绝望了："想不到我今日会死在这里，嫂嫂、晓莲，你们要保重……"

最后时刻，他眼前浮现的，还是家人的音容笑貌。

"纳命来吧！"

就在厉鬼打算彻底了结孟迁时，旁边的黑暗中，突然火光一闪，轰，一团火焰重重砸在他身上！

"嗷！"厉鬼发出伤兽般的惨嚎，顾不得再伤人，带着一身火苗，狼狈冲进了旁边的暗道中。

"这一道烈火焚身之痛，算是为我这十二年所受之苦收点利息吧！"

"梆梆"的铁杖声中，掌灯人缓缓走来。

片刻后，他枯槁的身形停在孟迁身边，语气关切地问道："孟小哥可还安好？"

第十三章　杂耍伎俩显神通

午初。

正是孟迁等人在地底的森罗大殿中与鬼影周旋之时，东京城的地面上，褚三娘也已经带着自己的部下包围了外城区一间不起眼的院落。

按照赵晗译出来的地址，这里就是逆贼方腊势力在东京接头的据点。褚三娘打量了一眼夯土的院墙和露出墙头的茅草屋顶，素手轻抬："小五，上。"

话落，一个瘦小精干的年轻人越众而出，孤身摸向衰颓的小院。他悄声行至院墙前，一个旱地拔葱，就像只人形大壁虎一样，贴着院墙蹿了上进去，全程无声无息。

褚三娘等人远远看着，都不由满意地点了点头："小五的壁虎游墙功，已有他大哥七成的火候了。"

皇城司中不养废物，小五虽然看起来年轻，却练就了一身祖传的轻身功夫，放眼整个冰井务司，也是一等一的斥候好手。

但片刻后，他们的脸色就沉了下来。因为小五翻过院墙之后，竟如泥牛入海，再无回音。而按照冰井务的章程，不管目标区域是否安全，斥候都应该第一时间发回信号才对。

"有鬼！跟我上！"褚三娘一抖缰绳，骏马长嘶，一头就撞垮了小院的柴门，冲入院中。

下一刻，她就露出惊怒的神情。

只见小五躺在院子中央，身上看不出有什么伤势，但七窍流血，眼神空洞，赫然死不瞑目。而在他尸身不远处，还有几个行商模样的汉子，正要作势逃走，却被突然冲入的褚三娘堵了个正着。

"杀官造反，你们好大的胆子！"褚三娘大喝道。

几名汉子交换了一个阴狠的眼神，齐齐朝着褚三娘扑了过来。还未靠近，一股腥臭的气味就钻进了褚三娘的琼鼻，让她一阵头晕。

瞬息之间，她就明白小五是怎么着了道的了："有毒！"

"嘿嘿嘿，才发现，晚了。"几人发出得意的阴笑。但他们的嘚瑟仅仅维持了一瞬，就见褚三娘绣袍一卷，露出腰间一个刺绣香囊，随着一股奇香弥漫开来，空气中的毒气迅速被抵消。

几名反贼没料到自己的拿手好戏这么轻易就被破解，都出现了一瞬间的惊慌失措。不等他们回过神来，唰！清寒的刀光已经自褚三娘手中翻卷而出。这几下交手，兔起鹘落，不过是瞬息之间。直到褚三娘制服了几人，冯修等人才跟着冲了进来。这些反贼也是决绝，一见来人众多，居然齐齐做了一个抿嘴咬牙的动作。

褚三娘脸色一变，冲上去卸掉一人下巴，但还是晚了一步。才一眨眼工夫，几人面色就同时由青转紫，七窍中也流出黑血来，头一歪，再无声息。这些人的后槽牙中都藏着剧毒，一旦事有不谐，马上服毒自尽，居然半分犹豫都没有，其心性决绝得令人害怕。

"够狠！"褚三娘微微一叹，把手中尸体丢弃，回头正好看到冯修在检查小五的身体。

"如何？"她问。

冯修沉重地摇摇头，显然是回天乏术了。

褚三娘面上流露一丝痛惜，但随即恢复了清冷。做他们这行的，早已将生死置之度外。

"搜！"她拔刀指向不大的院落，冷声道，"就这点时间，我就不信他们能把其他证据也一并带到坟墓里去！"

"是！"众逻卒立刻有序散开，宛如一张拉开的大网，拢住了小院的每一处角落。

很快，就从后院的小屋里传来了踢打喝骂和求饶的声音，随后几名逻卒揪着一个闲汉打扮的青年从月亮门走了出来。

"你是何人？"褚三娘问。

"小、小人……姓胡名来，东，东京人氏……平日在北瓦之中，做些帮闲的杂事，赖以谋生……"胡来鼻青脸肿，一双狡黠的眼睛却还在骨碌碌转个不停。

"老实点！"冯修把刀架在他的脖子上，指着几名反贼的尸体喝问道，"你与他们是何关系？"

"哎哟，我说大人，我就一小小的闲汉，能和这些强人有甚关系啊？"胡来只管一个劲地叫屈，"这里本就是小人家。谁知，前几日这伙人突然闯了进来，拿着刀子威胁小人，非要让小人招待他们。您说，小人跟他们能什么关系啊？小人也是受害者啊！"

胡来说着说着，就有些戚情上面了。

如果孟迁在此，就能听出胡来前半截说的倒都是真的。此人的确是东京城中的闲汉。孟迁刚入行的时候，是在东京最大的北瓦揽活，正是因为跟胡来发生了一些矛盾，后来才去了桑家瓦子。但即使是孟迁也不知道，胡来的祖上其实还有摩尼教背景。也正是因为有这一层联系，他才会被方腊找上门来，许下荣华富贵，让他成为方腊在东京的内应。

不过褚三娘也不是好糊弄的。她妙目一瞪，一针见血地指出："你当我们是如何找到此处的？我们手中有方逆来往的秘信文书，上头明明白白写着，这里便是他们接头的据点。"

"你说什么？圣公把我的住处写在来往文书上？"胡来如遭雷击，瞬间呆住。他甚至都没发现自己对方腊的称呼已然出卖了他。

"哼，这下终于不嘴硬了吗？"褚三娘冷冷一挥手，"来人，将这厮绑了，带回去慢慢审！"

冯修上来拉扯胡来的时候，他终于如梦初醒，眼中闪过一丝怨毒，惊恐大叫道："且慢！我也是被方腊那狗贼给骗了，只要别对我动刑，你们想知道什么我都说！"

"晚了！"冯修麻利地把他捆了起来，恶狠狠道，"若非你们这些恶贼，小五又如何会死？敢杀官造反，就要付出代价！"

胡来扭头看了一眼不远处小五死状惨烈的尸体，只觉得一股寒意顶破天灵盖。到这个时候，他哪儿还不知道自己被方腊做了弃子？后者或许压根从来就没信任过他，许以重金，布下这个所谓的"隐秘据点"，却又堂而皇之地将地址写在文书上，不过就是为了让他在恰当的时候成为诱饵。而现在就是那个恰当的时机。他不知道方腊所图为何，但是现在这些都不重要了。杀官造反，在历朝历代都是株连九族的重罪。

"好险恶的心机！等胡爷脱了身，必不与你干休！"胡来恨得牙痒痒，心里暗自把方腊的祖宗问候了个遍。

"把小五拾掇一下，收殓好了再背回去，莫要让他失了体面。"捆了胡来，冯修吩咐其他人道。而就在众人注意力向小五的尸体转移前的一刹那，胡来也开始了自己的逃生计划。他隐蔽地踢出一块石子，正卡在众人视野的盲点上，击中小五尸身腿部的一根筋。小五尸骨未寒，腿部受到撞击，立刻抽动了一下。

"都知，冯押班，小五他刚刚好像动了一下！"这一幕正好被一名走上前收尸的逻卒看到，不由叫了起来。

"怎么可能？"冯修吃了一惊。

他对自己验尸的水平还是颇有信心的，一个人是死是活，当不至于看走眼才对，不过当他看到褚三娘快步走过去时，也本能地跟了上去。此时此刻，在场众逻卒里，已经没有人把注意力放在胡来身上。

这正是胡来要的脱生之机！

他脸上猛地浮起一抹痛楚之色，但随即一咬牙，竟仅凭肌肉的力量，就卸掉了自己手脚处的关节，让身躯变得柔软如棉，形体也缩小了不少，轻易就从捆得紧紧的绳索中钻了出来。等脱身之后，他又一用力，关节竟又自己接驳上，除了落地的绳索，刚刚的一切都宛如只是幻觉一般。

缩骨功！

这可是他混迹勾栏瓦肆十余年，从杂耍艺人那里学来的伎俩。包括之前让小五的尸身活动起来，也是一门据称来自东瀛的忍术皮毛。后者若是练到极处，传言甚至仅凭弹动死尸的筋骨，就能让刚死之人活动如生，掩护藏在其身后的忍者！胡来当然没有这样的本事，但就靠着这点皮毛，已经足以让他逃出生天！

当褚三娘等人再回过头来时，胡来原本待着的地方，已经只剩下一个空空如也的绳圈。

第十四章　统御群犬恶豺舅

看着地上的空绳索，褚三娘精致的面孔上泛起寒霜。

冯修等人更是大怒。终日打雁，不料竟被雁啄了眼，要是让这个闲汉轻易跑掉，那皇城司的颜面何存？当即在场的逻卒便分出一队，追逐了出去。当几人冲出小院后，正好看到胡来的背影消失在一处竖井前。

井下就是无忧洞。

同为勾栏瓦舍间讨生活的闲汉，孟迁知道无忧洞的传说，胡来自然也知道。不过，皇城司代表着官家法度，可不会因为区区一个无忧洞就止步。褚三娘带人追到黑黢黢的竖井前，只是略一皱眉，就毫不犹豫地跳了进去。但是很快，他们又退了出来。

冯修无奈道："岔道太多，追索不易，反倒可能把自己陷进去。"

说罢，他探询地看了褚三娘一眼。

"这些江湖术士，仗着些许歪门邪道，就敢乱法犯禁，简直天真！今日定要让他们知晓，我们皇城司中，也有奇人。"

冯修怔了怔，猜测道："都知莫非是想派……"

"嗯。"褚三娘点点头，肯定了他的猜测，"论到寻踪觅迹，人再在行，终究不如狗鼻子灵。"

冯修闻言，顿时露出几分嫌恶之色。

褚三娘留人守在这井口，自己则带着冯修马不停蹄地赶回了冰井务司衙门。临走时，还带走了那条捆绑过胡来的绳索。不过回到冰井务司之后，他们却并没有走正门进入衙门大堂，而是绕道后门，从一个狭窄如狗洞子般的小门中钻了进去。

这是一间宛如羊圈般的狭窄斗室，四壁都没有窗户，只有微弱的光线从板壁的缝隙间透进来。刚一进门，一股混合着血腥味的恶臭就扑面而来，冲得冯修连连皱眉，倒是褚三娘像失去了嗅觉一般，美玉般的脸上毫无变化。朦胧的黑暗中，还不断传来什么东西撕咬血肉的声音，令人毛骨悚然。

等两人的眼睛适应了昏暗的光线，才看清那是一群恶犬正在争抢吞食半头鹿的尸体。在张牙舞爪的群犬中，赫然还蹲坐着一个人的身影。他同样是在毫无顾忌地撕扯着生肉往嘴里送。听到身后的脚步声，这个人猛地回过头来，龇着带血的牙，从嗓子里挤出威胁的低吼。

下一刻，群犬仿佛得到命令，同时停止了进食，几十双凶残的眼睛在阴影中散发着幽幽的绿光，同时望了过来。冯修瞬间感到莫大的威胁，下意识地握紧了腰间的手刀。

褚三娘倒是没什么反应，兀自向那人说道："豺舅，来活儿了!"

话落，被称为"豺舅"的男人，缓缓站起，从阴影走到光中。这时才能看清，这是一条壮硕的猛汉，冯修个头已经不算矮小了，但他比冯修还高出一头有余。他身上披着一条由犬类皮毛胡乱缝制而成的皮裘，毛发蓬乱，散发出阵阵独属于兽类的膻味，也让他本就高大的身形显得愈发魁梧，举手投足间，兽性十足。

"这次又需要俺做什么?"

"追人。"褚三娘说着，把手里的绳子抛给了他。

豺舅接过绳子，放在鼻端深深一嗅，长长的面孔上露出沉醉的表情。"真是年轻的味道! 他身上的血肉一定很甘甜!"他伸出猩红的舌头，贪婪舔舐嘴角未干的血丝。

"我们时间不多，要快。"看着他如痴如醉的模样，褚三娘终于忍不住轻蹙秀眉。

"吼呜——"豺舅长啸了一声，把绳子随手往犬群中一抛，任由它们叼着嗅闻，自己狞笑道："人在哪跟丢的? 带俺去。"

褚三娘一言不发，拧开斗室一侧板壁上的锁头，轻轻一推，就见门外正是冰井务司衙门的后院，一辆密封如盒的马车已经停在那里。

"带着你的畜生们上去吧。"冯修厌恶道。

"孩儿们，上!"豺舅也不生气，抬手一指，那些恶犬居然就像经过严格的训练一样，抛下口边的血食，鱼贯上车，很快就把车厢塞了个满满当当。

等到豺舅也登车，冯修才上前把车厢锁死，回头就对褚三娘抱怨道："他还真把自己当条狗了。每次看到他，卑职就觉得恶心。"

"尺有所短，寸有所长。"褚三娘却很看得开，淡淡道，"你要记住，冰井务乃是天子禁卫，我们最重要的职责，就是守卫皇城安危。为了完成这个任务，适当的妥协和包容是必须的。哪怕是这样的恶人，只要有用，便无不可。"

"卑职明白。"冯修低下头，低声道，"只是这豺舅的过往，实在是……都知把他保下来，来日恐遭人诟病啊！"

冯修身为押班，是冰井务中少数几个知晓豺舅来历的人。此人自幼是个孤儿，阴差阳错被一群野狗养大。正因为如此，他骨子里也是兽性多过人性，不但嗜血无情，而且睚眦必报，对除了犬群之外的任何生物，哪怕是人，都没有半分感情。在他长大之后，靠着半人半兽的特点，成了犬群的首领。他穿着的那一身皮毛，都是这些年犬群中死去的野狗留下的。在被冰井务抓捕之前，他就在官道上纵犬行凶，打劫来往客商，稍有不从者，都会被他指使恶犬咬死，连尸体都被吞噬，最后还是因为他动到了进贡给官家的贡品，才由冰井务派人将其擒获。饶是如此，冰井务也是花了不少力气，才把他和他手下的恶犬尽数捉拿。没想到失风之后，这自称豺舅的怪人为了保下犬群，居然自行臣服，说愿为冰井务效劳。褚三娘也是看他这驯犬的能力确实有用，方才把他保下，平时就关在冰井务司衙门的兽栏里，只有需要他出动时，才会放出来。这辆专用的马车，也是为他特意置办的。

"食君之禄，为君分忧，本官并不在乎他人的非议。"褚三娘淡淡道。

"都知高风亮节，卑职佩服。"冯修忙奉承道。

褚三娘并不吃他这套，直接打断道："赶车吧，再耽搁一会儿，豺舅也未必能追索到气味了。"

如此，两人赶在午正之前，赶着马车再度回到了胡来家院子旁的无忧洞入口前。豺舅下了车，围着那洞口一打量，就狞笑着谈起了条件："这下面逼仄，若要我的孩儿们追进洞去，还要再加半头鹿！"

大宋的肉食之中，尤以獐鹿最贵。

但面对豺舅的贪得无厌，褚三娘连眉头都没皱一下，就一口答应了下来。

正如她所说，只要能完成冰井务的任务，其他一切旁枝末节都可以妥协。

"俺去也!" 谈妥了价钱，豺舅一挥手，群犬就跃入了无忧洞，四下一嗅，立刻锁定了一个方向，追了下去，吠叫声在黑暗中迅速远去。

褚三娘和冯修自也带着人紧随其后。

第十五章　后有追兵非善茬

这边，孟迁好不容易缓过劲来，才与掌灯人说了两句，就见一旁的时头领双耳突然抖动几下，而后迅速往地上一趴，侧耳紧贴地面凝神倾听。这是时头领的绝技，他听觉远胜常人，附耳在地面倾听甚至能听到数里外地上的动静，公孙道人见状立刻举手示意众人噤声。

"有人来了。"时头领贴在地面仔细倾听了一会儿，随即又变化了许多个方位，"似是不止一人，这声音……"

"似什么！定是那'三寸钉'去搬了救兵来。当俺怕了他不成！"武都头作势就要迎上去，却被公孙道士一把拦住。

公孙道士的面色不是太好，他的手紧紧握着武都头的胳膊："我等时间不多，切不可再节外生枝，且先看看再议。"

奈何这武都头是个睚眦必报的主，之前在这甬道里吃了大亏，一心只想着泄恨，此刻哪里肯听，作势就要挣开公孙道士的手。倒是一旁的燕小乙尚且知晓轻重，上前帮着拉住了武都头。公孙道士又看向一旁的掌灯人，掌灯人枯槁的面庞没有任何表情，却只举起手中铁杖往地上轻轻一磕，杖头上的火焰顷刻间就缩回了杖内。甬道重归黑暗，只余一丝还未完全散去的淡淡松香味，众人也迅速藏身暗处。

只一会儿的工夫，一丝微弱的光亮从甬道拐角透出，公孙道人等人纷纷紧握手中兵刃屏息以待，孟迁更是大气都不敢出。很快在一团微弱光芒的笼罩下，厉鬼团身如球般从拐角蹿出，眼见就要撞到甬道石壁，他双脚用力一蹬石壁，借力改变方向窜逃。

"谁说来的不止一个，时头领你这回怕是失算了！"武都头说着，也不待周遭几人的反应，提起手中双刀就飞速逼近过去。

时迁闻言，面皮抽了抽，才要说话，眼角余光瞥到身旁不远处的掌灯人抓起腰间的大葫芦，对着嘴就是一通猛灌，肚子肉眼可见地就胀大起来。接着掌灯人放开葫芦，深吸一口气，对着已经举到眼前火焰升腾的杖头做喷吐状。

见他这动作，时头领似是想到了什么，浑身一颤，对着正要逼近厉鬼的武都头喊道："武都头，快躲！"

话才出口，一道火柱从掌灯人嘴里喷出，目标正是那厉鬼。

也是多年合作的默契，得到时头领的提醒，武都头想都不想，连忙往旁里一闪身，掌灯人喷出的火柱几乎是与他擦肩而过，然后全数落在厉鬼身上。也不知这火焰究竟有何玄机，才一接触，便迅速在厉鬼身上蔓延开，顷刻间将其烧成了个火人。

"嗷……"火焰罩身，厉鬼被烧得发出凄厉的惨嚎，不过他反应并不慢，只见他强忍着火焰的灼烧，抓起脸上滚烫的青铜面具丢开，而后身子一抖，着火的直裰就从他身上滑落下来。紧接着几个翻滚，一头扎进甬道两边流淌的污水中。

掌灯人这一手所带来的杀伤效果，极其惊艳，可是把公孙道人几个都惊住了，一时间竟都忘了继续攻击。特别是武都头，心中那叫一个后怕，要不是他躲避及时，这会儿被点着的就是他了。

掌灯人用出这一手负担也不小，这会已是气喘吁吁脸色发白，双手扶杖才堪堪站住。趁这工夫，厉鬼已经用暗渠污水熄灭了身上的火焰，他丝毫没有反击的意思，如一只大耗子般，手脚并用地顺着污水渠中拼命逃窜。

时头领反应迅速，直接从腰间镖囊中摸出多支柳叶镖，一撒手，天女散花般往厉鬼逃遁的方向打去。其他人遂也展开身形，对厉鬼围堵追截。

"啊——嘶——"

没了青灰直裰护身，漫天镖雨之下，厉鬼当即中镖，鲜血瞬间从背部伤处涌出，他不由发出痛苦哀号。

厉鬼强忍疼痛，咬牙用力晃动手中的迷魂铃，发出一串清脆的铃声。饶是远离战圈的孟迁，听到这铃声脑中顿时一阵恍惚，公孙道人几人的攻势因此一滞。只不过公孙道人几个都是绿林高手，且这迷魂铃声被厉鬼用得仓促，没有相应的药物辅助，效用大大降低，只是一个晃神，公孙道人等人就又恢复了过来。

厉鬼则借机迅速遁逃一段距离，生怕公孙道人几人继续追赶，他边逃边狠声叫道：“皇城司的番子就在后头，尔等若想鱼死网破，我便奉陪到底！”

就在厉鬼说话的当口，甬道拐角数道黑影突然窜出，身形灵敏地转过拐角出现在孟迁等人面前。借着火光，孟迁看清楚了窜出来的，赫然是数只足有半人高，眼珠血红，目光凶狠的恶犬。那择人而噬的凶戾眼神，看得孟迁心头发颤。

这突发的变故让公孙道人等人无暇再去顾及遁逃的厉鬼娃娃，迅速摆出架势防御来敌。只是紧随这几只恶犬之后，又有源源不断的犬只不停地转过拐角冲入甬道，片刻间就聚集了数十条之多，密密麻麻地将甬道堵了个严实，许是见着了生人，恶犬开始狂吠。

此情此景，哪怕是公孙道人他们都感觉有些头皮发麻。孟迁更是吓得双腿发软，想都不想就转身开溜。

“速退！”公孙道人目光凝重地看着对面黑压压的狗群，转而目光扫过一旁一副虚弱模样的掌灯人，立刻就做出了决断，招呼这燕小乙几人反身奔逃。

“啊呜……”

之前感受到公孙道人等人的威胁，野狗们没有马上展开攻击，这会见敌人逃跑，为首的野狗立刻狂吠一声，野狗群闻声瞬间暴动，在一片疯狂的吠叫声中，如潮水般往公孙道人逃跑的方向追去。发现自己被抛下，掌灯人本就没多少表情的脸色愈发冰冷，却也没说什么，伸手从怀里摸出一个包裹往野狗方向丢出，同时转身快步逃遁。

包裹落地，“嘭”的一声炸响，火焰爆发开来。

怕火是动物的天性，狂奔而来的野狗群当下就被突然爆发的火焰吓到，纷纷停下脚步，几条跑得最快的野狗没能及时停住，一头撞进火焰中，霎时就被火焰点燃，哀号着痛苦挣扎。其中两条野狗，痛苦之下本能地转身想逃回狗群寻求庇护。若这两条野狗冲回狗群，那狗群必定大乱，也就给了掌灯人喘息之机。

“嗷……”

就在这时，一道人影飞身跃过狗群，抬脚连踢，干净利落地将这两条着火的野狗生生踢死，这才带着满脸狂怒看向掌灯人，嘴里发出一声愤怒的吠叫，来人正是狗群首领豹舅。听到豹舅的叫声，被火焰拦住的野狗，竟是克服了对火的恐惧，纷纷一个加速助跑跃过火焰，狂吠着往掌灯人方向猛追。

这一切都落在了燕小乙的眼里，他眼中闪过一丝骇然，他万没想到这些野狗居然是受人控制的，那这些畜生可就更难对付了！转回头来，燕小乙看着就在自己前方的孟迁，眼中凶光一闪，有了决断。

他闪电般出手扣住孟迁的左肩，手臂猛然发力将孟迁往后奋力一扯，同时右脚一踢孟迁脚跟，孟迁顿时腾身而起，惊叫着往后倒飞出去。

第十六章　恶犬来袭险送命

眼见孟迁一个滚身摔蒙在了地上，掌灯人脚步一顿，迅速扭头看了一眼已然追近许多的野狗群。随即伸手扯下腰间的大葫芦，将其中液体泼洒在四周，然后举用燃火的杖头将其点燃。只听"呼"的一声，火焰迅速升起形成一道火圈围住了他和孟迁。

"啊呜——"豹舅跟在野狗群后方追来，看着火圈他狞笑了一声，嘴里又是一声指令发出。

听到指令，野狗群迅速向后退开了一些距离，然后猛地加速前冲，临近火圈时弹身跃起，竟是跃过了火圈来扑咬孟迁二人。掌灯人见此情形，脸色也是难看异常，连忙舞动手中铁杖，将跃过火圈的野狗砸开。铁杖分量不轻，被砸到的野狗，要么直接毙命，要么哀号倒地无力再爬起。

"啊呜——"

眼见得又有几条野狗毙命，豹舅眦目欲裂，连忙发出一声吠叫，令狗群不再贸然攻击，团团围在火圈外静待。见狗群不再攻击，掌灯人稍稍松了口气，但他也不敢脱离火圈，双方顿时陷入了对峙的状态。

就这个间隙，孟迁稍稍缓过了些劲来，在发出了一声沉闷的呻吟后，从地上挣扎着爬起身来。掌灯人迅速瞥了他一眼，就又将目光放在四周虎视眈眈的野狗身上。虽说刚才无法动弹，但孟迁还是清楚两人现在的境况的。起身之后，他张目环顾，很快找到了在狗群后方蹲坐着的豹舅。

孟迁强忍着心头恐惧冲豹舅道："官爷饶命！小可东京人士，现有关于官家的重要消息，向官爷禀报！"

之前厉鬼可是说了，追杀他的是皇城司的人，现下这情况率先投诚，保住小命总是不错的。只是豹舅的反应让孟迁心头一咯噔，他就仿如没听到孟迁的话一般，始终死死盯着掌灯人，像是一只耐心狩猎的猛兽，等待着对方露出破绽。这哪像是一个皇城司察子听到消息该有的反应？

孟迁心里打起了鼓，一时间摸不准眼前人的来路。但他是个极识时务的，见喊话无用，便也不再白费力气，拔出腰间匕首起身去到掌灯人身后背对而立，硬着头皮直面掌灯人身后那双双冰冷的狗眼。然而，四周的火焰终究随着时间的流逝，有了减弱的趋势。豹舅脸上也再次浮现出了一抹嗜血的狞笑。

"啊呜——"

又是一声吠叫响起，狗群瞬间炸了锅，狂哮着冲过火焰朝孟迁二人扑去。

面对这帮扑来的疯狗，孟迁背脊发麻，手中匕首毫无章法地胡乱挥舞着。

"啊！"

一条飞扑过来的野狗张开大口，狠狠地叼在孟迁的手臂上，钻心的剧痛从手臂上传来，疼得他眼睛都红了。但同时，也激发了他的凶性，狂吼一声，挥动匕首就往野狗头上猛扎。一下两下三下，匕首总算捅穿狗眼直穿其脑部，咬住孟迁手臂的野狗发出一声痛苦惨嚎后，便没了动静。可还不等孟迁喘口气，他左边大腿和右侧小腿处，再次剧痛袭来。孟迁拼了命地挥动匕首猛扎咬着他右小腿的野狗。

这狗东西咬住了猎物就不会松口，饶是被匕首捅穿身体，那条野狗依旧死命紧咬孟迁的血肉，同时咬着孟迁左大腿的野狗开始疯狂甩头，试图将肉从孟迁腿上撕扯下来。血肉撕裂，痛得孟迁眼前一阵发黑，身体也摇摇欲坠，要不是背靠着掌灯人，他恐怕已经被这野狗拖拽倒地了。掌灯人也察觉到了背后孟迁的异样，可是他这会儿也是自身难保。

千钧一发之际，褚三娘为首的一干冰井务察子绕过甬道拐角出现，眼见得狗群在拼命围攻孟迁两人。

褚三娘脸色霎时就变得一片冰寒，厉声对豹舅吼道："豹舅，本官说过要活口！"

豹舅恍若未闻，只消再拖片刻，这两人必死无疑，到时褚三娘还能为两个死人与他翻脸不成？

褚三娘哪能看不透他的心思，俏脸杀机浮现，冷声道："杀！"

听到她的命令，冯修等人立刻举起手中劲弩，弩箭上弦直指豹舅。豹舅太清楚褚三娘手段有多狠辣了，不想死的他只得不甘地发出吠叫。

"啊呜——"

得到指令，原本还在疯狂围攻的狗群竟纷纷停止攻击，缓缓退开去。喝退狗群，豹舅转过头来，杀气腾腾地怒视褚三娘："他们害了俺好些弟兄！"

褚三娘没搭理他，只是森寒着脸，眼神阴冷地看着他。双方对视，终究是豹舅不敌缓缓地低垂下头，低吼着俯下身来手脚并用，如野狗一般快速离开甬道，狗群也紧随其后离开。

目送豹舅和群狗离开，褚三娘脸上的冷色这才缓缓收敛，淡淡道："快去看看那两人，尽量留下活口来。"

烈日之下，冰井务衙门正中的麻石日晷上，晷针的阴影正落在午正位置。

一阵急促的马蹄声响，两辆马车停在了冰井务衙门口。马车停稳，冯修带着几个手下迅速翻身下车，将车厢内两个浑身血迹的伤号从车上搬下来。

褚三娘从后面那辆马车上下来，瞥了一眼眼前两个血肉模糊的身影，朝着冯修招了招手。冯修会意快步凑近过来，褚三娘附耳低声吩咐："安置到冰牢，莫叫他二人死了，你就在外守着，听听他们都说了些什么。"

所谓的冰牢，实际上是冰井务平日里为官家藏冰所在，因藏冰的缘故内里环境既湿又冷，便被冰井务征用了部分作牢狱使用。到这里先不说别的，光是冰冷的环境，就够这些囚犯先喝上一壶了。

冯修点了点头，躬身施了一礼后便领着手下，将孟迁二人送往冰牢。处置好孟迁二人，褚三娘低头看了眼自己满是污渍的绣袍下摆，鼻间犹能闻到地下暗渠那难闻的气味，她不由得柳眉微蹙，迈步就往自家住处去。

可她还没走两步，一名逻卒急匆匆找来："都知，周游周都知来了，现在奉圣堂，请您回来就立即去见他。"

别看都叫都知，褚三娘只是冰井务的头，而这位周都知却是内侍省的副都知。

内侍省是皇帝的近侍机构，品级自然在皇城司之上。其都知童贯现下正出征方腊，这位周副都知便成了内侍省地位最高的宦官。这些识时务的逻卒自然也不敢正经称呼他周副都知，都只叫周都知，他本人倒也欣然接受。

听闻周都知来了，褚三娘哪敢怠慢，当即朝着奉圣堂而去。

临近奉圣堂，远远地就见着身穿紫色锦袍的周游正身形挺拔地端坐在奉圣堂的主座上，两名身穿绿袍的小黄门在一旁随侍。当今官家用人向来是以貌取之，朝中重臣就没有相貌难看的，对臣子的要求尚且如此，对身边伺候的内侍自然就更为挑剔了。这周游便是如此，唇红齿白面如冠玉，端得一副好相貌。待走近了，看清周游俊俏的面庞上透出的表情，褚三娘便知，他此行怕是没有什么好事。

不及多想，褚三娘对着周游单膝跪下，低头拱手恭敬问候："下官褚三娘，拜见都知。"

只是，自她进门，身上残存的腌臜气味，便顺着风就飘到了周游的鼻子里，让周游原就不睦的脸上，更增加了几许嫌恶之色，就见他蹙眉从袖中摸出一面洁白绸绢，轻掩着鼻子埋怨道："这是甚味道？褚都知你可是个女子，怎也这般腌臜?!"

第十七章　火德星君朱自通

褚三娘蟺首低垂，脸上古井无波，但语气依旧谦恭地解释道："下官刚办差回来，未及清理，污了周公口鼻，请恕罪。"

周游身边随侍的小黄门十分机灵，听他这么一说，连忙大力挥动手中团扇，扇走褚三娘身上的味道。

周游这才放下掩鼻的绸绢，冲褚三娘摆了摆手道："罢了，起来说话吧。"

"谢周公。"褚三娘拱手谢过起身，恭立周游身前听候吩咐。

看着褚三娘的恭敬模样，周游脸上闪过一丝满意之色，却没有马上开口说话，而是接过一旁小黄门递来的茶水，捏着兰花指掀起茶盖刮了刮茶水，轻轻抿了一口。

将褚三娘晾了好一会儿，他这才把茶碗往身旁桌案一放，开口道："咱家听说，褚都知今日率人在市集大开杀戒，闹出了好大动静。可有此事啊？"

今日行动的蓑衣巷乃是外城偏僻处，何来市集一说？褚三娘一听就知道周游是来找碴的，可是她不敢贸然与周游顶撞，便从怀中摸出赵晗译出的密信双手呈上。

"禀周公，下官收到密报，去往蓑衣巷正是为了捉拿方腊反贼。"

周游身边的小黄门上前接过密信之后，又恭敬地转呈到周游手中。周游接过密信，展开来看了粗略扫了一眼，脸色猛然一厉，一掌重重地拍在旁边书案上，厉声斥道："荒唐！如今方腊被童公打得节节败退，焉能来我圣京作祟？"

褚三娘闻言便知不妙，都有密信佐证了，周游居然还不信，今日怕是不能善了了。

"禀周公，下官获知贼酋方腊遣人入京，欲在上元夜对官家行不轨之事。事关官家安危，冰井务职责所在，下官不敢有半点怠慢。"褚三娘解释道。

这么一顶大帽子压下来，周游脸色微微一沉，却也不好再否认刺客的存在，略微沉吟后放缓语气道："褚都知尽忠职守，咱家是明白的，只是你也该清楚，你一介女流，能任都知一职，已是天恩浩荡，朝堂内外可是有无数双眼睛在盯着你，若有行差踏错，便是万劫不复。"

周游的语气顿了顿，继续道："今日这事，你也别说咱家没有提醒你，反贼平复只在旦夕，若此刻传出圣京内有反贼出没，你让官家的脸面往哪放？"

褚三娘默然，周游说这番话自不是真在为她着想。可这话却是说的半点都没错，她以一介女流之身能任冰井务都知一职，算是开了大宋朝女性为官的先河。若非是她褚家乃是大宋朝元老，又因她父褚义救驾身死，官家怜褚家忠心，且冰井务都知乃是小小武职，她绝无可能立足于这朝堂之中。饶是如此，依旧有无数双眼睛在盯着她。

褚三娘也不是个不懂变通的人，果断低了头："多谢周公提点，不知周公可有法教下官，下官感激不尽，日后结草衔环报答周公。"

见她态度诚恳了，周游满意地点了点头，便也不再藏着掖着笑道："官家的周全自是重要，但官家的脸面也不可有损。上元佳节乃普天同庆的大喜日子，更何况辽、金、高丽使臣都在圣京，我泱泱大宋怎能在这些蛮夷面前丢脸？故而，此事万不可张扬，追剿方腊贼寇的事宜，由你冰井务司来做。切记，一切都要在暗中进行，绝不能再如今日一般闹出大动静。"

听出周游话中的意思，褚三娘急了，连忙道："周公，我部下辖不足百人……"

周游脸色顿时一厉，冷声打断她道："嗯？冰井务中皆为皇城司精锐，连追剿几个刺客都办不到？那官家养尔等何用？"

"是！"眼见是没法让周游改变主意了，褚三娘只得再次妥协，躬身领命。

"好生办差，事后，咱家自会为尔等向官家请功。"见褚三娘再次服软，周游脸上恢复了些笑容，随口给了颗甜枣，便从椅子上起身准备离开。

褚三娘不敢再多言，快步跟上一路将其送出衙署。

看着周游登上车架离开，褚三娘一阵头疼，偌大一个东京城，仅靠她冰井务百十来人，要在三日内找出方腊刺客，这跟大海捞针有何区别？

冰牢监室内，昏暗的油灯下，孟迁蜷缩在墙角，掌灯人则盘腿闭目坐在他身侧。比起孟迁来，掌灯人的伤势要轻许多。

"哎……"

一直昏迷着的孟迁身体一哆嗦，缓缓清醒过来，意识回归的同时，疼痛也如潮水般回归，令他不由得发出一声痛苦呻吟。

听到孟迁的呻吟，掌灯人睁开双眼，扭头看着孟迁问道："小哥，可还好？"

看清楚是掌灯人，孟迁龇牙咧嘴地苦笑一声道："谢老丈关心，暂时还死不了。"

见孟迁还有心情说笑，掌灯人面上的神色亦松了松。孟迁在掌灯人的帮助下，爬起身来靠着墙坐稳，随后低头查看身上的伤势。这会他的伤口都已被简单的包扎过，伤口上也敷了一层褐色的药膏。药味他倒也熟悉，是金疮药的气味，如此他也就放心了许多，这证明抓他来的人，暂时还没准备要他的命。孟迁随即观察起四周的情形，可是除了油灯下的些许光亮外，四周漆黑一片，不时还有阵阵寒意飘来。

"老丈，这是哪啊？怎的这般冷？"孟迁不自觉地缩了缩胳膊。

"皇城司地牢。"

"还真是皇城司啊？"孟迁的眉头皱了皱，再次观察四周，依旧是无尽的黑暗与寒冷。

半晌，孟迁似是终于放弃了对四周的观察，稍稍坐直了对掌灯人道："老丈，小子名唤孟迁，是东京本地人，家住安仁坊，数次蒙您相救，小子感激不尽，敢问老丈高姓大名，小子日后也知该报答谁。"

"举手之劳罢了，莫要放在心上。至于我的名姓，多年未再用过了，也不愿再用。"掌灯人摇了摇头，并没有说明自家名姓的打算。

孟迁往监室门口看了一眼，他主动说明自家来历的目的，实际上是说给门外可能在监听的人听的，掌灯人没他那般多的心眼，并没察觉到他的意图。

孟迁收回目光，又对掌灯人说道："老丈，您这话可不对。您要找寻女儿，怎能隐瞒自家名姓？外人不知您是谁，又怎知谁是您女儿？"

听到这话，掌灯人心头一动。

随后他抬手对孟迁拱手相谢："多谢孟小哥提醒，我名唤朱自通，往日混迹在里瓦，因擅玩火，旁人都唤我一声火三郎。"

孟迁听完双目圆瞪，连忙忍痛回礼："老丈，莫非您就是十几年前大名鼎鼎的火三郎？您拿手火遁奇术，桑家瓦子的人到现在说起您，都直叹您是火德星君再世！"

"不过是障眼法罢了。"哪怕是朱自通这等淡漠之人，听人提起往日威风，枯槁的脸上还是忍不住露出几分得意色。

之后，两人又彼此寒暄了几句。

突然，朱自通像是想起了什么，压低了声音道："孟小哥，你怎会与那几人牵扯上的？他们一看便是绿林道上的老手，个个心狠手辣，跟他们扯上关系与你并无好处啊。"

"朱老丈，这事说来话长……"朱自通主动将话题引到这上面来，孟迁自是求之不得，他的目光向着黑暗的尽头瞥了一眼后，开口说起了之前的遭遇。

第十八章　冰牢内外斗心机

监舍外是另一个房间，与那冰冷的监舍不同，这个房间中央燃着一大盆炭火。

此刻，火盆上还驾着一口铁锅，锅中汤水早已烧沸，一个留着两撇小胡子的逻卒正在忙活着涮肉涮菜。

"头，您先吃着。"涮好了一大碗菜肉，小胡子笑嘻嘻地把碗递给冯修。

冯修摆了摆手没有去接碗，而是继续凝神听着从监舍那头传来的对话声。小胡子又将碗递给一旁耳贴着墙壁用笔记录的逻卒，那人也摇了摇头。见两人如此，小胡子也不见怪，将肉菜另分出一碗后，盘膝坐在火盆边，兀自吃了起来。

正吃得欢，只听身后传来一声开门声响，三人纷纷回头去看，来的正是已经洗漱干净，换上一身新公服的褚三娘。三人连忙起身就要问候，褚三娘摆了摆手，随后四顾一番寻找坐的地方。小胡子最擅察言观色，看褚三娘的动作他就已经心知肚明了，但他却没有动作，而是冲冯修偷偷使眼色。谁知，平日里一贯机敏的冯修这会儿却是呆住了，目光直愣愣地盯着褚三娘。倒也难怪，平日里褚三娘为了压服冰井务的这帮男人，都会刻意画上偏男性化的妆容，削弱性别上的差异。这会因为心中急切，洗漱完便匆匆赶来，未来得及装扮。偏偏她唇不点而含丹，眉不画而横翠，肤白若凝脂一般，身上穿着的皇城司公服，又让她比寻常女子更多几分英气，着实让人侧目。

冯修毫不避讳的痴望让褚三娘的俏脸迅速阴沉下来，小胡子一见不妙，连忙开口道："褚都知，您请坐。"

说着，他快步搬了一张太师椅过来，放在火盆前，招呼褚三娘落座。

冯修这会儿也清醒过来，连忙偏开视线。褚三娘脸上的寒冰这才缓缓散去，迈步走到太师椅前坐下，冯修三人则敬立太师椅左右。

坐下后，褚三娘拿过旁边记录的文书边翻边问："可有收获?"

听到她的问话，冯修连忙躬身行礼道："禀都知，铁拐刘那边，胡来那厮已是丢了半条命，也没说出些什么来，怕是真不知道。"

褚三娘闻言柳眉顿时一皱，铁拐刘最擅刑讯，人犯落到他手里就鲜有不招的，那胡来看着也不似什么硬骨头，在铁拐刘手下还不招，怕真是知道的不多。

她很快就压下心中的不快，接着问道："那另外二人呢?"

冯修赶紧又将监听到的孟迁二人的对话如实回报。

褚三娘听着听着，眼前忽地一亮："他说的那个道士，莫非是'入云龙'公孙胜?!"

不过旋即，她又问："可有实据?"

"这些都是出自这小子的口，是否真是梁山贼寇，卑职也不敢断言。"

冯修略做沉吟，回道，"不过，这小子还说了另外三人，其中一人为头陀，那帮人都唤其武都头，另有两人一人名唤燕小乙，另一人被称作时头领。"

"'行者'武松、'浪子'燕青、'鼓上蚤'时迁?"褚三娘闻言，嘴里一一唤出这些人的名号。

换成平日，这些反贼送上门来，她定是欣喜若狂，可现下的情形，却是让她极为头疼，她甚至希望这只是孟迁的信口胡言才好。毕竟上头不给人，光找那些个方腊党的刺客就已经够让她伤脑筋的了，若还有这些梁山贼寇搅和进来，东京城里这蹚水可就更混了。

见褚三娘一脸难色，冯修笑着宽慰道："都知何须烦心？这些贼寇若游离在外，我等奈何不得。可一旦入了咱东京城，不就自投罗网了吗？这可是上赶着给咱送功劳啊。"

褚三娘闻言苦笑了一声，接着将刚才周游所说之事告知冯修几人。

听到这消息，冯修脸色也难看了起来："东京城坊市林立，暗渠夹道无数，靠咱这百十号人，便是累死也办不到啊！他这不是为难咱们吗？"

褚三娘微微点了点头，不愿继续这个话题，她冲冯修摆了摆手道："可有差人去查这两人底细?"

眼见褚三娘也是无奈，冯修也只能先按下心中烦闷，拱手回话："卑职让王兔儿去探听了，算算时辰，也差不多该回来了。"

正说着，就见一个高高瘦瘦的冰井务察子推门进来，他身后还跟着几个人，走在前头的赫然就是孟迁的嫂嫂——杜秀娘，她之后则是被两个逻卒抬着，尚在昏迷中的孟晓莲。

"卑下见过褚都知。"推门进来的高瘦男子，正是冯修说的王兔儿。见着褚三娘，他赶紧躬身行礼。

褚三娘点头回应，目光则落在了杜秀娘和孟晓莲身上。

杜秀娘万没想到王兔儿嘴里的都知，居然是个貌美的女子，她先是一愣，随即又一脸惶恐地低下了头。

"她二人就是那孟迁的寡嫂与妹子。这孟迁平日最重的就是她二人，旁人半句重话都说不得。"王兔儿对褚三娘解释。

褚三娘点了点头，后对杜秀娘问道："你可知孟迁现在何处？"

"民妇不知，自早间二叔出门，民妇就未再见着他。"杜秀娘见让她回话，不由分说，噗地就跪了下来，"我家二叔性情良善，断不会做甚伤天害理的事，官爷您明鉴啊！"

褚三娘也不让她起来，只低头继续问道："你昨日可曾见孟迁有何异常？"

杜秀娘一听就联想到昨日孟迁的收入，连忙答道："昨日二叔往家里拿了一贯钱，说是遇着了豪客，那钱民妇未曾动过，就在床榻下边藏着。"

一贯钱、豪客。

听到这些词，褚三娘暗自点头，这算是跟孟迁的话对上了。

接着她又问："你可曾见过那些豪客？？"

褚三娘还算和颜色悦的模样，让杜秀娘心中稍安，努力回想昨日的事："未曾见过，二叔昨日是天擦黑时独自回的家，并未带什么人回来。"

褚三娘闻言柳眉微微一皱，杜秀娘目光可一直都盯着她的表情，见状心头大急，又努力回想了一番，慌忙道，"倒是有一事，甚为古怪。昨日……昨日民妇不知为何昏睡了几个时辰，醒来时已经入夜。民妇问二叔，他只道是民妇太过操劳，睡着了也不自知。可是，民妇又不是三岁小儿，怎会如此贪睡。至于小妹自昨夜起便一直昏睡不醒……"

说着，她满脸担忧地看了看在一旁依然昏迷不醒的孟晓莲。

没能从杜秀娘嘴里得到更多的线索，褚三娘倒也不为难她，索性召来司内郎中查看孟晓莲的情形。

没一会儿工夫，郎中检查完毕，将结果告知褚三娘，褚三娘眉头又是一阵紧锁。孟晓莲的状况果真就如孟迁所言，体内存在一种极其霸道的毒药，若不能及时服下解药，数日就会毙命。如此，倒是可以佐证孟迁是受人所制的说法。不过验证了孟迁的说法，恰恰就也就证明孟迁和那公孙道人没有太深的联系，若是这般，怕是也提供不了多少有价值的消息。花费了这般多功夫，却一无所获，褚三娘俏脸微寒。

"杜娘子，跟我来。"

片刻后，褚三娘招呼了杜秀娘一声，迈步就往冰牢门口去。

第十九章　假作真时真亦假

　　孟迁本就失血不少，又与掌灯人朱自通聊了这么久，再加上冰牢的寒冷低温，不一会儿眼前便一阵模糊，浓浓的睡意不断涌上心头，身体晃动着几欲栽倒。

　　朱自通见状，连忙伸手搀扶，轻轻晃了孟迁两下，让孟迁清醒过来："孟小哥，这等阴寒之地，可不能睡过去啊！"

　　待孟迁恢复些神志，他便要起身准备去门口叫人，他知道以孟迁现在这状态继续待在冰牢里，怕是小命难保。

　　就在这时，监舍门轰然打开。朱自通脸上立刻浮现警惕之色，两步将孟迁挡在身后。听到开门的响动，孟迁也一下子精神了许多，目带警惕地凝望门口。门开之后，褚三娘冷着脸迈步进来。看到褚三娘出现，孟迁、朱自通二人俱是一愣，他们万没想到来的会是一个穿着皇城司公服的美貌女子。

　　"二叔！"杜秀娘熟悉的声音在耳边响起，孟迁迅速回过神来。

　　"嫂嫂！"见到杜秀娘也在，孟迁顿时牙呲欲裂，也不知哪来的力气，一下从地上爬起来，摇晃着想要往杜秀娘那边冲去。幸亏朱自通眼疾手快，扶住了他，才将将没有摔倒。

　　"二叔……"见孟迁摇摇欲坠的样子，杜秀娘眼眶当即就红了，迈开脚步就要过去查看孟迁的情形，只是背后冯修一把拉住她，没让她过去。挣脱不开冯修的手，杜秀娘只能看着孟迁低声啜泣。

　　"嫂嫂，我无事，你莫要担忧，咳咳，他们，他们可有为难你？"孟迁低咳了几声，略缓过劲来，连忙安慰杜秀娘。

　　杜秀娘抹了一把眼泪，低声道："二叔，奴家无事。"

　　孟迁又上下打量了杜秀娘一番，见她模样还好，这才对褚三娘道："官爷，孟某做的事，与嫂嫂无关，莫要牵连到她。"

褚三娘此刻矮身坐在小胡子搬到身后来的太师椅上，闻言冷冷地开口道："你勾连反贼，你家嫂嫂便也脱不了干系，依律该充为营娼。"

褚三娘的声音不大，听在孟迁的耳中却似炸雷，他的呼吸瞬间变得无比急促，但好在理智尤在，重重地喘息几口压下心中火气后，孟迁脱开朱自通的搀扶，冲褚三娘拱手道："官爷要我做什么，明言就是，小人绝不敢有半点推诿。"

褚三娘见状脸上浮现一丝讥笑，而后吩咐身后冯修："将她押到后衙看着。"

"是。"冯修拱手领命，接着冲王兔儿一摆手，王兔儿立刻带着几人将杜秀娘带出监舍。

接着褚三娘又令人将朱自通带走，留下孟迁一人在监舍中。

待到人都离开，褚三娘这才开口对孟迁道："孟迁，你是个聪明人，既然自己把底都给摆了，便也无须再隐瞒什么，把你知道的事情都告诉本官，若本官满意，自会法外开恩给你一条活路。"

孟迁乖觉地点头："小人明白，只求官爷先给小的口热水暖和暖和身子，这地方实在是太冷了些。"

褚三娘看了一眼孟迁那毫无血色的脸，起身把孟迁带到了外屋火盆旁，又让小胡子将锅里的肉菜汤汁给孟迁盛了些果腹。

看到碗里的吃的，孟迁眼睛都直了，也顾不得烫，三两口将碗中肉菜汤水一扫而尽。

一碗热汤热菜下肚，孟迁只觉得整个人都活过来一般，满足地打了个饱嗝，胡乱用衣袖抹了抹嘴后，对褚三娘一打拱手："谢官爷赏。"

褚三娘只是一脸淡漠地看着他："吃饱了？那跟本官说说，胁迫你的那个道人眉间可有痣？"

孟迁盯着褚三娘，目光一阵闪烁，似是没想到有此一问，好一会儿才犹犹豫豫地说道："有。"

褚三娘见他这模样，便知他在扯谎，当即拍了计桌子，厉声斥道："有，还是没有?!"

孟迁被吓得一哆嗦，连忙说道："没有，没有，是小人记岔了。"

褚三娘脸上瞬间寒霜遍布，眼中透出森冷的杀意，一字一顿地开口道："你是在戏耍本官？"

孟迁冷汗险些被吓出来，跟跄着拜倒："小人怎敢，若官爷您要立功，那，那道人眉心便有痣，不然便没有。"

褚三娘无语了，合着他这般说，只是在自以为是地讨好自己。

她深吸一口气，压下心中火气道："这些并非你该考虑的，实话实说便是。"

"是！"孟迁赶紧点头，此刻他脑子转得飞快，但嘴里的话却说得格外小心，"那道人虽称自家复姓公孙，但依小人看，他并非是梁山贼首，而是……而是方腊匪兵假扮的。"

一路行来，孟迁自然是猜到了公孙道人一伙的身份，只是他还摸不透这帮人真正的目的。不过这不重要，重要的是他要尽快找到公孙道人几个，拿到救命的药丸。而眼下的情况，借助皇城司的力量，怕是比他自己无头苍蝇般乱撞要快得多。此刻，他借着停顿的间隙仔细观察着褚三娘的脸色，确是有些缓和的迹象。须臾，褚三娘的手指轻轻敲了敲扶手，示意孟迁继续。

"若这四人真是梁山贼寇，岂会不改换姓名仔细遮掩？可偏偏他们不但不掩盖样貌，便是名字都不曾改一个。这其中定有古怪。"孟迁谨慎道，"关键是，在那无忧洞时小人还凑巧听那头陀念过摩尼教的经文。"

孟迁说的这些，也正是褚三娘心中思量，可眼前这小子居然大言不惭地称懂得摩尼教经卷，褚三娘忍不住讥消："不想你还懂摩尼教经卷，那便念一段给本官听听吧。"

令褚三娘没想到的是，孟迁听了她的话，居然真的一本正经地开始念诵起来，虽然听不懂他在念什么，但看着有板有眼的，倒不像是在糊弄事。

孟迁念诵经文的时候，目光始终留意着褚三娘的表情变化，见她脸上露出几分尴尬之色，便知她不懂这些，心中不禁暗自偷笑。

当然他也不敢太放肆，胡乱念了一小段后，便停止念诵，对褚三娘道："官爷，小人念的是摩尼教的彻尽万法根源智经，那头陀所念的也正是此经，小人这才断定他们是方腊匪兵。"

褚三娘不是个不讲理的人，正因为讲理，这会儿反倒给孟迁占了几分主动权，她只能装作一脸淡漠地微微点头，掩饰自己听不懂的尴尬。

眼见火候到了，孟迁冲褚三娘深躬到地，恳求道："官爷，求您开恩，让小人戴罪立功。小的愿为官爷细作，将这帮方腊匪兵一网打尽，以赎小人之罪。"

第二十章　好谋无断陆行儿

听了孟迁所求，褚三娘没有接话，只是俊俏的脸庞上闪过了一丝惊异，但又迅速恢复了之前的淡漠。孟迁何等样人？这察言观色本就是他看家的本领。

此刻，观察褚三娘面上的表情，他便清楚眼前这美貌女官就如他所想，已是动了让他当细作的心思，即便是没有，也至少不排斥他的这个提议。

于是他赶紧继续道："小人以为，这会儿没人能比小人更适合去接近那干贼人。小人斗胆猜测，官爷您是想刨他们的根。小人别的本事没有，但做起这些来，倒也算是拿手。而且，小人要的解药还在那干贼人手里，便是为了自家妹子，小人也会全力办事，请官爷放心。"

孟迁的话也算是说到褚三娘的心坎里了，如今她手里能动用的就只有冰井务司的百十号人马，要同时应对纠缠在东京城内的各方势力，那可真叫一个捉襟见肘。而孟迁此前已与那帮人有了纠葛，确实是当下最好的人选。

思及此，她故作一番犹疑后，缓缓点头道："倒算是有理，本官便给你这个恩典。此番差事你若是办得好，本官不但免了你的罪责，还会重重赏你。"

孟迁连忙下拜致谢："多谢官爷！"

"先别急着谢。"褚三娘直接开口打断他，"丑话说在前头，若你把事情办砸了，不光你没命可活，还会连累你那寡嫂和妹子。"

孟迁自是明白她这是在恩威并施，连忙做出一副诚惶诚恐的模样。

他的这番做派让褚三娘甚为满意，微微点头道："嗯，此番你要做的，便是查明这帮人的来历，共有多少人马，藏身何处。"

"是，小人明白。"

褚三娘交代的这几件事没有一件是简单的，孟迁心中暗自苦涩，奈何嫂嫂和妹子在她手中，他也只能老实听命。

"你可有什么要求？"褚三娘问。

孟迁思索了片刻："不知那能驱使群狗的人，可也是皇城司差爷？"

褚三娘没想到孟迁会提到豹舅，略感诧异，但还是答道："不错，他是我皇城司所属。"

得到了肯定的答复，孟迁又道："小人想请那位差爷帮手寻人，不知可否？"

"可以，本官答应你。"

论寻人，皇城司确实没人比豹舅更合适的，兼且有豹舅跟着，也能起到监视孟迁的作用，一举多得，她自然是痛快答应。

"多谢官爷。"孟迁再次拱手相谢。

话也说得差不多了，褚三娘站起身来问道："你可还有旁的要求？若没有，便跟本官去见豹舅。"

孟迁略做思量，咬了咬牙道："官爷，不知我家妹子现下可还好？"

他没有选择去看看杜秀娘她们，只因为他清楚见了面，他没法和杜秀娘交代，倒不如不见来得爽利。

褚三娘答道："李郎中说，你家妹子虽是昏睡不醒，但并无大碍，你只消及时寻来解药，她便会无恙。"

孟迁听公孙道人说过服药后的症状，跟褚三娘如今所说无异，他便也放心了下来，拱了拱手道："小人无事了，官爷您请。"

褚三娘点了点头，迈步就往外间走，孟迁则快步跟上，只是稍稍一动，便牵动了身上伤处，让他不由得发出一声痛哼。

"嘶……"

听到声响，褚三娘停下脚步，回头看了他一眼问道："你可还好？"

孟迁微白着脸咧嘴笑道："谢官爷关心，小人无事。"

闻言，褚三娘便也没再说什么，只是脚步明显放慢下来，孟迁最擅观察这些个细节，看到褚三娘这表现，他心中又更安定了些，褚三娘身为高位者，还能体恤位卑之人，这证明她本性温柔良善，杜秀娘二人待在这样的人身边，他可就彻底放心了。

一会儿的工夫，在褚三娘的带领下，两人来到了豹舅及其狗群所在的斗室前，隔着门都能听到野狗嘈杂的吠叫，只听这声响，孟迁脸就一白，身上被狗咬的伤处不受控制地开始隐隐作痛。

褚三娘回头看了他一眼，没有再往里走，对着斗室内喊道："豹舅，办差。"

"褚都知，前一桩差事的鹿肉你还没给，俺家弟兄们可是饿得要吃人了。"斗室内豹舅阴阳怪气的声音传来，紧接着，野狗们蜂拥钻出斗室，将孟迁二人团团围住。

再次面对这群疯狂的野狗，孟迁脸上瞬间血色尽去，腿脚都一阵发软。

豹舅最后从斗室里钻出来，目光掠过褚三娘，落在后边的孟迁身上，脸上顿时浮现狂喜，伸出猩红的舌头舔了舔嘴唇问道："都知，可是要把这小子给俺家弟兄们？"

豹舅那看食物般的贪婪眼神，让孟迁背后一阵恶寒，已然有些后悔为什么要找这么个怪物帮手了。

褚三娘面不改色地站在群狗中央，冷冷地直视着豹舅道："豹舅，该给你的，本官自会给你。他叫孟迁，现在有趟差事，得由你和他一同去办，此番差事以他为主，你需听从他的安排。"

豹舅和褚三娘对视了一会才偏开视线，看着孟迁怪笑着道："桀桀桀，都知，差事您说了算，但这次俺要人。"

褚三娘闻言眼神骤厉，一股森然杀气从其美目中透出，语气森寒地道："豹舅，可记得本官说过，你和你的这些杂碎，若再敢吃人，本官便要尔等死无葬身之地！"

饶是以豹舅的桀骜，面对这会的褚三娘，眼神中也闪过一丝畏缩，不敢再提吃人一事。

眼见将豹舅的凶性压下，褚三娘才缓缓收敛杀意道："把差事办好回来，本官许你两头獐鹿，再允你多养十条狗。"

"俺晓得了。"豹舅闻言，眼中闪过一抹兴奋之色，这才欣然领命。

接着褚三娘环视了一眼吩咐道："你这身狗皮太过显眼，去换身衣裳，还有让你的这些畜生都在暗处跟着。"

"啊呜……"

听到她的吩咐，豹舅发出两声犬吠，野狗群立刻四散狂奔而去，顷刻间就没了踪影，紧接着豹舅也四肢并用飞快离开。等豹舅再回来时，已经披上了一件半旧的黑色长袍，比起那身凌乱的狗皮来，至少这样看着像个正常人些。

打点好一切，褚三娘便令人将他二人送出衙署。

申正。

内城浚仪街临街宅院后厢房。

"嘭……"蒲扇大的巴掌用力地拍在房中八仙桌上，桌上的陶碗随着抖动，碗中酒水泼洒到桌上。

"这家伙，欺人太甚！咱来东京，可不是为他做事的。"一掌拍在桌上的方七佛怒目圆瞪，嘴里呼哧呼哧地直喘粗气。

坐在桌旁的仇道人和陆行儿的面色也颇为难看。

"道长，你看此事如何是好？"等方七佛发泄过，陆行儿才向着仇道人开口，"不如将此事传讯于圣公，求圣公旨意？"

方七佛听到他这馊主意，忍不住讥讽道："传讯往来间耗费的时日，怕是上元节都过完了，你这般酸腐，到现在还要和稀泥？"

仇道人没想到方七佛虽然说话不中听，倒也还有脑子，这陆行儿好谋无断，干大事而惜身，非是成事之人。

此刻，仇道人捋着颌下长须，沉吟好一会儿才道："传讯是来不及了，我等只能自行决断。圣公起事稍显仓促，以致我等在东京城内毫无布置，若无这半截明尊之助，这西楼可是难登啊！"

"可此次咱们带来的人手不多，若再有损耗，便是上了那樊楼西楼，怕也难以为继。"陆行儿被方七佛噎得脸色很是难看，但也知道刚才他说的话孟浪了，只得把这口气咽下去，继续商议道，"况且那人也不比赊刀人易与，惹了他，咱在这东京城怕是寸步难行。"

第二十一章　西头鬼市风雨临

听了陆行儿这话，方七佛眉头一竖，脸上的横肉一阵猛颤，恶声恶令道："你想的倒是多！东京城这一摊子事，全由你做主便最好了！只是，你想两头不得罪，如今怕是不能了，自古蛇鼠两端者，哪个有好下场？"

"你！"陆行儿当然知道这莽汉是在讥讽自己，当即气得脸色一白，可偏偏这莽汉也不知怎的脑袋突然灵光了，说的话句句直中要害，让他想辩驳都不知该如何辩驳起。

"行了，你二人莫要再争执了。圣公那边情况艰难，能否重整旗鼓，便只看咱此行成功与否。为了圣公与天下苍生计，便是有再大的凶险，我等也绝不能退缩半步。何况只是刺探那人的身份，不足为虑。"

见这两人不再争执，仇道人继续道，"若错过此番机会，再想寻机不知要到何时。如今我等所能依仗的，也只有这半截明尊。"

方七佛最受不得的就是仇道人的慢条斯理，听他还在说着，便急吼吼地打断道："莫要这么多废话。如今已是申时，留给咱的时辰可不多了，你就说咱该如何行事便是。"

"不错。既然道长已经有了决断，就莫要再卖关子了，赶紧安排行事吧。"陆行儿是个能屈能伸的，此刻也点头附和。

仇道人抬头看了他二人一眼，倒不再啰唆："陆兄弟，你去寻那丑儿，告诉他，明尊的要求我等应下了，但我们只负责逼出幕后之人，其他善后事宜他须得打点妥当，莫要留下手尾。"

陆行儿听完他的吩咐，起身扶了扶头上的子瞻帽，郑重地冲仇道人拱手作揖："学生省得。"

说完他便推门离开了房间。

陆行儿走后，仇道人对方七佛打了个拱手："方将军，论武艺，我军中无人能出你左右，动手之事就要拜托你和护教军的弟兄了。可莫要堕了我圣军的威风啊！"

方七佛闻言嘴角勾起一丝篾笑，信心满满地拍着胸口保证："这打打杀杀的事正是某拿手，道长你尽管放心便是。"

"那就拜托方将军了。"仇道人满意地点了点头，接着扭头对随侍在一旁的一名黑衣大汉道，"牛兄弟，你熟悉这东京江湖，与我等说说这无忧洞主是什么来头，还有这西头鬼市又是什么情形。"

"喏！"听得他的吩咐，黑衣大汉赶紧上前躬身行礼，拧眉略做斟酌之后开口道，"这西头鬼市就在西水门码头边上，每月初一、十五的前夜开张，做的多半都是些犯国法的营生，寻常在街面上寻不着的东西、办不到的事，在那只消出得起价钱，都有人给你办。这鬼市据说就是无忧洞主的买卖，只是此人身份甚是诡秘，从不以真面目示人。"

方七佛一听这话就来劲了，颇有兴致地问："真的啥事都能办到？"

"这……"

能随侍在这儿，黑衣大汉自是仇道人亲信，哪能不知方七佛的性子？他心中暗骂方七佛蠢笨的同时，也暗悔干吗提及这些，很是尴尬地不知该如何接口下去。

"半截明尊说今夜那无忧洞主会去鬼市又是何意？这鬼市按理不是明日才开吗？"仇道人适时地开口给他解了围。

黑衣大汉如释重负，赶紧回道："说是不错，但有传闻那无忧洞主行事极其古怪，喜欢在鬼市开市前囤货的日子去看看，只是无人知他真身究竟是哪个。"

仇道人若有所思地点了点头："那你可知这鬼市后面是谁人为其撑腰？"

黑衣大汉道："这个卑下便不知了。不过也有坊间猜测，说那背后之人是朱勔父子。逢鬼市开市之日，码头水军和巡卒都会有意避开，有这等权势，便不是朱勔也是赵宋朝堂上的高官。"

"朱勔，那可好。最好今夜便让爷爷遇上此贼，刚好取他的头颅，壮我军声威。"方腊起兵就是打的诛杀朱勔的旗号，听说鬼市还跟朱勔有关，方七佛咧嘴笑了。

听了方七佛这话，仇道人顿时眉头紧锁，连忙厉声斥道："休要胡来，此行莫说是遇上那朱贼，便只是遇上赵宋兵丁，你也绝不能动，须立时退走。若是坏了圣公大事，你便提头去见吧！"

"某只是说说罢了。"方七佛摸了摸鼻子，不甘地嘟囔道。

见压下了方七佛，仇道人也把语气放缓下来解释道："方将军，切记，我等此行是为刺杀那狗皇帝，以缓圣公危难……"

"行了，某知道了，无须你来教某。"方七佛很不耐烦地打断了他的话，带着满脸的烦闷，抓起桌上酒碗大口猛灌，酒水顺着胡须流了一身。

仇道人看着他这副模样，皱着眉无奈地摇了摇头，继续商议、安排夜间行事的细节。

冰井务司西角望楼，褚三娘面无表情地目送着孟迁二人离开，夕阳的余晖斜斜落下，在地上投出两条长长的影子。

"噔噔噔"一阵脚步声响，冯修登上楼来，快步来到褚三娘身后，恭敬地冲她拱手行礼道："都知，卑职已经令人分别去都亭驿和各城门探问了。"

"辛苦了。"褚三娘满意地点了点头，转回身来，将手里捏着的两锭带有无忧字样的银锭丢给了冯修，"把这些剪了，分给弟兄们。"

这两锭银子正是孟迁从无忧洞带回来的，她愿留下孟迁也跟这两锭银子有些关系。无忧洞本就是汴京城内的一颗毒瘤，如今还牵扯上刺杀官家的案子，解决了这些刺客之后，下一个她要对付的便是这无忧洞。而孟迁既能替人在无忧洞中带路，还能从里面全须全尾地带着两锭银子出来，到时多少能派上些用场。

"多谢都知。"

冯修探手接过银子，再次谢过，脸上却并无多少喜色。他扫了一眼远处街面上的孟迁道，"都知，您真信他？这等泼皮最是无情无义，他把家人送来，怕只是为了自家能脱身。"

"他将家人送来，为的不是脱身，而是借我之手护其家人周全。"褚三娘闻言嘴角弯起一丝轻笑，"还知道选豹舅来安抚本官，倒是个聪明人，说不得会是本官手里的一计奇招。"

"您让豹舅跟着他了？还是都知英明，卑职佩服。"听说豹舅跟着孟迁，冯修也就没什么好说的了，赶紧拱手奉上一个马屁。

褚三娘闻言冲着冯修嫣然一笑，这冯修故意把孟迁主动找豹舅帮忙，说成是她安排的，这是在维护着她的脸面。难怪往日里她父亲会喜爱这冯修，倒确实是个有眼力见的。

面对褚三娘如花的笑靥，冯修看呆了眼。而面对冯修痴痴的眼神，褚三娘脸上笑容迅速收敛，换回平常那副冰冷模样，冷冷地哼了一声道："走，与本官去会会那火三郎。"

她的那计冷哼就如惊雷在耳边炸响，冯修瞬间回过神来。他眼神复杂地看了一眼褚三娘的背影，快步跟了上去。

酉初。

日头早已西沉，黑暗逐渐笼住了偌大的东京城。

与前朝不同，东京城开了宵禁，日落之后各处夜市灯火通明，依旧熙熙攘攘，甚至比白日里还要热闹几分。

只是这地面上的热闹，与现在身处地下的孟迁可没有半点关系。孟迁气喘吁吁地在暗渠甬道中，循着远处的狗吠声好一通兜兜转转，才算是找着了豹舅与他的野狗群。豹舅如狗一般蹲坐在野狗群中，丝毫没有半点理会他的意思。孟迁也同样没理会他，喘匀了气，用衣袖擦了擦额角的汗水，借手中火把的光亮环顾四周一圈，确定此处正是他之前被狗群袭击的那处甬道。有一说一，豹舅这家伙性情虽然恶劣，但寻人寻物怕真是无人能出其右。若没豹舅和他手下野狗的相助，在这错综复杂的地下暗渠中，他想找到这里绝没这般容易。

确定了地点之后，孟迁迈步去往豹舅那边。豹舅手下的野狗可半点没给他面子的意思，见他过来没有让开不说，还发出威胁的低吼，甚至做出了扑咬状。

孟迁见状连忙停下脚步，隔着野狗群谄笑着对豹舅说道："豹舅大哥，你的这些兄弟可能寻到那些人的去处？"

豹舅看都没看他一眼，挠了挠头上蓬乱的头发，随后又伸出舌头舔了舔挠头的手指。那黑乎乎的手指上如利爪般尖锐的指甲，看着都让人心寒。

"豹舅大哥，咱可都是为了褚都知安排的差事，若做不好，咱可都得吃挂落。"豹舅可不是孟迁能惹得起的人，他只能再次搬出褚三娘这个招牌来。

听到褚三娘的名号，豹舅这才冷冷地瞥了他一眼，对野狗们吠叫一声下达命令。得到他的命令之后，野狗群纷纷起身，在地面上仔细嗅探一番，然后在几头头犬的带领下，沿着甬道狂奔而去。狗群一动，豹舅遂即弹身而起，四肢并用，以丝毫不逊野狗的速度快速跟上。

"豹舅大哥，等等小弟啊！小弟有伤在身，要是跟不上，这差事可就办砸了！"这才刚喘口气，又要再次追赶，孟迁心里苦水都快滴出来了，一边叫一边不得不加快脚步追赶。

第二十二章　几番辗转再相逢

顾及差事，豹舅这次虽然没迁就孟迁，倒也还是留了条野狗给他引路。

就这样，孟迁一路小心地跟着野狗兜兜转转，行进了约小半个时辰的功夫，总算听到了远处传来的狗吠。听到同伴的吠叫，引路的野狗一下子兴奋起来，哪还管什么孟迁，激动地号了两声就撒丫子跑去与同伴汇合了，孟迁也赶紧加快脚步跟上。很快孟迁就看到了豹舅和野狗群围在一处，野狗们似是找到了什么食物，大部分野狗和豹舅围拢在一起，埋头啃咬着。少数没能挤进去的几条野狗，则在一旁撕扯着其他的东西。

一开始孟迁还不以为意，待走近看到那几条野狗争抢的东西，他的脸色霎时就白了。野狗所争抢的，居然是一条人的大腿，腿上大部分血肉都已经被啃食殆尽，只剩下森森白骨！这几条野狗争抢的是一条人腿，那么可想而知被野狗围成一圈啃咬着的会是什么了！

想明白这些，孟迁胃里就是一阵翻滚，"哇"的一声弯下腰开始疯狂呕吐。孟迁的出现吸引了几条野狗的注意，这些野狗纷纷转过头来，目光凶狠地盯着孟迁，伏低身体发出声声低吼，涎水不停地顺着嘴角滴落。眼见这些野狗就要忍不住对肉食的渴望扑上去，那边豹舅发出一声低吼，听到他的吼声，野狗们才转开盯着孟迁的眼睛，继续跟同伴争抢剩下的人腿。

豹舅从野狗群中起身，吐掉嘴里的肉块，又伸手擦了擦嘴角的血迹，迈步去到孟迁身旁，静静地看着孟迁呕吐。将腹中食物全部吐完了，孟迁才白着脸抬起头来，看着眼前的豹舅，再见其嘴角还残存的血迹，他胃里又开始翻滚，只是这会儿他已经吐无可吐，强忍下胸中恶心，惊惧地和豹舅对视着，生怕这畜生杀红了眼，把他也给吃了。

和孟迁对视一会，豹舅眼中凶戾稍稍收敛，开口道："一个死人罢了，想要小命，便莫要多管闲事。"

说完，他嘴里发出一声低吼，听到他的吼声，野狗们赶紧将啃咬的东西给拖走了。狗群移动间，孟迁瞥到一眼露出来的白骨和模糊的血肉，心头又是一阵恶寒，只得迅速扭开脸去不敢多看。

"人是被砍了脑袋的，是你追的那帮人做的。"豹舅解释。

孟迁明白，豹舅的解释自然不是为了缓解他的惊惧，而是担心他回去冰井务司把这事告知褚三娘。他这会儿哪里还有跟豹舅对话的心思？只是一言不发地点了点头。豹舅也不是个喜欢与人打交道的人，见达到了目的，便也不再多说什么，往旁边暗处一钻又不见了踪影。

没人说话，甬道陷入一片死寂，只余远处野狗群进食的响动，其中啃咬骨头的声响异常渗人。待野狗们进食完毕，这才再次启程。

这回倒是没有费多大的功夫，孟迁就在豹舅的引领下，从一口竖井钻出了暗渠。出了暗渠，环顾四周，远远就能就看到了月光下，耸立在北边夷山上的开宝寺灵感塔。有了灵感塔这个参照物，再加上远处坊市随风飘来的浓烈腥臭味，孟迁便清楚了自家现在所在的位置，应当是外城南郊的骡市坊。

说是骡市坊，实际上这里是东京城专门划分出来，贩卖、屠宰各类牲畜的区域，因为常年在这一片宰杀牲畜，空气中弥漫着散不去的一股血腥臭味。也正因为气味难闻，旁边的坊市、住户都刻意远离，使得骡市坊周边颇为荒凉。

或许是因为孟迁答应帮忙掩饰，自从野狗吃过死人之后，豹舅对孟迁态度柔和了不少，出了竖井，他耸鼻嗅了嗅周边气味之后，再次主动对孟迁开口："这里气味太重，寻不着了。"

孟迁将手指搁在鼻下，努力压制着血腥气带来的不适感，道："若想躲开狗鼻子的追踪，这里确实是最合适的地方。"

豹舅略做思量，点头赞同了他的说法。

随后孟迁又道："豹舅大哥，他们见过你，你先去寻个地方藏着，我进坊去寻寻，若是寻不着他们，我再出来寻你。"

豹舅想了想，转头对着狗群吠叫了两声，其中一头个头明显比其他野狗壮硕的黑狗从狗群中走出，来到孟迁身旁。

待黑狗走到孟迁身边，豹舅指了指远处的林子，对孟迁说道："老二会跟着你，俺们就在那处林子等着，若是没寻着人，你便来寻俺们，若是寻着人了，你让老二自己回来。"

孟迁不知豹舅跟他这黑狗老二吩咐了些什么，想来莫不过是要这黑狗老二盯着他。对此孟迁并无异议，他本也没想过要逃。

商量妥当，二人遂分开行动。

一路去往骡市坊，孟迁仔细地观察着周遭情形，骡市坊不比内城夜市，其中的住户少有废油点灯的，此时坊市大多被黑暗笼罩，只有少数人家亮着灯火。孟迁心中早已确定了目标，公孙道人一行人都是老江湖，为了掩饰行藏，多半不会去找客栈，或在坊中住户家投宿。最有可能是，他们会寻一处无人的宅院，过上一夜就走，神不知鬼不觉。因此他只要寻那些看着像是长久无人居住，又亮有灯火的屋宅。毕竟公孙道人夜里还有行动，以其人行事的周全，必定会仔细制定行动的细节，应当会点着灯才是。

孟迁在坊市中不停搜寻着，一家一家查探符合标准的屋宅。正当他探过一家，准备拐过墙角就要继续搜寻的时候，一条黑影无声无息从他背后出现，接着一柄利刃也顶在了他背后。孟迁先是被这突如其来的变故吓了一跳，旋即惊便转喜，人找到了！

他连忙对身后的人道："时，时头领，可是你？我是孟迁。"

背后的人并没有开口说话，而是从推了他一把，示意他往前走。在背后那人的指引下，很快孟迁就来到一间远离坊间其他宅院，一间看着颇为破旧的茅屋前。茅屋里正亮着火光，他推门进去，就见公孙道人和武都头两人围着一堆篝火席地而坐。中间篝火上驾着一口锅，锅内杂菜羹翻滚着，与普通杂菜羹不同的是，羹里飘着许多大块的肉，肉香四溢。看到被时头领押进来的孟迁，公孙道人和武都头明显都愣了愣，他们可都以为孟迁已葬身狗腹了。

时头领知晓孟迁的斤两，到了这压根不怕他闹出什么幺蛾子，便收回顶着孟迁后背的短刀，把他推进门，然后迈步进屋对公孙道人一拱手："道长，我跟了他一路，没有尾巴。"

公孙道人冲他点了点头，长身从地上起来，抚须对孟迁笑道："原是孟家兄弟来了，快些坐下吃些酒菜吧。"

孟迁今天一天本就没吃什么东西，再加上刚才还吐了个干净，这会肚子早已是饿了，别说公孙道人还客气了这么一句，便是公孙道人不说，他也绝不会跟这帮人客气。他两步去到篝火旁边，也不需公孙道人张罗，伸手抓过一旁放着的海碗，用锅中铁勺舀满一大碗肉菜，呼哧呼哧地就一通海吃。至于什么刚看到野狗吃人吃不下东西，那纯属扯淡，他孟迁可没那么娇贵，不吃饱肚子，还怎么和这帮人斗？

见他这般不客气，一旁坐着的武都头脸色沉沉，看着就要发作，公孙道人笑着冲他摆了摆手，他这才作罢，在一旁冷着脸盯着孟迁。公孙道人则乐呵呵地重新盘坐回去，饶有兴趣地上下打量孟迁，抚须轻笑。一碗热腾腾的肉菜下肚，孟迁只觉得一股暖意从胃里蔓延全身，整个人说不出的舒坦。他随即又伸手抓起旁边的酒瓮，对着瓮口就是一通猛灌。

喝了几大口黄酒，孟迁放下酒瓮，借着酒意看着公孙道人道："世人都说水泊梁山上都是些义薄云天的好汉，我呸，真是好大的脸皮扯臊！在我看来，不过是一群背信弃义的山匪罢了！"

第二十三章　最是公平无忧洞

"安敢辱我家弟兄!"

武都头一听这话，顿时气得双眉倒竖，"锵"的一声拔出身边的雪花镔铁戒刀，就要将孟迁斩于刀下。

公孙道人眼疾手快，赶紧伸手拉住了武都头："不可。"

眼见挣脱不开公孙道人的手，武都头有些气急，喘着粗气道："道长，此贼欺辱我等，断不能容他!"

"武都头少安毋躁，且交给贫道来处置。"

杀个孟迁固然简单，可他还有不少的疑惑需要孟迁来解答，就比如孟迁是怎么找到他们的。他自觉已考虑得十分周全，却还是被孟迁寻上门来。孟迁能找到他们，那皇城司呢? 不搞清楚这些事，他如芒在背，心下难安。

两人对峙了片刻，在公孙道人的安抚和眼神示意下，武都头才缓缓卸下手上的力道，放开手中的刀，只是目光依然狠厉地盯着孟迁。选择说出这番话，孟迁就考虑过公孙道人他们可能会有的反应，哪怕心头再怕，他也得硬撑着不露怯，故作淡然地看着公孙道人他们。

劝下武都头，公孙道人转回头来，这会他也无法再保持之前那和煦的笑容，表情冷硬地看着孟迁道："孟兄弟果然好胆识，可是料定我等不敢杀你?"

孟迁冷着脸冲公孙道人一拱手道："不敢，若梁山好汉真如传言一般，重情重义、一诺千金，便请道长依诺将舍妹的药给我。至于今日孟某出言不逊之事，道长要杀要剐，我绝无二话。"

公孙道人一听他这话，心里顿时就乐了，合着这小子是想使个激将法。只是这嘴上没毛，终究还是太嫩了点。

遂即公孙道人面色一松，冲孟迁一笑道："孟兄弟是个性情中人。"

孟迁见他不接话茬，立马起身对公孙道人深躬到地求道："我知道长是守信之人，如今我也已经助道长寻到了厉鬼娃娃和无忧洞主，道长也该信守诺言，将药给我才是！"

"孟兄弟莫急，你我当日谈妥的是，你送我等上樊楼西楼，如今只寻道了那厉鬼娃娃和无忧洞主，如何算得是成事了？"公孙道人老神在在地抚须笑道，"令妹吃下的药，足可支撑三日，你只消在这三日助我等登上樊楼西楼，令妹所需之药，贫道必拱手奉上。"

听了公孙道人这话，孟迁脸上的表情瞬间一僵，呆立片刻之后，一脸颓然，不再言语。

"孟兄弟，请放心，你既然已经知晓了我等的来历，难道还怕贫道赖账不成？这样吧，三日之后，便是事败，令妹所需之药，贫道也会令人送来。如何？"

闻此言，孟迁的神色动了动。

公孙道人斜着瞥了一眼，便知其已服软，笑着拍了拍孟迁的肩，以示安抚，接着又问道，"贫道倒是好奇，孟兄弟你适才是如何脱身，又是如何寻到此处的？若是方便，说与贫道听听可好？"

"当时，我被野狗缠住，是那掌灯人仗义相救，用火拖住那些野狗，我才得以逃生。"孟迁心中早已打好腹稿，此刻装作一副不情愿的模样解释道，"无忧洞坑道虽错综复杂，但出口也就这么几个，只需一个个寻来便好。不过说来容易，我也着实找了两三个时辰才找对方向。那处出口不远，有人被利刃斩首，我便猜是武都头动的手，再有出口外就是这骡市坊。骡市坊气味杂乱，最适合躲避恶犬，所以我便来此处撞撞运气。"

公孙道人听着孟迁的话，想到此前时头领说的没人跟着孟迁，倒也觉得不像有假，便拊掌赞道："妙妙妙，孟兄弟心思缜密，贫道佩服。"

武都头如今对孟迁可无半点好感，自是不信孟迁的话，语带讥讽道："我看你定是与那驱狗之人是同伙，他这才放了你离开。我等会在无忧洞中遇见皇城司的人，恐怕也是你在背后搞的鬼吧！"

他这莽撞人的莽撞话竟句句直戳真相，孟迁差点没被他给吓着，赶紧硬着头皮讥笑一声："武都头，我若是皇城司的探子，如今你等此刻早已是阶下之囚了!"

说着，他又一把扯开身上衣服绷带，露出身上的伤口："再者，我若与那驱狗之人同伙，又岂会被那些恶狗伤成这样?!"

见着孟迁这一身的伤处，武都头也知理亏，不好再说什么，表面却也不愿认错，便怒哼了一声不再言语，闷头喝起酒来。

"武都头心直口快，孟兄弟莫在意。"公孙道人打了个圆场，随后倒了一碗酒，在孟迁面前一饮而尽道，"今日实是我等身份，不宜与那皇城司差役照面，才令孟兄弟遭此一劫，贫道自罚一杯向孟兄弟赔罪了。"

只是孟迁并不买账，开口道："赔罪不敢当，我只求道长发发善心，先把舍妹的药给我。我这次寻来，也算是表明了诚意，道长还有甚不放心的?"

"也罢。"公孙道人略做沉吟之后，从怀里摸出一枚药丸。

谁知还来不及说话，就被孟迁一把就夺了过去。只见他细细查看后，又迅速揣到怀里收好。

看他这副生怕被人抢了的模样，公孙道长不觉好笑："令妹的病情严重，不是吃一两颗药就能够痊愈的。且此药难炼，便是贫道身上也就这么两颗。不过，孟兄弟也莫急，待我等把事办完，一定差人送药过来。"

孟迁闻言心头大骂，难怪这臭道士会突然拿出一颗药来，原来还是治标不治本。

"那就多谢道长了。"孟迁违心地道了声谢，暂时与其虚与委蛇。

正说着，门外传来脚步声，将公孙道人的注意力吸引了过去。接着屋门打开，一直不在的燕小乙，领着一个汉子走进门来。

看到燕小乙，孟迁就恨火中烧，之前公孙道人一行人中，他看得最顺眼的就是燕小乙，可之前看得有多顺眼，如今就有多少恨。燕小乙自然也看到了孟迁，他先是微微一愣，而后就又对孟迁露出了之前那般人畜无害的温和笑容。孟迁暗骂此人虚伪，迅速转开目光去。

偏开目光，孟迁便注意到燕小乙身边的汉子，此人五官、身材都很普通，可一身皮肤却比之孟迁曾见过的那些权贵人家的小娘子都要白皙细嫩。这不由让孟迁想到了那些说书先生嘴里的描述，梁山水寨头领第三位，因生得肌肤如雪，在水里游移如白条闪现的"浪里白条"张顺。

张顺进得屋来，笑着对公孙道人和武都头作揖见礼："几位哥哥，张顺应命来了。"

"张家兄弟，你可算来了。"看得出来，武都头和这张顺关系不错，见着张顺就乐开了花，上前用力拍了拍他的肩膀，拉着他坐到一起。

几人寒暄了几句，张顺看着孟迁问道："这位兄弟是？"

燕小乙笑着给他介绍道："这位是孟迁兄弟，人送诨号'东京地理鬼'，我等此番能否成事，可都要仰仗他了。"

张顺笑着点了点头，对孟迁拱了拱手道："某家张顺，见过孟迁兄弟。"

燕小乙没脸没皮的作态，看得孟迁心里那叫一个膈应。他斜眼瞪了燕小乙一计，这才拱手回了张顺一礼。

可燕小乙却依旧似无事人一般，甚至都不在意孟迁在场，只对着公孙道长拱手道："道长，张顺兄弟有个消息，你且听听。我等今夜要办的事怕是没有之前所想得那般简单。"

见他言语如此郑重，公孙道人脸色也凝重了起来，目光转向一旁的张顺。

张顺点了点头道："昔日我与人在东京城行船走货时，曾偶然听人说过这无忧洞主。据说，此人行事颇为乖张，曾经有个后生想与一富家小娘子相好，怎奈那娘子家中人反对，这后生便去求助了无忧洞主。无忧洞主听了请求后，笑称只要后生能随意杀一人，就让他得偿所愿。那后生犹豫过后，便将心一横，杀了一名年老的叫花子交于这无忧洞主。最后，哥哥猜怎么着？"

"哎呀，张顺兄弟还跟俺们卖起关子来了？"武都头大笑道，"既然无忧洞主性情如此乖张，那当然是遂了这后生的心愿，将这富家小娘子强掳来送了他，成其好事了！"

"非也非也！"张顺说道，"当无忧洞主见到年老乞丐的尸体后，连连摇头说着亏了亏了。他说，富家小娘子年轻貌美，但这老叫花却如冢中枯骨，垂垂老矣，这般交换不公平。随即，他二话不说，挥起长刀，对掳来的富家小娘子拦腰一劈，将她砍成两截儿，然后将她半截身子交给了那个后生，大笑说这才是公平的买卖……"

在场众人皆被张顺所言惊得说不出话来。

"此事我原只当是江湖流言，听过便罢了。不想刚刚来的路上，听小乙哥提起，你们此行竟遇到了无忧洞主，还与其做了交易。若这无忧洞主的传言是真，那我们与此人的合作，稍有不慎便后果不堪设想啊。"张顺神情严肃，语气中颇多懊恼。

作为此次这伙人进东京城的头领，公孙道人的脸色，此时也变得极为难看。

他阴沉着脸，低头沉吟了好一会儿，才抬头看着孟迁问："孟兄弟，你久居东京城，又带我等下了无忧洞，此事你可曾听过？"

孟迁点了点头，又摇了摇头。见众人眼中满是疑惑，他这才解释道："我只是这东京城中一介市井小民而已，哪里会知晓那么多无忧洞主的辛秘之事？我平日也只听人说过厉鬼娃娃。不过，倒是有说厉鬼娃娃做买卖，最为公平，你给他多少，他便还你多少，绝不缺欠分毫。这无忧洞主既是厉鬼娃娃的主子，依我看，也应该不会差到哪里去吧？"

第二十四章　行事乖张心难测

听完孟迁的话，众人的脸色都变得不甚好看。

沉静片刻，武都头很是恼火地对孟迁叫道："你早知这些，为何先前不告知我等?!"

这话把孟迁被气得不轻，当初可不是他们自己执意要下洞的，如今竟然怪起他来。奈何这姓武的不是什么讲理的主，孟迁强忍下火气，不与其争辩。

"休得胡说，此事怪不得孟兄弟。"公孙道人这回倒还识趣，开口斥了武都头，接着又问孟迁道，"孟兄弟，你可还听过其他关于这无忧洞的传言？无论真假，且都与我等说说。"

听了他的问话，孟迁仔细回想了一番，又说了些曾听过的关于无忧洞的一些传闻，但是其中有用的信息着实不多。

"我记得的就只得这些了。"孟迁朝着公孙道人拱了拱手。

公孙道人抬手回了一礼："辛苦孟兄弟了。我看你面色苍白，不若去边上休息一会儿可好？"

孟迁点了点头，随后便撑着身子往外走了几步，远离了公孙道长几人，而后席地而坐，背靠着土墙上闭目休息。他本就受了伤，又折腾了这么许久，这会儿是真感觉乏了。

众人也没去管孟迁，燕小乙更是压低了声音道："道长此前计划趁夜破船夺货，闹出声响，让那暗地里的买卖曝光。然后再利用厉鬼娃娃把责任推回给无忧洞。如今看那无忧洞主这等乖张脾性，会如何回应我等，小弟实难揣度。"

公孙道人一脸严肃地缓缓点头，燕小乙所说的也正是他心中担心的。能成为无忧洞主的对头，还能在汴河水道上做杀头的勾当，怕是这沿路的河堤巡检使，乃至赵宋朝堂都有那人的靠山。这样的人定然是不好对付的，所以，他才想着只要趁乱搅和一次那人的买卖，然后借口厉鬼娃娃碍事，刚好可将责任推给无忧洞，他这头也就算是完成了交易。可如今一切都不好说了。

这时一旁的武都头开口笑道："道长、燕老弟，你们未免多虑了些。他脾性便再是乖张，难道还敢耍弄我等弟兄不成？况且确实是他治下不严在先，又怎能怪得了旁人。"

他倒是信心满满，屋内余者却是颇为尴尬，互相面面相觑。若是换一个地方，他们也会有武都头这般的自信。可这里是哪儿？是赵宋都城东京，梁山的手再长也伸不到这里。何况这无忧洞主的真实身份着实隐蔽，梁山之后想要报复也不知去找谁人。

如此，这无忧洞主又能有多顾忌他们的身份？

只是，大家都不好在此刻说这般长他人志气灭自己威风的话，只能是静默不言。一时间屋内诡异地安静了下来。

武松再是愚钝，这会儿也察觉到了其他人的异样，想通其中关节之后他心中不免也有几分尴尬，为了掩饰，他用力一拍身边张顺的肩膀道："若是不成，那咱便把他那对头的船全给破了如何？有张顺兄弟在，这水面上谁人是咱的敌手？"

张顺揉了揉生疼的肩膀，却也不知该如何接话为好，只能苦笑着向公孙道人投以求助的目光。

公孙道人无奈摇头道："不可，如此会令张顺兄弟身陷险境，若引得汴河水军瞩目，我等退走……"

说到最后，公孙道人下意识地将目光投向不远处靠墙休息的孟迁，见得孟迁恍若未觉般，依旧在闭目休息着，他才缓缓收回目光来，却也停下了话头，不再多言。闭目假寐的孟迁此刻心头暗喜，公孙道人虽然及时止住话头，但言中之意他还是听明白了，公孙道人他们事后恐怕是想从水路退走，这也难怪张顺会在此地出现。如今他得了这个消息，便足以跟褚三娘那边交差了。

这边武都投听公孙道人这么一说，便也明白自家主意是有些欠了思虑，可公孙道人说得如此直白，多少让他的脸面有些挂不住。他便用带着几分烦闷的语气回道："这也不成，那也不成，那道长你说咱该如何是好？现下时辰可是不早了，道长还早做决断为好。"

公孙道人被他这番话堵得一阵语塞，倒非是他智谋不足，实在是梁山在这东京城中布置有限，巧妇也难为无米之炊，一时之间让他想出什么好主意，着实有些让他犯难。他只能转头看向一旁的燕小乙。

在他领的这一行人中，武都头性傲鲁莽，时头领沉默寡言，新来的张顺也非足智多谋之辈，他能倚重的也只有燕小乙了。谁知这会儿燕小乙也是愁眉不展，面对公孙道人投来的目光，苦笑着摇了摇头。

百般无奈之下，公孙道人又将目光投向了孟迁。他抬高了声音，开口叫道："孟兄弟，可醒着？"

把主意打到孟迁身上，公孙道人多少是有些病急乱投医了。

可错有错着，说到主意孟迁还真有。倒不是他比公孙道人聪明多少，而是他常年行走市井之间，对东京城内形势和错综复杂的关系，远比公孙道人要了解得多，所以在公孙道人眼中的难题，在他看来却非是无解。只是这出主意的时机有所讲究，公孙道人这会主动开口问询，时机是最合适不过。

思及此，孟迁缓缓睁开假寐的双眼，起身冲公孙道人拱了拱手道："道长，我刚刚有些乏了，不知道长唤我有何事？"

公孙道人笑了笑，突然起身几步上前，还没等孟迁反应过来，他便已经近到孟迁身前，闪电般探手扣住孟迁的手腕往上轻轻一提，孟迁只来得及惊呼一声，便被他从地上拉起。紧接着公孙道人如游龙一般，迅速绕着孟迁身体游走一周，游走的同时，双掌如同穿花蝴蝶似的不停拍打在孟迁周身多处穴位上。经他的一番施为，孟迁原本疲惫的精神陡然一振，通体也是感觉一片舒泰，体内的舒泰感让孟迁忍不住发出一声舒服的喘息。看到孟迁的反应，公孙道人满意地点了点头，而后原本扣着孟迁手腕的手化作三指搭在脉门上，闭目诊断了一番，忽又凑近孟迁手臂伤口的绷带处嗅了嗅。

想起自己身上用了皇城司的金疮药，孟迁的后背一凉，整个人都僵硬了起来。同时脑子转得飞快，思考着下一步该如何应对。

半晌，却听见公孙道人笑道："倒是上好的金疮药。"

说完他放开孟迁的手，又伸手从怀中摸出一个药瓶，从中倒出一枚褐色的药丸递给孟迁："外伤有这金疮药倒也够了，来，服了这丸催血丹，贫道包你明日又是条生龙活虎的汉子。"

面对身上突然卸下的压迫感，孟迁暗自松了一口气，这才扫了一眼公孙道人手中药丸。他也没多犹豫，接过药丸捏碎蜡衣一口吞服了下去。看到孟迁的表现，公孙道人脸露赞赏之色，这至少证明孟迁是个聪明人。他若要孟迁死，哪用得着下毒这么麻烦？

"多谢道长，我好多了。"孟迁冲公孙道人一打拱手道谢。

"孟兄弟无须客气，你本就是因我等受伤，为你疗伤也是应有之意。"公孙道人抚了抚颚下长须笑道，"孟兄弟，刚才我等商议之事，你也听了吧，你是东京地理鬼，不知可有法教我等？你若能帮上忙，贫道绝不会亏待你。"

孟迁也没做多想，冲着公孙道人长揖到地求道："要说主意嘛，倒还真有一个，只是若要我说出来，还求道长能把我家小妹的救命药赐下。"

"你焉敢与我等谈条件？！"武都头瞬间暴怒，迈步就要上前来寻孟迁麻烦。

公孙道人伸手往后一拦，阻止了武都头，继而开口对孟迁说道，只是这次他的语气没有之前的温和，而是带上了丝丝冷意："孟兄弟，贫道说过，那药颇为珍贵，贫道也未带几枚，待事成之后，自会取来相送，你又何必，苦苦相逼呢？"

"不是我苦苦相逼，而是道长硬要将我拉进这旋涡来。为了小妹性命，我愿意舍了自家这条性命。可怕就怕，我卖了命，也换不来家中小妹的平安。"孟迁苦笑了一声后，继续道，"此番与诸位相处下来，我也知晓道长是个行事颇为周全的人。如此，这等救命药丸只带了两颗，我是决计不信的。"

说完，他便直勾勾地盯着公孙道人，等着他给出答复。

见孟迁表现如此决然，公孙道人眉头一皱，沉吟片刻之后，他缓缓伸手从怀里摸出一个森白的瓷瓶，开口道："也罢，蛰命丹贫道身上确实还有些，孟兄弟想要，不妨先说说你的主意吧。"

第二十五章　颠鸾戏凤芸香楼

看着公孙道人手中瓷瓶，孟迁眼睛都直了，恨不能一把抢到手里来。

不过，他还是努力压下了心中渴望，问道："我想先问问道长，这次带了多少人来东京？"

孟迁的问题直白且尖锐，令公孙道人有了片刻的停顿，但略微犹豫了一下后，还是开口回答："约莫百人。"

孟迁又问："可都是如张顺兄弟一般的水下好手？"

公孙道人点了点头。

得了肯定，孟迁继续说道："若是如此，那武都头之前的主意便是最好，这东京城的暗渠夹道，我不敢说是了如指掌，却也知道得十之七八。我能保证，诸位破了赊刀人的船后，能安全脱身。"

武都头听到孟迁赞同自己的意见，很是高兴。却不曾想，公孙道人想都没想，就果断拒绝："此举过于凶险，不可。"

孟迁闻言，心思电转。从公孙道人给出的答复，他已经可以确定公孙道人他们准备的退路一定是在水上，所以才不愿让人把焦点集中在汴河。

既然这个主意被公孙道人拒绝了，孟迁又道："那就只能用另一个法子了，让朝廷来帮咱们的忙。"

听到他这话，公孙道人顿时来了精神，连忙追问："此话怎讲？"

孟迁笑道："且问诸位，若是朝中高官亲眷遭人略买欺辱，又曝于闹市人尽皆知，这高官的脸面可还挂得住？"

武都头当即咧嘴笑道："自是挂不住的，若是事发在某家身上，某家还不得杀了那班人？"

一旁的燕小乙拊掌笑赞："果然好计，想必孟兄弟心中应已有成数。便莫再卖关子了，尽数说与我等听吧。"

只是，孟迁没有继续开口，目光直勾勾地盯着公孙道人手中瓷瓶。

公孙道人哪能不明白他的意思，伸手取下瓷瓶的布塞，当着孟迁的面将瓶中药丸悉数倒出，而后又数出五丸装回瓶中，这才将剩余的递给孟迁："这五丸贫道还需留着给弟兄们救命用，实在不方便现下就给孟兄弟。不过之前答应孟兄弟的，贫道自会做到。"

孟迁惯会看人眼色，也知道见好就收的道理，他拱手作了个揖："我与那朱勔家中车夫素有交情，他常驾车去往崇礼坊一家名唤'芸香楼'的香粉店。我从其口中得知，他往来芸香楼皆因朱勔第十五房姜室胡氏与那芸香楼的女东家乃是闺中密友。近日朱勔不在府中，那胡氏更是日日夜宿芸香楼。"

"朱勔的家眷？倒是个好人选。"公孙道人微微沉吟了片刻，"只是不知这胡小娘在朱勔心中是否有足够的分量啊？"

"这道长只管放心，朱勔府中并无主事的主母，对这位姜室也是极为宠爱。据说在府中下人都称其为大娘子。若不然，区区姜室又怎能如此随心地出入府门呢。"

"如此，妙极！妙极啊！哈哈哈哈！"公孙道人和燕小乙交换了个眼神，忍不住拊掌大笑起来。

朱勔乃是当世六贼之一，如今虽因方腊起义被罢官，但其家中子侄尽在朝中为官，在朝堂中的势力盘根错节，再加上还有童贯这个靠山在后，饶是没了官职，其权势依旧熏天。引动此人出手，坏了赊刀人的买卖是轻而易举之事。更妙的是，方腊起事打的旗号就是诛杀朱勔，如此还能把事情嫁祸到方腊贼兵头上，况且祸害当朝奸贼，正合梁山替天行道的宗旨。

此计简直是一举多得，如何不妙？

当即，公孙道人一伙便开始细细合计行动事宜。

戌初三刻。

孟迁、时头领、燕小乙、张顺四人辞别公孙道人，去往芸香楼行事。

这芸香楼是崇礼坊内临街的一间前店后宅的宅院，店面飞檐翘角、雕梁画栋地颇为气派。此刻已过戌正，芸香楼店门紧闭，两盏灯笼悬于梁上，照亮悬于店门上的金字招牌。燕小乙等人都是做这事的老手，一路轻车熟路地沿着院墙来到芸香楼后院的位置。来到这儿，时头领冲燕小乙等人点了点头，而后脚下一个加速，快速蹿到墙边，接着弹身而起，双脚在墙面上连踩几下，便飞身上到了足有九尺高的院墙上。随后他往下丢下一根绳索，将孟迁也给拉上墙头。

待孟迁站稳，时头领迅速环墙内情形，墙内是芸香楼的后院，院落不大，却收拾得极为妥当，可见主人是个颇为雅致的人。

时头领环顾一周并未发现什么异样，随即看向孟迁低声道："该往何处去？"

孟迁想了想，道："这芸香楼的东家是女子，胡氏既与她是闺中密友，应该宿在主院才是。"

他话音才落，时头领便一把扣住孟迁的胳膊，将其往肩上一扛，快速往芸香楼主院方向遁去。

初时，孟迁还被吓了一跳，之后才发现，饶是扛着他一个百来斤的汉子，时头领居然还能在狭窄的院墙上健步如飞，这可算是让他见识了这些绿林好汉的厉害。

片刻的工夫，时头领便扛着孟迁来到了主院。小院中央是一栋两层的楼房，上层的房屋没有望台，通常是作为待嫁女子闺房所用。时头领先将孟迁放下，而后贴着墙边仔细倾听，孟迁也尝试着贴着墙面去听，但未听得什么东西便也就放弃了。只是时头领贴着墙面听着听着，身体突然微微一颤，脸上表情也变得异常怪异。略做沉吟之后，他拎起孟迁飞身上到了二层的飞檐上，随后两人蹑手蹑脚地踏着瓦片靠近主宅闺阁。

近到前来，孟迁算是明白了时头领之前表情为何如此怪异了，因为他在这已经能隐隐听到闺阁里传来的令人面红耳赤的靡靡之声，屋内竟是有男女在偷欢！这是撞破了芸香楼东家的好事？孟迁不觉一阵面红，赶紧示意时头领往别处去寻人。可是时头领却并没有动作，直到孟迁扯着他的袖子再三催促，他才拉着孟迁来到了窗台下，沾了沾唾沫，在窗纸上钻出个洞来，示意孟迁往里看。孟迁没想到一向木头一样的时头领竟然还有这样的癖好，一时也弄不清楚他的用意，只得往那窟窿眼里看去。

这不看还好，一看之下直接惊掉了孟迁的下巴。只见闺阁里面并非是一男一女在欢爱，而是两名女子在绣床上颠鸾戏凤，那靡靡之音正是出自两人之口。饶是孟迁常年出没桑家瓦子这类鱼龙混杂之地，也甚少见过这等情形。

见孟迁这般似是呆住了，时头领面上厌色渐浓，沉声问道："可看好了，里面的人可是那胡氏？"

听到他的问话，孟迁才回过神来，赶紧仔细辨认了一番。

"那个瘦些的女子便是胡氏。"

得到了他肯定的答复，时头领从怀里摸出一根竹筒，从戳破的窗纸间探入屋内，往屋内吹出一股白烟。

只是迷烟生效需得一点时间。

这时屋内两女也缠绵累了，相拥靠坐在绣床床头歇息。片刻后，身材较为瘦削的胡氏低声对另一名女子道："妹妹，姐姐之前与你说的，你还没给姐姐答复。"

身材丰腴些的女子闻言，柳眉微皱，满脸苦恼地道："姐姐莫要说这些胡话。朱家主君对你疼爱有加，若没了主君的权势，你我两个弱女子何处能安生？"

那胡氏面露犹豫之色，好一会儿才咬牙道："罢了，我便与你直说了吧。只是此事你绝不可与外人说起，否则你我都有杀身之祸。"

她这话，差点没把那丰腴女子惊得从床上蹦起来，丰腴女子盯着胡氏看了好一会儿，见其脸色郑重不像是虚言，这才谨慎地点了点头。

纵然此刻房内只有两人，胡氏说话时依旧刻意压了压声量："那日，我亲耳听到朱勔与人商议，想要谋刺官家。"

第二十六章　费尽心机施巧计

"什么?!"那名体态丰腴女子一听这话,顿时惊得俏脸煞白,忍不住掩嘴发出一声惊呼。

"好个乱臣贼子!"蓦地孟迁耳边响起一个刻意压低的声音。

听得这声音,孟迁也顾不得再看屋内风景了,诧异地回过头去看向时头领,就见其脸色一片阴沉。

"哼!"见孟迁在看着自己,时头领意识到自己的失态,脸面有些挂不住,不由得闷哼一声掩饰尴尬。

孟迁闻声连忙转开头去。

这会儿工夫,屋内丰腴女子也从震惊中缓过来,小心翼翼地凑近胡氏问道:"姐姐,你之前不是说朱家主君甚得官家宠爱?怎么会如此?"

"我怎知那么多,怕是他心里还是怨官家将他革职,他们这些官场上的弯弯绕绕,又岂是你我能知晓的?总之,这是抄家灭族的大罪。我如今在府上是日日不得安生。这几年,我也存下了不少家当,再有你这儿的银钱,这天下哪里过不得日子?"胡氏拥了拥身前的锦被,缓缓将心中打算道出。

丰腴女子脸色一阵阴晴不定,迟疑道:"可,可以朱家主君的权势,你我又该往哪躲?"

"我早与人打听过了,咱往南去刺桐港,买条海船下南洋去,那边有不少广南路的人聚了村镇,有银钱在身,去了那儿咱也不至没了照应。"胡氏再次开口,只是她此番开口语气中已隐含了冷意。

丰腴女子哪能不了解这胡氏的性情?别看其模样柔柔弱弱的,却是个极有心计又心狠手辣的女人。若非如此,她一个妾室之身,又怎能压得朱家奴仆老实称她一声大娘子?这其中除了有朱勔的宠爱,自然也有她自身颇有手段的缘故。如今，胡氏把这等要命的秘密说了出来，她若是再犹犹豫豫，这胡氏为了自保，怕是什么事都做得出来。

遂女子赶紧低眉顺目地表态："小妹一切皆是姐姐所赐，自是听姐姐的，姐姐说怎么办那便怎么办。"

胡氏脸上这才恢复了笑容，满意地搂着丰腴女子笑道："这才是我听话的好妹子，如今店中存有多少银钱？"

丰腴女子柔顺地躺在胡氏怀里应道："小妹这现钱有三千贯，店铺宅子和店中存货若都出清，约莫能凑够一万贯。"

"店铺宅子这些莫要去管了，只带些金银细软，剩下的银钱，咱明日寻个地方埋起来。"胡氏略做思索，继续道，"明日晌午咱便坐船走，否则，等朱勔从苏杭回来，咱就走不得了。"

丰腴女子闻言满脸都是肉疼，不舍道："姐姐，这宅子可是值六千贯呐！"

胡氏闻言闷哼了一声："是钱财要紧，还是你我姐妹的性命要紧？你若是执意要卖这宅子，信不信咱明日便会落在朱勔那些狗爪子的手里？"

"都听姐姐的。"这下女子也不敢再反对了，老老实实地点头应承。

这么会工夫，时头领吹进屋子的迷香也开始起作用了，胡氏只觉得头脑阵阵昏沉，然后头一歪就昏睡了过去。

"姐姐，你怎么了？"丰腴女子见状脸色遂即一变，随即她察觉出空气中的异样，只可惜她这会儿也已经吸入过多的迷香，头脑一阵昏沉，便也步了胡氏的后尘混睡过去。

时头领见两人都倒了，伸手从身上摸出一柄薄刃短刀，将短刀从窗边缝隙插入拨开窗闩，一翻身钻进屋内，快步去往绣床边。孟迁紧随其后，骑着窗沿翻进屋子里，时头领那边用不着他去帮手，便大步去往闺阁东向梳妆台，翻箱倒柜四处搜寻。听到动静，时头领回过头来看了一眼，见到孟迁在梳妆台前翻箱倒柜，他不由得眉头一皱，脸上再次浮现出几分厌色。可是他也是贼偷出身，昔日里也没少做这等勾当，真不好指责孟迁什么，只能当作没看见，继续做自己手头的事情。

只见他略做查看，确定胡氏完全睡死了过去，便一把将跟胡氏相拥在一起的丰腴女子扯开，用床上的被子将胡氏的身子包裹住，然后一把将胡氏扛在肩上。

做好这些，他对孟迁叫道："走了!"

说罢，也不等孟迁，他便扛着胡氏往屋外走。也亏得胡氏二人心知，她们这等关系不容于世人，就连贴身的丫鬟也一早被支开了，整个闺阁宅子里就只有她二人，这倒是极大地方便了孟迁他们。这次，时头领也没再从窗户离开，大摇大摆地扛着胡氏从大门离开。孟迁听了他的招呼，连忙把找出的金银首饰包好，又将一物往怀里一揣，提着包裹紧跟上去。

一路顺利地翻过院墙出来，脚刚沾地，孟迁便将包裹送到时头领身前笑道："时头领，这家可真有钱，便只这些首饰，少说也值五十两金子，咱分了吧。"

时头领只是轻蔑地扫了一眼包裹中的黄白之物，不冷不淡地道："都归你了。"

他如今是梁山头领，这点黄白之物，他还真看不上。

"那便多谢了。"孟迁喜笑颜开，忙不迭道过谢后，喜滋滋地把包裹往背上一背。

时头领也没再去管他，只见他嘴含双指抬头发出一声惟妙惟肖的夜枭鸣叫，很快远处就传来一声回应的鸣叫。顺着声音传来的方向，四人很快汇合在一起。汇合之后，寻到一个无人处，张顺从怀里摸出一个火折子，借着火折子发出的火光，查看被单中的胡氏。

看到胡氏的相貌，张顺眼睛一亮笑道："当真是个俊俏小娘子。"

都是相处许久的弟兄，燕小乙哪能不知张顺的脾性？调笑道："张顺兄弟若是看着舒心，不妨先享用享用。"

张顺也明白什么是轻重缓急，笑着回道："小乙哥说笑了，正事要紧，正事要紧。"

他主动拒绝，燕小乙当然不会反对，接着开口道："时辰不早了，时头领，便由你送孟兄弟回去吧。"

时头领拱手表示明白。

如此，燕小乙二人便要带着胡氏离开，眼见他二人要走，孟迁赶紧开口道："且慢。"

燕小乙闻言停下脚步，转回头问道："孟兄弟，可还有事?"

"此女……"

孟迁拱了拱手，随后简要地说明了他通过之前听到的对话，对胡氏为人性情的一些揣测告知燕小乙。

公孙道人等人能否成事，可关系到他能不能拿到药，而这胡氏观其言行，绝不是一个一般的妇人，若拿她当个普通的妇人处置，难保不会因此生出岔子。主意是他出的，出了岔子，别人不说，那位蛮不讲理的武都头第一个就不会放过他。

"孟兄弟有心了。"燕小乙是个聪明人，哪能不清楚行事之中细节的紧要？郑重地拱手谢过，随后领着张顺离去。

"走。"待二人走后，时头领也招呼孟迁一声回转骡市坊。

一路往回赶，眼见快到豹舅藏身的树林，孟迁眼珠一转，身子往下一蹲，捂着肚子叫了声："哎哟。"

时头领听声停下脚步，回过头来静静地看着他。

孟迁谄笑着往树林那边努了努嘴："时头领，我腹痛，可否去出个恭？"

得到时头领的首肯，孟迁连忙赶往树林深处。时头领也没跟着，只是在四顾之后，寻了处还算干净的地方一趴，凝神细听树林里的动静。他可没有看人出恭的习惯，而凭他的耳力轻功，孟迁还能跑得掉不成？

过了一会儿，听得耳中传来锄地声，时头领咧嘴一笑，只当孟迁是借出恭之名去林中藏金了。

孟迁也确实是在锄地藏金。

挖好了一个坑之后，他将背上的包裹解下放入土坑中掩埋。

而就在孟迁挖坑的时候，重重黑影出现在他周围，正是豹舅和他的狗群。

孟迁四下看了看，这才开口问豹舅道："可有人在？"

豹舅摇了摇头，孟迁松了口气，花费了这么大的功夫，总算是骗过了时头领。

随后他开口对豹舅道："这里埋了五十两金子，你我一人一半，说不准往后还有。只求你，若是我死了，把我那份给我家嫂嫂。"

豹舅神色微动，犹豫了片刻后点头表示答应。

豹舅值不值得相信，孟迁心里一点底都没有，可他现在又哪来可以信任的人？交代完这些后，孟迁又从身上摸出从闺阁里顺来的一块布绢和一块女子画眉用的烟墨。他之所以去梳妆台翻箱倒柜，钱财只是附带，这玩意才是他真正要找的。随即他用口水打湿烟墨，借着月光用一根树枝沾着墨，在布绢上写下要传递的信息，附上两枚蛰命丹让豹舅带去交给褚三娘。布绢上所书内容，就是告诉褚三娘，公孙道人等人要对朱勔出手。等明日胡氏的消息爆出，那就说明他确实有打探到消息，多少也体现出他的一些价值来。

做好这些，孟迁长出了一口气，只觉得心力交瘁，辞别豹舅，拖着疲惫的步伐回到时头领那边。

第二十七章　西门码头血光现

亥时过半，西水门码头。

平日里早该夜深人静的码头，今日却灯火通亮，大量码头力夫如同蚂蚁搬家一般，将停靠在码头两艘巨大沙船上的货物搬下，此时码头边已经摞起了不少货物。码头四周数十个头戴鬼头面具，身穿黑色褐衣，持枪仗剑的黑衣人正凝神戒备着。而就距离码头不过数里的西城水军军营，却对码头这边的情形视若无睹，连逻卒都未曾派出一队。

码头对岸，看似平静的夜色中黑影憧憧，许多同样穿着黑衣的人正藏身暗处，为首的正是仇道人，他藏身夜色中，目光阴冷地盯着对面码头。此番行动，他负责领一队擅水人马由水路夺船，断码头上那帮人的退路，方七佛和陆行儿两人则率人由陆地相围。

半截明尊要他们刺探无忧洞主的身份，这话就如玩笑一般，以半截明尊在这东京城的势力，已知无忧洞主的行踪，都还没弄清对方的身份，他们在东京几无根基的人又哪里能做到？可就这如同玩笑一般的条件，他却没有任何拒绝的理由。毕竟他之前提出的洗城三日的报酬，在对方眼中也同样如同玩笑一般。不过好在他用这个玩笑般的报酬，试探出了半截明尊的态度。这半截明尊对赵宋朝廷并无忠心，对那赵佶的死似乎也是乐见其成。

所以今日这码头一战，若他所料不错，那么能否逼出无忧洞主的身份不重要，重要的是，要让半截明尊看到他们有刺杀赵佶的能力。

约莫到了亥时三刻，远处夜空中突然亮起一抹并不亮眼的火光，仇道人见状脸色顿时一喜。这火光出现，便代表正主已经出现，并且正往码头这边来。

"走!"得到信号，仇道人自不再迟疑，大手一挥，带头跃入水中。

得到他的命令，手下人也纷纷随他投入水中，快速往沙船方向游去。这一行都是水性极佳的人手，百十米的河道对他们来说不值一提。片刻的工夫，他们便游到了卸货的沙船下。这会儿沙船上的货物已经差不多搬空了，因此船上并无人看守，这正合仇道人之意，他赶紧令手下人登船。上了船后，仇道人领着众手下矮身藏于船舷后，自己小心地探出半个头查看码头上的情形。又是一会儿的工夫，只见码头那边终于有了动静，只见一辆马车快速驰到码头上。见到这辆马车，码头上正带人清点货物的管事，连忙停下手头上的工作，恭敬地上前相迎。待到马车停稳，车辕上两名护卫跃身而下，恭立一旁等候。随后车厢门打开，一人走下车来。只见此人身着一身紫色团花直裰，头上盘着由金簪束住的发髻，脸罩一副银色鬼头面具，只站在那儿便自有一股威仪在，一看便知是久居人上之人。

仇道人见状脸色喜色乍现，这般人物不是无忧洞主还能是谁？不过他并未马上动手，而是等着陆上方七佛那边先发动攻击。按照计划，方七佛那边发动攻击，将无忧洞主逼上水路，届时他再出手，便似瓮中捉鳖一般。

此刻，远远就见码头管事那人对着银面人恭敬下拜，随后又弓着身子退开几步，往码头上堆积的货物处比了个请的手势。正当无忧洞主携手下清点码头货物时，码头外黑暗中，骤然响起一阵弓弦震鸣，紧接着如雨的弩箭便落向码头周边的护卫。

"啊……"猝不及防之下，当即就有不少护卫中箭倒地，余者皆被这突如其来的攻击惊到。

"杀！"

弩箭过后，就听一声雷鸣般的喊杀声，挥舞着一根巨大的狼牙棒的方七佛从暗处窜出，领着手下人马如潮水般涌出。

码头护卫中的头领这时才反应过来，连忙大声喝令："结阵，迎敌！"

这无忧洞的护卫倒也精锐，听到命令迅速三五结阵，刀盾在前，弓弩靠后结阵御敌，颇有几分章法。只是他们只来得及射出一轮弩箭还击，当先的方七佛便已冲到了近前，挥舞着百十斤的狼牙棒，一棒就将挡在他身前的持盾护卫，连人带盾一并砸飞，接着回手一抡将两名持弩护卫的脑袋砸了个稀巴烂，脑浆血液溅了他一身。

"哈哈哈哈，痛快！"方七佛伸出舌头舔去溅到他嘴角的脑浆血液，发出一声嗜血的狂笑，目光一转便盯上了不远处的护卫头领，拎着手中的狼牙棒就飞扑了过去。

护卫头领一时间承受不住方七佛带来的巨大压力，竟是转头就逃，他的逃跑就如同压倒骆驼的最后一根稻草，无忧洞一方顷刻溃败。

"主君，快走！"注意到这边动静，无忧洞主身侧的两名护卫连忙拔刀在手，"主君，从水路走。"

这无忧洞主也不犹豫，就由两人护着快速穿过栈桥，去往沙船。沙船上就备着逃生用的舢板，此时使用正合适不过。一直陪着无忧洞主查验货物的管事是个伶俐人，见状连忙跟上。

眼见事件如自家谋划的一般进展，仇道人心头大喜，待到无忧洞主一干人近到沙船前，他低吼一声"杀"，随即探身出船舷提弩便射。只听一阵震耳的弓弦震鸣，数十支弩箭如同一张箭网一般射出。

无忧洞主那两名护卫倒是忠心耿耿，见状挺身护在自家主君身前，用身体挡住弩箭。弩箭落在两人身上，就听叮叮当当一通响，两人黑袍之下竟是穿有铁甲。饶是如此，近距离攒射之下，弩箭所携的冲击力，仍是让两人发出痛苦的闷哼。无忧洞主被他俩护得严严实实倒是安然无恙，紧跟他们逃生的那个管事没有铁甲护身，当即被弩箭射成了刺猬，惨叫着栽入水中，水面顿时漾起一片殷红。

"主君，速走！"弩箭装填需要时间，挡下这轮弩箭之后，一名护卫厉吼着将无忧洞主推入水中，自己则和另一名同伴挥刀朝沙船上扑去，试图拖住仇道人他们为无忧洞主争取逃生时间。

"哼！下水抓人。"仇道人冷哼一声，他的目标是无忧洞主，这二人无足紧要，待方七佛腾出手来，自然就是这两人的死期。

下达了命令，他率先纵入水中，余众也纷纷纵身下水。

"死！"一名护卫见状大急，嘴里发出一声悲愤的怒吼，奋尽全力掷出手中长刀，长刀闪电般洞穿一名兵士的身体将其斩杀。杀了一名兵士后，他也是一个纵身跳下水去，拼命地往无忧洞主落水的方向游去。

另一名护卫却是没有跟上，他看了一眼无忧洞主落水的方向，接着又回头看了看已经率军杀疯了的方七佛，看着那不断抡动的狼牙棒和码头上的一片血色，他迅速脱下身上铁甲，一跃潜入水中没了踪影。

没多一会儿的工夫，码头上嘈杂的厮杀声就停歇了下来，只剩下满地血肉模糊的尸体，有无忧洞的护卫，也有搬运货物的力夫。

"哈哈哈哈，痛快，真是痛快!"眼见身边再无一个活人，方七佛才用力往地上一杵手中的狼牙棒，伸手抹了抹脸上的污血，又用猩红的双目环顾欣赏了一番被他砸死的尸首，满意地狂笑出声。不远处陆行儿扫了一眼状若修罗的方七佛，眼神中既嫌弃又畏惧。

刚巧，这时仇道人一行正从水中上岸，陆行儿赶紧快步过去相迎。陆行儿先是拱手对仇道人道了声辛苦，而后仔细地端详被仇道人抓来的无忧洞主。此人这会儿哪还有刚才的威仪？发髻已在水中挣扎时散开，湿漉漉地贴在身上，模样要多狼狈有多狼狈。脸上那银色鬼头面具也已经脱落，露出面具下的真容，是一个面白无须的中年男人，面对陆行儿的审视，其眼神闪烁，不敢与陆行儿对视，陆行儿见状不由得眉头一皱。

第二十八章　尔虞我诈鹿为马

这时，方七佛也赶了过来，嘴里骂骂咧咧地道："你便是那无忧洞主？"

他本就满脸横肉一副凶相，如今还满身血浆，甚至铁甲上还沾着一只新鲜眼珠，恶形恶状真就如同地狱恶鬼一般骇人。

"小人不是，小人不是，小人只是主君的替身。"男人差点没被方七佛这样给吓尿，腿一软就瘫倒在地，连忙矢口否认。

"什么？"听闻此言，陆行儿和仇道人不约而同地惊呼起来。

随后仇道人一把扣住其脖颈，面目扭曲地低吼道："你再说一遍？你不是无忧洞主？"

男人慌忙点头："是，小，不是，小人不是无忧洞主，小人只是他豢养的替身！"

"该死！"仇道人盯着看了他好一会儿，眼神如利剑，似是想要将这人生生看穿一般。

陆行儿也是邪火中烧，冒了这么大风险抓了个冒牌货，那半截明尊还会不会如约行事，就难说了。他重重地喘息了几口，勉强压下心中怒火，咬牙问道："平日里，是你来此地查验，还是无忧洞主本人来？"

奢望着还能保下一命，男人自是不敢有任何隐瞒，连忙将答道："小人只是听从主君的安排，主君让小人来过几次，但是为何让小人来，小人是真不知晓。"

接着陆行儿又问了几个问题，此人都是一问三不知。见实在问不出什么东西，陆行儿抬头和一旁的仇道人对视了一眼，随后陆行儿脸上狠色一闪，迈步绕到男人身后，猛然从腰间拔出剑来，左手一把扯住男人的头发，一剑就将其喉咙割断。

"你这是作甚?"方七佛见状大怒,上前就要跟陆行儿理论。

却听陆行儿开口道:"这无忧洞主果然是条好汉,宁愿自刎也不甘受辱。"

仇道人心思敏捷,当下就明白了陆行儿此举之意,不禁对陆行儿刮目相看,接口道:"不错,此人是条好汉。"

只有方七佛还没想通其中关窍,满眼诧异,不知他两人葫芦里是卖的什么药。

"方将军,我等说他是谁,他便是谁。"陆行儿见他不明白,简单地解释了一句,接着又道,"还请方将军在附近搜寻一下,若有活口格杀勿论。"

这会方七佛才算明白他的意思,合着是想来出指鹿为马,死无对证。他不由咂嘴赞道:"好个穷酸,就属你心眼多。某家去也。"

言罢,他便叫上一帮心腹士卒,依照陆行儿的吩咐四下开始搜寻活人。

方七佛走后,陆行儿回头看着仇道人,苦笑道:"只求能过了这两日。"

"是啊,只求能过了这两日。"仇道人点了点头。

只要这秘密能顶两日,待他们上了樊楼西楼……

城墙望楼,幽冷的月光下,半截明尊盘膝坐在一条矮几前,矮几上摆放着一壶小酒,几碟糕点,他身后丑儿抱着一柄长剑随侍,

半截明尊无喜无悲地俯瞰着码头上的乱象,伸手捏起矮几上的酒盅一饮而尽。两地的距离有些远,看得不甚清晰,但不妨碍感受码头上激烈的战况。

丑儿看了一会儿感慨道:"尊主,这方腊军进攻称得上侵略如火,倒不似传闻中那般不堪。"

半截明尊点了点头道:"这方腊也非庸才,这些人应当是其手下护教军,倒也堪称精锐。只可惜其空有枭雄之心,却无枭雄之能,各路义军不受其统属,如散沙一般,如何抵得住赵宋大军?"

丑儿见他如此说,不免问道:"那您为何要应下洗城三日这等报酬?这无异于在戏耍尊主您啊。"

半截明尊闻言嘴角勾起一丝笑容:"你以为,他们能开得出令本尊心动的条件?此举不过是在试探本尊是否心存赵宋罢了。"

丑儿常年随侍半截明尊左右,哪能听不出他是动了心要帮方腊了,迟疑了一会才开口道:"如今官军步步进逼,方腊败亡怕是只在旦夕。"

这回半截明尊并没有直接回答,而是反问:"本尊前日里为赵宋卜了一卦,

你道如何？"

丑儿摇了摇头。

"卦相显示，这赵宋国祚虽存，但国势已衰，有山河破碎之相。"半截明尊目视前方，缓缓道。丑儿名义上是他的随侍，但实际上多年的相处，他已是把丑儿当成弟子看待，倒是不介意直说。

"您是说，方腊竟能成事？"丑儿闻言惊呼。

"若在之前，本尊亦不觉方腊能成此事，便是能成事，也应是那金国。赵宋朝堂衮衮诸公不知唇亡齿寒，竟还欲联金攻辽，真是一窝蠢虫。"半截明尊嗤笑了一声，接着道，"可如今却是有变，刺杀赵佶倒是条妙计。赵佶若死，童贯等哪还有心剿贼？自是尽快赶回来谄媚新君。方腊便可得喘息之机，若能借此时机统合各路义军重整旗鼓，未尝没有分鼎而治之机。"

丑儿恍然，欠身敬服道："尊主英明。那您此番是想看看方腊来人是否有成此事之能？"

半截明尊又笑了笑，他这般谋划又岂止是这么简单？不然他又为何选了樊楼与仇道人几人会面？只是现在看来，他似乎是有些多虑了。这些自是不用跟他人去明说。

"丑儿还有一事不明，想请尊主解惑。"丑儿见自家尊主今夜似是有谈兴，不免也放松了下来。

半截明尊轻抿一口杯中酒道："说吧。"

丑儿斟酌了一番语句才开口："尊主，您当初也是看重东京这座雄城才扎根于此，如今根基已深，贸然舍弃，会否冒险了些？且方腊这帮人如今看似顺从，实则是无奈而为，事后必怀恨于心。"

半截明尊闻言一顿，他当然明白丑儿这是在关心他，若不然以丑儿的性子，是断不可能说出质疑他的话来的。略做沉吟之后，他饮尽杯中酒，再将酒盅放回几上才开口道："为天地立心，为生民立命，为往圣继绝学，为万世开太平。"

丑儿自然知道这是当世著名的横渠四句，道尽了天下读书人的宏愿，昔日他跟半截明尊学这句的时候，可是为其中所含之宏愿大义心潮澎湃。只是这横渠四句，又跟他问的问题有何关联？

"横渠先生大才，数句道尽了我辈宏愿。可你看如今这些儒家弟子做了什么？只知谄媚君上，不知保国安民，致使天下刀兵四起，百姓民不聊生。"半截明尊陡然冷哼一声，语气瞬间转厉，"这四句他们做到了哪一样？他们既做不到，便该退位让贤，由我纵横一脉来匡扶天下。"

也是这些东西积压在心中太久，令半截明尊颇有些不吐不快的意思，他接着说道："儒家在赵宋已是根深蒂固，唯有这方腊，信的是摩尼外教，若其能分得半边天下，我纵横一脉才有跟儒家分庭抗礼之可能。为争这一线生机，本尊也该搏一搏了。"

"尊主宏愿，是丑儿浅薄了，丑儿便是舍了这条命，也要助尊主得偿心愿。"丑儿这才明白其良苦用心，听得那叫热血沸腾，快步去到半截明尊身前，伏倒在地重重地叩首下去。

半截明尊看着他，满意道："本尊知你之心，你也莫要过于担心本尊了，本尊至多也就设法送他们上西楼，若能成事，本尊自会考虑出手相助，若是不成，那便是天命不在他方腊，怨不得他人。"

"尊主思虑周全，丑儿明白了。"丑儿闻言脸上露出意会的笑容。这才是他所熟悉的明尊，无论是刺杀赵佶，还是此番围攻无忧洞主，左右都是方腊的人在卖命，可伤不着他们赊刀人分毫。

"起来说话吧。"半截明尊右手虚抬一下，示意丑儿起身，接着往码头那边看了一眼，这会码头的战斗已经结束，他不由笑着起身，"这护教军手脚倒也麻利，码头那边你可都安排好了？"

丑儿欠身应道："请尊主放心，都已安排好了。"

半截明尊点了点头："明日开始，让大伙先歇两日，东京城怕是要乱了。"

丑儿又问："尊主，河面上的买卖可也要暂停？"

东京最为发达的就是水上交通，这水面生意可是赊刀人买卖中的大头，半截明尊略微思量了一会道："明日还不能到东京的船也先停了，一切等看无忧洞那边的反应再说。"

第二十九章　烟花柳巷狡兔窟

子时将近，与大相国寺一墙之隔的录事巷依旧喧闹。

录事是烟花女子的别称，那么此巷是作何营生的，也就不言而喻了。这等烟花柳巷之地，便是寻常日子也是客似云来。如今上元节将至，巷内自是不必说了，饶是已夜深至此，巷中还是灯火通明，寻欢客虽有减少，莺莺燕燕的揽客声却也不绝于耳。

一辆马车在车夫的驾驭下，迅速穿入录事巷，一路兜兜转转之后，停在了巷中一家大宅的后门外。马车停稳，车夫迅速从车辕上下来，状若无意地朝四周看了看，而后快步去到门口，有节奏地敲了敲门板。得到了开门的暗号，大门很快左右打开。车直接驶入了大宅。车夫才将车停稳，车厢的门就被从里面推开了。三名黑衣大汉引着两名头罩布袋的人下车，随后为首的黑衣汉子让一名同伴，扛上车厢里的一大布袋东西，这才引着众人去到柴房。却见黑衣汉子掀开隐藏在柴火堆中的隔板进到一个密室里。

进入了密室，借着密室甬道墙上油灯昏黄的灯光，几人穿过一条狭长的甬道，眼见快要走出甬道，为首的黑衣汉子停下了脚步，拱手对甬道尽头道："属下乃是车字贰壹，奉明尊之命，带人来见。"

依照赊刀人的规矩，加入了赊刀人就会得到一个诨号，用来表明身份。此人的诨号是车字贰壹，车字是代表他是从属赊刀人旗下车行人员，贰壹则是表明他是车行第二队的队正。

听到他的话，一条人影才从暗中走出，点燃了一根柏烛，借着明亮的烛光冷淡地打量了贰壹一会，确认其身份之后，这人才又悄无声息地缩回暗中，算是放了行。

此人退回暗处，贰壹心中松了口气。刚才这人是半截明尊豢养的哑奴，是明尊身边的死士护卫，只要他有那么点行差踏错，这哑奴就会立刻要了他的命。

哑奴退去，贰壹这才继续领人前行。甬道的后面是一个房间，此间的设计很是巧妙，甬道射出的火光刚好勉强照亮房间尽头的门，不是知晓此处的奥妙的人，压根不会意识到门外还有个藏人的空间，贸然闯进这狭窄的甬道里，只有死路一条。

贰壹快步来到门口，恭敬地伸手叩了叩门。少时，门分左右，明亮的光线从门后透出。贰壹压根不敢往里看，见门打开，连忙恭敬地欠身拱手："尊主，人带来了。"

他虽是车行二队队正，却是没资格面见半截明尊的。

遂即明尊的声音从门内传来："辛苦了，下去好好歇着。"

话音才落，两名同样穿着黑色褐衣，面巾遮脸的哑奴从门内出来，接过贰壹所引之人和那口大布袋去往内里，接着大门重新闭合。

门后是一个不小的房间，一颗夜明珠悬在房间正中，珠内散发的光芒，将整个房间照得通亮。相比这颗价值连城的夜明珠，屋内陈设可有些太简陋了，房间左侧摆放着一张木质禅榻，榻前放着一张略高于禅榻的矮几，几上摆着一个棋盘。半截明尊此时正盘坐在榻上，手执白子与自己对弈。看那样子，似是在此间枯坐了许久一般，又让人如何能想到，他也不过是前脚刚回来罢了。

眼见哑奴将人和物带进来，半截明尊将手中白子放下，打量了一番地上的大口袋后，对哑奴比了个手势。

两名哑奴遂将二人头上的布袋取下。布袋下的人，正是仇道人和陆行儿。

乍然面对眼前的光亮，二人都是不由自主地眯起双眼，稍稍适应了一会儿，这才看向榻上的半截明尊。

"二位，请坐。"半截明尊笑着比了个请的手势，示意二人去到他对面摆放的蒲团落座。

"多谢明尊。"仇道人二人没想到与明尊再见面的过程会如此繁复，但也总算是在刀尖上走过的人，还能暗自镇定心神。

"奉茶。"等他二人坐下，明尊又吩咐哑奴奉上茶水。

室内只有四名哑奴侍奉，能随侍左右，这些人必然是半截明尊信重的手下，这让仇道人对这四人颇为在意，趁哑奴上茶的工夫，仔细地打量这几名哑奴。

此四人都以黑布遮脸，唯有眼睛和额头露在外面，面容是看不到了，但以仇道人的老道江湖经验，能够观察的地方还有很多。就比如这四人都是骨架粗大，下盘稳健之辈，且手上都有着多年的老茧，这是常年握持兵刃所留下的痕迹，只这些就足可说明这些人都是伸手不俗的练家子。这倒还不是最重要的，以半截明尊的势力，有这样的高手护卫不足为奇，可是让仇道人心惊的是，这四人额头上都满布疤痕。只一人倒也算了，可是全部都是如此，那这些人的身份也就昭然若揭了，这些人应当是刻意损毁面容，以防他人通过容貌辨认身份的死士。豢养死士也算平常，圣公身边同样豢养着死士，可是受了毁容之痛，还能保证这帮人能忠心耿耿为自己赴死，这半截明尊的手段着实有些可怕了。

仇道人的一举一动皆在半截明尊眼中，却没有半点阻止的意思，待他观察了一会，才笑着问道："道长，不知，此乃何物？"

陆行儿率先起身拱了拱手，回道："明尊，这便是你所要之物。"

言语间，他脸上浮现出自矜，却又颇有些做作的笑容，腰杆更是挺得笔直，看着半截明尊的眼神很有些俾睨天下的意味。只是装了一会，却未见着半截明尊令人去解开口袋，而是依如之前那般，带着一脸温和的浅笑看着自己，那眼神就仿佛是在看着戏台上的优伶一般。

陆行儿脸上笑容微微一僵，不过他也是个能屈能伸的，在这除了那几名哑奴，他是屋里地位稍低的存在，便也没多犹豫，迅速收敛了脸上表情，迈步去到口袋旁边，将袋口给解开，露出里面装着的"无忧洞主"的尸身。半截明尊看着"无忧洞主"的脸，脸上没有任何表情变化，依旧是浅笑着看着陆行儿，等着他的解释。他这表现，可就让陆行儿有些摸不着头脑了，他来时可是想了无数种应对的方法，无论是半截明尊喜还是怒，他都有法可应对，可半截明尊现在这表现却让他有种一拳打在棉花上的感觉。

"此人落水后便执意寻死，贫道只能助他一臂之力。"仇道人起身对半截明尊拱了拱手道，"我等此番折损十余手足，可见与明尊合作之诚心。只消明尊此番助圣公一臂之力，日后明尊若有所求，圣公必鼎力相助。"

他并未如之前陆行儿所言那般，说"无忧洞主"是死于自杀，而是直接承认杀了"无忧洞主"。陆行儿闻言脸色顿时一沉，只是此地不是和仇道人理论的地方，也只能将之暂时先压在心底。

半截明尊听了他的话，脸上笑容微微一敛，接着沉声道："本尊要的可是无忧洞主的身份。"

仇道人抱拳的手稍稍上抬，再行了一礼道："抱歉，明尊应知水中不比陆地，他执意寻死，还欲带上贫道，贫道也只能这般做了。此人既死，其身份是谁，又有何紧要？"

半截明尊定定地盯着仇道人看了一会儿，少顷脸上才又浮现出笑容："道长说得有理，人死便死了，所幸未因此累了道长的性命。"

"明尊不怪，贫道就安心了。"听他这么说，仇道人的老脸上也露出了笑容，又是一打拱手道，"明尊，你看咱们的事？"

半截明尊也没多犹豫，便开口道："道长放心，本尊素来守信，自会给道长一个交代。"

"那就多谢明尊了，贫道敬候明尊佳音。若是明尊无事，贫道二人便不多打扰了。"终于得到了想要的答复，仇道人的心也算落到了实处，刚才半截明尊的话已有了送客之意，他自然也不会不识趣地多留，遂拱手告辞。

半截明尊点了点头，而后在他的示意下，哑奴又给两人套上头套，将他两人带出门去。

待两人离开，半截明尊这才起身，上前检查"无忧洞主"的尸身。

看了眼前这张陌生的脸好一会儿，他才轻声冷笑："无妨，你是不是真死了，明日便知分晓。"

随后他手轻轻一挥，哑奴便上前，将"无忧洞主"的尸身仔细地搜了搜。很快，便从尸身腰上搜出一面做工精致的金牌，金牌背面雕了一个鬼头，另一面则镌刻着小篆所书的"秦"字。见此金牌，半截明尊眼中闪过精光，如获至宝般一把将其抓在手中，放在眼前凝神端详。

第三十章　地下城池护龙匙

正当半截明尊仔细端详金牌之际，门外又传来一阵叩门声响，紧接着丑儿的声音传来："尊主，丑儿回来了。"

闻声，半截明尊这才把目光从金牌上移开，示意哑奴开门。房门打开，丑儿快步从门外进来，进门就冲半截明尊下拜行礼，还未开口便注意到了地上的尸身。团花紫袍、银色鬼面，这些可都是无忧洞主独特的身份标识，他见状先是一愣，而后面露狂喜，对半截明尊道："恭喜尊主，贺喜尊主。"

半截明尊却是神色淡淡，将手中金牌放在身前的矮几上，回到禅榻盘膝坐下，右手虚抬道："起来说话。"

"是。"丑儿应了一声，这才站起身来。一起身，他的目光就被矮几上的金牌所吸引，端详了片刻，又联想到那俱尸首，再次面露狂喜："尊主，这可是无忧令？"

半截明尊对丑儿的反应一点都不觉得惊奇，他看着金牌道："此物本名应是护龙匙，乃是昔日秦昭襄王请墨家所造地城城门之锁匙。"

"此物是地城锁匙？"丑儿惊呼。他一开始还只以为无忧令只是身份信物，可是听半截明尊说出此物原名，两相联系他顿时明白了，原来此物竟是无忧洞要地，地城的开门锁匙！

见他一点就透，半截明尊满意轻笑，却也不打算多谈这护龙匙，转而言道："外间事情安排得如何了？"

丑儿见自家尊主不愿多谈，自是也不敢多问，赶紧恭敬回道："尊主，都已嘱咐到了，除明日到港之船，余者皆先歇几日，以观后变。"

"你先下去歇着吧。"半截明尊点了点头，挥手屏退了丑儿及哑奴。

可他的手才挥动了两下，却又停住了："慢着。"

在场诸人皆是一顿。

"明日将厉鬼召来见本尊。"说完，半截明尊闭目休息不再言语。

听他下了这道命令，丑儿也就明白了，半截明尊表面虽是淡定，实则也已迫不及待要得那地城了，否则也不会启用厉鬼这根深埋的钉子。

子正。

城外汴河水道一处河湾，一艘运货沙船靠岸停着，单从水面上看，确是一艘再普通不过的沙船。只是此刻，沙船停靠的河岸边数堆篝火熊熊燃烧，多名岗哨驻守在篝火旁，不给任何人靠近的机会。船上也点着不少的火把照明，几名逻卒不时来往巡视眺望，戒备堪称森严。

一切似乎都昭示着这艘沙船的不寻常。

子时三刻。

黑暗的河面上，一团黑影快速往沙船边穿来。若在近处看，这团黑影实际上是一艘极窄的小舢板，舢板上还躺着一人，正是被燕小乙带走的胡氏。诡异的是，舢板无人划桨，却比有人划桨的行进速度更胜许多，一会儿的工夫便靠近沙船。谁承想，舢板靠向沙船之后，突然变向划了个圆弧，悄无声息地就停在了沙船下。随后两个黑影从水下浮出，正是燕小乙和张顺。原来这舢板之所以能在水中快速行进，正是张顺在水下推行。燕小乙钻出水面，仰头观察了一番，他们已经提前观察好了，选择的位置是沙船后方的存货区，此处堆积如山的货物正适合藏身。

只见，燕小乙从身上摸出一根钩爪，甩手将钩爪抛到船舷上，手头一用力试了试钩爪钩牢固了之后，三两下便顺着绳索登上了沙船。见他上船之后，张顺用绳索将舢板上的胡氏拴好，让燕小乙将其拉上沙船，然后他翻身上了舢板，一脚踩穿船底令舢板沉没，这才沿着绳索登上沙船。张顺上来时，燕小乙已经将胡氏暂藏到了遮盖货品的油布下，随后两人交换了一个眼神，便默契地分散开来，搜寻船上用来藏违禁货物的暗格。燕小乙去的是船尾方向，借着四周货物的遮蔽一番搜寻之后，他很快就发现了船上的异常之处。只见尾仓堆积的货物中，诡异地空出了那么一块，四周堆积的货物将此处围了个严实，只余一条狭窄的通道作为通行之用。若非是见着里面透出的火光，不知情的人很难发现此处。燕小乙悄无声息地爬上货物堆，探头看了一眼，就见被围住的空间里只有一人看守，且此人正靠着背后的货物蜷缩着身子打瞌睡。燕小乙见状嘴角勾起一丝笑意，迅速从货堆上滑下来去到此人身前。行进间，他已经将身上携带的匕首拔出，来到这人身前，他探手捂住这人嘴，然后将匕首横在这人脖颈上。

"呜呜……"这人顿时清醒了过来，睁眼看到燕小乙下意识地就拼命挣扎。

"再动，爷爷便送你见阎王。"燕小乙手上稍稍用力，匕首锋利的刀刃立刻刺破了这人脖颈上的皮肤，伤口溢出丝丝血液

感受到脖子上冰冷的刀刃，这人哪还敢再动，慌不迭地点头表示明白。

燕小乙盯着他看了好一会，才缓缓松开手道："老实些，莫要枉送了性命。"

这人连忙点头，乖顺地道："爷爷饶命，爷爷饶命，小的省得，小的省得。"

燕小乙又问："你叫甚名？"

"小的吴病，因家中排行老七，大家伙也叫小的吴老七。"

一番问答，探问到今夜值守此处的只有这吴老七，燕小乙脸上泛起满意的笑容，开口说道："某只为求些财货，你莫要呼喊，待我等取些财货走，留你条活命也无妨。"

"小的明白，小的明白。"吴老七脑袋点得跟拨浪鼓似的。

却不想，燕小乙猛然间探手一记重拳，重重地砸在其喉间，吴老七只来得及发出一声低沉的哀号，尸身便瘫倒在地，口鼻渗出丝丝血迹。确定吴老七已经丧命，燕小乙麻溜地将其身上的衣物扒了，换到自己身上，接着又从怀中摸出一个油纸包，将内里的东西往自己脸上一番涂抹，很快一张跟吴老七有八成相似的脸便出现在眼前。这便是燕小乙的绝技之一，易容术。若是有必要，燕小乙甚至连身形都能伪装得跟吴老七一样。

做完这些，燕小乙探头出去看了看，确定四周无人后，一把抓起吴老七的尸首，将其顺着船沿没入水中，只留下层层涟漪。毁尸灭迹之后，燕小乙回转吴老七值守之处，很快就寻到了暗格所在，伸手将作为暗格的甲板掀起，便露出了其下的夹层。夹层内一片漆黑，只能借着出口透进来的那点火光，看到一些躺卧其中的妇人。

简单地查看了一下，燕小乙重新盖上木板，在外等了一会工夫，张顺沿着他留下的暗记寻来汇合。燕小乙将得知的情形跟他说了说，随后两人便将胡氏

带来此处。

将胡氏带过来后，燕小乙从怀里摸出一个瓷瓶，取下瓶盖，将内里的一些药水洒在胡氏的脸上，然后才将其丢到夹层中。燕小乙所撒的药水，正是解迷烟所用，不消片刻，二人便听得夹层里头的动静，这是胡氏清醒过来了。

听到里头的动静，两人相视一笑，随即卧倒在甲板之上，确保声音可以传到内里。张顺道："七哥，这小娘子生得如此标致，怕是比城里那些行首也不差，明日杀了不免可惜了，倒不如劝说将军将她献给圣公，让那朱贼做个绿头王八岂不妙哉？"

燕小乙接口笑骂道："你这厮怎的这般多的花花肠子？这朱贼明日便知他家娘们丢了，还不得大索全城？带着这小娘子岂不是找死？还是将军的主意好，明日将她宰了，再赤条条地丢在城里，某倒要看看朱贼的脸能往哪放。"

胡氏听到这些话，一身血都吓凉了，死命地捂住自己的嘴巴身体蜷缩成一团，生怕发出半点声音来惊动外边这些强人。

没听到夹层里头再有动静，燕小乙二人又是一笑，又继续假意交谈了几句，其内容无非是要让胡氏从这些只言片语中，猜出他们是方腊的人。即便是胡氏见识不够判断不出，只要她将这些话带回去，朱勔也会得出这样的判断。

眼见该透漏的信息透漏得差不多了，燕小乙开口对张顺道："我去出个恭，你在这看着。"

张顺接口笑道："有俺守着，七哥你放心便是。"

待燕小乙走后，他又骂骂咧咧道："哼，出恭？怕是躲懒吧。老子也去睡会儿。这鬼天气还要走船，要是不慎掉到水里，怕是要活活冻死，真是不要命了。"

说完，他便故意踏着重重的步伐离去。

过了好一会儿，见没了动静，隔板被人从内部奋力顶起，而后胡氏艰难地从中钻出来。正月十三正是隆冬时节，她身上穿的还是刚刚从边上妇人身上剥下的罩衣，堪堪蔽体罢了，如今寒风临身顿时冻得直哆嗦。不过此刻，她哪还顾得了这么多？四下环视了一周，见周遭无人，连忙快步离开。

从货堆围成的通道钻出来，她这才发现自己身处一艘船上，扫了眼戒备森严的河岸，胡氏狠狠一咬牙去到船舷边，看着船舷下漆黑的河水犹豫了好一会儿，才一咬牙掀开堆在甲板上盖着油布，寻了处合适的去处钻进去躲藏。

暗处观察的燕小乙和张顺见状总算松了口气，张顺之所以故意说明下水的风险，就是怕这女人心一横跳水逃生，那他们可就的不得不下杀手直接栽赃，只是那样效果多少会打些折扣。

第三十一章　北水门码头惊变

丑末寅初。

天色最是一片漆黑。一直静谧的沙船在此刻忙活了起来，起锚、升帆。待到寅时四刻，东京水门便会打开，平日里汴河水道就拥挤不堪，更别说他们这艘还是五百料的大船，若不早些赶过去，还不知会堵到什么时辰才能入城。燕小乙窝在吴老七昨日看守的地方打着瞌睡，昨儿折腾了一夜，饶是他是个习武人，这会儿也有些乏了。

这时一阵由远而近的脚步声，将他惊醒过来。他凝神听了一番，又继续蜷缩成一团靠在货堆上假寐。

"吴老七，你这撮鸟，怎敢睡过去？"一会儿的工夫，两人走到燕小乙近前，一个黑面大汉见燕小乙在睡觉，上前就是两脚将他踢醒。

燕小乙故作慌乱地睁眼瞧看，只见来的是高矮两人，高的那个便是踢他的黑面大汉，矮的则是一个下颌留着山羊胡子的中年男人。他昨日已从吴老七嘴里把船上的情形问了个清楚，船上有一名船掌柜和两个管事，这个留着山羊胡子的中年人便是两名管事中的一个，名字叫作刘成。黑面大汉叫乌海，是他们这班护卫的头领。

"咳咳咳。"燕小乙翻身爬起，低眉轻咳了几声，来掩饰自己的声音，继而讨好两人道："乌头，刘管事，是您二位来啦？俺这是昨夜吹了点风，咳咳咳。您二位放心，俺这儿好着呢，一点事都没有。"

刘成下意识地离得燕小乙远了些，眼中带着嫌弃，似是生怕被传染风寒，他对乌海吩咐道："验验下边的货，一会就要入城了，叫人把这里封好。"

"是！"乌海赶紧拱手领命，接着转回头来，又是一脚踢在燕小乙腿上，骂骂咧咧道："你这厮愣着做甚？还不快把盖板打开，让刘管事查验？"

燕小乙受了他这一踢之后，又假意咳了几声，便着急忙慌地上前把盖板拉开。待他拉开盖板后，刘管事提着灯笼去往夹层查看了一番，确定没有问题这才从转身离开。

燕小乙则在乌海的命令下，与另两名船上护卫，一起将旁边的货物搬来，把盖板给封堵住。若是不搬开封堵在上头的货物，绝无可能发现此处的秘密。做完这些，乌海也没安排燕小乙去休息，而是让燕小乙去船后摇橹，离其他人远些。

摇橹的地方，人少又刚好能盯着胡氏藏身之处，燕小乙自是欣然接受，只不过表面上装出一副不情愿的模样。

船行了小半个时辰，便来到了水门前，饶是他们来得已经够早了，水门前也已经泊满了等候入城的船只。

寅时四刻，城内晨钟响起。过后水门也缓缓开启，众多船只纷纷穿过水门入城。

卯正时分，燕小乙所在的沙船，也终于缓缓驶入了北水门码头，别看这会儿天光才放亮，码头这边却早已是人流如织，力夫、客商、叫卖的小贩穿梭其间，人声鼎沸好不热闹。

临近靠岸，船上的护卫、船工都是兴奋地拥挤到船舷边，对岸边的事物指指点点，憧憬着下船之后去城中坊市享受东京城的种种繁华。

到了这，自有驳船将船带往空闲的栈桥，燕小乙便也放下手中橹前去凑热闹，当然他选的位置还是在胡氏藏身之处附近，免得被旁人察觉出什么端倪来。

码头上，一座有官兵看守的竹制窝棚里，数名兵将正围坐在窝棚中摆满酒菜的桌前推杯换盏大快朵颐。眼见沙船驶入，为首的大腹便便的将官顿时被其吸引了注意力，放下酒杯迈步去到窝棚外凝目远眺。余者自是跟上他的脚步，一同出外查看。

这人叫吕方，是北水门码头这一片的河堤巡检埠所的都头，别看职位不高，却是这北水门码头的土霸王，平日里哪轮得着他来码头巡检值守？他只消在家中歇着，自有手下将油水奉上。今日他也是闲极无聊，才来码头这边与手下心腹聚聚。

吕方身旁一人见得燕小乙所在的沙船，不由得咧嘴笑道："都头，那不是通海船号的船么？嘿嘿，都头，咱今日又要发笔利是了。"

"走，跟本都头去会会通海船号的朋友。"吕方闻言哈哈一乐，领着众人就往沙船方向去。

这通海船号出手可是出了名的阔绰，今日既遇到了便又是一笔飞来的横财。

沙船在驳船和纤夫的牵引下，顺利停靠在栈桥边，靠港之后，那名叫刘成的管事，便下船与人接洽运货事宜，很快大批力夫便上船来搬运货物。

与此同时，吕方这一行人也赶了过来。

作为码头的土霸王，吕方这干人自是无比霸道，敢挡路的非打即骂，所过之处被他们搅得那叫一个鸡飞狗跳，如此情形船掌柜哪会注意不到？

船掌柜的脸色在看到吕方几人时就已经阴沉了下来，待到几人走近了，又爬满了笑容，迈步就往吕方那边迎过去。他倒是清楚自家背后的东家在朝中有靠山，否则这些年买卖也不可能这般顺利。只是县官不如现管，吕方这帮人职位虽低，却也不好轻易得罪。

沙船这边，燕小乙眼见一名力夫往自家这边来，遂让开去，方便其搬运货物的同时，也方便胡氏逃生。走来的两名力夫憨笑着向他表达了谢意，随后一人往手上啐了两口唾沫，掀开覆盖在货物上的油布，抓起油布下的粮食袋，一袋袋地往另一人肩膀上擦。

"啊！"

正搬着，突然这两名力夫突然惊呼出声，扛粮食的力夫更是惊得往后一趔趄，险些跌进水中，他肩上扛着的粮食袋纷纷掉落水中，溅起大片水花。

紧接着，就见胡氏从货物堆中蹿出来，一跃跳进水中，对着吕方的方向拼命尖叫："奴家是朱勔大人的姜室，这船上的是方腊贼兵！"

"休走！"燕小乙见状，厉吼一声，随后伸手抓起藏在货物中的弓弩，对着水中的胡氏射出一箭。射出弩箭，他也不去看胡氏的死活，脚下猛一发力腾身而起，如履平地般三两下飞身上到货堆顶部，然后又是一个纵身穿过数米的距离自船的另一边入水遁走。

这边，吕方正和船掌柜相谈甚欢，船上的骚动和胡氏尖叫声，将他注意力吸引了过去，入眼便见着在血水中挣扎惨叫着的胡氏。

燕小乙那一箭，射中的是胡氏的肩膀，渗出的血已经染红了小片河水。

"奴……奴是朱勔大人的妾……妾室，这……船是方腊贼兵的！"胡氏深知活命的希望就在于自家的身份，饶是剧痛难耐，她还是拼命尖叫着说明自家身份。

吕方这次算听清楚了，可胡氏话中内容，确实让他吓蒙了，一时间愣在了当场。

船掌柜也吓愣了，只觉背脊阵阵发凉。

被吓住的可不光只有他俩，跟在吕方身边的心腹手下也吓得面无人色，好一会才期期艾艾地问道："都……都头，咱……咱咋办？"

听到这话，船掌柜耸然一惊，迅速回过神来，二话不说脚下一个加速跳出栈桥，一个猛子扎入水中潜水遁逃。

"快，快抓人，不，不，救人，快啊！"吕方这才如梦初醒过来，面目狰狞地抓着身旁心腹手下用力一推，手下顿时落下水去。

在他的连打带骂之下，众埽所兵卒纷纷跳下水去，依令去救水中的胡氏。

如此惊爆的消息，再加上水中还有一个衣不蔽体的美貌娘子，只片刻间，栈桥上就已经围满了看热闹的人，这情形便是手眼通天，也没法遮掩下来了。

话分两头，此时的冰井务司奉圣堂内站满了人。褚三娘坐在堂中，手边矮几上就放着孟迁让豹舅传来的信。她已然看过里面的内容了，别说她此刻还有更重要的事情要办，哪怕是没有，有人对朱勔这等朝中奸贼动手，她也乐见其成。

堂下站着五人，其中四人是冯修及其手下，另一个没现过面的马脸汉子，也是褚三娘的亲信心腹，刚在外打探消息回来。不一会儿，又一人进入堂中。看到来人冯修不由得眉头微微皱，在场的人身份都是褚三娘最信任的心腹，而眼前这人才刚投身司中，如何有资格与他们同立此地议事？

来人进入堂中之后，抱着不离手的长杖，冲褚三娘拱了拱手道："朱自通，见过褚都知。"

进来这人正是之前与孟迁一同被带到冰井务的掌灯人。与之前不同的是，他这会儿已经换上了冰井务司所属的公服，一袭黑色锦袍，腰间还悬这一块木质腰牌。这木质腰牌，是冰井务所属的身份印信，一切都表明他已加入了冰井务司。

这事还得从昨日说起，昨日孟迁走后，褚三娘便寻上了他，欲招揽其入冰井务司。为表招揽的诚意，褚三娘许诺助他寻找他失散的女儿，有冰井务的帮手，在这东京城中，怕是真没有寻不着的人了。不过，他会这么顺坦地同意加入冰井务，还有另外一个原因，只是那还需要时间去验证。

见人到齐了，褚三娘开口对那马脸汉子说道："文仲，把你得到的消息，说与大伙儿听听。"

第三十二章　柳暗花明敌踪现

马脸汉子文仲，向着褚三娘拱手领命，而后冲众人打了个罗圈揖，道："诸位弟兄，方才某家手下的帮闲郑财寻来，说是前日救了一人，乃是前日昭庆坊那起灭门案走脱的苦主，那人言称因知晓方腊刺客之事，遭了灭门大祸，祈求衙门庇佑。"

在场众人听到方腊刺客的信息，纷纷面露兴奋之色，他们可正愁没处寻消息，眼下消息竟主动送上门来，简直是瞌睡了就有人送上枕头来！边上的小胡子更是满脸的兴奋，文仲才刚说完，他便连忙开口问道："文老弟，你说的可是那油坊胡同灭门案？"

文仲点了点头道："正是。"

得到了肯定的答复，小胡子更是眉飞色舞，他没有太大的本领，就好凑热闹管闲事。这昭庆坊油坊胡同灭门案是前几日轰动东京城的大案，胡同里一户刘姓人家老少五口皆被人弑于家中，这等热闹他怎可能放过？只是，这类普通的治安案用不到冰井务来办。因此，他私下里花了不小的心思去打探，原本是为满足自家的好奇心，却不想现下打听到的消息能派用场，如何不让他心中得意？

冯修哪会不知小胡子的脾性，若是由着他的性子来，怕是能把知道的事说成一部大书，便开口斥道："若知道些什么，便赶紧说，莫要耽搁时辰。"

"是！"小胡子闻言立马老实下来，迅速收敛了脸上的得意，冲褚三娘拱手道，"这油坊胡同刘家共死了五人，是那刘大力的老娘、媳妇还有两儿一女，家中只余这刘大力不知所踪。"

"要说刘大力，原本是油坊胡同一带的泼皮，因手头有膀子力气，不少闲汉投身于他，在油坊胡同恶名不小。前两年刘大力突然离京谋生，再未回过家，其家中却是越发富足，有说他是出外行商发家，也有说在外打家劫舍。至于他怎会与方腊一伙扯上关联，还惹上杀身灭门之祸，便不得而知了。"

褚三娘听完对文仲道："你那帮闲现在何处？"

文仲答道："司内不便带外人进来，卑下让他在承天门外的李记茶铺候着。"

褚三娘点了点头："文仲，此事你做得很好，此番若成，本官必为你请功求赏。"

听闻此言，文仲那不苟言笑的脸上，露出欣喜之色，连忙拱手向褚三娘道谢："多谢都知！"

褚三娘摆了摆手，示意无须多谢，接着向场间众人道："尔等先后出司，莫要引人注意，卯初在李记茶铺会面。朱自通，你与本官同行。"

听褚三娘要朱自通与其同行，众人皆是面露诧异之色，冯修更是眉头一皱，不过目光扫过朱自通那满脸沟壑的老脸，他的眉头便又松了下来。

随后众人躬身领命，告辞退下堂去，只剩下褚三娘与掌灯人二人还在奉圣堂中。

"朱自通，你莫要太过在意，你只是初来乍到，日后与同僚彼此相熟便好了。"冯修几人走后，褚三娘开口对朱自通说道，以她的聪颖又哪里看不出冯修对朱自通的排斥，单独留下朱自通，也是借机安抚他。

朱自通闻言，冲褚三娘拱手笑道："这个卑下省得，褚都知无须忧心。"

褚三娘见过各种人看自家的眼神，有敬畏的、有爱慕的、有淫邪的、也有淡漠嫌恶的，不一而足。可朱自通看她的眼神却是截然不同，至于哪里不同，她却又说不清楚。这种感觉让她心头极不痛快，只能转开视线，故作冷淡地道："这几日，司内要务是追索方腊刺客，待此事过后，本官自会令人为你寻女。你女儿相貌如何，有何特殊之处的，你不妨先告知本官，也便于日后寻找。"

朱自通闻言稍稍一愣，而后眼神一阵迷茫，像是陷入了自家的回忆中。

"兰儿丢的那会才刚五岁，扎着双丫髻，穿着褐色袄裙，脸蛋圆圆的，眼睛大大的，长大了定是个大美人儿。对了，兰儿的臀后还有块梅花形的黑色胎记。"说着，他掐着手指，示意胎记约有小半截食指大小。

听到他说胎记褚三娘略微皱了皱眉，脸上露出了那么几分惊诧，但转瞬即逝。

"虽有胎记为证，但位置私密，倒是也不太好寻。"褚三娘言道。

朱自通见褚三娘神态自若，不由得沮丧了起来，他之所以投身冰井务最重要的一个原因，就是因为褚三娘的容貌，竟是跟他那亡妻有那么几分相似，鬼使阳差地他有了一个大胆的猜想。只是如今褚三娘的反应，不免让他失望。希望落空，朱自通整个人瞬间仿佛泄了气，显得佝偻了几分。

见他这模样，褚三娘心中不由生出几分不忍，遂柔声劝慰道："你也莫要心急，以我皇城司之力，定能为你找出个结果来。"

"多谢褚都知。"朱自通缓缓点了点头，勉强振作精神冲褚三娘拱了拱手道谢。

随后，褚三娘起身抓过一旁衣架上挂着的披风披，领着朱自通离开了奉圣堂。

出了冰井务司，不多时二人便到了承天门，守门禁军查验过他二人的腰牌，这才放他们出门。

踏出承天门，褚三娘立刻将背后的披风拢到身前，头上戴的范阳笠也往下压了压，用帽檐掩盖面容。李记茶铺就在承天门外，说是茶铺，其实这里也兼做食肆，因其吃食便宜，不少底层的禁军兵士和各衙门低级差役，都愿意光顾此地。褚三娘来时，天色虽早，却已有不少禁军兵士与衙门差役，在其中吃喝了。

两人途经李记茶铺前的一个巷弄时，一个声音低声招呼："都知，这边。"

褚三娘闻声扭头看去，就见小胡子在巷口招手，想来是顾忌到李记茶铺人多眼杂，才选了这偏僻处等她。随着小胡子进到巷弄里，褚三娘便见着了等在这儿的文仲几人，其中还有一个陌生的黑脸汉子。

"褚都知。"见她来了，文仲三人赶紧行礼迎接。

"小人叩见都知。"见着文仲几人下拜，黑脸汉子也赶紧跟着慌忙下拜。

"他便是某之前提到的帮闲郑财，诨名癞痢头。"

文仲简单地介绍了一下黑脸汉子，随后对黑脸汉子道，"还不快将你与我说的，与褚都知说一遍。"

"是！"郑财谄笑着抬起头来，正要说话，抬眼看到褚三娘的脸，顿时就愣住了。

类似他这等街面上的泼皮，褚三娘那简单的伪装，怎可能骗得过他的眼睛？

只一眼，他便看穿了褚三娘女子的身份。

"看甚呢？眼珠子不要了？还不快将事情经过与都知细说？"也不待褚三娘发作，一旁的文仲抬腿就是一脚踢过去，将郑财踢得一趔趄。

"好咧，好咧。"郑财这才回过神来，慌忙低下头不再去看褚三娘，接着说起前日里他的遭遇来——

那日正是刘家血案发生的日子，他与往日一般抄捷径暗巷回家，恰就碰上了受伤的刘大力，刘大力本是要杀他灭口，却认出他是曾在其手下厮混的泼皮，这才留下命来。继而刘大力以金钱为酬，钢刀在前，郑财不敢违逆，只能带其回家藏身，这两日刘大力都在其家中休养，直到今日央他来报官为其报仇，郑财这才来寻文仲。

一番言语下来，倒也听不出什么破绽，褚三娘等人便在郑财的引领下，去往他家。

卯正，一行人来到了郑财家门口。

进家门之前，郑财小心翼翼地敲了三下门，这才推门进去。从他这小心翼翼的模样便可看出，他对这刘大力何等畏惧。

到这，褚三娘的眼神迅速转厉，纤手一搭腰间手刀，迈步跟着郑财进了门。冯修几人则纷纷将拔刀在手，快步跟上，护在褚三娘左右。

"大力哥，是小的回来了。"见褚三娘几人进了门，郑财冲偏房方向小心地喊了一声。

"还有谁？"不一会儿，偏房那边传来一个虚弱的男声。

郑财答道："还有皇城司的都知，您不是叫小的帮您报官吗？小的已经帮您把官爷寻来了。"

片刻后，只听得偏房门后传来一些动静，随后再次传来刚才的男声。

第三十三章　人心险恶背插刀

门内一声"进来"的话音未落。

文仲一脚就将畏畏缩缩的郑财给踢了进去，房门敞开，一览无余。但此时房内的情形却让褚三娘眼睛微眯，抓握刀柄的纤手也加了几分力。冯修几人更是面露紧张之色，迅速收拢队形，将褚三娘护在身后。

只见一个面色苍白，光着膀子，身上多处扎着染血布条的大汉此刻正窝在屋内墙角，手持弩箭指着褚三娘等人方向。这人想来，便是那场血案的苦主刘大力了。

刘大力盯着褚三娘几人看了一会，才开口问道："皇城司的官爷?"

褚三娘分开挡在身前的冯修、文仲二人，上前两步对刘大力道："不错，本官便是皇城司都知，你既是寻我等来，还不速速放下弓弩?"

"居然是个妇人。"看到褚三娘之后，刘大力嗤笑了一声，却也将手中弓弩放在房中桌上，转身回到床边，半躺着将床上棉被拢在身上。

见他放下弓弩，文仲等人迅速钻进房中将其牢牢看住，冯修更是第一时间就将桌上放着的弓弩夺到手中。待皇城司诸人控制住了场面，褚三娘这才迈步进房。

小胡子则拉过房中唯一的一张椅子，让褚三娘就座。坐下后，褚三娘看了刘大力一眼，发问道："你便是刘大力?"

刘大力点了点头："不错，某家正是。"

褚三娘又开口问道："你如何知道方腊刺客消息的?"

刘大力抬头看了看褚三娘，又低下头，半晌才道："罢了，某家前两年投了方腊，入了方腊护教军。此次回京……为的是执行一项任务。只因某家偷回家看了看家小，方士元便杀了某全家。"

"方士元?"褚三娘闻言柳眉微皱。

也难怪她对此人不熟悉，方腊睦州起义时，宰相王黼粉饰太平，将消息压下，直至方腊军攻破六郡，朝堂才得到消息，致使朝中上下，对于方腊军构成丝毫不了解，也就是战起之后，才知晓一些方腊军中的一些骁将、重臣身份。至于那些个中低层的武将、臣子，根本是半点信息都无。

刘大力见褚三娘对此不甚了解，又是不屑地嗤笑了一声，道："这方士元乃是方腊的侄亲，任护教军的指挥，是咱这队人的头领。"

褚三娘闻言若有所思，问："你说的任务可是在上元夜行刺官家?"

刘大力倒是没想到眼前这个女官爷说话如此直接，顿了片刻后，点了点头。

"那你可知行刺官家，哪怕你未出手，只是起了这个念头都是要杀头的。"褚三娘道。

刘大力面上逐渐带起恨意："如今某家一家老小被杀绝，某家一人活着还有什么意思? 某既未死，便也要叫方士元不得好死!"

褚三娘颔首："那你等此番行刺官家，以谁人为主? 来了多少人马?"

"这个只有方士元知晓。不过某家这队来了十人，除去被某杀了的许猛那厮，还有八人。"刘大力道。

褚三娘又问："这些人现在何处?"

刘大力道："之前藏在上土桥旁的民居，不过现在也不知他们是否还藏身在那了。"

"莫要本官问一句你答一句，若想报仇便将你知道的全数说了。"

很明显，刘大力的回答没法让褚三娘满意、

刘大力苦笑了一声，正了正身子，冲褚三娘一拱手道："某知晓的都已悉数告诉官爷您了，官爷若要知道更多，只消将那畜生拿了便知。某只求官爷您事后让某亲手宰了那家伙，为家人报这血仇。"

见再问不出什么有用的东西来，褚三娘略做沉吟，起身走出偏房，冯修、文仲二人也连忙迈步跟了上去。

来到屋外，冯修凑近褚三娘，压低声音问道："褚都知，可要回司中召集弟兄们动手?"

文仲接口道："走脱了刘大力，那帮人怎还敢留在原处? 上土桥那片人多眼杂，大张旗鼓去怕是会打草惊蛇，若是再弄出动静来却一无所获，又得累都知吃挂落。"

很显然，昨日周游来过的事他已经听说了，此刻思虑颇为周全。褚三娘闻言亦点了点头，这上土桥可不比昨日那外城区，此处是城内水陆交通的汇合点，人口密集，闹出事来再无收获的话，她确实没法交代。

见褚三娘同意自己的说法，文仲接着道："若不然这样，趁此刻天色尚早，我等先去往上土桥查探一番，若人还在，再点齐兵马动手不迟。此番只消抓到刺客，便是大功，旁人也不敢再有口舌。"

"就这么办。"他这主意无疑是现下最好的选择，褚三娘随即点头同意。

辰时二刻左右，褚三娘一行人来到上土桥，远远便可见汴河上那状如飞虹的大桥。

临近上元节，上土桥周遭比往日要稍热闹些。临街鳞次栉比的店铺上也都张灯结彩，纵然天色尚早，依旧能够感到那弥漫开的喜庆气氛。

褚三娘等人便混在左岸的百姓中。行进间，耳边就听得不少关于刚才码头事件的热议，这让她想起了之前孟迁送来的消息。她原以为，这帮人是要胁迫朱勔，走朱勔的路子行刺官家。可偏偏他们在码头搞出了这么大的动静，又究竟是为何？莫非是为方士元带领的刺客做掩护？这样想想却也不无道理。

在刘大力的带领下，褚三娘等人穿过一间酒肆旁的巷道，又在巷道里穿行一番，到了地方，刘大力指了指远处一间独门院落，示意那便是他们之前藏身之处。只看外边也瞧不出这院子有什么异常来。

文仲冲褚三娘拱了拱手道："都知，让某先去探探。"

褚三娘点了点头，随后从怀中摸出一个瓷瓶递给文仲："将其洒在衣袖上，若有异常便捂住口鼻。这班刺客擅长用毒，莫要着了他们的道。"

文仲接过瓷瓶点了点头，而后从身边同僚手中接过一担藏着武器的柴担，便吆喝着叫卖声往院落那边去，去到院落前，还特意去门口敲门叫卖。

"卖柴火咧！卖柴火咧——"

一会儿的工夫，文仲又担着担子摇头换脑地回来了。他快步近到褚三娘身边回禀道："都知，院中无人。"

褚三娘闻言柳眉紧皱，转头目光阴冷地看向刘大力。

刘大力见状连连摆手道："官爷，这方士元也不是蠢货，小人走脱了，他怎还敢继续藏身此地？小人认得方士元这干人，只消官爷多派些人手，总能把他们寻出来。"

刘大力说的，褚三娘又怎会想不到？只是心中憋闷多少还是有的，当下她也不理睬这厮，冷着脸四下环顾了一周。院落四周有民居有店铺，可观察院落情形的地方实在太多，不调集大批人手很难将周边给封锁住，她便干脆也不再遮掩了，从柴担中取出腰刀，率着众人就往院落过去。

"给我仔细搜搜。"

推开院门，只见院子里杂草丛生一片破败，因昨夜下过一场小雨，地面泥泞不堪，但却不见有踩踏的脚印。这说明至少从昨日起，便无人在此活动过了。

院中没有发现，褚三娘快步去到院子正房门前，一推开门，一股陈腐的气息顿时扑面而来，往里看，地面积满了浮灰，浮灰上倒是有几个脚印，可看着并不新鲜，不像是近期有人住过的模样。褚三娘见状心头一咯噔，也顾不得再去查看别的了，快步去到偏房，一脚便将房门踹开，就见里头如正房一般模样，也没有近期有人住过的痕迹。心中不祥的预感越来越重，褚三娘转过头来，目光冷厉地看向刘大力。这时，她才发现刘大力并未跟在她们身后，而是止步在院子门口。

眼见褚三娘目光看向自己，刘大力目光闪烁着，向跟他一样止步院门口的文仲望去，那眼神带着询问的意味。

褚三娘这才注意到文仲，文仲同样目光闪烁，压根不敢与她对视，直接举起左手弓弩指着她，迅速退到院门口处堵着。

纵是再迟钝的人，这会儿也已经明白情形不对了。

第三十四章 烈火遁身得脱身

其余众人也察觉到了气氛的怪异，冯修转头看了一眼文仲，先是一愣，而后怒不可遏地吼骂一声，提刀就往文仲那边扑去。

"好你个文仲，你怎么敢？"

文仲此刻的面上早就没了一开始的闪烁不定，他露出一丝冷笑，毫不犹豫地抬手就是一箭射向冯修。如此短的距离，面对劲弩冯修便是身手再强也难以躲避，当即捂着胸口惨叫倒地，看着文仲的眼神满是难以置信。他万没想到，多年的兄弟会这么对他。

"你该死！"褚三娘见状大怒，照着文仲拼尽全力掷出手中腰刀。

在褚三娘出手的同时，小胡子与那日跟他同在冰牢的矮个书记员，两人同时发力挥刀扑向离他二人较近的刘大力。朱自通则在褚三娘掷出刀的同时，振腕冲文仲打出一团黑球。

文仲的身手在褚三娘一众手下中实属顶尖，手中刀一挑，便将褚三娘掷来的刀挑开。顺势又抬起左手横臂去挡朱自通射来的黑球。若他之前了解朱自通是何人物，绝不敢如此托大。黑球着身顿时爆出一团烈焰，烈焰"呼"的一声沿着文仲手臂就往上蹿，顷刻间便在他身上蔓延开来，文仲被烧得哇哇大叫，慌乱地丢掉刀弩，拼命拍打身上的火焰，试图将火焰拍灭。

挡着小胡子两人的刘大力也被这突如其来的火焰吓了一跳，乍一分神手臂便被小胡子砍了一刀，惨叫着连连败退。他二人阵脚乱了，褚三娘这边便有了乘胜追击的机会，她脚下发力，身体如离弦之箭一般，朝门口闪射而去，行进间一柄短刃已从衣袖滑到她的掌中。

"抓刺客！"就在这时，忽听院外传来一阵喧嚣声。

喊声过后，便是一串急促的脚步传来，遂即就见十数名手持劲弩、身着皇城司服制的兵士蜂拥而入，迅速将褚三娘几人围住。被十数支森寒弩箭所指，褚三娘等人也不敢再妄动，纷纷停下动作缓缓退开，汇合到一起，背靠背地互相守御。

随后，一名身穿黑色步人甲的将官，在数名亲卫兵士的簇拥下进到院中。

看见来人，褚三娘脸色大变。只因她一眼就认出了当中那穿着黑色步人甲的将官。皇城司下辖除了冰井务司外，还有一个探事司，探事司的职能是刺探监察民情、军情，主要针对的对象就是手握军权的将领。

来人就是探事司亲事官五指挥中的下二指挥，崔宏。

褚三娘深吸了一口气，对那将官拱了拱手道：“崔指挥，不知这是何意？”

崔宏却好似不识她一般，上下扫了褚三娘一眼，冷声道：“本官收到线报，说今日有方腊一党的逆贼在此密谋。”

这时，已经除去外衣扑灭了身上火焰，却也被火焰烧得灰头土脸的文仲，举着一个木盒跪送到崔宏身前：“崔指挥明鉴。冰井务司都知褚三娘与方腊逆贼勾连，意欲刺杀官家，某这里有她与方腊刺客的密信为证！”

刘大力也赶紧跪倒在崔宏面前道：“官爷，某愿投诚，此人确是方腊贼兵的内应！”

“好你个知法犯法的褚三娘，左右，给本官拿下她！若有反抗，格杀勿论！”崔宏都没去看那密信，当即怒不可遏地吼骂一声，挥手就令手下逻卒抓人。

褚三娘等人闻言皆是脸色惊惧，朱自通连忙凑近褚三娘以极快的语速道：“褚都知，一会儿我叫你俯身，你便俯身，莫要迟疑！”

褚三娘当然明白朱自通的意思，这是有法子帮她脱身。可是她目光扫过不远处已是奄奄一息的冯修和身旁的小胡子二人，不由得迟疑了一下：“那他们？”

“俯身！”朱自通哪还能管这么多，眼见她还在担心冯修他们，他便直接用力将褚三娘的身子给按下去，接着用力旋身甩动衣袖，许多黑球便从其袖口、衣内飞出，飞散四周。

黑球碰到障碍物，就“嘭”地爆炸开来，浓烟随着爆炸四起，迅速在空气中蔓延开来，顷刻间便笼罩了整个院子。

突如其来的爆炸和浓烟，惊得四周持弩逻卒阵脚一乱。

"各自保命！"做完这些，朱自通大吼一声，抓着褚三娘就往院墙狂奔。

临近墙根，朱自通用力一杵手中长杖，借着杖上的反弹之力狂竟是生生将褚三娘给甩过了近三米高的土墙去。甩出褚三娘之后，朱自通一个旱地拔葱，跃上了杖头，左脚轻点杖头一下，又再次腾身跃起，这次他直接飞身到了墙头位置，手一扣墙头便翻身过了墙。

"杀！杀无赦！"崔宏反应也快，爆炸一起，他立马抓住身边一个亲卫护在身前，看着眼前升腾的白烟，他就明白了朱自通的意图，遂怒不可遏地狂吼喝令。

皇城司都是遴选的禁军中的精锐，短暂的慌乱过后，众逻卒很快稳住了阵脚，再听得上官的命令，立刻往褚三娘等人之前所在的方位射出弩箭。

褚三娘这头还算镇定，被人甩过墙后，在半空中使了个鹞子翻身稳住身形落地。

只是崔宏带来的，可不只有闯进院子的那点，为了防止褚三娘等人翻墙逃跑，院外他也布置了人看守驻防。

"杀！"驻防逻卒得的命令是有人逃出院子格杀勿论，见褚三娘越墙出来，为首的逻卒当即下令，众逻卒立时向褚三娘射出手中弩箭。

听到背后传来的震弦声，褚三娘心头大骇，想都不想立刻往旁边翻滚躲避。翻滚间，她只觉得身后剧痛袭来，忍不住发出一声痛苦的闷哼。

与此同时，院中小胡子等人的惨叫声也传入褚三娘耳中，褚三娘脸上顿时露出悲愤之色，一咬银牙，狠狠握住手中刀柄，便想要回头去与探事司的逻卒拼命。

那边见褚三娘受伤，为首逻卒大喜，当即提刀就要上前砍杀。

"死！"就在这时，只听一声雷鸣般的怒吼从头上传来，紧接着就是重物袭身，砸得他往后一趔趄。

"啊……"随即一团闻之欲呕的液体洒在他的身上，马上火光一现，一蓬烈焰便迅速燃起，转瞬间就将他烧成了个火人，火烧的剧痛让他在地上翻滚哀号。这惨烈的一幕惊住了其余逻卒，他们纷纷惊恐退避，这会哪还有人去想着追击褚三娘？

朱自通连忙趁乱搀起褚三娘，飞速遁逃离去。

辰正时分，上土桥旁一家不算起眼的酒肆里，一行六人围坐在一张圆桌旁大快朵颐。

这六人，正是孟迁与公孙道人一行。这会儿他们都脱去了之前的衣物，换上了粗布襦袄和草绳扎着的合裆裤，每人身旁都放着一个用来遮阳避雨的斗笠，这身打扮与周遭汴河边过活的力工一般无二。

此时他们已经成功接应到了燕小乙二人，计划进行得很顺利。

听着周遭桌上低声议论码头事件的声响，武都头笑得嘴都合不拢，举起酒碗对孟迁说道："痛快，痛快！孟兄弟，某今日定要敬你一碗。"

这莽汉愿意主动缓和关系，孟迁又怎会不愿？当即端起酒杯，谦虚道："都头过奖了，小弟可不敢当，当是小弟敬您才是。"

"这等小杯，喝起来如何爽利？来，换大碗。"武都头见孟迁拿着酒杯，脸上顿时浮现一丝不快，也不给孟迁拒绝的机会，抓起一个海碗，就给他倒了满满一碗酒。

孟迁也只能苦笑接受，抓起仰头就是一口将碗中酒喝下。

"痛快，这才像条汉子。"武都头见状咧嘴大笑，随后也将自家碗中酒饮尽。

公孙道人则看着他二人抚须轻笑，早在来东京之前，他就卜算了一卦，卦中显示此东京一行虽有波折，但却有贵人相助。之前他还当是卦中所言贵人，应是那位无忧洞主，现在看起来，这贵人更像是眼前这位闲汉。

"来，孟兄弟，某也敬你一杯。"待孟迁喝完酒，一旁的燕小乙也冲他举起了手中酒杯笑道，"前日里多有误会，还望孟兄弟恕罪则个。"

"燕大哥言重了，小弟早已不记得这般多了，往后只求燕大哥能多照应小弟些。"

孟迁从来不是个大度的人，燕小乙差点害了他性命，让他一笑泯恩仇那就是笑话，只是现在人在矮檐下，他也只能低头，一脸笑容回敬燕小乙。

奈何酒还没下喉，就听远处传来阵阵骚乱声响。公孙道人闻声眉头微皱，遂放下酒杯，起身去到门口查看。只见远处许多皇城司逻卒，正在四处抓人验看，搅得街面上百姓、商贩鸡飞狗跳，骚乱声正是因此而起。

看到眼前的景象，武都头低声问道："道长，莫不是事发了？"

公孙道人拈须略做沉吟便道："这朱勔果然权势熏天，咱们先避一避再说。"

说罢，他转身回到酒桌前，从怀里摸出几十文钱丢在桌上，随后戴上斗笠领着众人离开酒肆。出了酒肆后，改由孟迁带路。孟迁左右看了看，避开人群引着公孙道人钻进了酒肆旁的一条巷子。一路穿行，正当他们要拐进一条暗巷的时候，突然一抹寒光乍现，闪电般抹向孟迁的脖颈，孟迁甚至都没能反应过来。

第三十五章　大水冲了龙王庙

好在公孙道人就在孟迁身后，似他这等刀口舔血的人，时刻都保持着警惕，刀光一现当即反应了过来，嘴里发出一声冷厉的怒喝，右手闪电般扣住孟迁肩膀往后迅速一拉，毫厘之间将孟迁救了下来。

"死！"武都头反应同样不慢，当公孙道人救下孟迁之际，只听他暴吼一声，两抹刀光一闪，雪花镔铁戒刀便已出鞘在手，一个闪身穿入对面巷，挥舞着双刀急攻来敌。他身手着实高明，只见刀光如同穿花蝴蝶一般，在其身前织成了一面刀网，朝偷袭之敌攻去，随即响起一阵雨打芭蕉般密集的兵刃撞击声，暗巷偷袭之人便被他逼得节节败退。

武都头动了，旁人也没闲着，时头领一个腾身，三两下便蹿上旁边的屋顶，探手从腰间鹿皮口袋中摸出几柄飞刀，凝神注视着与武都头对敌之人，伺机杀敌。暗巷狭窄，有武都头和时头领配合足矣，燕小乙和张顺二人便将孟迁护在身后，以免他再被人偷袭。公孙道长则立在一旁，皱眉凝目端详来敌，来人披头散发，衣衫褴褛，属实有些看不清样貌，只那身形与动作颇有些眼熟。

端详了片刻，他突然取下头上的斗笠，开口喝道："武都头，先住手。"

武都头这边正攻得痛快，他对面敌人持的是一柄短刃，看得并不怎么趁手，在他连番猛攻之下，已是只有招架之功，没有还手之力了，他有信心再过片刻，便能将其斩于刀下。这会儿被公孙道人叫停，他自是有些不甘，但出于信任，他还是停下了手头的动作，往后退开一步。

待武都头停下手，公孙道人对偷袭之人拱了拱手问道："来人可是掌灯老兄？"

躲在背后的孟迁听他喊出来敌身份，不由得一诧，连忙伸手取下斗笠，快步从燕小乙二人中间穿过去，查看对面敌人的身份。

细看下还真是掌灯人！只是这会儿他的模样很是狼狈，身上粗布襦袄破烂不堪，脸上也是一副灰头土脸的模样。

见是掌灯人偷袭自己，孟迁不由得苦笑道："老丈，你刚才可是差点要了某的脑袋。"

他自问与朱自通无甚矛盾，朱自通哪有杀他的理由？此番恐怕是一场误会才是。

才喘口气的朱自通，见着取了斗笠的公孙道人和孟迁，也是一愣，随后才懊悔地对孟迁拱手道："孟小哥，莫怪，是某家盲了眼，若真是伤了你，某家如何能安心！"

误会算是解除了，双方便都收回了武器，孟迁赶紧快步去往朱自通身前询问："老丈，你这是怎的了？"

朱自通扫了公孙道人等人一眼，眼中闪过一丝冷意，将孟迁拉到身边来道："说来话长，迟些再与你细说。"

公孙道人哪能看不出他心中对自家这帮人的芥蒂，哈哈一笑道："掌灯老兄，街面上那班皇城司逻卒寻的便是你吧？"

以他的才智，结合所见的种种，便已猜到了之前街面上皇城司逻卒为何出现了，明白不是他等的身份暴露，便已安心了下来。

"哼！"朱自通闻言脸色一沉，心知对面这人狡诈似鬼，扯谎怕是也骗不着他，便干脆不去搭理他。

他这态度，公孙道人能忍，武都头却是忍不住了，开口骂道："你这贼鸟，莫要不知好歹，若非刚才道长叫住洒家，此时你已是身首异处了。"

朱自通一听这话，登时气得脸颊一红，不甘示弱道："哼，若我长杖在手，鹿死谁手还未可知。"

"掌灯老兄，你那手五郎八卦棍炉火纯青，若长杖在手，自是无人敢轻看。"公孙道人抬手阻止武都头继续说下去，接着恭敬地对朱自通拱手一礼问道，"不知掌灯老兄和太行山杨家，有何关系？"

朱自通皱了皱眉，可问及此事，他也不敢怠慢，恭敬地往太行山方向拱了拱手道："家师便是杨门。"

公孙道人接着问道："可是通天杖吴爷？"

朱自通闻言很是诧异地扭头看了公孙道人一眼，他是因为常年一心寻女，连师父都无暇拜见，心中有愧，才不敢在他人面前提起师父的名讳。却不想还是被公孙道人看出了端倪，这公孙道人与太行山杨家恐怕关系匪浅。

公孙道人见状又是一笑，再一拱手道："家师乃是二仙山罗真人，与杨公相交甚厚，早年贫道曾得吴爷指点。之前在无忧洞中不敢确认，如今近观兄长招式，才觉颇有眼熟……不知兄长可是朱自通，朱师兄？"

"正是某家。"这下朱自通再也无法保持冷脸了，连忙回了个平礼。

公孙道人接着又道："若朱师兄不弃，唤贫道一声师弟便是。前日里贫道不知师兄身份，多有得罪，请师兄恕罪则个。"

燕小乙看到这，眼珠滴溜一转，上前深深地向朱自通一稽首道："嗨，真是大水冲了龙王庙，一家人不识一家人。朱师兄，前日里是小弟孟浪了，小弟现在便向朱师兄赔罪。"

说罢，他便从身上掏出一柄匕首，便要往大腿上扎。这是绿林道上，最重的赎罪方式，用利刃在大腿上扎三下，要把血肉扎穿，名叫"三刀六洞"。

"不可，便是要赔罪，也该是贫道。"公孙道人连忙探手夺过燕小乙手中的匕首，然后作势便往自己大腿上扎。

"不可！"朱自通见状果然叫了一声，一个箭步上前来，伸手扣住公孙道人手腕，用力将他的手扯开，"我等师兄弟，何须如此？既是误会，揭过便是。"

一旁冷眼旁观的孟迁，心中暗赞这公孙道人和燕小乙的奸猾，二人这番做派，怕是要把朱自通拿捏得死死的了。他撇了撇嘴，朱自通是没受什么伤，可他却是被豹舅的狗咬得不轻，要他说，真该让燕小乙来个三刀六洞。只可惜，他在这可没啥话语权，只能坐看这两个奸猾的家伙表演。

就在这时，朱自通身后一堆柴火中发出一阵细微响动，随后一人趔趄着从中站起，看清这人的面容，孟迁差点没惊得叫出声来。这人正是跟朱自通一同遁逃的褚三娘，之前为了对敌，朱自通便让她先躲在了此处。

褚三娘起身后站稳后，迅速扫量了公孙道人等人一眼，目光掠过公孙道人之后，她稍稍一顿。公孙道人眉心的那颗痣，在她眼中可着实太显眼了些。

她这边的动静哪能瞒过公孙道人，公孙道人转头看去，两人的目光当即撞在了一起。

两相对视公孙道人眉头微微一皱，问朱自通道："师兄，这位娘子是？"

孟迁生怕朱自通被这两人演的找不着北了，连忙故作惊讶地叫道："鹿娘，你怎会在此？"

他的惊呼吸引了公孙道人的注意，公孙道人回过头来，笑着问道："怎的，孟兄弟认得这位娘子？"

"她乃是城中一诓棍，我与她也算相熟。"孟迁故作镇定地对公孙道人解释了一番，然后问朱自通道，"老丈，你怎会与她一起？这次她又是诓了哪家大户，被弄得这般狼狈？"

诓棍便是对骗子的称呼，公孙道人都是江湖人，自是明白其中意思。

还好朱自通也不是肠子转不得弯的人，得了孟迁的提示，回头看了褚三娘一眼苦笑道："她说是恶了王黼家衙内，被皇城司追逮，我见她模样颇有些像我那没了的娘子，便助了她一手。"

再是耿直，朱自通也是混迹江湖多年，哪能一点演技都没有？孟迁闻言心头大松了一口气。只是他才刚松口气，便注意到褚三娘看着他那冰冷无比的眼神，心情瞬间又跌到了谷底，心里那叫一个苦啊，眼前这娘们可不是他能惹得起的。说她是诓棍都还好，只看刚才她那模样，怕是已经认出公孙道人来了，事后能给他好果子吃么？

不过幸好公孙道人在听了他二人的话后，便没再去管褚三娘，只接着对朱自通说道："师兄，此地不宜久留。如今你惹上了皇城司，怕是也不好轻易收场，不如随我们先离开此处，再做打算可好？"

朱自通微微思考了片刻，便同意了公孙道人的提议，只是他看了看褚三娘，道："鹿娘子受了伤。我与她相逢一场，倒也不好就此袖手，不知能否让她与我们同行？待到安全的地方再由她自便。"

公孙道人打量了一眼模样颇有些狼狈的褚三娘，点头表示同意。

"多谢。"朱自通拱了拱手，又招呼孟迁道，"鹿娘受了伤，孟小哥，你与我搀着她走。"

褚三娘自然明白朱自通的用意，遂也没有拒绝孟迁的搀扶。

第三十六章　画影图形施毒计

东京外城繁塔寺旁，矗立着一片尖头圆顶建筑。建筑充满了一股异域风情，穿梭其中的也多是些高鼻深目、发色各异的胡人。此处便是汴京城中"一赐乐业"人，也就是犹太人的聚居地，"一赐乐业"是对他们民族的音译。东京城内类似这等异国人的聚居地，并不止这一处。只因一赐乐业人最擅经营，在各胡商中是最有钱有势的一股，因此他们的聚居地规模较大，在城中也较为知名。至于"一赐乐业"人为何会选择此处，是因此地靠近水门码头，便于货物搬运往来。

在这一幢幢圆顶建筑中有一间占地不小的宅子。这宅子名义上是属于一名叫鲁本的拂菻国贵族豪商，实际上却是赊刀人的秘密据点之一。此时，大宅西式风格的客厅中，半截明尊高坐堂上，堂下是一跪一站的两人。

站着的那人金发高鼻，脸部轮廓刀砍斧劈一般，模样颇为俊朗，看着半截明尊的眼神中满是崇敬。这人便是宅子名义上的主人鲁本，因受半截明尊迷魂术所制，半截明尊在他眼中与神无异。跪着那人是个身材矮小、面若稚童的侏儒，脸上、头上不见一丝毛发，还有多处火烧过的新鲜伤痕。正是在那无忧洞中凶名赫赫的厉鬼娃娃。

"尊主，若非是那烧火的家伙阻扰，卑下已是将那几个梁山贼的人头，给尊主您带回来了。"不比之前面对孟迁等人的凶戾，这会厉鬼如受了委屈的孩童一般，抹着眼泪、哭哭啼啼地对半截明尊说着这两日的遭遇。

听了厉鬼带回来的消息，半截明尊脸色很是阴沉，恼火地拍了一下身旁的矮几骂道："好个梁山贼！"

见半截明尊不快，鲁本脸色更为阴沉，恭敬地向半截明尊行了一礼道："尊主，便让卑下领些护卫，去把这帮贼人剁了！"

半截明尊闻言抬头看了鲁本一眼，而后脸上阴霾迅速淡去，笑着对鲁本道："有心了。只是此事还用不到你出手，你先下去歇着，用得上你的时候，本尊自会唤你。"

"是！那，卑下便先告退了。"半截明尊的和颜色悦让鲁本很是欢喜，又行一礼后便恭敬地倒退出门去。

看着鲁本离去的背影，半截明尊心头不免泛起一丝得意。这鲁本，原是拂菻国的一个落魄贵族，实在是在本国过不下去了，便来东方碰运气。因其贵族身份，便是再落魄，在一赐乐业人中依旧有着不小的话语权。也正因为这一点，半截明尊才费了许多心思，用迷魂术法夺了鲁本的心智，令其成了他身边的一条忠犬。通过鲁本，赊刀人在东京城中行事更加便利，也更显隐蔽。

转瞬，半截明尊的心思又回到了眼前的窘境上，不得不说孟迁出的这个损招，真是让他颇感棘手，哪怕他手下的财路不止汴河这一条，但汴河水面上的买卖，依旧在他手下占了不小的比重。一旦水面上的生意受损，先不说会令他损失大笔银钱，若是深查下去，怕是会拔出萝卜带出泥。

正当他思虑之际，门外传来一阵脚步，随后丑儿领着两名搬运尸体的哑奴进入房中。

进房之后，丑儿拱手回禀："尊主，都已飞鸽传书去了。"

半截明尊点了点头，然后指着尸首对跪在地上的厉鬼道："童儿，仔细瞧瞧。"

"诶！"厉鬼只瞧了尸体那么一眼，就惊叫着从地上蹦了起来，快步上前去查看尸体。只见他皱着眉头仔细观察了尸体面容好一会儿，又伸手捏了捏尸体身上紫袍的质地，还拿起放在尸体旁边的银色面具细细端详。

半响，厉鬼才放下手中面具，回过头来小心地对半截明尊道："禀尊主，此人……此人恐非那人真身。"

半截明尊闻言，顿时坐直了身子，原本有些涣散的目光，此刻紧盯着厉鬼的眼睛，示意他继续。

"尊主知道，属下随跟跟无忧洞主多年，却也从未见过其真容，且此人极擅口技，言语间雌雄莫辨，只凭此尸身，卑下也无法分辨。但无忧洞主最紧要的便是他那无忧令，此令从不离身。"

厉鬼顿了顿，"现在此令并不在尸身上，卑下才斗胆猜测此人非是那无忧洞主的真身。"

听了他分辨的标准，半截明尊展颜一笑，而后从怀中摸出那面无忧令问道："你说的可是此物？"

厉鬼瞥见那无忧令上标志性的鬼头，眼睛顿时瞪了个浑圆，当下也顾不得半截明尊并未令他上前观摩，迈着那对小短腿就快步去到了半截明尊面前，伸手抓过无忧令仔细观瞧。端详了好一会儿，厉鬼突然激动得浑身颤抖了，随即"扑通"一声跪倒在半截明尊面前，颤着声恭喜道："恭喜尊主，贺喜尊主，就是此物，就是此物啊！"

半截明尊不置可否，收回无忧令后吩咐厉鬼道："童儿，迟些你带些人手回去无忧洞，把消息给我散播出去，我要让无忧洞的人都知晓，他们的洞主已死。"

"是，童儿明白。"厉鬼心领神会，拱手领命。

丑儿上前恭维道："尊主英明。此等釜底抽薪之计一出，这无忧洞主是生是死顷刻便可辨明。不知那帮梁山贼，该如何处置？敢在太岁头上动土，断不能轻饶了他们。"

"是啊！尊主，若是不解决这帮梁山贼，传扬出去，还不得说尊主您怕了他们梁山！"厉鬼紧跟着煽风点火，他本就是个睚眦必报的人，昨日里吃了这么些个大亏，心中早已是恨毒了公孙道人一行，自是不遗余力地鼓动半截明尊收拾公孙道人他们。

半截明尊心中已有定计，笑着对两人道："这帮梁山贼自是不能放过，但剿灭反贼之事，乃是赵宋朝廷的要务，我等怎可越俎代庖？"

说着，他的目光看向丑儿："丑儿，你那丹青功课，本尊有些日子未考较了，今日便好好地考较你一番，去取笔墨来。"

丑儿一贯伶俐，脑子一转便猜到了自家尊主的心思，心中的急切顿消，笑着对半截明尊躬身行礼："尊主安排的功课，卑下怎敢有一日懈怠？请尊主稍候，卑下去去就回。"

片刻之后，丑儿带着文房四宝归来，厉鬼虽还不明白半截明尊要做什么，但他自己该做什么，他还是有数的，连忙上前研开墨块，供丑儿取用。

待墨研开，半截明尊开口问厉鬼道："童儿，你可还记得那些梁山贼的样貌？"

厉鬼才算明白半截明尊的用意，顿时喜得眉眼都不见了，答道："记得，便是化成灰，卑下也忘不得他们！"

随后他便将记忆中，公孙道人容貌描述给丑儿听，丑儿则根据他的描述，开始在画纸上勾画梁山众人的人像。

不同于传统水墨人物画的重意不重形，丑儿的丹青笔法从一赐乐业人中汲取了要意，造像更写实。不一会儿的工夫，一张惟妙惟肖的公孙道人画像便落于纸上。

随后，丑儿将"入云龙公孙胜"几字题于人像右侧。

接着就是武松、燕青、时迁、孟迁和掌灯人的画像。

厉鬼对孟迁与掌灯人的恨意不比公孙道人差，因不知他二人的名号，便随便选了梁山一百单八将中两人的诨号和名字冠上。写的分别是青面兽杨志和神行太保戴宗。

待丑儿收起最后一笔，半截明尊突然开口道："再画一人，此人豹头环眼，燕颔虎须，脸略长，双颊少肉，年近不惑……"

听着，丑儿不停落笔，很快一张英朗的中年男子肖像出现在纸上。

丑儿放下手中笔，看着纸上这男人，疑惑道："尊主，此人是？"

半截明尊笑道："豹子头，林冲。"

丑儿闻弦歌，便知其雅意，拊掌道："尊主英明，原来这帮梁山贼潜入东京城是来杀高俅的。"

半截明尊闻言顿时朗声大笑，加上这个杀子仇人，他不信高俅不把东京城翻过来搜寻这帮梁山贼，届时东京城必定会被搅得纷乱不堪，此乃一石多鸟的妙计。

第三十七章　一念间生死一线

褚三娘由孟迁、朱自通搀扶着，跟着公孙道人一行穿街绕巷，终于躲开了盘查的皇城司逻卒，一路回转到了骡市坊方向。因为褚三娘身上有伤，特别是后臀位置的箭伤，让她行动着实有些不便，走着走着便逐渐与公孙道人他们拉开了距离。

孟迁也不知时头领的耳朵能听到多远的动静，但他的心自从见到褚三娘开始就变得异常忐忑。

"不知小人的嫂嫂、妹妹可还安好？"孟迁终于按捺不住压低了声音问道。

听到孟迁的话，褚三娘脸色一沉，原本虚扶在孟迁手臂上的素手加重了几分力道："好胆，你还有脸来问本官！"

她这是把肚里积压的火气，全都宣泄在了孟迁身上。

孟迁被她猛地这么一抓，险些没叫出声来，好不容易忍住了，见公孙道人几人没有异样，这才低声赔笑道："见谅，见谅。小人也只是忧心妹子的性命，才不得已而为之。"

褚三娘冷冷地扫了他一眼，发出一声低哼："你只消明白，好好办事，你家嫂嫂、妹子自会无恙便是，否则……"

褚三娘的话，依旧带着上位者惯有的趾高气扬的态度，但这一次却一下就激怒了孟迁，他努力压制着自己的音量，咬牙道："否则当如何？你现在可是自身难保，如何保我家嫂嫂、妹子无恙？若是我家嫂嫂、妹子有事，我绝不与你干休。"

"就凭你？"褚三娘不屑地冷笑，"你不过一泼皮闲汉，你能拿本官如何？"

孟迁这会儿也是豁出去了，虽然声音依旧很低，但手下的力道却不小。他一把甩掉了褚三娘的手："官？你以为你现在还是皇城司的都知？你如今恐怕已是朝廷钦犯了，被抓到就得掉脑袋，怕是比我这个泼皮闲汉恐怕还不如几分！"

"你——哎哟！"褚三娘被孟迁甩了个跟跄，臀上的伤口牵扯，疼得发出一声闷哼，哪还有余力再去教训孟迁？

"怎么了？"公孙道人几个听到后面的动静，回转头来。

"无妨，无妨，是鹿娘子的伤口扯到了。"朱自通一把扶住褚三娘，打圆场道。

说着他又四处望了望，似是在寻找什么地方，随后他看向公孙道人："鹿娘子的伤怕是耽搁不得，需得立刻处置一下才行。"

公孙道人闻言，也往四处看了看，目光最后落在了不远处的林子上。

"既如此，不如就去前边那处林子吧。"说着，公孙道人向褚三娘比了个道揖，"鹿娘子，贫道还懂些医术，若是不弃，贫道助你如何？"

褚三娘此时也从被孟迁激怒的情绪中回过了神来。闻言，当即半真半假地俏脸一红，带着羞意道："不，不用了……"

"还是我来帮鹿娘子吧。"孟迁经过刚刚一番酣畅淋漓的痛骂，把这些天的憋闷和怒火给发泄出来不少，神智也逐渐恢复清醒。清醒过来后，他心中一阵懊悔，他家嫂嫂、妹子还在这娘们手中，这会翻脸着实有些不智了。

所以他赶紧抓住机会："我之前也帮鹿娘子上过药，俗话说一事不烦二主。这次便也由我来吧。"

"那就有劳孟兄弟了。"没承想，褚三娘这回倒是没有反对。

"如此，也好。"公孙道人也没有坚持，取下腰间葫芦，又摸出一个药瓶交给孟迁。

"多谢道长。"褚三娘向公孙道人道了声谢，随后目光冷冷地看了一眼孟迁，"也多谢孟兄弟了。"

"好说，好说。"孟迁打着哈哈，再次上前搀住了褚三娘的胳膊。

两人一路行至林中，见离得公孙道人有些距离了，孟迁示好般道："豹舅就藏身此处。"

褚三娘闻言愣了愣，却并没有搭孟迁的话。两人沉默着又往里走了几步。

突然，褚三娘开口打破眼前的僵局："你放心，你家嫂嫂、妹子，本官并未将她们安放在司中，便是本官出事，她们也安全得很。若想她们无事，老老实实地听令行事，若是不然，便也怪不得本官了。"

"小人明白，刚才小人是失心疯了，说了些蠢话，还请都知莫要放在心上才好。"有了台阶下，孟迁哪能不下，赶紧陪着一脸笑，低眉顺目地道："只要都知能保小人嫂嫂、妹子平安，小人自是什么都听都知的。"

"莫要在本官面前耍你那点小心思，本官还不屑于骗你这等人。"褚三娘懒得和他再说太多，伸手指了指不远处的一个低矮树丛道："扶我去那边。"

孟迁只能老实听命，将褚三娘扶到了树丛中。

进到树丛，褚三娘环顾一圈，此处四周长满了低矮的灌木，足以遮蔽外来的视线，脸上遂露出一丝满意之色，接着吩咐孟迁道："烧一堆火。"

孟迁依照吩咐取出火折子生了堆火。

只是，孟迁哪里做过取弩箭这等活计，压根不知从何开始，生好火后，有些无所适从地向褚三娘道："都知，火生好了。"

话落，半天没等到回应，孟迁回头去看，就见褚三娘侧身坐在一旁地上，失神地盯着地面，脸上表情显得异常复杂，便又大点声问了一句。

褚三娘这才回过神来，深吸了一口气，脸上表情重新恢复平静，而后问孟迁道："你可知该如何做？"

也不待孟迁回话，她又接着说："司内箭头有倒刺，会吃入肉中，若要取出，需割开倒刺所入的血肉。一会儿，你以火烤刀，动刀前先往伤口上撒些烈酒，割开血肉取箭，可听懂了？"

孟迁狠狠地咽了一口唾沫，脑中将这些程序过了好几遍，这才点头表示明白。褚三娘也没再说别的，探手一把扯过孟迁腰间的葫芦，取下塞子，对着口中就是一通猛灌。灌下了半壶左右，她脸上泛起丝丝晕红，这才放下酒壶，回头狠狠地瞪了孟迁一眼："回过头去，本官没叫你，你敢回头，本官便剜了你的眼珠。"

待孟迁转过头去，她这才将腰间褶裙解下，露出裙下长裤。

她仔细看了看身上长裤，狠狠一咬银牙将伤口位置扯开个口子，然后一手死死按住私密之处，这才咬牙唤孟迁道："快些！"

孟迁听到这话，这才回过头来，一回头，眼睛都险些看直了。

"再要乱看，本官杀了你！"褚三娘见状简直羞愤欲绝，抓起匕首往身旁地面用力一插，杀气腾腾地斥道。

匕首闪耀的寒芒顿时让孟迁头脑一片清醒，深吸了口气压下浮动的心思，迅速去到褚三娘身边，查看箭伤位置。入眼就是一片白花花的皮肤，箭伤稍上一寸还有一块铜钱大小的青色胎记，在此刻这枚胎记显得格外惹眼。

孟迁努力克制自己，让眼睛不乱瞟。手颤抖着拿住匕首，一点一点割开伤处。待到弩箭取出，孟迁已是大汗淋漓，褚三娘更是几度疼得浑身抽搐，汗水浸透了全身衣物，俏脸上不见半点血色。

取出弩箭，看了一眼褚三娘没什么问题，孟迁松了口气，取箭期间这女人表现出来的坚韧让他折服，想来昔日关公刮骨疗毒怕也不过今日这般吧。随后他麻溜地将金疮药敷在褚三娘伤口上，敷上药后，伤口上的些许清凉感，让褚三娘紧绷的身子稍稍一松。

敷上金疮药，孟迁左右看了看，伸手扯出贴身的汗衣，用力一扯，"撕拉"一声从上面扯下一块布片，便要帮褚三娘包扎伤处。

听到声响，褚三娘虚弱地睁眼看了看，开口阻止道："不必了，你且去吧，我不在时，一切听朱自通吩咐。"

孟迁点了点头，用扯下来的布条擦了擦额头上的汗，然后起身冲褚三娘拱手行了一礼道："那小人便先行告辞了，今日之事小人绝不会对旁人提起，都知莫要对小人起杀心才好。"

听到最后那句话，褚三娘略显诧异地睁眼看了他一眼，也没说什么又重新闭上。

孟迁一看这模样，便知他还真猜中了，这娘们真是对他存了杀心，这才不在意让他来取箭治伤，他不过是一个京城闲汉，又没有什么了得的身手，正是众人中最软的那个柿子。

孟迁心头那叫一个恼火，才刚对褚三娘生出的那点好感瞬间荡然无存，眼睛撇过不远处的匕首，又看了看虚弱的褚三娘，双手不由得紧攥在一起，胸中恶念陡生。

第三十八章　恩威并施服豹舅

目光在匕首和褚三娘之间徘徊了片刻，孟迁长出了一口气，松开了紧攥的拳头，转身便要离开。

"慢着！"才走两步，身后褚三娘的声音传来，孟迁只得停下脚步又转回身来。

回头便见褚三娘已然盘坐起身，只因动作间难免牵动了伤处，脸色苍白如雪，眼见孟迁看着自己，她眉头微皱，沉声喝令道："把衣裳留下。"

这隆冬腊月的，脱了衣裳，还不得冻死人，孟迁自是不愿，可是又不敢招惹褚三娘："这，都知，这不好吧？若是小人光着身子出去，朱老丈他们会怎么想啊！"

都已经是这样了，褚三娘早已不考虑名节这些问题，冷声道："莫要废话，信不信本官现在就要了你的命？"

说话间，就见她手一抖，手上短刃便化作一抹寒光，钉在孟迁身前地上。看着眼前刀身尽没入地面的短刃，孟迁眼角微微一抽，暗自庆幸之前没真动手。这娘们便是受了伤，也不是他能对付的。他也不敢再多说什么，三两下除去身上衣裳，丢到一旁地上。

脱掉衣裳，孟迁身上就只剩下那撕破的深衣和贴身的一条犊鼻裈，被周遭寒风一激冻得直哆嗦，哪敢再多逗留，慌忙蜷着身子，快步往来处回返。

见孟迁离去，褚三娘长舒了一口气，脸上表情缓缓放松了些。便是性情再坚韧，她依旧还只是个年未及桃李的女子，历经刚才的种种境况，怎么可能心中无半点波澜？只是她绝不会在孟迁面前表露出来罢了。

褚三娘检查了一下腿上伤处，公孙道人给的金疮药似乎不错，才敷上这么一会儿，药膏便已经开始硬化固定伤口了。此刻，她伸手取过丢在一旁的青布褥裙，从上撕下一块布条将伤处包扎好，这才强忍疼痛缓缓爬起身，取过孟迁丢下的衣裳，换下身上染血的衣物。

换好衣裳之后，褚三娘取回扎在地上的短刃，在一旁树上斩下一根粗枝，拄着这根粗枝往林子深处行进。

孟迁一路快跑出林与公孙道人等会合。

"嘿，孟兄弟真是艳福不浅啊！"见他这副模样出来，众人脸色各异，武都头最热衷这等艳事，当即恶趣味地调笑出声。

朱自通这边听了武都头的这话，脸色一下难看了几分，阴沉着脸迎上前来，带着几分怒意问孟迁道："鹿娘子人呢？"

"老，老丈，给，给我件衣裳穿，我，我要被冻杀了！"孟迁这会已是被冻得嘴唇发紫，浑身直哆嗦，哪还顾得上回话。

这会儿工夫公孙道人也走了过来，边走边脱下上身的衣裳递给孟迁。燕小乙也递来腰间酒壶。

听到孟迁的话，朱自通的脸上不免闪过一丝尴尬，而后也解下上身衣物给孟迁围住下身。有了衣物遮身，又连灌了几口烈酒，孟迁这才算缓过些劲来。

"鹿娘子人呢？"待他缓过劲来，朱自通又问道，问话的同时，他眼睛死盯着孟迁还沾有血迹的手，内心的焦急已是隐藏不住了。

孟迁注意到了他目光所在，脑子一转就明白了他在担心什么，苦笑着答道："这是取箭时沾上的，鹿娘子说是不愿连累我们，自行去了。"

被孟迁道出自家的心思，朱自通脸上不免露出几分尴尬。

这时一旁的公孙道人突然开口道："朱师兄，很担心这小娘子？倒不像是萍水相逢啊？"

公孙道人的话，把众人的目光都集到了朱自通的身上。

朱自通会看得有些不自在，摇了摇头道："罢了，原也不过是看她孤身一人，怜她与拙荆有几分相似。如今她既是要去，强留也是无用。"

说着他快步向前走去。分散行事，本就是他们之前商量好的，他只是忍不住担心罢了。

待他走开，公孙道人意味深长地看着孟迁，半晌伸手轻拍了孟迁肩膀两下，然后点了点头。这才挥手让其他人继续赶路。孟迁被拍得有些懵。同时，一种奇怪的直觉涌上心头，他觉得公孙道长已经识破了褚三娘的身份。

他仔细回想之前自己和褚三娘的争执，还好除了提到嫂嫂和妹子，再无其他的话。

而就在孟迁搜肠刮肚回忆之时，燕小乙孤身离队而去。

褚三娘在林中一路前行，突然停下脚步来，环顾一圈之后，迈步去到一块大石上坐下，这才冷声开口道："豹舅，莫不是还要本官请你出来？"

她话音落下，安静了片刻之后，终于一条人影从一棵大树后钻出来，来的正是豹舅。

豹舅现身之后，眯着眼睛上下打量着褚三娘，他常年与野狗为伍，直觉类似野兽。他能感觉到褚三娘此时精气神远不如往日，还受了伤，且身边竟然连一个人都没有，必是出了变故。那可真是反噬的绝佳时机，只要杀了她，他也就可以重获自由了。

随后就是一阵窸窸窣窣的声响，伴随着此起彼伏的低吼声，大量野狗从林中出将褚三娘给团团围住。野狗们能感受到豹舅对褚三娘的态度，对着褚三娘那叫一个龇牙咧嘴，凶相毕露，只待豹舅一声令下，便会对褚三娘展开进攻。

见着豹舅表现出的态度，褚三娘也并不算太意外，豹舅此人就如他的那些野狗一般，野性难驯。若是时间允许，她定会好好先收拾一番，只可惜她现在缺的就是时间。

已有心理准备，褚三娘一脸淡然地环顾了周遭野狗一圈，而后对豹舅说道："怎么？你这是要对本官出手？"

豹舅冷眼上下打量了褚三娘一会儿，咧嘴笑道："不敢不敢。都知怎的闹成了这般模样？冯押班他们呢？怎么没跟着你？"

褚三娘看着豹舅冷笑道："莫要再试探了，本官便是告诉你又何妨？本官识人不明，着了小人的道。"

这豹舅虽说性情如野兽，却不是没有脑子，虚言哄骗或能暂时压服他，但只要被他识破，那必定反噬，如此倒不如晓以利害，让他甘心出力为好。

她这般直言不讳，反倒是让豹舅犹豫了，眼神一阵闪烁后，皮笑肉不笑地道："都知真是好胆识，就不怕我……"

不待他说完，褚三娘开口打断道："怕你什么？本官与你可有深仇？"

豹舅被她问得一愣，绞尽脑汁想了想，他哪跟褚三娘有什么深仇？硬要说仇恨，也就是昔日被抓时，被褚三娘带人杀了他手下一些野狗。当时或许有那么些恨意，可过了这么许久，那点恨意也早就没了。

褚三娘看到他脸上表情的变化，心中一定，连忙接着问道："那本官可有苛待过你与你的这些狗？"

豹舅皱眉一想，这还是真没有，他往日杀人放火，还不都是为了自家和自家狗的生存？而在冰井务中，虽说少了些自由，但每日衣食无忧，算是他这一生中，少有的舒心日子。

"本官现在虽是落难，但我褚家深受圣恩，手握官家所赐御赐金牌，持金牌便能入宫面圣，又岂是这些腌臢小人说扳倒就能扳倒的？"褚三娘冲着皇城方向拱了拱手，接着趁热打铁，"杀了本官，你便还只能如往日一般，如同丧家之犬四处颠沛流离，若再行匪事，下次可有把握保全性命？"

御赐金牌是什么，豹舅并不清楚，但官家是什么，他还是心中有数的，那是天底下最有权势的人，天下的一切都是他的，褚三娘拿那金牌甚至可以见着这位，那还有什么事是能难倒她的？

想通了其中关节，豹舅哪里还会再犹豫？赶紧向褚三娘拱手道："褚都知，你要俺作甚，只管说便是。"

第三十九章　八方云动风将起

巳初。

一骑奔马在冬日灰蒙蒙的日头下，带着一路烟尘沿着汴河一路疾驰。马上是一名身穿皮甲，头戴范阳笠，禁军军将打扮的方脸汉子。

直至奔袭至距离东京十里开外的一座沿河木寨，这才打马停下。待寨门打开，骑士又是催马在寨中一路疾驰，轻车熟路地来到后寨。这才翻身下马，撩起衣袍手压腰间长刀，快步沿阶直上。

这后寨正宅辉煌不逊皇城宫院，还没进门，已能听见从宅内传来的丝竹声响。

"见过四少爷。"守在宅门前的护卫，见着方脸汉子，连忙上前见礼问候。

方脸汉子也没工夫和他多话，满脸焦急地吩咐道："速速去通传，我有紧要事求见爹爹。"

眼见他如此急切，护卫不敢怠慢，连忙转身进去通传，不一会这人便回转，领着方脸汉子进门，一路去往正宅大堂。

正堂内，多名舞姬袅娜多姿地随乐起舞，堂上一老一少正欣赏着堂下歌舞。这一老一少正是当朝六贼之一的朱勔，及其父朱冲。这朱勔虽是已年过不惑，却依旧面如冠玉，道冠簪发、青袍加身，气质半点不输当朝那些个风流名士。朱老爷子年老几分，风姿却也不输朱勔多少，道袍加身，真有几分仙风道骨的意味。父子二人都生了一副好相貌，难怪会得官家喜爱。

"孩儿拜见爹爹、太爷。"方脸汉子快步走进堂中，大礼拜倒在地。

朱勔低头看了方脸汉子一眼，摆手挥退堂下乐师、舞姬，这才开口对方脸汉子说道："厚儿，起来吧。"

这方脸汉子并非朱勔亲子，他名叫陈厚，为得权势，不顾自身只差朱勔那么几岁，拜了朱勔为义父，如今借着朱勔的权势，当上了东京城中七品的都巡检，职责是巡防扞御贼盗，东水门码头正是他的辖区。

吕方知道他与朱勔的关系，在救下胡氏之后，便立刻传了消息给他。这等大事陈厚哪敢怠慢？在安顿好了胡氏之后，便迅速赶了过来。

"谢爹爹、太爷。爹爹，今日……"陈厚谢过朱勔父子后站起身来，连忙将今日东水门码头出的事告知朱勔父子。

"贼子，好胆！"朱勔听完，脸色瞬间一片铁青，暴吼一声，抓起手中酒杯愤愤地往堂下砸。

酒杯正砸在陈厚身上，陈厚也不敢躲，只得任酒杯砸在自家身上。

朱老爷子的脸色也同样不好看，但出事的毕竟不是他的人，比起朱勔还是冷静许多，见儿子正处暴怒中，便开口问陈厚道："你可知那通海船号背后是谁？"

陈厚赶紧答道："禀太爷，据孙儿所知，王相家大管家似有在那通海船号参股。"

"好你个王贼，欺人太甚！某必不会善罢甘休！"朱勔一听更是暴怒，一把把眼前的几案推倒在地，惊得堂下的陈厚一哆嗦。

也难怪朱勔暴怒，陈厚嘴里说的王相说的便是王黼，朱勔被罢官其中便有王黼的功劳。而这次宠妾被掳，还在大庭广众下衣衫不整，这丑闻甚至有可能断了他的起复之路，简直是要置他于死地。得知背后又有王黼的痕迹，就连朱冲的脸色也异常难看了起来。至于说是管家参股，明眼人都知道管家不过是"白手套"，朝中权贵都惯用这种手法来聚敛钱财。

略做沉默，朱冲阴沉着脸又问道："你还知道什么，一并说了。"

陈厚仔细斟酌了一番，才开口答道："娘亲说，那船上的贼人是方腊贼兵。"

朱勔一听这话，立刻大声吼骂道："哪来什么方腊贼兵？都是这王黼老贼，恨某家不死！"

朱老爷子皱着眉头冲朱勔摆了摆手："先让厚儿说完。"

朱勔这才黑着脸不再出言，陈厚小心翼翼地扫了朱勔一眼，接着说道："孩儿已搜查过那艘贼船，船上有不少略买的妇人……还有，还有数千斤私贩的盐铁。"

听到这话，朱劢父子都是神色一动，二人交换了一个眼神，脸色都好看了几分。这私贩盐铁和略买妇人的买卖，说起来朝中权贵多少都有些沾染，但这毕竟是些见不得光的违法买卖。一旦放到明面上来，御史台的那些个御史言官也不是吃素的。只要能从中抓到王黼的把柄，也足够他喝上一壶了。

朱老爷子接着又问陈厚道："你娘亲可还与你说了什么？"

陈厚一听这问题，心头就是咯噔一声，迅速扫了一眼朱劢脸上的表情，低头回道："孩儿哪敢询问，娘亲现在被孩儿安置在家中，没有孩儿的命令，无人敢去打扰娘亲。"

听了这话，朱老爷子眼中露出满意之色："厚儿，你做得很好，你娘亲是个贞烈女子，你回去之后，立刻送她回府，之后与朱福一同送她上路吧，让她走得好看些。"

朱劢这会儿也从暴怒中冷静了下来，略做思量，缓缓开口道，"走之前，让她留下一封书信，便说是王黼差人掳了她，以此来戕害为父。"

陈厚闻言心头微微一颤，他是清楚朱劢对胡氏有多宠爱的，却不想出了事，朱劢杀胡氏都没有半点犹豫，可见其人性情何等凉薄毒辣。而知道其中内情的他，日后会有什么下场，他哪敢去想？

只是朱劢已经安排下来了，他又怎敢不接受？只得赶紧拱手领命："孩儿明白了。"

随后朱劢又吩咐道："还有，那芸香楼的李香娘与你娘亲相交甚厚，你娘一人走，未免孤单了些，让那李香娘一同作陪吧。"

"是！"陈厚再次领命。

朱劢这才摆了摆手道："回去办事吧，事情办精细些，为父自不会亏待你。这几日莫要再来寻为父，免得入了有心人的眼。"

"是！孩儿省得了，爹爹、太爷没其他吩咐，孩儿便回去办事了。"陈厚再次拱手行礼，见二人再无吩咐，这才弓着身子倒退出堂去。

陈厚走后，朱老爷子见朱劢面色不虞，开口道："劢儿，此时正是行事的紧要关头，我等莫要在此时节外生枝，只待事成，再对付这王贼不迟。"

"放心吧爹，孩儿省得，自不会为了这贼厮坏了咱的计划。只是要置这贼厮于死地，只凭那贱人的留书还是不够的。"朱劢自然是明白自己爹在担心什么，回应了他一句，接着低声唤道，"朱七何在？"

他话音才落，一个黑衣人便从堂后出来，跪倒在他面前："卑下在，请主上吩咐。"

"去寻那无忧洞主，让他的人砸了这通海船号和跟王家有关系的商号，把王家与那通海船号的账簿寻来，若是做不到，便休要怪某家对他不客气。"

"是！"黑衣人拱手领命，迅速退出堂外，几个兔起鹘落便不见了踪影。

黑衣人走后，朱劢冷笑着狞声道："想当年，若非是某家出银助这王贼赶考，后又屡屡资助于他，他焉能有今日？却不想是在养虎为患。他还真以为某家被罢了官便治不了他了。"

朱老爷子沉吟片刻，点头道："无忧洞出手也好，让城中乱起来，也方便那些人行事。只是劢儿，君子不立危墙，你真要与那帮人一同行事，不如，让爹代你去吧。"

朱劢看着自己爹，好一会儿才展颜笑道："爹，您无须太过担忧，诸事早已安排妥当，便是不成，孩儿也能全身而退。你只消守好船等着孩儿的消息便是。"

朱老爷子皱眉看了他好一会儿，才点头道："罢了，你这孩子自小就主意大，为父拦不住你。但你切记，稍有不对便立刻脱身。以我朱家如今财力，何处不可安身？"

朱劢点点头道："孩儿省得。只是孩儿所做一切，都是依足了那一位的安排，可如今他却让孩儿做了替罪的羔羊，还纵容王贼百般羞辱，这口气，孩儿咽不下。"

第四十章　以其人之道还之

巳时三刻，阖闾门附近。

一个身穿短褐裹衣、竹笠遮面的人，快步钻入阖闾门赵府不远处的一条暗巷里。

进入暗巷，这人方才取下头上斗笠。原来正是与豹舅分别之后，赶来赵家寻求赵晗帮助的褚三娘。在城中，赵晗是褚三娘最信任的闺中密友，且其人聪慧绝伦，如今她遭了变故，家里那边贼人又怎会没有布置，思虑再三，她便想到来此寻赵晗相助。

摘下斗笠，褚三娘面色凝重，往巷子外看了一眼，赵府周边那些个乔装商贩、百姓的皇城司暗探，又如何能逃得过她的眼睛？不过据她的观察，这些暗探守卫看似严谨，实则松散，甚至不得章法，否则也不会被她一眼识穿，这便说明赵府并不是他们的重要目标，恐怕只是幕后之人撒的其中一个小网罢了。略做查探之后，褚三娘重新戴好斗笠，小心地往赵府那边去。

躲过松散的暗探，一路来到赵府后院。一到这，褚三娘便听到赵府后院传来阵阵琴曲声。褚三娘可不只是有着一身武艺，因出身官宦之家，女子六艺她也是勤学了多年，只一听便知弹的琴曲是《十面埋伏》。她嘴角不由得勾起一丝笑意，这是赵晗借琴曲提醒她四周有埋伏。

她听到琴曲时，已是尾声，很快一曲结束，新的琴曲传来，这次变成了《禅房花木深》。此曲取自唐朝诗人常建的一首题壁诗，取的是"竹径通幽处，禅房花木深"这句，而赵晗借琴曲表达的意思便是，褚三娘若是来了，便从赵府隐秘的竹林小门进来。

褚三娘遂依照曲中之意快步去往竹林小门，轻轻一推，果然门开了。进门之后，她小心地将小门关好上好门闩，这才往赵晗抚琴之处而去。很快，她便在后院凉亭看到了正在抚琴的赵晗。

赵晗已是等候多时，眼见她出现，苍白的脸上浮现一丝喜色。可她并未停下手头的动作，继续弹奏着。

待褚三娘走近，她才低声说道："姐姐，快去我房中，我弹完此曲便来。"

看着赵晗疲惫的模样，褚三娘脸上闪过一丝心疼。弹琴可不轻松，以赵晗如今的身子骨，弹个一曲便会疲累，这会儿为了提醒她，也不知在这弹了多久。

只是现在也不是说这些的时候，褚三娘微微点头，快步去往赵晗闺房。

赵晗是个心细如发的女子，便是在自己府中同样谨小慎微，褚三娘一路去到赵晗闺房，竟是半个人都没碰到。

在房中候了片刻，门外便有细碎的脚步声响。又过了一会儿，门被推开，赵晗回来了。只是她看起来满脸疲惫，扶着门廊喘息不已。

褚三娘赶紧上前将她搀回屋内绣床上坐下。回到床上，赵晗将衾被拢在身上，暖和了一会，脸色才稍稍好看些。

褚三娘看着心疼异常，满怀愧意地道："真是连累妹子你了。"

"我这身子一直便是如此，姐姐莫要忧心，歇歇就好了。"赵晗摇头浅笑道，"姐姐，你到底是出了什么事？跟我说说吧。"

褚三娘苦笑了一声，将今日的遭遇对赵晗娓娓道来。

听完褚三娘的遭遇，赵晗皱眉沉思片刻开口道："姐姐，你将最近所接触到的案子，查的人与事，仔仔细细与我说来。"

于是，褚三娘又将近日追查的案件种种说与赵晗。此时，一幕幕事件浮现在褚三娘的脑海中，之前她没在意的那些细节，如今细说起来，却是处处都显得怪异。

就比如这案子接手以来，上司衙门就不管不顾，未曾过问过半分，直到前日她捣毁方腊贼窝，周游才寻上门来，还有意给她设置障碍。

"姐姐，你这祸事，怕是因你执意追索刺客而来。"赵晗沉声道。

褚三娘闻言却是沉默了。

赵晗接着道："这些事本就透着古怪，也就是姐姐你一心查案，心无旁骛。可如今你细想想，幕后之人既然有如此通天的手段，要害你又何须等到现在？"

赵晗的话，到这里也就停下了，她要留出时间让褚三娘自己好好想想。但褚三娘又是何等聪慧的女子，若是之前是因为还身在局中看不清楚，此刻她便早已想明白了。

念及至此，褚三娘缓缓出声道："如今童都知出征讨伐方腊，要说能指挥得动皇城司这帮人的，除了内侍省副都知周游，便只有皇城司指挥使郑居中了。"

赵晗刚刚已经听褚三娘提过，周游特意上门令她不得动用冰井务司外的人手追索方腊刺客的事，这时候再听褚三娘提起此人，倒是有了些想法："细想想，这人的举动，倒像是要救姐姐。"

"救我？此话何解？"

"他既然是内侍省的副都知，那童都知不在，内侍省便以他为尊，他若要害你，有的是法子，又何须把他自己搅和进来。此其一。"赵晗道，"其二，就算是他要陷害姐姐你通匪，限制你动用外部力量也是多此一举。反倒像是想用这个法子，让姐姐你知难而退，远离这个漩涡。"

褚三娘略做思量，确如赵晗说的一般，若是周游要害她，真没必要亲自登门再多此一举："难道是郑居中？"

排除了周游，她能想到的只有皇城司指挥使郑居中了。

赵晗又摇了摇头："这郑居中倒是能做得此事，但却绕不开内侍省，若只是这郑居中，那周游欲救你，何须用如此隐晦的手段？那人必是周游也不敢招惹的人物。"

"能指挥得动皇城司的人，周游也不敢招惹……难道……是梁师成？！"话说到这份上，要是褚三娘还不明白赵晗说是谁，那她就太过迟钝了，说出梁师成的名字，她脸色已是一片煞白。

这梁师成是何许人也？他是官家最为宠信的太监。自得了官家宠信之后，他以太监之身入了进士籍，自此之后便是平步青云。官职一路自晋州观察使，蹿升到了如今开府仪同三司，蔡京父子一流都对他逢迎趋附，如今宰相王黼更对他以父事之，称其为"恩府先生"，可见其权势何等滔天。

要对付自己的会是这个人吗？光想想，褚三娘都觉得心中绝望。

"只能是他了。"赵晗点了点头。此刻，她的脸色也是极为凝重，褚三娘要对付梁师成这等人物，何止是棘手可以形容的。

一时间两人都没有再开口，屋内陷入一片死寂。

赵晗不停摩挲着手中的手炉，皱眉沉思着，好一会紧皱的柳眉才缓缓舒展开来，抬头看了一眼面如死灰般的褚三娘，宽慰道："姐姐，你也莫急，那周游不是想要救你么，若能得他之助，或许还有转机。"

褚三娘抬头看了她一眼，惨笑着摇头道："便是那童贯，怕是也奈何不得这梁师成。况且我与那周游非亲非故，他又怎会甘冒这等奇险相助？"

"倒也未必，小妹日前听到一则坊间消息，说是这梁师成因为与王黼勾结颇深，引得官家不喜，依我看，他的恩宠怕是不如往昔。再看童贯如今在东南大胜，他日若得了平乱之功，这梁师成如何还能压制得了？"

赵晗取过床边放着的水杯，轻抿了一口水，润了润双唇接着说道，"恐怕，这便是梁师成欲狗急跳墙的因由。敌人的敌人便是朋友，更何况周游还有心救你，只消我等能帮他对付了梁师成，他自会出手相助的。"

听她这话，褚三娘眼中闪过一丝希冀，当即俯身单膝跪在赵晗面前，急问道："求妹妹教我。我褚家若能渡得此劫，日后我必结草衔环，报妹妹今日大恩！"

赵晗没想到褚三娘会跪下，当即柳眉紧蹙，脸上也露出了浓浓不悦，想要起身去扶褚三娘，便因身子虚弱动作又太急，才撑起身子，手一个没力又坐了回去，只好坐着说道："姐姐，你这是作甚？你我情同姐妹，你的事便也是我的事，你这般做，可是心头没有我这个妹子？"

听着赵晗的话，褚三娘心头又是感动又是愧疚，缓缓起身道："怎能没有。只是妹妹你为我劳心受累，还要冒上奇险，姐姐实是不知如何谢你了。"

赵晗浅笑着道："姐姐，你若要谢我，就该好好地先过了这关再说。今日就当你欠了妹子我一个人情，日后我要是有什么过分的请求，姐姐你也不可回绝。"

褚三娘知道她这般说是为了宽自己的心，感激地笑了笑，而后拱手道："一切都依妹妹你。"

"姐姐，你且来看。"赵晗欣慰一笑，说话间便要从床上起身。

褚三娘赶紧上前将她从绣床上搀扶起来，依她的指示扶着她去到一旁的书案前。赵晗缓缓坐到椅上，褚三娘虽不知她是何意，但见她取了笔，知她是要动笔，便为她研墨。

待褚三娘研好墨，赵晗提笔沾上墨汁捻起袖角，便在眼前宣纸上一阵挥毫泼墨。

"这是官家的笔迹!"只看了她写的几个字,褚三娘脸上便露出惊异之色。

赵晗只是淡淡一笑,持笔之手再动,很快又是一个字落于纸面。

褚三娘脸上再露惊容:"这是我的笔迹!"

赵晗这才把笔放到一旁笔搁上,问褚三娘道:"姐姐,我学得可像?"

褚三娘点头赞道;"妹妹这手可谓绝艺,若非是看着妹子写下,姐姐只当是自己写下的。"

赵晗满意一笑又道:"贼人既是以书信陷害姐姐,我等为何不以其人之道,还治其人之身呢?"

第四十一章　摇身一变成钦犯

骡市坊的破茅屋外，武都头一拳将一个面黄肌瘦的流民打翻在地，而后抽出身上戒刀狠狠往这人脑袋边的地面一插，被他打倒的流民吓得惨叫一声，一股黄白之物从他身下流出。

武都头满眼鄙夷，狠狠地对另外三人骂道："滚！再敢来碍酒家的眼，便莫要怪酒家心狠手辣！"

几名流民顿时被吓得作鸟兽散，武都头脸上这才露出满意之色，又踢了踢倒在地上的那人："还不滚，真要酒家剁了你的脑袋？"

地上那人闻言连滚带爬地起身，都不敢回头看武都头一眼，慌忙逃窜。

目送这几名流民离开，武都头才抽回插在地上的戒刀，在裤子上擦去刃尖的泥土，收回腰间鞘中。接着他环顾屋子四周一圈，见不再有人窥伺，这才转身回去屋内。屋内孟迁、公孙道人、朱自通几人正围着屋内火堆旁坐着，火堆上有半只烤得焦黄流油的羔羊，散发着诱人肉香。刚才那些个流民，正是被茅屋里的肉香给吸引来的。

回到屋内，武都头对公孙道人说道："哥哥，此地流民甚多，不宜久留。"

"算算时辰，小乙和时老弟应该快回来了，等他们回来咱就走。"公孙道人冲武都头点了点头，接着端起酒碗对朱自通道，"师兄，小弟再敬你一杯。"

"师弟请。"朱自通点了点头，端起酒碗与他碰了碰，仰头将碗中酒喝完，喝完之后朱自通将酒碗放回身前，便再次沉默不言。

这朱自通本就是个性子沉闷的人，且一路来兴致也不高，除了主动询问公孙道人师门的境况外，便都是公孙道人在主动与其交谈，其余的时刻多半都是不发一言。公孙道人也已是见怪不怪，放下酒碗后，操起一柄匕首，将火堆上的烤肉分割开来，分给屋内众人食用。

觥筹交错一阵，倚在窗边，吃肉喝酒兼观望屋外情形的张顺开口道："道长，小乙哥回来了。"

"朱师兄，你先吃着，小弟失陪一会儿。"听到他的话，公孙道人站起身来，向朱自通打了个拱手告辞，迈步出了屋子，张顺也紧随其后出去。

公孙道人一走，屋内就剩下武都头、孟迁和朱自通三人，气氛瞬间就沉默了下来。武都头哪还受得住这氛围，兼之他对朱自通又无甚好感，如此只能抓孟迁吃酒了。

"孟兄弟，那鹿娘子一走，你怎跟丢了魂似的？真不像个汉子。来，先陪哥哥吃酒，你真舍不得那鹿娘子，等这里的事完了，哥哥帮你把那小娘子掳回去，给你做个压寨夫人如何？"

孟迁因忧心嫂嫂、妹子的安危，兴致也是不高，可是面对武都头这不讲道理的蛮子，他只能苦笑接受。

听到武都头的话，原本想闭目养神的朱自通眼睛登时睁开来，狠狠地瞪了武都头一眼。

武都头又哪会怵他，随即狠狠地回瞪了回去，挑衅意味十足。

"哼！"朱自通脸色为之一黑，只是他如今也清楚这武都头就是个蛮子，与其斗气怕是占不到便宜，只能闷哼一声，闭上双目懒得再去看他。

这边，公孙道人走出屋外，燕小乙见着他连忙加快脚步近前，近前后压低声音对公孙道人说道："道长，不好了，那无忧洞主，死了！"

"什么？！"一听这话，公孙道人脸色瞬间一沉，一把扣住燕小乙的手腕，将他拉到身前厉声问道，"你听谁说的？"

燕小乙苦笑着道："是与我接头那人说的，在小弟的逼问下，他说他们洞主昨夜死在了西水门码头，如今无忧洞已是乱了套了。"

听了他的话，公孙道人脸上更是青黑一片，他是清楚燕小乙的，燕小乙是个仔细人，这般回来与他说，必是已经经过多番打探。脸上好一阵阴晴不定之后，公孙道人才缓缓地松开燕小乙手腕，眯着双眼闷头思量起来。

一旁的张顺脸色也很不好看，阴沉着脸狞声说道："莫不是那厮在要弄我等？哪有这么巧的？"

燕小乙与公孙道人心中同样有这个想法，只是他们就连无忧洞主到底是谁都不清楚，便是无忧洞主真是在戏耍他们，他们现下也无可奈何。这边正说着话，远处又是一个身影快速往茅屋这边赶来，很快人影近到了茅屋前，正是时头领。

见着公孙道人几个站在屋外，时头领又加快了几分脚步，几个兔起鹘落，便飞身近前来，人未到声先至："道长，大事不好！"

公孙道人闻声抬头看过去，只见时头领满脸都是焦急之色，他的心头又是一沉。

"道长，你且看。"时头领快步来到公孙道人跟前，还没站稳，便从怀里摸出一沓纸来。

公孙道人接过纸片，才一展开，便见是林冲的画像，画师丹青功力不俗，画像与林冲少说有八分相似，画像旁边则写着：梁山贼寇林冲，擒之赏银千贯。

看到这些，公孙道人脸色又更难看几分。他们敢不做掩饰就来东京城，正是因为清楚朝廷那画影图形的水准，若是拿着那些画影图形，便是真人就站在面前，也未必能认出来。

可是这次不同，这些画像几与本人无异，有这些画像，他们可真是在这东京城中无所遁形了。

"我回来时城中已在四处张贴这些画像，城中军汉也在四处追索。"时头领以极快的语速说明他来时看到的情况。

燕小乙、张顺二人也看到了纸上内容，张顺脸色同样变得难看，燕小乙却是哂然一笑道："道长莫急，便是有此物，又能奈我等如何？"

公孙道人抬头看了他一眼，想到了燕小乙的易容绝技，脸上表情立刻舒缓了许多，笑道："倒是忘了小乙兄弟的绝技了。"

随后公孙道人回头看了一眼茅屋又笑："这孟兄弟，还真是我等此行的贵人，我等还没到山穷水尽的地步。"

燕小乙最快反应过来，也是笑道："是啊，幸亏那日没害死孟兄弟，不然，小弟可真会悔死去。"

张顺、时头领二人则是一头雾水，没能明白他二人打的什么机锋。

随后公孙道人问时头领道："时头领，你的事情办得如何了？"

时头领赶紧回道："道长放心，人某一路跟着。她先是在林中会了那驭狗之人，然后去了城东一家姓赵的府上。果如道长所料，孟兄弟家人也在这赵府之中，看着没吃什么苦头。"

"这便好！此地不宜久留，我们走。"听到这消息，公孙道人脸上颓色已是尽去，挥手领众人回转茅屋。

"师兄，且看这些。"回到屋内，公孙道人将朱自通的画像递给他。

"好个贼厮！"看到图像上给自己安的名字，朱自通气得暴跳如雷。

孟迁看着自己的画像，也是气得不轻，可相比给自己安上梁山贼寇身份的人，他更气的是公孙道人这帮人，若非是他们，他又如何会卷入这样的漩涡里来？如今他摇身一变，成了梁山反贼、朝廷钦犯，嫂嫂、妹子都得受他连累。

"师兄，孟兄弟，此番是我等连累了你们，但如今木已成舟，多说已是无益，事后我梁山自会弥补。"公孙道人也知道此事必定会让孟迁二人心头不快，冲他二人深深一揖，"此地不宜再久留，我等须速速离开。孟兄弟，你不是忧心家人么？我已帮你寻到了她们踪迹。"

孟迁一听这话，哪还顾得上心头的那点怨气？连忙问道："我家嫂嫂她们可还好？"

"都还好，我这便带你去寻她们。"公孙道人点了点头，随后一行人快速打点行装离开茅屋。

他们才走不到半个时辰，之前被武都头打跑的那几个流民，领着一彪禁军军汉来了茅屋。

扑了个空后，这几个流民便倒了霉，被一无所获的禁军军士斩杀以泄愤。

午初时分，原本灰蒙蒙的天空逐渐亮堂起来。

有了破局的方法，褚三娘的心情也如这会儿的天气一般，少了一层阴霾。她连连冲赵晗道谢："妹妹此计大妙，还请妹妹教我该如何行事？"

赵晗笑道："此计之要在于需先寻来那梁师成的手书，这就得靠姐姐去寻了。"

褚三娘略做思量道："此事不难，这梁师成的府邸便在东华门外，入夜后，我便潜入他府中取一份手书便是。"

赵晗又问道："姐姐，你可曾见过那梁师成的手书？"

褚三娘摇头道："这倒不曾见过，但其府中总该有他的手书才是。"

赵晗想了想道："姐姐，此番行事当以稳妥为先。小妹以为，姐姐冒险去盗书还不如去求那周游相助。周游人在内侍省，他要找一份梁师成的手书总比你贸然出手要容易些。我等也可借此试探他的心思，若能得他相助，事情便好办许多。"

"还是妹妹思虑周全。"褚三娘略做思量点头道，"这周游府邸在马行街，一会我便去寻他府上管家，传信过去。"

第四十二章　赵府内横生波折

事不宜迟，商量妥当之后，褚三娘便准备沿着来路离开赵府。才推开竹林小门出来，看到外头的情形，褚三娘身体就是一僵。只见门外站着三个头戴斗笠的人。

三人见褚三娘出来，随即撩开了斗笠，正是公孙道人、朱自通及孟迁。

公孙道人最先轻抚着颔下长须笑道："褚都知，我等又见面了。"

"都知，公孙师弟并无恶意，他们几人此番来京并非是为了行不轨之事，都知无须担心。"朱自通连忙向褚三娘解释，"公孙师弟愿助都知一臂之力。"

来这的路上，公孙道人没再瞒着朱自通，将他此来东京的目的，告知了他，并让他来帮忙说服褚三娘相互合作。

褚三娘狠狠地瞪了朱自通一眼："朱自通，你可是老糊涂了。他乃是梁山反贼，他的话，你也敢信？"

褚三娘把朱自通留在公孙道人等人身边，就是想在需要的时候借用他们的力量，但是利用，绝不是合作。朱自通被褚三娘呵斥地面露尴尬之色，其实他也未尝没有怀疑过公孙道人的目的。只是，褚三娘如今身陷囹圄，若能得人相助，也是好的。

这边厢朱自通还没说话，公孙道人先冷笑了一声。

"呵！反贼？我梁山将兵因何而聚啸，褚都知不会不知吧？便是褚都知不知民间疾苦，我便只说那八十万禁军总教头，豹子头林冲。"

公孙道人道，"林头领之罪，只在于发妻貌美。他不愿奉上发妻，便被朝堂小人害得家破人亡。便是如此，那小人还不愿放过他，派人千里追杀，左右都不得活，这才被逼反上了我梁山。褚都知今日遭遇，与昔日林头领何其相似。日后褚都知若是走投无路，梁山随时恭候。"

褚三娘自是对林冲的遭遇有所耳闻，在这事上她还真无法为辩驳，只得厉声打断公孙道人："够了！你到底有何目的，直说便是。"

"褚都知不必过激。"公孙道人笑了笑，接着道："如今你落了难，且还有伤在身，我梁山不欺负弱女子。再者，朱师兄与我有师门的情谊，便是冲着朱师兄的面子，我等也是愿意出手帮助褚都知你的。"

"姐姐，让他们进来吧。"这时，一道声音从褚三娘身后传来。

褚三娘闻声连忙回头去看，只见赵晗缓缓而来。

褚三娘连忙上前扶住了赵晗，悄声道："你怎么出来了？"

赵晗却是浅浅一笑，示意褚三娘少安毋躁，接着目光落回到门外三人身上。待落到公孙道人身上时，她的目光停顿了下来，而后迈步去到公孙道人面前，微微欠身行了个万福礼："小女子赵晗，敢问，可是昔日劫夺生辰纲的公孙道长？"

公孙道人闻言稍稍一愣，他可没跟赵晗照过面，却不想这小娘子仅他一面，竟然就准确地说出了他的身份。

这下，公孙道人对眼前这女子感兴趣了起来，笑着问道："小娘子怎知我便是那公孙胜？"

赵晗浅笑道："小女子平日里爱去茶肆听先生说书，道长劫夺生辰纲那一段，小女子听了不下数十遍之多，都说道长受仙人灌顶留有一只天眼，天眼化作一枚通幽痣留于眉心。"

"只凭此一点，小娘子未免武断了些。"谁人不爱听恭维话，更何况赵晗的恭维还如此动听，公孙道人自是笑容满面。

"倒也不全是，之前道长与我家姐姐说的话，小女子也听到了些，若这样还不知道长是谁，那小女子也太蠢笨了。"

听了两人的对话，褚三娘只能无奈苦笑，怪只怪她这个妹子实在过于聪慧，只凭听到的只言片语，便猜出了公孙道人的身份。

"不知，这两位好汉是——"确定了公孙道人的身份，赵晗对孟迁和朱自通也感兴趣了起来，只是她再是搜肠刮肚，努力回忆说书先生对梁山诸多好汉的描述，也辨别不出孟迁二人的身份。

公孙道人见状一笑，开口为她介绍道："这两位还非梁山中人，这位是贫道师兄'火德星君'朱自通，这位是人称'东京地理鬼'的孟迁。"

"小女子见过二位好汉。"赵晗冲孟迁二人一福，二人遂还了一礼。

只是孟迁看着赵晗，眉头一直紧锁着，他这副模样也引得赵晗的注意，一双俏目满是好奇地看着孟迁。她见过不少男子看自家的眼神，但独独没见过哪个男子如孟迁似的，竟似是对她有所抗拒，这如何不让她心中好奇？

认识过后，赵晗再次开口道："这里不是说话地方，姐姐，诸位英雄，还是进府再叙吧。"

得到了公孙道人的同意，她转过身去牵起褚三娘的手就往回走。出于对赵晗的信任，褚三娘只能强压下心头的焦灼，跟着她回到赵府。

这时孟迁凑到公孙道人面前，低声道："道长，小心为上啊，不若，我等换个地方，再邀褚都知相见吧。"

公孙道人看着他笑了笑道："如今，褚都知在的地方，如何会不安全？你家嫂嫂、妹妹也在此处，便是不安全，也得将她二人接走才是。"

说罢，他打了个呼哨，听到呼哨声，武松等人迅速赶来汇合，公孙道人安排时头领在外警戒之后，便领着一行人进入赵府。

朱自通察觉孟迁情绪的异常，拍了拍他的肩膀问道："孟小哥，你这是怎的了？"孟迁冲他苦笑着摇了摇头，跟着迈步进入赵府门内。

一行人进入赵府，公孙道人虽说嘴上说得轻松，但并未放松半点警惕，一路小心地观察着，很快就察觉到这赵府的诡异，偌大一个后院，竟是没有任何人走动，就仿佛赵府只有她赵晗一人似的。只是诡异归诡异，但时头领那边却并没有示警，这便表明这赵府是安全的，公孙道人一行捏着兵刃，一路跟着赵晗去到了府中花厅。

进到花厅，赵晗招呼众人落座后，开口解释道："今日为了便于与褚姐姐会面，小女子便不许府中下人进入后院，怠慢了诸位好汉，还请诸位好汉见谅。"

明白了后院无人的原因，公孙道人几人神色纷纷一松，公孙道人心思最为机敏，一听她这话便知她怕是已经察觉到他们刚才的异常，因此才主动解释让他们宽心。他心中不由得又高看了眼前这聪慧机敏的小娘子一眼。

唯有褚三娘却是柳眉微皱，一直以来，她都以为赵府内奴大欺主，甚至多次想为赵晗出头。可从今日种种看来，事情并不像她想的那般，赵晗只一句话，赵府下人便无人敢违背，这哪可能是奴大欺主？赵晗在府上有着绝对的权威才是。一时间，她竟觉得有些看不透眼前这位密友了。

"有小娘子这等好友，实是褚都知之幸。"公孙道人笑道，"看小娘子这脸色，似是身子欠佳。贫道略通些岐黄之术，可否让贫道帮小娘子号一号脉？"

孟迁一听他这话，瞬间就坐不住了，触电般从椅子上弹起身来，冲公孙道人一拱手，闷声道："道长，借一步说话可好。"

他之前为何对赵晗那般抗拒？就是因为见多了自家妹子平日里的病态，而这赵晗的模样，就跟他家妹子平日里一般无二。而公孙道人若是想笼络赵晗，定会从这方面入手。他又怎会愿意，让本该给他家妹子治病的药落到旁人手上？

以公孙道人的心计，自然也看出了孟迁所虑，他安慰孟迁道："孟兄弟，你也莫要心急，这蛰命丹虽是难配，但只用来救下两人，我梁山中存药还是够的。"

一听这话，赵晗当即明白了为何才初次见面，孟迁会对她表现得如此抗拒，如此也从侧面佐证了，公孙道人或真有能耐治她的病。

只是她的心思与常人略有不同，自身痼疾能治并未让她欣喜若狂，反倒是孟迁的反应更让她觉得有趣，忽闪着大眼睛饶有兴致地看着孟迁。

公孙道人的话，孟迁无法辨别真伪，但若真的梁山存药足够，他这会的行为便有些枉做小人了。再碰触到赵晗那双清澈的眸子，孟迁连忙移开目光去，不敢跟她对视。

第四十三章　公明手书表诚心

正当孟迁面色尴尬，不知如何应对之际，赵晗突然开口向褚三娘道："姐姐，莫不是晓莲妹子，便是孟英雄的妹子？我看着两人眉眼间也有些相似。"

孟迁闻言哪里还管什么尴尬不尴尬，他连忙冲赵晗一打拱手："正是，正是，赵娘子，我家嫂嫂、妹子可是在你这儿？还请快些让我见她们。"

赵晗浅浅一笑："孟英雄莫要着急，她们都好，就在府中厢房歇着，迟些奴家再带孟英雄去寻她们可好？"

这赵晗着实是生了一张巧嘴，听得孟迁心里那叫一个暖，连忙向她表示感谢后重新坐回椅子上，同时他心中免不了对自己之前的作为感到有些汗颜。

安抚好了孟迁，赵晗又对公孙道人说道："多谢道长美意，迟些奴家再请道长施展妙手，而今褚家姐姐的事更紧要些。"

公孙道人笑着点了点头道："自当如此，有赵娘子这等好友，真乃褚都知之幸。"

赵晗笑着谢过后，直入正题道："若小女子没猜错，道长愿助褚姐姐，想来也是看中褚家忠良家世，褚姐姐为人公正仗义。只是碍于道长你的身份，褚姐姐不能不小心，道长若要让她安心，总需得有所证明才好。"

褚三娘和公孙道人都没有想到，赵晗语气轻柔，说的话却是直中要害，不过倒也省下相互试探的功夫。褚三娘更是心头一暖，这正是她最为担心的地方，而赵晗已经为她考虑到了。

公孙道人这边略做沉吟，从怀中摸出一封信封道："赵娘子担心的是。不知，我家公明哥哥的亲笔手书，可能证明我等之诚心？"

赵晗、褚三娘二人闻言迅速交换了个眼神，随后赵晗伸手接过信封。

信封封口是用火漆封好的，在得到公孙道人的同意之后，赵晗揭开火漆，从信封中取出一份书信。

展开书信一看，信中内容正是宋公明写给官家的投诚书，里面细数了昔日他与各位曾在朝廷为官的梁山头领，被逼落草的原因，还有多次求取招安失败的经由，以及愿为朝廷尽忠的期盼。

看完书信赵、褚二人对视了一眼，各自心下有了计较。以梁山如今的势力，或是还比不得赵宋和方腊，但也并不逊色两方太多。若不是真想招安，这宋公明信中又怎会对官家这般卑躬屈膝，处处都是用的臣子的口吻。

见她二人看完了书信，公孙道人开口说道："我家公明哥哥与山中头领早有投诚之心，只是那高俅因私忘公，屡屡阻挠，这才掀起了我梁山与朝廷的数次征战。日前，我梁山收到消息，方腊一党欲进京刺杀官家，我等这才想借此次进京救驾，以功抵过，重归大宋。"

赵晗闻言笑了笑道："恐这高俅不止是为了私仇，若是天下太平着，他这个太尉可上哪儿捞银钱去？"

公孙道人闻言一愣，他之前还真没想这么多，可经过赵晗这么一点，他也明白了过来。正所谓兵马未动粮草先行，征战打的就是银钱，而高俅作为太尉这个全国的军事主官，只要战起，他就有数不尽的银钱贪墨。

以公孙道人的才智，哪能不知道赵晗这是在提醒他们，见到官家怎么罗织高俅的罪名，才能更易让官家接受和相信，遂冲赵晗深深一礼道："赵娘子大才，原这老贼是借此在朝廷身上吸血抽髓。若无这等老贼，又何至闹出方腊这等贼寇来？！"

"道长过奖了。"赵晗自谦地笑了笑，接着对褚三娘道，"姐姐，我看诸位好汉可信，何不与他们一同行事，相互也好有个照应？"

这话褚三娘来说不合适，由她提出是最好不过。

相信了公孙道人一行真是为救驾而来，褚三娘的心也就放下了不少，遂点点头，继而对公孙道人一礼："梁山真欲招安投诚，此乃朝廷之幸，本官虽官职卑微，却也愿助诸位一臂之力。"

公孙道人闻言大喜，赶紧回了一礼："多谢褚都知，我等也自会全力助褚都知平反昭雪。"

既是已经谈好了合作，褚三娘也就不客气了，接着问道："不知，道长此来京师，同行的有哪些好汉？"

"褚都知请放心，既是为救驾而来，我梁山该准备的，都已准备妥当了，到时自会全力保官家平安。"

虽是谈好了要合作，但双方信任的基础还很薄弱，公孙道人不肯漏了自家的底，含糊其词地道，"褚都知要用人，时头领飞檐走壁冠绝天下，武都头、燕兄弟步战无双，张头领水战无人可敌，还有朱师兄、孟兄弟与贫道，想来也少有做不成的事。"

见他不愿细说，褚三娘也只能作罢，拱手又道："上元佳节将至，时间紧迫，怕是多有劳烦之处。"

"褚都知只管吩咐便是。"公孙道人满口应下。

褚三娘道过谢，又问道："多谢道长。不知道长下榻何处，本官还有些事要办，办完之后便来寻诸位。"

这是要代赵晗送客了，她可没想过要把这帮危险的家伙留在赵晗家中。

公孙道人哪能不明白她在想什么，只是他也不会在这事上恶了褚三娘，正要接口说话，一旁的赵晗道："姐姐，换了他处倒不安全。不如就待在我这儿。如今官家念起我家叔父，皇城司的人也不敢轻易来我家造次。"

"可是……"褚三娘一听她这话就有些急了，可赵晗笑着打断她道："姐姐，你想，就以小妹家的这点护卫，难不成还能拦得住道长他们？"

她说的一点都没错，褚三娘不由一阵语塞，赵晗见她这模样又是一笑："若姐姐你们去了他处，我只会更加忧心，姐姐总不愿我拖着这副身子，四处去寻你们吧。"

褚三娘深知赵晗真会这般做，长出了一口气才道："罢了，就依妹子你，想来道长定会帮本官护着赵府周全才是。"

最后这话，她是对着公孙道人说的，说话时脸色是说不出的冷厉。

公孙道人自是不会被她吓到，抚须轻笑一声："自当如此，有我等在，赵娘子若是出了什么事，褚都知只管寻我等麻烦便是。"

褚三娘这才点了点头，随后赵晗将公孙道人一行安置在花厅旁的厢房歇脚，她二人结伴离开。

赵晗在褚三娘的搀扶下，缓步送她去竹林小门，途中说道："姐姐，我已让竹儿去褚府查探了，竹儿机灵，自会探查清楚褚府的情形。只是褚府如今恐已是布下了天罗地网，你可莫要轻易犯险才好。我之前追出来，便是想与你说此事。"

"妹妹，我真不知该如何谢你才好。"褚三娘闻言脚下一顿，一腔感激之情已是无以言表。

说话间，她俩已经来到了小门处，赵晗笑着对褚三娘说道："姐姐就莫要和我说这些了，手上的事要紧。"

褚三娘重重地点了点头，遂辞别赵晗推门离开。

出得门来，褚三娘抬眼看了看天上的日头，心中盘算了一下时辰，此时应该已过午正，时间确实不多了。

她遂将斗笠戴好，又摸出一块白面馍，就着葫芦里的水边赶路边吃。

才到正街，便见远处街面上人仰马翻，大批禁军军士，正拿着画影图形四处拿人校对，街面上的行人都是四处奔逃，周边住户也是赶紧关门闭户，生怕被这帮恶军汉给缠上。

见此情形，褚三娘眼瞳微微一缩，她只当这些禁军是在追索她，心中更是肯定了她的对头就是那梁师成。否则，还有谁能同时号令禁军和探事司？

她不敢多耽搁，连忙压低斗笠趁乱钻进街边巷道，避开搜索的禁军，直奔马行街而去。

赵府距离马行街算不得太远，也就两刻钟的功夫，褚三娘便到了马行街，找到了周游在宫外置办的宅子。周游作为宫中权势不小的内官，自是不缺银钱的，置办的宅子十分气派，只是作为太监，他不敢太过张扬，门楣上并没有悬挂带有主家姓氏的牌匾。

褚三娘快步登上门口石阶，扣响门环。

"谁呀？"很快一个男声传来，接着大门从里面拉开，一个年轻汉子走出门来，出门看见褚三娘的寒酸打扮，脸上的表情迅速变得凶狠起来。

"啪……"褚三娘没等他张嘴，一个耳光重重地扇在他脸上。

第四十四章　多方风起东京乱

"啊！你……你……"门子被褚三娘这一巴掌扇得坐倒在地，捂着剧痛的左脸，既惊又怒地看着眼前人，话都说不利索了。俗话说得好，宰相门子七品官，周游虽不是宰相，却也是内庭数得着的宦官，平日里的来访者，哪个不是客客气气的，他何曾吃过这样的亏？

褚三娘没等门子把话说完，恶狠狠地打断道："休要废话，快些叫大管家来见杂家，干爹有事交代。若是误了干爹的事，你几个脑袋都不够用！"

"是，是，小的明白。"门子一听褚三娘这话，顿时吓得浑身一颤，接着迅速扫了一眼斗笠下褚三娘那面白无须的脸庞，更是吓得脸色煞白，慌忙爬起身来畏畏缩缩地应诺了一声，便要回府去叫大管家。

"慢着！"褚三娘突然又叫住了他，然后指了指不远处的巷子道，"事关机密，不便在府中见面，杂家在那儿等着。记得管住自家的嘴！"

"是，是！"门子忙不迭地点头应诺，接着转身快步奔回府内，不敢有片刻的耽搁。

目送门子离去，褚三娘脸上冷厉的表情一松，迅速转身先行去往巷子里等候。只片刻的工夫，之前那门子便跟着一个穿着青布直裰的中年男子急匆匆地走出宅门。得到门子的指引，中年男子快步进到褚三娘所在的巷子里。

近到身前，他冲褚三娘搭手一礼问道："周忠见过这位老公，不知……"

周忠话还没说完，褚三娘闪电般地探手扣住他的手腕，猛一收力，周忠当即被她扯了过来，随后褚三娘右手一动，一抹寒光闪现，一柄短刃便已抵在了周忠的脖颈上。

"若敢出声，便要了你的命。"

利刃抵着脖颈，周忠吓得魂都差点没了，好一会儿才缓过劲来，惊恐地道：

"不，不敢，小的可从未见过好汉你啊！好汉若是缺银钱了，小的虽只是个管家，可还是有些许积蓄的，若是好汉用得上，小的愿拱手奉上……"

褚三娘哪有工夫与他废话？直截了当地说道："少废话，给周公传个信，就说寅正时分，三娘子请周公在闾阖门旁的八仙楼吉祥阁相见，周公若是不来，那他勾结方腊反贼的证物，便会送到梁府，可听明白了？"

周忠一听她这话，当即惊出一身的冷汗，异常惊恐地看着褚三娘，一时间哪还说得出话来？

"你可听清楚了？"见他这模样，褚三娘柳眉顿时一皱，手头上稍稍加了点力道，短刃顿时划破周忠脖颈的皮肤。

脖子上的刺痛让周忠醒过神来，慌忙点头表示听到了。

"此事关乎周公的生死，可莫要传错半个字才好。"褚三娘这才收回抵在他脖子上的短刃，撂下话后快步离开箱子。

褚三娘放开手，周忠便如同一摊烂泥般瘫坐在地上，好一会才颤颤巍巍地爬起身来。

而办完事的褚三娘，迅速离开马行街，往另一个方向而去。那处正是她褚家所在的正阳街。饶是赵晗已对她千叮咛万嘱咐，她还是放心不下家中母亲、幼弟的安危，决定回家一探。

街面上有搜索的禁军，褚三娘只能选偏僻的暗巷夹道行进。

正当她路过一家临街货栈的后门时，货栈内突然响起厮杀声，接着就听"咣"的一声大响，货栈后门突然从里头被砸开，一个浑身是血的人从门内翻滚出来，倒在她的前路上，看模样已是活不成了。随后数个手持钢刀、惊慌失措的人狼狈地从后门退出，看装扮应当是这家货栈的伙计。紧跟着这几人之后，五个手持染血兵刃的黑衣汉子扑出后门，疯狂地追杀逃出后门的那些货栈伙计。货栈伙计明显已经失了胆气，哪还是这帮黑衣汉子的对手，很快便被这些黑衣汉子砍倒，鲜血淌了一地。

褚三娘此时自然不想沾上这等麻烦，只是她想避开已是来不及了，砍翻对手之后，杀红了眼的黑衣汉子发现她在场，当即拎着手中钢刀狞笑着向她冲来。既是已经躲不掉了，褚三娘脸色一冷，右手一垂，短刃立刻从衣袖中滑落到她手里，她捏着短刃冲来这人用力一甩，短刃立刻化作一道流光射出，瞬间贯穿来人的喉咙。这人脚下一滞，身体顺着惯性前扑倒地没了动静。

"杀！"

其他黑衣汉子见同伴被杀，稍稍一愣之后，狂吼着先后提刀扑向褚三娘。褚三娘见状毫无惧色，一抖连着短刃的锁链将短刃收回，反持着短刃，微弓下身子快步迎了上去。眼见褚三娘临近，一名黑衣汉子狞笑着高举钢刀，使一招力劈华山，全力砍向褚三娘。褚三娘只微微侧身，以毫厘之差避过刀锋与此人错身而过，反手一刀从背后洞穿这人的脖子，接着抽回短刃再次抖手，将短刃打向距她已不足五步远的另一名黑衣汉子。这么近的距离，以褚三娘飞刀的速度，此人根本来不及躲闪，只见寒光一闪，此人嘴里便发出一声撕心裂肺的惨嚎，钢刀脱手掉落，空出手死死捂住被褚三娘飞刀洞穿的左眼。褚三娘轻轻一捏连着短刃的锁链，锁链顿时从中断开，继而她探手抓住这人掉落的钢刀，脚下速度丝毫不减，继续迎战后方来敌。很快她就又近到另一人身前，这人已经知道她的厉害，脸上表情已然现出几分惊惧，哪还敢让她近身，狂吼着提振自家胆气的同时，拼尽全力挥刀往褚三娘这边胡乱挥砍，试图将其逼退开去。褚三娘脸上露出一丝讥笑，这等胡乱砍杀在她眼中简直是破绽百出。瞅准了此人一刀砍下后旧力已尽、新力未生的空当，她手中钢刀闪电般地往前一送，将刀尖送入了来敌的喉咙。

顷刻间连杀四人，跑在最后的那个黑衣汉子，已是被她的武艺吓得脸色煞白，哪还有半点勇气与她交锋，果断地掉头往货栈后门跑。既是已经动手，褚三娘又怎么可能放过他？抽回刀就要追，只是才追两步，她脚下动作突然一缓，脸上闪过一丝痛苦，遂停下脚步，手上钢刀改正握为反握，奋力将钢刀掷向逃敌。流光一闪，钢刀便刺穿了那人后心，那人扑倒在货栈后门前再无动静。

解决了所有敌人，褚三娘皱着眉头，低头看了一眼顺着小腿流下的鲜血，又往家的方向看了一眼，脸色变得难看至极。若是腿伤没有撕裂，她还有信心回家一探。可现如今腿伤撕裂，此时再回家查探，即便没有埋伏，这满腿渗血的模样也太扎人眼了。

略做挣扎之后，她只能先放下回家的念头，拖着伤腿缓步去到被短刃扎死的黑衣汉子身前，将短刃收回，又伸手从尸体腰上取下一块木牌。看到木牌正面刻着无忧洞的鬼面，褚三娘微皱柳眉，这无忧洞怎会白日里便来这黄记香料行杀人越货？她的心头不禁升起了疑云。

可没等她琢磨多久，货栈方向又有动静传来，褚三娘也不敢再多留，连忙将鬼面木牌往身上一揣迅速起身离开。她才刚走，又有数名身上血迹斑斑的黑衣人从货栈后门出来，为首的是一个身穿皮甲，胸前还扣着一块护心镜的独眼汉子。

独眼汉子看到门外被杀的几名手下，那只独眼顿时凶光暴闪，恶狠狠地四下环顾了一圈，没见有人，这才阴沉着脸收回目光。一个方脸汉子快步去往几具尸首前查探了一番后，脸色凝重地回来对独眼汉子说道："大哥，是个一等一的用刀的高手，都是一刀夺了命。"

听到这话，独眼汉子的脸色更显难看了几分。他被杀的这几个手下，谈不上高手，但也是穷凶极恶的亡命之辈，真要拼起命来，便是他动手，也多少要费些手脚，若是有这等高手来阻挠他行事，那可就麻烦了。

就在这时，一个背着硕大包裹的瘦高汉子，急匆匆地从货栈中赶来，对独眼汉子禀报道："大哥，有一队禁军过来了。"

独眼汉子闻言脸色大变，哪还顾得上什么用刀的高手，忙问道："禁军怎会来这里？东西可都寻到了？"

瘦高汉子拍了拍身后的包裹道："大哥放心，店中的账簿都在这。"

独眼汉子这才满意地点了点头，接着吩咐道："那便好，我等快些走，犯不上和这些军汉搏命。"

一听独眼汉子这话，之前的方脸汉子有些肉痛地说道："大哥，里头可还有不少财货。"

"蠢货，要钱不要命么？留着这些财货，那些军汉才不会追赶我等。"独眼大汉抬腿就是一计，将方脸汉子踢得一趔趄，嘴里骂道，"这点钱货又算甚？只消咱家能寻到主上要的账簿，便能压过那三个贼厮，坐上洞主之位，到时还怕短少银钱？"

方脸汉子一听，还真是这么个理，遂也不再牵挂货栈财货。很快，这帮亡命之徒，在独眼汉子的带领下迅速离去。

第四十五章　逼上西楼博富贵

褚三娘走后，孟迁自去见嫂嫂和小妹。花厅中只余下赵晗和公孙道人几人。

公孙道人微闭双眼，左手轻扣着赵晗右手脉门，细细诊着她的脉象。赵晗没有一般病人那样的焦灼，脸色很是平淡地等着公孙道人诊脉结束。好一会儿，公孙道人手上的力道稍稍放松了些，但他并未马上睁开双眼，脑中琢磨着该如何与赵晗说她的病情。

这赵晗与孟晓莲一样都是自胎中体脉就不足。只是孟晓莲体脉虽是亏虚，但还不到油尽灯枯的地步。而赵晗却是与孟晓莲有些不同，她比孟晓莲大上好几岁，病情也多耽误了几年，如今体脉已有了枯竭之相，恐是没几年好活了。蛰命丹是否能治她的病，他也无太大把握。

心中斟酌之后，公孙道人睁开双眼对赵晗笑道："赵娘子莫要忧心，你这病只消好生调养，辅以道全兄的蛰命丹，想来很快便能养好。"

赵晗何等聪明，见他闭口不言脉象病症，反倒是说些宽自家心的话，便已知结果，洒脱笑道："道长就莫要宽奴家的心了，吉老先生也曾给奴家诊过病，这些年若非是吉老先生开的妙方养着，奴家恐早已不在人世了。"

被她一语戳穿，公孙道人脸上露出些许尴尬，随后苦笑道："娘子说的可是那泗州神医杨介，杨吉老？"

赵晗点了点头表示肯定。

公孙道人这才轻叹一声："原来赵娘子的病是古老先生在看顾，倒是贫道班门弄斧了。罢了，贫道也不瞒赵娘子了，若早上个三五年，有道全兄的蛰命丹，应能治好娘子的病。只可惜，贫道来晚了些。"

饶是已经知道是这结果，赵晗心头还是难免泛起一丝苦涩，带着几分凄苦道："道长何出此言，便是要怪，也只能怪奴家命薄，福分不够，没能早些遇见道长。不过，听道长几次提到蛰命丹，奴家也略懂些药理，不知可否赐一枚让奴家瞧瞧？"

"这自然是可以的。"公孙道人点了点头，爽快地取出一枚蛰命丹，如今他与褚三娘的合作都系于赵晗一身，他自不会在这事上驳赵晗的面子。且他也不在意药方泄露，蛰命丹炼制困难，这赵小娘子即使再聪慧也不至于只凭一枚成药，便能将药方推出来。

公孙道人才要将蛰命丹交到赵晗的手上，又突然停了下来："赵娘子看看便好，切不可随意服用。此药虽有神效，用的却是以毒攻毒的法子，需一日一服，且不可中断三日以上，否则便会化成要命毒药，初服还会有昏睡之症。"

赵晗闻言，慎重地点了点头，伸手接过了药丸，细看了看，又谨慎地用手绢收好。

收好丹药又寒暄了几句，赵晗便辞别公孙道人离开了花厅，

回到闺房，赵晗迅速关好房门去到书桌前坐下，这才取出蛰命丹仔细观瞧。蛰命丹约有拇指大小，外面封着一层白色蜡衣避免药效流失。

赵晗点燃烛台上蜡烛，又将蛰命丹放在烛火上融开表面蜡层，然后轻轻一捏将蜡衣打开，露出包裹在里面的朱红色药丸。她将蛰命丹放在鼻间细细闻了闻，又从丹药上刮下些粉舔了舔："应是有丹砂、人参、杜仲还有……生川乌、五毒根？"

这生川乌和五毒根都是毒性极强的药物，果然是以毒攻毒的法子。

赵晗之前没有完全跟公孙道人说实话，她只说自己略懂药理，其实，因为天生病弱，她为了给自己治病，多年来悉心钻研的医术，在岐黄之上的造诣，并不比她金石学的造诣差。杨介之前来也不只是给她瞧病，同时还教授了她数月的医术。只是这些不为外人所知罢了。

当然，只凭闻和尝，要完全辨别出蛰命丹的药物成分那是不可能的，赵晗皱着眉头盯着蛰命丹看了好一会儿，最后她眼神一凝下定了决心，取刀从蛰命丹上切下一小片来。

随即，她又从绣床暗格的隐秘药柜中寻出一小瓶药，揭开瓶盖将瓶中药液喝下，这才又回到书桌前，捏起数支银针扎在胸前几处穴位上，做足了准备才把那小半颗丹药吞服下去。

蛰命丹入口味道极苦，但常年服药，赵晗早已习惯了这种苦涩，脸上表情没有半点变化，稍过片刻之后，一股困意袭来，赵晗连忙甩了甩头，将脑中困意驱散，才长出口气道："这应当是曼陀罗的药力。"

又过了一小会儿，赵晗脸色瞬间一片煞白，嘴里发出一声痛哼，直接从椅子上翻到地上，疼得在地上直打滚。好一会儿疼痛缓和了下来，赵晗面无血色地瘫在地上虚弱喘息，整个人如同洗过澡一般，衣物都被身上浸出汗水给湿透了。

疼痛过后，猛然间一股热流从她腹部弥漫全身，让她通体舒畅。赵晗闭着眼睛，一脸满足地回味了一番适才的舒泰，才缓缓从地上爬起身来，她能明显感觉到身体要比之前爽利些，脸上不由得露出欣喜之色，激动地自语道："竟真有用！"

重新坐回书桌前，赵晗看着剩下的大半颗蛰命丹，眼中满是难以掩饰的惊喜和激动，她真恨不能现在就把这剩下的半颗也服下。

不过最后她还是按捺下心中的激动，小心翼翼地将剩下的半颗蛰命丹保存起来。收好蛰命丹，她简单地梳洗了一下，便出门往安置杜秀娘她们的厢房去。

才到杜秀娘所在的厢房门口，便听到了屋内有阵阵的哭声，赵晗遂停下脚步来。

"……家中就剩你这么一个男丁，你若是有个什么三长两短，你叫我和晓莲如何活……"杜秀娘的声音带着哭腔，断断续续。

孟迁最见不得的就是女人哭，慌忙起身想去安抚杜秀娘，可是叔嫂男女大防在，他又不能越矩，只能在一旁干着急："嫂嫂，你莫哭啊，你这一哭，我心里难受。"

杜秀娘抹了把眼泪，接着问道："那你还不告诉我，到底是怎回事？"

"罢了罢了，我说便是。那三人也是皇城司的官爷，那褚都知抓他们完全是误会。如今误会已经解除了，那三位差爷现在也在这里，嫂嫂要不信，我先在便请那位道人装扮的差爷过来与你说。"孟迁信口胡诌，"嫂嫂，你真别担心我。褚都知可说了，这次事情办好，捉拿刺客的功劳可要算我一份，到时候让我入皇城司当个押班，咱老孟家的富贵可就要来了。到时嫂嫂你休说开一家香囊铺，开个十家都不在话下。"

听他说的似煞有其事，杜秀娘眼泪已收了几分，可一听到捉拿刺客，她又再次激动起来："刺客？什么刺客？为何要你去捉刺客？你定要与我说个清楚！"

第四十六章　英雄论迹不论心

"嫂嫂，你先听我说完啊。褚都知看中的，是我熟知这四河三十二桥，八厢一百二十坊的暗巷夹道。至于那厮杀捉贼，哪用得上我？我只消伺候好上官，他们手指缝里漏点，我老孟家就受用不尽了。"孟迁缓缓解释道，"你看，我才跟着褚都知两日，就已赚了不下二十两金子，晓莲的病也有了着落。还有这个，这是褚都知赐下的药，只要接连服上一月，晓莲的病就有救了。"

说着，孟迁从怀里摸出包裹蛰命丹的布包交给杜秀娘。

杜秀娘接过布包，揭开来一看，里头正是那四颗蛰命丹。她连忙去到床边，将藏在被子下的另一颗蛰命丹取出，与这四颗包在一起，揣进怀里贴身藏好。

等她收好蛰命丹，孟迁又提醒她道："嫂嫂，咱这有五颗蛰命丹的事，可万莫让那赵娘子知晓了。她那病啊，与晓莲差不多，让她知晓了恐会生出事端。"

杜秀娘闻言皱了皱眉："赵娘子与那褚都知交好，多少药没有啊，又怎会惦记咱这几颗药？"

孟迁闻言一阵语塞，不由有些后悔刚刚嘴快了，他脑子一转又解释道："你想啊，褚都知生得那般貌美，这赵娘子比她更美些，还那般聪慧，都知能是真心和她交朋友？就像咱巷口那祝二娘，不就是见不得嫂嫂你生得比她美，还比她聪明，才时常诋毁嫂嫂你吗？"

"休要胡言！"听了他这么一通胡言，杜秀娘俏脸微微一红，随后强作恼怒地狠狠瞪了他一眼道，"褚都知对咱家有大恩，再让我听到你在背后编排她，我便叫你好看。"

"是，是我胡言了，嫂嫂莫怪，嫂嫂莫怪。"孟迁清楚这算是把话题彻底岔开了，也说服了杜秀娘隐瞒蛰命丹的消息，心头暗松了口气，赶紧赔着笑脸跟杜秀娘赔不是。

听到这些，门外的赵晗脸色也是变了又变。她没再听下去，转回头悄声走远了些，随即又故意弄出了些声响。

听到门外的声音，孟迁浑身一僵，不再言语。杜秀娘同样一惊，毕竟是待在人家家中，若是让人听到孟迁之前编排赵晗与褚三娘的话，那可就别说有多尴尬了。

没多会儿，有脚步声停在了厢房前："孟英雄、杜姐姐，奴家可方便进来？"

杜秀娘一听是赵晗的声音，连忙快步去往门口开门。

"赵娘子，您怎么来了？竹姐儿呢？"见着站在门处的赵晗，杜秀娘连忙迎上去搀扶。

"竹儿有些事出门了。如今，孟英雄来了，我这个做主家的怎么也得来瞧瞧才是。"赵晗没有拒绝杜秀娘的搀扶，说着话两人进到厢房，见着孟迁，她微微欠身一福道，"孟英雄，招呼不周，莫要见怪。"

孟迁赶紧回了一礼："赵娘子哪里的话，我家嫂嫂、妹子蒙您照顾，实在感激不尽。日后若有机会，我定会竭力报答赵娘子您这番恩德。"

赵晗的笑意中带着三分轻蔑，故意道："孟英雄客气了，也亏得杜姐姐和晓莲妹子来了，不然奴家还不知公孙道长那儿有能治奴家病的药，说起来倒是该奴家多谢孟英雄和杜姐姐才是。"

杜秀娘一听药的出处与孟迁所说的不一样，立刻扭头看向孟迁，孟迁只能装作没看见，抓起桌上的茶杯给赵晗倒了杯水，借此来避开自家嫂嫂的目光。

谁知，杜秀娘突然开口道："妾身想求赵娘子一事。"

赵晗笑了笑道："杜姐姐莫说什么求不求的，若有小妹能帮得上的，自会全力相助。"

赵晗答应的爽快，杜秀娘闻言连忙跪倒在地道："多谢赵娘子。赵娘子与褚都知交好，不知可否请赵娘子与褚都知求个情，放过我家二叔，两位的大恩大德妾身没齿难忘，日后做牛做马报答二位恩德。"

说着，她眼泪就已经流了下来。

"嫂嫂，你这是作甚，快些起来。"孟迁见状便知道他之前撒的谎，压根没骗到他这个聪慧的嫂嫂，心中既感动又苦涩，眼眶也为之一热，连忙上前跪倒在杜秀娘面前，托着她的手要将她搀起来。

杜秀娘哭着对他说道："二十两金子，做什么行当能两日赚到这么多银钱，只怕是你的卖命钱！我不要这些金子，只要你好好的。不然我如何对得起你过世的兄长。"

孟迁一阵语塞。

赵晗看着眼前这对叔嫂，脸上表情变得无比复杂。

她虽是出身富贵，但父亲早逝，二叔赵明诚罢官之后，为避蔡京打压归乡避祸，只留她一个孤女住在东京。早些年赵明诚夫妇还偶尔来看她，可是之后夫妇俩诞下子嗣，她这边就再无人问津了。这些年，她何曾感受过这等一心想着对方的无私亲情？一时间一股难以抑制的羡慕之情充斥她的心中。

压下心中翻滚的情绪，赵晗起身将杜秀娘拉起来："杜姐姐，你先起来，此事我能帮你……"

她话还没说完，孟迁就直接打断她："多谢赵娘子美意，孟某感激不尽，只是孟某走不得！"

原本赵晗来此是为了查探一下孟晓莲的身体情况，此刻看着孟迁脸上坚决的表情，只觉心中一阵索然，无心再去做这些了，顿了顿之后微微点头道："孟英雄，此事你与杜姐姐好好商量吧。若要奴家相助，只管来寻我便是。"

说罢，赵晗便迈步离开厢房，孟迁二人赶紧起身相送。

"嫂嫂，你可知我已无退路，只能放手一搏才有生路。"送走赵晗，叔嫂二人回转厢房，孟迁苦笑一声，从怀里摸出之前时头领带回来的画影图形……

好容易安抚好杜秀娘，孟迁离开厢房。他深吸了一口气压下心中沉郁，这时一阵哀怨的琴音自赵府后宅遥遥传来。

能在后宅操琴的，也只能是赵晗了，孟迁便顺着琴音寻了过去。

一路穿过后宅如意门，便见着了在后园水池凉亭中操琴的赵晗。孟迁放轻脚步去到凉亭前，并没有进去，而是在庭外驻足静听。

琴曲最后一个音符落下，赵晗抬起头来对孟迁笑道："孟英雄请进来坐吧。"

孟迁拱手致谢，随后才进入凉亭坐下："不想赵娘子不但人美，所奏音律半点都不输西楼那位李娘子。"

"奴家这粗浅技艺，可不敢与李娘子比。"赵晗浅笑着自谦一句，接着又道，"奴家对李娘子也是慕名许久，只是一直无缘相见，不比孟英雄有福气聆听李娘子所奏仙音。"

现今的李师师可不比往日，得了官家宠爱，除了在宫中没有名位外，身份尊贵不比当朝皇后差，可不是谁想见就能见着的。她说这话，不过是对之前孟迁背后编排的小小报复，讽刺他说大话罢了。

"娘子太高看孟某了，我不过是街头一闲汉，昔日能有幸听到李娘子所奏琴音，也只是受雇于胡商有幸隔楼听到一曲罢了。"

赵晗低估了孟迁的脸皮，这点讽刺对他来说毫无作用，心知赵晗应该知晓自身底细，他很是坦然地道，"娘子也莫要再叫我英雄了，我不过一市井闲汉，可配不得英雄的名号。我家在家行二，娘子不嫌弃的话，唤我一声孟二便好。"

"孟英雄何须自谦？为家人甘冒奇险，怎当不得英雄二字？晓莲妹子能有孟英雄这等兄长，真是不知是多少世修来的福气。"赵晗笑着反驳，只是笑容透着一股浓浓的落寞。她之前就已从褚三娘嘴里了解过孟迁的底细，以她的聪慧又怎看不透孟迁这种种作为背后的缘由？

赵晗的赞许让孟迁心中一定。他此来的目的是想尝试能否交好赵晗，为杜秀娘她们求得其庇护，如若赵晗愿庇护杜秀娘她们，那明晚就算褚三娘一定要他同登樊楼，他也能放手一搏了。如今，赵晗既表达了赞许，那便意味着心中对他是有几分好感的，如此要与她交好可就容易多了。

只是转眼他便瞥见赵晗脸上的落寞之色。美人落寞，是个正常的男人很难不被动容，孟迁也是如此，见着她这副模样，心头不免泛起一丝怜惜，正当他想着如何宽她心的时候，瞥到了瑶琴旁放着的一本书，当即一愣。

第四十七章　无心插柳柳成荫

书本正面是用波斯文书写的书名，波斯文孟迁认识得不多，但这几个波斯文正巧是他认识的，昔日他与胡商做买卖，一名胡商便拿此书给他传过教。

这本书的名字叫《彻尽万法根源智经》，正是摩尼反教的根本典籍，也是朝廷定性的反书，若是被朝廷搜到私自收藏，那可是要命的罪过。赵晗不但私藏着反书，竟还堂而皇之地摆了出来。孟迁心头猛转，遂做出一个摩尼教信徒见面的礼节，对赵晗深深一礼道："原来娘子是教中姊妹，幸会幸会。"

都说说书先生的肚子是杂货铺，什么都懂一些，这话放在孟迁身上也一样适用。常年混迹市井，他见过的牛鬼蛇神不计其数，其中便有南方摩尼教的信徒，这礼节学得也是像模像样的。

赵晗先是被他突如其来的举动吓了一跳，一头雾水地看了孟迁好一会儿，眼睛瞥到了桌上放着的《彻尽万法根源智经》，才明白过来是怎么回事。这是之前褚三娘让她帮忙破译了密信后，她找出来的旧书，今日又重新拿来翻看参详，不想竟让孟迁误会了。她明白过来后，一双眼睛瞬间充满了笑意，继而忍不住"咯咯"笑了起来。

这下反倒是保持着行礼姿势的孟迁摸不着头脑了，抬起头来有些茫然地看着捂着嘴笑个不停的赵晗，好一会才回过味来，莫不是他弄错了吧？只是这会儿他也不知该如何收场了，一时间脸上挂满尴尬之色。

"咳咳……"

原本已经快止住笑的赵晗，看到孟迁的表情，又再次笑开来，却因为笑得过于剧烈，突然岔了气，脸色瞬间一白撕心裂肺地咳嗽了起来，身子也因这撕心裂肺的咳嗽摇摇欲坠。

"赵娘子你怎么了？"孟迁见状也顾不得思量许多，连忙上前去伸手搀扶住她，另一只手则在她后背上有规律的拍动。赵晗的病症与孟晓莲相似，孟迁多年照顾妹妹，对应对这等情况并不陌生，在他的轻拍下，赵晗很快就顺过气来，只是因为刚才的咳嗽过于剧烈，脸色依旧苍白。

赵晗缓过气来后，便发现自己正靠在孟迁身上，感受到身侧来自孟迁体温，她的脸不由一热，连忙直起身来脱开与孟迁的接触，但以她的力量，可没法从孟迁手中抽回手来，只得含羞对孟迁道："多谢孟英雄，奴家已无事了。"

孟迁闻言连忙放开手，并退开几步致歉道："是我失礼了，赵娘子勿怪。"

之前急于施救，孟迁没心思理会旁的，这会儿哪怕是退开了两步，他鼻间仍能闻到来自赵晗身上的一丝幽香，一时间心思难免有些浮动。

"怎么会呢，是奴家该谢孟英雄才是。"感觉到脸上热潮退去，赵晗才抬起头来，只是看到孟迁的脸，赵晗忽感心中有些慌乱，连忙偏开目光不去看孟迁。便是再聪慧，她也只是个年不及桃李的女子，甫与一男子如此亲近接触，实不知该如何应对。

孟迁怎会看不出赵晗这小女子羞态。以他混迹市井多年的经验，女子露出如此羞态，不能说便是一定动了心，但至少并不讨厌他，这个信息对他来说可太重要了。

他略做思量，开口道："这里风寒大，赵娘子不若早些回房歇着。"

孟迁只是表以关心罢了，却不想赵晗闻言眼神微微一冷，脸上笑容瞬间变得淡漠了许多："多谢孟英雄关心，整日憋在屋里，反倒难受。孟英雄若是有事，只管自去便是，奴家已知晓孟英雄的来意，力所能及之处，奴家自会照应好杜家姐姐她们。"

被她一语戳破来意，孟迁稍稍一愣，眼中浮现一丝骇异，但很快镇定下来。

"我能有什么事，只是担心赵娘子受不得这风寒罢了。赵娘子若不想回去，我就在这陪娘子说说话吧，便是真有不适，我也知晓些缓解的法子。"

"平日里就少有人陪奴家说话，孟英雄愿留下陪奴家说说话，奴家自然是个高兴的。"

见他这般说，赵晗眼中的冷色迅速淡去，目光扫过桌上经书，便拿起那本《彻尽万法根源智经》问道，"孟英雄也识得波斯文？"

"娘子可高看我，我能识得此书，不过是迫于生计罢了。往来东京城的胡商出手最为阔绰，又多有信教，若是不懂得各家的忌讳，得罪了那些豪客，我的生计不就断了么？"孟迁也有过与博学之人打交道的经历，知道跟赵晗这样冰雪的人打交道最忌胡吹大气不懂装懂，遂干脆直言不讳，"要说能识得此书，乃是昔日一胡商欲传教于某，这才学了些皮毛，可不敢在赵娘子面前说识得波斯文。"

赵晗见他这么说，便也没再将话题放在这经书上："孟英雄见过不少胡商，可否与奴家说说那些外域的趣事。"

"好啊。不知娘子你可听说过鬼奴？这鬼奴浑身漆黑，入水可不瞑目，触摸海底泥沙，便可知身处何处……"这可算是说到了孟迁的得意处，当即滔滔不绝地说了起来。

经孟迁加工之后的那些外域之事，远不是书本上记载的那般枯燥内容，再加上他本就口才了得，听得赵晗兴致益然，时不时还被他所说内容逗得咯咯直笑。

"再远些便是那层拔，据说满地异兽，一物形似獐鹿，脖颈却有数丈长……"

这一聊得兴，时间过得很快，孟迁说的是口干舌燥，抓起一旁放在火炉上煎煮着茶水的茶铫，又拿起桌上的青色斗笠盏，倒了一盏茶汤，三两口将茶汤吃下，既解了渴又饱了腹，这才满意地哈出一口热气道："娘子好手艺。"

赵晗扫了一眼他手中拿着的盏，脸上稍稍一红。

正当这时，一个穿着青绿袄裙，容貌颇为清秀的女子穿过月亮门，快步来到凉亭前，见着孟迁她脸色就不甚好看了，再看到孟迁竟用赵晗最喜爱的天青盏喝茶，她眉头更是紧皱，眼中透出浓浓的敌意。

接着她瞥了一眼赵晗，见赵晗只是淡淡地看着她，这才压下心中情绪，冲赵晗一福："娘子，奴婢回来了。"

这名女子便是赵晗派去褚家查探的贴身丫鬟竹儿。

见竹儿回来，赵晗笑着对孟迁说道："孟英雄，时辰也不早了，且先回去歇息，迟些再请孟英雄与奴家说说这些外域趣事。竹儿，替我送送孟郎君。"

"孟某随时恭候。"孟迁起身拱手告辞，转过头来又对竹儿拱了拱手。竹儿本是不情愿的，但赵晗发了话，她也只得不甘不愿地冲孟迁一福，将他送出后园。

送走孟迁，竹儿快步回到凉亭，低眉顺目地轻声对赵晗道："娘子，这人是谁？您怎可在后宅与男子相会，这若是让外人知晓了，咱赵家脸面何在，大官人又如何与王相爷父子交代啊！"

听到这话，赵晗脸色骤然一冷，扭头淡淡地瞥了竹儿一眼道："你不说，谁人会知晓？"

"奴婢自是不会说的。"竹儿闻言身体顿时微微一颤，眼中顿时满布畏惧之色。

赵晗这才移开目光问道："褚家情形如何？"

竹儿赶紧答道："奴婢见褚夫人时，屏风后便躲着人，怕是家中已是伏满了刀斧手。"

两人正说着，褚三娘走进了后院月亮门，见着竹儿，她脸上顿时泛起喜色，连忙快步近前来问道："竹儿，我家情形如何了？"

见是褚三娘来了，竹儿脸上又泛起一丝无奈，她虽不知褚三娘是犯了什么事，但敢对褚家这等勋臣之家动手的，还能是易于的角色？她不希望赵晗卷入这等漩涡中。只是她深知赵晗与褚三娘的关系，只得矮身冲褚三娘行了一礼，接着她又将之前与赵晗说的话，又说给了褚三娘听。

褚三娘听完脸色变得难看，赵晗冲竹儿摆了摆手："你先下去吧，哺食时，分别送十人和三人的酒菜到后花厅与东厢房。家中皆是我请的贵客，不可有半点怠慢，可明白？"

"是，奴婢明白。"竹儿赶紧行礼应命。

待竹儿走后，赵晗拉着脸色难看的褚三娘去到凉亭内坐下，安慰道："姐姐勿忧，这已是最好对结果了。既是在家中设了伏，那未定罪之前，便不会动伯母他们。我等只消依计行事便是。"

褚三娘点了点头，长吐一口气，振作起精神对赵晗道："妹妹放心，我省得。消息已传给了周家管家周忠。"

"那便好。"说完，赵晗抬头看了一眼天上的日头，"就快到申正了，我等须快些出发才是。"

褚三娘点了点头，起身道："那好，又要劳烦妹子了，姐姐先行一步，我们八仙楼会面。"

第四十八章　八仙楼痛陈厉害

中正，八仙楼。

作为东京七十二正店之一，八仙楼日常都是高朋满座，只是因着今日街面上的骚乱，午后过来消遣的人少了许多，店中无事的伙计便被派到街面上揽客。

一名伙计见到高矮两汉子往店中走，连忙迎上去招呼："二位客爷可有约？"

其中高个汉子开口，却也没有回答伙计的问题，直接道："麒麟阁。"

伙计闻言立刻对二人谄笑行了一礼，而后对店内大声喊道："客爷两位，登二山麒麟阁！"

很快二人就到了二楼的麒麟阁，与之一墙之隔的便是吉祥阁。伙计推开雅阁的门，将他二人引进去，作为正店，雅阁内的装修颇为华美，正当间是一张足可容纳十人的八仙酒桌，四周用珠幔、锦帘隔开了几个空间，这些空间便是给那些歌姬、散耍准备的。

"二位客爷，不知是吃酒还是吃茶，可要下去挑选几个伴当作陪？"进到雅阁，伙计殷勤地招呼二人入座，麻溜地给二人分别倒上一盏水。

他所说的伴当，便是在楼下厅院候着的，等待客人挑选的歌舞姬，说白了便是些风尘女子。只是与那些脚店、拍店不同的是，在八仙楼这等正店，这些风尘女子只陪酒卖艺。

还没等他说完，二人中那高个汉子便很是不耐地挥手打断："莫要啰唆，等人来齐，自会唤你。"

伙计连忙赔着笑脸道："得嘞客爷，小的就在门外候着。"

高个又再次打断他道："我等要说的话，岂是你能听的？滚远些，莫要让爷爷发火。"

"是、是，小的明白，小的明白。"这等嚣张跋扈的客人，伙计可未少见过，哪里敢惹他们，点头应下后连忙退出雅阁。

待伙计离开，这两人迅速交换个眼神，高个一个箭步去到墙边，附耳仔细倾听吉祥阁那头的动静。矮个则在门口倾听门外的动静，一会儿的工夫，他听到门外传来一阵脚步声，脚步声在距离麒麟阁不远处停下，接着便又听到店内伙计的待客声。

又过了一会儿，又是一阵脚步声响起，待脚步声消失，他才缓缓推开雅阁门，探头看向吉祥阁另一侧的雅阁。很快那间雅阁的门也打开，同样一人正探头出来看，两人对上一眼，确认对方是自家同伴，这才纷纷缩回头去。

高个从墙边离开，低声对矮个说道："没动静。"

"看着窗子。"矮个脸色一沉，伸手便从怀中摸出一柄利刃藏于衣袖中，便迈步出门去往吉祥阁方向。

高个也同样从怀里摸出一柄匕首，推开窗户一跃出去，踩着屋檐去往吉祥阁方向。矮个出门的同时，另一边雅阁内的两人也推门出来，同样手藏着利刃。矮个冲那二人点头示意，接着放轻脚步蹭到吉祥阁门口，伸手轻轻一推吉祥阁的门。只是令他没想到的是，这门竟然一推就开了，他当即就地一滚，滚进门去。另两人见他进去了，脸上浮现狠厉之色，也跟着快步冲进吉祥阁。

矮个滚进门去并没遭受攻击，他迅速四下查看，雅阁中空无一人，紧跟他身后冲进雅阁的同伴也是一脸错愕。矮个阴沉着脸站起身来，紧皱眉头仔细查看，很快便看到了八仙桌上架在水壶上的一封信，他快步上前一看，信封上赫然写着"周公亲启"四个大字。

"走!"他遂一把抓过信封揣进怀里，招呼了同伴一声，藏好兵刃，便领着人离开雅阁往楼下去。

"客爷，您这是要走?"一直在楼梯下候着的伙计见状连忙迎上前来。

"滚!"矮个这会儿哪有什么功夫跟他废话，厉吼一声，手臂一挥，将这伙计甩飞，领着人走出八仙楼，一路去到距离八仙楼不远处的一个拐弯巷道里。

巷道内，停着一顶暖轿，轿边站着一名壮汉护卫，这汉子膀大腰圆、下盘沉稳、一双太阳穴高高隆起，顾盼间眼中精光闪现。

"老爷，没见着人，只寻到一封信。"矮个快步去到暖轿前，将拿到的信呈上。

听到矮个的话，暖轿里的人才掀开轿帘来，正是穿着一身便装的周游。

周游阴沉着脸接过信封，取出里面的信件看了看，脸色当即变得更阴沉了几分："好你个褚三娘，你这是要拉着咱家一起死啊！"

言罢，他便怒气冲冲地领着手下护卫去往八仙楼。

亲眼见着周游去往八仙楼，一直隐匿在八仙楼对面巷道内的褚三娘这才抬起头来。她迈步去到巷道内停着的一辆驴车前道："妹子，周游是着便服来的。"

"那便好。姐姐，我们也过去吧。"赵晗掀开车厢门帘，搭着褚三娘伸来的手从车上下来，二人一同去往八仙楼。

她们一路来到吉祥阁门口，之前的矮个四人正在吉祥阁门口守着，显然是已经得了吩咐，见褚三娘二人来了，矮个也没说什么，直接让开雅阁门放她们进去。

推门进去，便见着周游脸色阴沉地坐在八仙桌后等着，之前护卫在暖轿前的壮汉则在其身旁护卫。褚三娘只瞧了壮汉一眼，便知此人是位高手，难怪周游只留他一人在身旁护卫。

"下官见过周公。"

周游丝毫没有理会褚三娘，而是冷眼看着跟褚三娘同来的赵晗。以他的眼力自是看得出赵晗是女扮男装，也很快就猜到了赵晗的身份，他脸上表情顿时缓和了许多，冲赵晗点了点头道："可是，昔日赵相公孙女赵小娘子？"

当朝不比往朝只有宰相可称相公，只消位高权重也会被尊称一声相公。昔日赵晗祖父赵挺之，可是贵为尚书左仆射，自是当得相公之称的。当然，他敬的可不是赵挺之这已死之人，而是赵晗那与李师师为密友的婶婶李清照。她叔父为何重新进入了官家的眼，有了起复之相，还不是那枕边风吹的？

赵晗何等聪明，哪能看不透这些，当即嫣然浅笑对周游行了一礼道："周公明鉴，奴家正是赵晗。昔日，褚姐姐曾多次与奴家说起，周公在皇城司对她多有照拂，奴家与储姐姐情同姐妹，对周公亦是感激万分。本想待明日，我家婶婶伴李娘子回京，再寻机谢过周公，却不想今日便见着了周公。"

赵晗开门见山，言语直白。褚三娘这时候才明白她执意要跟她同来的原因，心中感激异常。

周游闻言神色亦是一振，他自然也听懂了赵晗的意思，只消他肯出手帮褚三娘，赵晗便会在李清照面前帮他说好话，这如何不让他心动。只是之前被褚三娘摆了一道，心中怒火难以宣泄，当下也只是阴沉着脸看了褚三娘一眼后，对赵晗道："二位请坐。"

待二女落座，周游半点没问询褚三娘的意思，只对身后那壮汉说道："丁满，让店家上些酒菜来。"

褚三娘没心情吃东西，正要开口说话，赵晗轻轻拉了拉她的衣角，示意她少安毋躁。

果然，周游这边沉吟了片刻，先说话了："昔日褚义兄弟救驾，顺带救了咱家一命。如今褚义兄弟不在了，咱家也只能把这恩情报答在三娘身上。只是这次的事，咱家也是力有不及，娘子何不明日求李先生出面？"

赵晗闻言暗自冷哼一声，这周游是想借刀杀人，自家不沾半点风险。只是今日他进了这个门，便由不得他了。她遂浅笑着说道："哪还等得明日，怕是周公与褚姐姐都已大劫难逃了。周公不会至今还不知那对头的目的何在吧？"

"小娘子不妨直言。"周游闻言眉头一皱。即便面上不肯承认，心底里他还是自知的，童贯用他，不过是因他懂得逢迎且有忠心罢了，论旁的谋略他可真不行。

赵晗缓缓道："听周公刚才所言，想来您也知道这幕后之人是谁。敢问周公，褚姐姐不过是冰井务里的一个都知，还是女儿身，便是算上褚家，可值得那人谋如此大一局？"

周游眉头微皱，食指轻轻敲击着桌面："这怕是杀鸡用了牛刀。"

"周公明鉴。"赵晗微笑着继续道，"奴家以为，对方此局与其说是要对付褚姐姐，倒不如说是要对付童公。童公执掌内侍省，官家出宫一应事宜俱要通过内侍省安排。若官家出了差池，内侍省是绝迹逃不脱干系的。只是童公如今有平叛大功在身，且不在京中，官家出事他最多得个驭下不严之责，功过相抵也不过如此。这最后的刀子，除了落在褚姐姐身上，怕是也只能由内侍省的副都知，如今尚在京城坐镇的周公您受着了。"

第四十九章　刀未现怎知反心

周游的眉心微微抖动，显然是将赵晗的话听进去了。

只是他没有说话，手指依旧一下一下地敲打着桌面。整个吉祥阁只剩下墙角沙漏传来窸窸窣窣的落沙声。赵晗也不急，端起茶盏抿了一口，她要给周游时间，等他自己回过味来。

半晌，周游敲击的手指终于停了下来，他抬眼问道："褚都知被栽赃的是何罪名？"

"勾结方腊反贼意图对官家不轨。"赵晗道，"今日抓褚姐姐的，是探事司下二指挥崔宏。不知周公可识得？"

"好个崔宏！"周游听了这话，手掌猛地拍在了桌上。

赵晗说的话，他当然不全信，之后也自会找人探查。但看赵晗这言之凿凿的模样，恐怕真不是在虚言恫吓。

好一会儿他才深吸一口气，面上恢复如常："小娘子说得有理，咱家原也是听到些风声，想给褚都知提个醒。却没想到，那头倒是把咱家给算得死死的，小娘子既已看得如此透彻，应该胸中也有了破局之法，还请小娘子赐教。"

听到这话，褚三娘心中大松了一口气，异常感激地看了赵晗一眼。

赵晗脸上表情也明显放轻松了一些，开口道："童公那对头权势熏天，天底下能收拾他的，怕是也只有官家了。"

"官家？"周游的面色露出一丝轻蔑的神色，"小娘子可是想要咱家带褚都知面圣？小娘子若手里有足够的证据，咱家倒是能舍得一身剐，但若没有，便莫要开尊口了。"

赵晗自然明白他的意思："证据倒是有，只是得请周公帮手才能得到。"

周游不解道："哦？这是何意？"

赵晗道："奴家识得一笔墨高手，模仿他人笔迹可谓惟妙惟肖，只消周公帮手取来一份那人的手书，该有的证据便就有了。"

周游这才明白她的意思，他倒是没想到这看着柔柔弱弱一女子出手便是栽赃嫁祸，不过，倒也不全是嫁祸。

思及此，周游的面色缓和了下来："不知小娘子准备为那人罗织何等样的罪名？"

"周公以为，谋反如何？"赵晗笑道。

周游眉心跳动，心底暗骂，"谋反"两个字也是这般随意可以说出口的吗？还好这周围都是他的人。

暗自平复了心情，周游自然也不肯露怯："这罪名自是好的，但若要说那人勾结方腊作反，莫说是官家，便是咱家也是不信的。"

"周公想岔了，那人谋反，为何定要是与方腊勾连？"赵晗柔柔一笑，故意停顿了一下才道，"周公觉得太子殿下如何？"

"什么？！"周游一听顿时大惊失色，差点没从椅子上弹起来。

莫说是他，一旁听着的褚三娘、丁满二人也是闻言脸色惊变。

赵晗不想耽搁时间，继续说道："周公可记得昔日郓王最为得宠，有意夺太子位，却最终败下阵来。这其中可少不得那人的功劳。"

她的话点到即止，周游也不是全没脑子，自然想得明白她所说之意。

昔日官家宠爱郓王，若非梁师成竭力维护太子，如今坐在那位置上的怕已经是郓王了。现在官家对梁师成有了隔阂，恩宠不似从前。可若是官家遇刺身亡，太子登基，有昔日这情分在，梁师成的地位还有谁能动摇？

想明白了这点，周游哪还敢有半点小看赵晗，很是忌惮地看着赵晗说道："小娘子，你的胆子实在太大了。若是这般做，太子殿下都会跟着遭祸啊！"

"周公大可放心，今时不比往日，太子殿下地位已无法动摇，便是官家要动太子，群臣也不会同意。"赵晗解释道，"太子不可动，周公你觉得官家的怒气会发泄到谁身上？"

"娘子大才。"周游秒懂，起身郑重地冲赵晗深深一揖，"敢问娘子，咱家该如何行事？"

赵晗起身让过这礼，道："若要行此事，周公先得寻来一份那人的手书。"

周游点点头道："自当如此，迟些咱家便寻一份送给娘子。只是手书好寻，私章怕是不好弄。"

赵晗笑道："周公写这等谋反密信，可会用上私章？"

周游恍然："娘子说的是。事不宜迟，咱家现在便回去着手安排，待书信写好，咱家夜间便带褚都知面圣申冤。"周游干笑着又冲赵晗一揖，接着满脸堆笑地对褚三娘说道："咱家记得褚家有一面御赐金牌，届时褚都知莫要忘了带上。"

"周公且慢。"听他这么一说，赵晗阻止道，"今夜入宫怕是不妥，不妨等明日再面见官家，否则，刀未现怎知反心，又何来的奇功？"

周游闻言先是一愣，而后脸上浮现难以抑制的喜色："一切都听娘子的安排。"

酉时二刻。

天色已然昏暗了下来，饶是白日里城中骚乱四起，入夜的东京城里依旧是灯火辉煌，城中更是早早点亮了节庆彩灯，开始为明日的佳节预热。

褚三娘与公孙道人一行借着夜色的掩护离开了赵府。他们夜间还有事要做，孟迁在这事上帮不上忙，褚三娘便连知会都没知会他一声。当然孟迁也乐得不参与。因为他有更重要的事要忙，傍晚的时候孟晓莲清醒了过来，吃过哺食，孟迁将又困倦睡去的孟晓莲抱上床，看着脸色比往日好看许多的孟晓莲，孟迁脸上不由自主地浮现欣慰的笑容。

给孟晓莲掖好被子，又安慰了杜秀娘几句，孟迁这才起身离开。

出得门来，他深吸了一口外间冰冷的空气，转头却见朱自通不知何时已经来了院里，坐在院中槐树下的石桌前，独自喝着闷酒。

"老丈，您来了，怎不叫我一声？"

朱自通抓起酒缸给孟迁倒上一杯道："来，孟小哥，陪我喝几杯。"

孟迁这会儿心头也是憋闷得很，正想喝上那么几杯消愁，便迈步过去朱自通对面坐下，端起酒碗对朱自通一敬，便"咕咚咕咚"猛灌起来。两人都是心头有事，默然无话就这么杯来盏去地喝着，很快就都有了几分酒意。

孟迁心思玲珑，自是知道朱自通最大的心病在哪儿，又喝下一碗酒后，哈着酒气问朱自通道："老丈，你莫不……是真把褚都知当自家女儿了吧？"

朱自通长叹了一声，放下酒碗道："嗨，她的模样是真像娇娘啊。算起来，兰儿如今也该是她这般年岁了……"

孟迁想要劝解，在他看来，褚三娘勋臣权贵之后，朱自通只是一江湖草莽，她与朱自通的女儿除了年龄相仿外，根本不是一条道上的，朱自通真把爱女之心放在褚三娘身上，日后怕是少不得心伤。可还不等他开口，朱自通就直接打断了他的话。

"嗨，莫说这些了，再来。"孟迁苦笑着摇了摇头，端起酒碗与他又干了一碗，知道朱自通不想听他劝解，他便转换话题道，"老丈，人有相似，实在做不得准。你可还有甚旁的特征？"

听他这么一问，朱自通拿酒碗的手一顿，紧皱眉头犹豫了好一会儿才用手比画了一下大小道："兰儿身上有一块黑色的梅花胎记。"

朱自通没有说出胎记的位置，只因那位置过于私密，确实不好在外男面前多言。

谁知，孟迁闻言却是一愣，努力回想了一会儿，小心地问道："老丈，那胎记可是在后腰……左，左下侧？"

朱自通浑身一激灵，蓦地想起白日里孟迁曾替褚三娘疗过伤。他激动地双手抓住了孟迁的臂膀，眼睛直盯着孟迁，重重地点了点头。

"那你可想清楚了，那胎记是黑色还是青色？"孟迁又问。

今日，他确实在褚三娘那雪白的臀上见到一块胎记，形状也确实有些像梅花。作为一个男人，要让他忘记这一幕可不容易。只是那胎记的颜色是青色，而非黑色。

朱自通握住孟迁双臂的手加重了力道，道："黑色的，是黑色的。你，你可是见着了？"

"哎哟！老丈，你小些力，我这手都快被你掐断了！"孟迁被他掐得一阵龇牙咧嘴。

朱自通见他疼得厉害，连忙松开手，只是一双眼睛还是死死地盯着他，等着他的回复。

"老丈，我与你说的，你可万不能跟褚都知说啊，不然她真会要了我的命！"孟迁甩了甩手，缓解了一下双臂上的痛楚，这才苦着脸说道，"褚都知后腰左下的位置上是有一块胎记，那形状么，倒也有些像梅花形，但那胎记不是黑色，而是青色的。"

"青色？青色……"朱自通喃喃了半晌，问道，"何谓青色？"

"这便是青色。"孟迁想了想，从怀里摸出自家的钱袋，他的钱袋所用的布料正是青色的。

朱自通凝目仔细看了一会，迟疑地开口道："此乃黑色。"

孟迁眼珠一转，算是把事情给捋清了，恍然道："老丈，你莫不是分不清青色与黑色？"

朱自通此刻也意识到了问题所在，激动得不停喃喃自语："青色，黑色，青色，黑色！哈哈哈哈，她真是兰儿，她真是兰儿！哈哈哈哈……"

猛然间又放声狂笑起来，笑的同时两抹眼泪也从眼眶中流出，随后他一把抓起石桌上的酒坛，就这么狂笑着大步离开。

"哎，老丈，老丈，你先莫走啊，你可万不能说是我说的啊！"见他离开，孟迁连忙追上去，边追边叫着，只是朱自通此时对他哪还有半点理会。

第五十章　京中相府阎王殿

眼见朱自通没准备理会自己，孟迁只能作罢，正当他要回院的时候，一个俏丽的身影打着灯笼从远处过来，见着他，来人便大声叫道："那汉子，莫走。"

听到这招呼声，孟迁脸色不由一沉，汉子可是对男子的蔑称，放在瓦子里，为这称呼打起来都不奇怪。喊话的是人谁，孟迁倒也听出来了，正是下午见过的那个叫竹儿的丫鬟。

孟迁虽跟这个竹儿才有一面之缘，但他还是能看出些东西的，比如赵晗与这竹儿主仆关系不太融洽。既如此他哪会跟这竹儿客气，嘿嘿一笑就快步迎了过去，去到竹儿的前面作了个揖道："哎呀，我道是谁，原是竹妈妈呀，不知竹妈妈寻某何事？"

"你……你！"竹儿一听这话，当即气得脸涨了个通红，指着孟迁半天都说不出话来。

妈妈这称呼是对上了年纪的女人的一种尊称，她的岁数确实比赵晗大，这几年也自觉有色衰之兆，孟迁的这声"妈妈"可真是戳到了她的七寸，比任何辱骂都更为诛心。

孟迁见此心头一阵得意，论斗嘴，这娘们还能跟他这个市井打混的人比？

"你与我来，我家娘子要见你。"眼见孟迁那满脸堆笑的惫懒模样，竹儿怒哼一声强压怒气转身就走。若非是赵晗令她前来，她看都不想多看孟迁一眼。

看着竹儿气急败坏的样子，孟迁满意地迈步跟上。

走了一段，竹儿突然停下了步子，头也不回地冷声对后面孟迁道："你这泼皮，给我记好了，我们家娘子是尚书左仆射之孙、王相爷儿媳，一会儿见着我们家娘子，你规矩点，若敢有半点冒犯，仔细你的狗命。"

孟迁本想回怼她两句，但听到她话的内容，便也没心思去跟她斗嘴了，问道："王相爷儿媳，你说的是朝廷的王相公？"

竹儿以为他怕了，嘴角勾起一丝轻蔑的笑容："正是。"

得到了肯定的答复，孟迁微微皱起了眉头，道："真没想到，还有人把自家闺女往阎王殿里送的。"

竹儿闻言，脸上的笑容瞬时一僵，她哪会不知晓孟迁为何这般说。

前两年，东京城发生过一桩案子。一家人拦御驾喊冤，称其女被王黼王相公的小儿子强抢回府，之后便再不知所踪，疑是被王衙内害死。这桩案子最后虽被王黼以权势压了下去，但许多与这家闺女类似的案子也因此爆发出来，在城中搅起了好长一段时间的风波，城中女子俱是谈"王"色变，私下里都称王家为"阎王殿"，以此表达对王家的不满和愤怒。

竹儿憋闷了好一会儿才冷哼辩解："此案开封府早已查明，乃是蓄意攀诬，再敢胡说，便揪你去见官。"

见她还在强词袒护王家，孟迁自不愿再与她多说什么，心中对赵晗日后的遭遇，不免暗生几分怜惜和担忧。

一路无言，很快孟迁就在竹儿的指引下，来到了赵府的茶厅。

赵晗此时正在茶厅里坐着，身前的茶桌上摆满了各类茶具。

"娘子，奴婢把孟郎君请来了。"知道赵晗不喜自家对孟迁无礼，到这儿竹儿对孟迁的称呼客气了许多。

见着孟迁来，赵晗起身盈盈下拜笑道："午间仓促，煎茶只为自饮，却是怠慢了孟英雄，午后奴家又诸事缠身，到夜间才得空搅扰，望孟英雄勿怪。"

"赵娘子客气了。赵娘子看得起我这粗人，我高兴还来不及，怎能说是搅扰？"孟迁赶紧作揖回礼，寒暄过后，两人分开坐于茶桌两旁边。

"孟英雄稍坐，且试试奴家的茶艺。"坐下后，赵晗浅笑着招呼了孟迁一声，便开始煮水准备。

不比下午的煎茶，此时茶桌上放着的银质茶碾、执壶、茶筅等物。只见赵晗先是将执壶置于炭炉上煮水，随后取出茶叶放入茶碾研磨成粉。在这安静的环境中，看着赵晗这等美人研茶，耳边响着茶叶破碎那细微的沙沙声响，孟迁只觉心头有一种说不出的放松和安宁感。

一会的功夫，赵晗便研磨好了茶粉，抬头间便碰触到孟迁看着自己，脸微微一红。

正当这时，放在炭炉上的执壶内发出水沸声，赵晗一听这声响，便知水已经煮到了二沸，正是点茶的最佳时候，连忙将执壶取下，又将研磨好的茶粉扫入茶盏中，这才开始注水调茶，这一步便叫点茶。经过七次注水点茶，在赵晗手中茶筅的搅拌击打下，茶末已然与水交融，茶水表面被雪沫乳花所覆盖，乳沫紧贴盏壁不露半点茶水，这等状况便叫咬盏，到此时茶便已点好。

赵晗用茶匙将茶水分好，冲孟迁比了个请的手势："孟英雄请。"

"多谢赵娘子。"

孟迁拱手谢过，接着端起放在自己眼前那盏天青盏仔细闻了闻茶香后，轻抿入口。

少顷，他睁开双眼赞道，"好茶，好技艺，敢问娘子，可是用的昔日苏才翁斗茶之法？"

赵晗闻言，俏目微微一亮，语带惊喜地对孟迁道："孟英雄也知昔日才翁先生与君谟先生的典故？"

孟迁谦笑着答道："我曾听过这传闻，吃赵娘子这茶，茶香中带着竹香，可不正合这传闻么？"

他二人所说的典故，讲的是宋初文坛大家蔡君谟与苏才翁二人斗茶，前几回合双方难分胜负，直到最后一回合，苏才翁将泉水用翠竹浸沥过，再煮来点茶，因此茶香中带有几分竹香，这才胜出。

"奴家确是借才翁先生之法，以竹沥水点的茶。"赵晗脸上笑意盈盈，她又问道，"孟英雄谈吐见闻不俗，为何不曾想考个功名？"

孟迁闻言脸上表情略微一僵，而后心头苦笑，暗道这赵晗到底是富贵人家的小娘子，哪知民间的疾苦。如今这世道，奸佞横行，朝中上下无一不贪，无足够的银钱或靠山又或逆天的机遇，他这等穷苦子弟连个童生试都过不了，又何谈什么功名？

眼见孟迁这模样，赵晗便知自己说错了话，一时间不知该如何继续。她看了一眼边上的炭炉，遂紧了紧身上的裘衣，对立在一旁竹儿道："竹儿，再去取些炉炭火来。"

竹儿看了一眼孟迁，又看向赵晗，明显是一副不想留二人单独相处的模样。赵晗这头正有些尴尬，谁承想竹儿还不听吩咐，不由得皱起了眉头。

见赵晗微怒，竹儿无法，只能应了声，快步出门去取火炭。

竹儿离开，孟迁回头看了一眼门外，犹豫了一下才试探地问道："赵娘子，这竹儿……"

赵晗自知刚才主仆二人的举动瞒不过孟迁，便直言道："竹儿是叔父留下来照顾奴家的，若是之前她对孟英雄有所不敬，还请孟英雄见谅。"

孟迁这才明白，原来竹儿是赵明诚的人，照顾赵晗是真，但恐也有监管之意在。再想到赵明诚还有意将赵晗嫁去王府，孟迁心中不免对赵晗起了一丝怜悯，赵府的小娘子纵然富贵又如何，还不是身不由己。

思及此，孟迁端起茶盏，一口将快要冷了的茶水喝下，边喝边斟酌，好一会才缓缓开口道："赵娘子，有些话某本不该说，但却又不吐不快。"

看他这一脸纠结的模样，赵晗好奇地笑道："孟英雄有话只管直说便是。"

孟迁又是一阵犹豫，才小心着措辞开口道："赵娘子可知那王衙内是何等样人？"

听他说起的是这事，赵晗脸上的笑靥瞬间淡去："自然是知道的。只是，父母之命，媒妁之言，又岂是奴家一弱女子能决定的？"

看着她这副模样，孟迁心头不由得一热，脱口而出："赵娘子，若真有心相拒，也不是没有法子。"

第五十一章　妒恨噬心意难平

赵晗有些诧异地抬头看向孟迁，目光在他的脸上停了片刻，才开口问："孟英雄若有良策，还请不吝赐教。"

原本话出口，迟迟不见赵晗有反应，孟迁就有些后悔了，才要开口缓解尴尬，就听到了赵晗的问话，也不知是不是之前的酒劲上来了，只觉脑袋一阵昏沉，直言答道："我知晓个法子，能让人看着像是染了天花。"

赵晗听完他的话，稍稍一愣。

"当然只是看起来像，过阵子便好了。"孟迁连忙补充道。

不得不说他这个主意很绝，染上了天花这等传染性极强的绝症，王家便是有十个胆子也不可能迎娶她了，但这么做的后果也是极为严重，往后知情人都会畏她若蛇蝎，恐再无哪家敢来向她求亲。

对此后果赵晗倒是不在乎，但天花病发那浑身脓疮的丑陋模样，却是她不能接受的。更何况，她自己早已安排好了脱身的法子。

赵晗久久不说话，孟迁看着她的双眼变得浑浑噩噩了起来。看着傻了一般的孟迁，赵晗脸上露出一丝满意的笑容，口中语调一变，用一种颇为怪异的语调说道："孟英雄，你到底是何身份？"

听到问话，孟迁脸色浑噩地迟缓答道："我叫孟迁，是东京人，家住在安仁坊，平日里在瓦子里揽客维生。"

"你与梁山有何牵连？"

"梁山那帮贼厮，若不是他们，我孟家怎会遭此波折？"说到梁山，孟迁立刻有了情绪变化。

赵晗见孟迁情绪变化剧烈，连忙闭口不再发问。片刻后，孟迁的情绪稳定下来，表情重归浑噩，嘴里却呢喃着："可他们能帮我救晓莲，我把命卖给他们倒也不亏。"

孟迁的话让赵晗微微皱起了眉头："你……真能为你家妹子舍了性命?"

孟迁缓缓答道："能。"

听到答案，赵晗脸色变得有些古怪，接着又问："为何?"

孟迁思索了片刻，脸上露出一抹憨笑："那是我的妹子。"

听了这话，赵晗只觉得莫名有一股怒火充盈胸口，双手不自觉地攥成了拳，指甲深入肉中都不自知。

好一会儿，远远听到院墙外打更的声音，她才长吐一口气，脸上表情缓缓平复下来，随后伸手盖上桌上熏香炉的炉盖，再次用之前那怪异的语调对孟迁说道："你累了，睡一会儿便能醒了。"

孟迁闻言，木讷地点了点头，之后就缓缓地趴倒在茶桌上。

稍过了一会儿，赵晗开口唤道："孟英雄，你可还好?"

她连唤几声，孟迁这才缓缓清醒过来，甫一清醒，便感觉到脑袋昏沉胀痛，晃了晃昏沉的脑袋后，这才皱着眉头问道："赵娘子，我这是怎么了?"

"孟英雄应是累了，刚说着话你突然趴下睡去，可真是吓着奴家了。"

孟迁脑海中丝毫没有刚才的记忆，只当是酒喝多了，连带尴尬地对赵晗道："嗨，应是适才与朱老丈喝酒喝得多了些，让赵娘子见笑了。"

"无事便好。孟英雄既然困了，便先回房歇着吧。"

恰巧此时竹儿正捧着一炉炭炉回来，赵晗便唤道："竹儿，代我送孟英雄回房。"

"是。"竹儿连忙欠身应诺。

"就不用劳烦了，我自己回去便是。"脑中实在昏沉，孟迁也只能起身告辞。

"孟郎君，你慢着些，莫要摔了。"赵晗的吩咐，竹儿虽不愿却也不敢怠慢，快步跟了上去。

待两人离去，赵晗迅速收起了满脸的笑意起身准备回房，只是才刚起身，她脸色骤然一白，身体摇摇晃晃地瘫坐回椅上，好半天都不能动弹。

"这该死的身子，不过是施了个拂菻迷魂术，便这般不堪用。"

过了好一会，赵晗才缓过劲来，感受到身体的虚弱，她的脸上瞬间满布狂怒之色，手往桌上用力一扫，桌上茶具香炉全部摔落在地，顿时响起阵阵刺耳的破碎声响。

赵晗扑倒在茶桌上，掩面痛哭："区区一氓隶贱婢，为何便能活，我却要去死？为何你有家人怜爱，甚至不惜为你赴死，而我却形单影只无人挂念？我侍之如父的那人，为自身前途，不惜将我推入火坑？老天，你何其不公！"

好一会儿，赵晗才逐渐收了哭声，红着眼抬起头来，哭声虽停，但她的表情、眼神却是凌厉到骇人。

"赵明诚，你当你真是才学被官家相中？是我，是我求老师为你奔走打点，是我托老师将李清照的诗词送到李师师的手里。如今，你便是这么对我？"赵晗扭头遥看着莱州方向，语气冰冷地喃喃道，"我既能帮你便也能毁你。明日之后，不论成与不成，你都会是太子的眼中之钉，我倒要看看，你还如何起复！"

"还有那贱婢，我没有的东西，你如何有资格受用？！哈哈哈哈！"说着说着，赵晗低声狂笑起来，只是笑声中听不到半点喜意，只有癫狂和怨恨。

亥末，临近三更。

不同于往日，今日此时东京城内依旧不平静，大批的禁军仍在各厢坊街面奔走巡防。

实是今日城中太乱了，无忧洞与赊刀人满城的厮杀，搅得禁军连搜拿梁山逆贼的行动都不得不暂时停止，开始全力维护城中安定。毕竟明日就是上元节，若明日还是这般，传到官家耳里，所有人都得吃不了兜着走。

西北城隍庙外，往日里此地乃是流民乞丐的聚集地，但今日因禁军四处巡防，唯恐惹上麻烦，那些流民乞丐便早早换了更隐蔽的地方歇息，倒是让城隍庙这边少有的安宁。趁着禁军巡逻离去的空当，六条黑影快速钻进城隍庙旁的巷道，一路去到城隍庙的后面。

城隍庙后墙阴影中，一人正靠墙休息，他旁边的空地上，十几条狗在月光下拼命争抢着半边猪。那六条黑影钻入巷道的动静，立刻惊动了躲在阴影中这人，这人嘴里发出一声低吼，正争抢着猪肉的野狗立刻放弃正争夺的吃食，纷纷躲到暗处埋伏，这人随后也闪身躲好。

那六条黑影都穿着黑色的夜行衣，脸也被黑布遮了个严实，辨不清身份。

"豹舅，你可来了？"到了这，为首一人低声说话，正是褚三娘

"都知，我在这儿。"听到是褚三娘的声音，豹舅这才从暗处钻出来，冲褚

三娘拱手一揖，目光则警惕地扫过跟褚三娘同来的另外五人。

还没等褚三娘开口，褚三娘身后一个高大的身影就迈步上前，一把扯下脸上的蒙面巾，仔细打量着豹舅道："你这厮便是那的日驱狗之人吧？"

说话的是与褚三娘同来的武都头。

眼见武都头靠近豹舅，野狗们都感受到了威胁，纷纷从暗中窜出，围在豹舅身前，低吼着进行威胁。面对这群凶相毕露的野狗，武都头浑然不惧，当日是在地城甬道那等狭窄的地域，且公孙道人不愿与皇城司照面，否则区区几十条野狗他还真不怕。

但这群野狗表现出的忠心倒是让他颇为欣赏，他不由称赞道："这些狗倒是忠心，你这厮有几分手段。"

"武都头，莫要耽搁时辰。"褚三娘可没工夫听他在这闲谈，还算客气地打断他的话。

"你这小娘……"褚三娘觉得还算客气，在武都头眼里却是感觉被冒犯了，当即恶声恶气地就要发作，还是燕小乙在他身后扯了他一把，他这才勉强吞下了后面的话。

褚三娘无意与他们多废话，直接问豹舅道："人可还在？"

"在。"

听了豹舅的答复，褚三娘深吸了一口气，而后转身对身后的公孙道人等人躬身一揖道："道长，此事便拜托诸位了，千万莫要让人跑了。"

公孙道人笑着回了一礼："褚都知放心，且看我等手段。"

言罢，一行人便快步去往文仲的住处。

原来这城隍庙旁街道的尽头便是文仲的住处。

作为冰井务的押班，文仲官职不高，却握有实权，平日里油水也不少，所住家宅自是不错，是一间三进的独门院子。

此时夜虽已深，主宅正厅中还亮着灯火，是文仲与那刘大力就在主宅正厅中。刘大力坐立不安地在厅内四处徘徊，满脸都是不安和焦灼，文仲倒是淡定地坐在桌前，吃着桌上小菜喝着酒，他坐的凳子旁就放着腰刀和已上好弦的弩箭，随时能抓起来使用。

眼见文仲还如此镇定，刘大力可就看不下去了，快步回到桌边坐下，一把夺过文仲手中抓着的酒缸，仰头就是一通猛灌。

灌了几大口以后，他才"咚"地将酒缸往桌面上一砸，瓮声瓮气地对文仲说道："哥，那娘们到底会不会来？看姓崔的那模样，若是逮不着那娘们，咱的赏钱怕是悬了呀！"

第五十二章　手诛叛贼祭亡魂

"慌什么？该来的总会来。"文仲捏起桌上一颗蚕豆丢进嘴里，边嚼边道，"至于那姓崔的又算得了什么？他不过也是别人手中的刀罢了。能调动这姓崔的，必定是哪位大人物。咱啊，只要好好办事，巴上这等大人物，日后还愁啥？"

刘大力一听顿时眉开眼笑："那便好，那便好。到时大哥您升个指挥，也给咱弄个押班、都头啥的干干。"

文仲很是不屑地瞥了他一眼："瞅你这点出息。"

刘大力谄笑着给文仲碗中倒上酒，又给自己倒上一碗，一口喝下之后，脸上突然泛起一丝淫笑，冲文仲使了个眼色道："大哥，该说不说的，那娘们是真俊俏，比绣花楼的小娘子还要水灵些，这次咱要是真逮着她了，咱哥俩可有得快活了。"

文仲酒碗才到嘴边，冷哼了一声："收起你那色心。那娘们可毒得很，一手袖里刀，能远能近、变化莫测。你给老子打起些精神来，老子可不想给你收尸。"

"无妨，迟些贫道自会为你等收尸超度。"

门外忽地响起一个男人的声音，接着便是一声大响，正厅房门从外被人踢开，现出门外站着的公孙道人。

文仲和刘大力两人的反应不可谓不快，才听到公孙道人的声音，立刻抓起身边的刀、弩，就地一滚就滚到屋内墙角躲藏。

就在大门被踢开的一瞬间，只听"嘣、嘣"两声，他二人手中弩箭便已往门外的公孙道人射去。

公孙道人临危不乱，冷哼一声，身子迅速往后一仰，躲开射来的弩箭，接着腰腹发力，身体又迅速摆回，一抖手中松纹古定剑，脚踩天罡步，似缓实疾地往文仲方向扑去。来之前他就得了褚三娘的嘱咐，知道文仲被朱自通烧得不轻，故而一眼认准了眼前这个浑身缠满绷带的汉子，就是文仲。

眼见公孙道人这么轻松就避开激射的弩箭，文仲二人脸上都露出一丝骇色，哪还能不知这是遇上扎手的硬点子了。

"拖着他！"文仲见公孙道人的目标是自己，连忙对刘大力厉喝大喝，拎着刀便快步后撤，丝毫没有跟公孙道人接战的意思。

刘大力自是明白他的意思，家中还有那般多的皇城司兵卒，他们大可不必与刺客搏命。只消等那些被惊动的皇城司兵卒赶来，合众人之力，眼前这人便是有三头六臂也讨不得好。

刘大力遂也快步拉开跟公孙道人的距离，边走边快速往手中弩上装填弩箭，打算用弩箭来攻击来人，以解文仲之围。

公孙道人哪会容他从容装填，迈向文仲的脚步不停，左手却是往刘大力那边一甩，一道火光顿时脱手而出，如离弦之箭般打向刘大力胸口。公孙道人打出的火符速度极快，刘大力想要躲闪已是来不及了，只得赶紧单臂横架身前格挡。

火符打在刘大力胳膊上，爆成一团火星。火符雷声大雨点小，并没有给刘大力造成伤害，但下一刻他便闻到一股异香扑鼻而来，再然后只觉得头脑无比昏沉，脚下一软就瘫软在了地上。

眼见瞬息之间的变化，文仲胆气顿时丧尽，猛然将手中一物丢向公孙道人。

公孙道人冷笑一声，一抖手中松纹古定剑，当即将文仲投来之物劈开，只是剑锋才劈在这东西上，这东西就炸开来，大团白色烟尘劈头盖脸往公孙道人身上洒落。

"无耻贼子！"公孙道人江湖经验何等丰富，一看此物立刻怒骂出声，同时迅速闭上双目。

文仲打出的这东西，是用纸团包裹着的石灰。虽说公孙道人及时闭上了眼睛，但他的攻势也因此停顿了下来。

文仲却是并未借机进攻，而是转身就跑，若公孙道人只是武功高强，他或许还会行险一搏，但公孙道人还是用毒的高手，他可不敢跟这样的敌人对阵。

"哪里走！"待石灰粉散落，公孙道人睁开眼睛的时候，文仲已经快逃到正厅后门了，公孙道人怒吼一声，手中剑一抛一接，投手就将松纹古定剑打向文仲背心。

听得背后恶风袭来，文仲心头大骇，慌忙矮身往旁边一滚，随后他耳边便响起"当"的一声大响，松纹古定剑从他身边射过，深深地扎进了砖墙里，因为力量过大，厚重的剑身剧烈抖动着，发出阵阵嗡鸣。

这一手飞剑，虽然没能要了文仲的命，却也将他留了下来。公孙道人脚下天罡步一错，两个闪身便到了文仲近前。文仲此时也已从地上翻身起来，眼见逃不掉了，他眼中狠色浮现，故技重施又是将一包石灰丢向公孙道人，丢出石灰包的同时，他也挥舞着钢刀朝公孙道人扑来。

公孙道人冷笑一声，身体一摆躲过了石灰包，探出一掌闪拍在砍来的刀身上，破了文仲的招式，接着一步前踏近到文仲身前，又一掌闪电般探出拍在文仲肋下，同时他嘴里竟是开始念诵起《道德经》来。

"道可道，非常道……"他嘴里每三个字就一个重音，而每每听到这声重音，文仲感觉有一声炸雷在脑中响起，脑袋随之会有片刻昏沉，根本无力进行任何反击。

几掌下来，文仲"哇、哇"连吐几大口鲜血，公孙道人这才停下嘴里的念诵，一脚踢在文仲腰眼上，将其踢倒在地。

"闻，闻道掌？你是，你是入云龙，公孙胜？"受此重创，文仲已无力爬起身来，虚弱地喘息了几声，看着公孙胜问道，"你我，无，无冤无仇，你为何而来？"

公孙胜懒得理他，转身抓住墙上的松纹古定剑收回鞘内。

"这帮贼厮，实在不经打。"这时，满身鲜血的武都头，带着一脸意犹未尽的表情，骂骂咧咧地走进正厅来，见着文仲，他迈步上前，抬腿踢了踢文仲，嗤笑道，"这便是那叛贼？居然被种人给害了，那褚三娘也真是无用。"

听了他的话，文仲这才知道梁山这帮人对自己出手的原因，嘴里一阵发苦，早知道褚三娘还有强人相助，他又怎敢去蹚这浑水？

他是个聪明人，知道自己已无生机，便干脆闭上双眼，只等褚三娘来发落。

好一会儿，耳边响起熟悉的脚步声，文仲这才缓缓睁开眼睛，睁眼便对上了褚三娘那冰冷如刀的双眸。

他虚弱地笑道："褚都知，您来了？"

褚三娘冷冷地看着他问道："为何这般做？"

"干咱这脑袋系在裤裆上的差事，谁还不是为了搏个前程出身？都知您的官职是升不动，可我一个大老爷们总不能后半辈子，就做这么个小小的押班吧？正巧崔宏寻上我，许了副指挥的位置，我也就应下了。"文仲又是一笑，这会儿他也用不着褚三娘发问，便很是麻溜地交代道，"冯修那个蠢货，妄想得到都知您的垂青，'包打听'和'笔杆子'与冯修穿一条裤子，左右是拉不过来的，我也只能狠心把他们也杀了。我倒也没亏了他们，他们的尸首都给他们敛回家了，用的都是上好的杉木大棺，一人我还附了十贯大钱。大家兄弟一场，还得留些银钱给家小老母过活不是？"

听着他的话，褚三娘胸中怒焰都快燃起来了，抬起一脚狠狠地踢在他腰侧，吼骂道："莫要在此惺惺作态，你便是说破了天，今日本官也要用你的脑袋来祭奠他们的亡魂。"

文仲被这一脚踢得有进气没出气，好一会才缓过来，奄奄一息地看着褚三娘，哀求道："成王败寇，我没想过都知会饶了我这条狗命，只求莫去为难我的妻小老母。"

褚三娘只是冷冷地看着他，丝毫没有开口应承的意思。

"都知，我早就把家小送走了，您犯不上费那般大的功夫去寻她们。我知道……知道的不多，崔宏也不过是个小卒，后头还有大人物才是。"文仲惨笑着继续道，"都知，您是斗不过后头那人的，早快些想法子把家人救出来，赶紧，赶紧一起，一起逃命，去吧……"

话音一落，文仲眼一翻白头往身侧一歪，便慢慢地咽了气。

褚三娘冷冷地看着文仲咽气，心中却并没与太多诛杀叛徒后的喜悦，反是心头异常沉郁，定定地看着文仲尸体好一会，才深吸了一口气，拔出腰间钢刀蹲下身去，抓住文仲头上的发髻，对着其脖颈狠狠一刀劈落，鲜血顿时喷了她满身。

第五十三章　月圆夜棋局将动

丑初，宋门北面街。

自昔日大将军郭景威于汴河边建楼十三间，世宗以手诏奖谕之后，此地便为权贵所占，是城中最为繁华的区域之一，崔宏的宅邸便在此地。

此刻，崔宏在家中花厅中坐着，另两名崔宏的心腹手下则在花厅相陪，门外还立着十数名精锐悍卒。通明的灯火下，崔宏脸上的焦灼清晰可见。眼下就快要四更天了，文仲那边迟迟没有消息传来，这令他感觉莫名不安。

又过了一会儿，一人匆匆赶到花厅。

来人正是崔宏派去城隍庙查看的手下，眼见此人回来一脸的惊惶，崔宏心头便是一沉，连忙起身上前一把揪住这人疾声询问："如何了？"

"那，那边的弟兄都栽了，没一个活的。"

手下带回来的消息果然印证了自家的担心，崔宏脸色瞬间变得无比难看，但依旧不死心问道："文仲二人呢？"

来人摇了摇头道："不见了，但厅中还留着许多血，怕已是凶多吉少了。"

"倒是她瞧你了。"崔宏怒骂了一声，阴沉着脸转回身去。

"指挥使，眼下……这该如何是好？"崔宏身边的一个心腹将官迟疑着开口道。

崔宏没有立刻回答。文仲那边他虽只派了二十人埋伏，但那二十人都是他麾下精锐士卒，褚三娘能让这帮精锐士卒连消息都传不出来，他如何不怕。

不过也只是片刻的功夫，崔宏就有了决断。

"去地牢找一个女囚，杀了，毁去面部。注意身量要与那褚三娘相仿。"说着，崔宏又对一名手下吩咐道，"鲁二，你去召集弟兄们集合。"

一会儿的工夫，近百驻与府中的军卒就被叫醒集合在一起，简单地清点人数过后，留下十人守卫府邸，崔宏翻身上马，领着手下军卒直奔宫门而去。

一路急行，约莫寅时初，崔宏一行赶到了宣德门。

当朝早朝虽已形同虚设，但宫禁依如旧制，四更一点开启宫门，崔宏赶来的时候宫门已可开启。借口公务，崔宏顺利进去宫门，又在探事司内他所专用的差房里待到了寅正，这才动身去往军头引见司。

军头引见司掌宫中供奉禁卫、诸军检阅、引荐、分配之政，在宫中权力可不小，他此行要去见的便是军头引见司的勾当官胡羽之。

让他设计陷害褚三娘的，也就是这个胡羽之。

崔宏来时，胡羽之正在两个小黄门的服侍下洗漱。见崔宏过来，胡羽之了挥退正在服侍的小黄门，紧皱眉头用尖利刺耳的嗓音不满地斥道："你怎么来了？"

探事司可不属于军头引见司管辖，且内侍与外臣军将勾连是极大的忌讳，也难怪他会这般不满。

"胡公，事关紧急，卑下不得不来啊。"崔宏连忙跪倒在地。

胡羽之脸色这才缓和了些，伸手拨了拨身旁的熏香炉炉盖，让炉中熏香烧得更快些，这才开口问道："人可抓到了？"

崔宏支支吾吾了一会，才道："抓，抓到了。只是……"

"只是什么？有话快说，有屁快放！"胡羽之一听就怒骂出声，同时甩手将手中炉钩往崔宏身上砸。

崔宏哪里敢躲，硬挨了这下之后慌忙解释道："胡公您息怒。只是那褚三娘实在难缠，还寻了几个高手相助。恐再让她跑了，卑下只能下了杀手。请胡公恕罪！"

"人死了？"听闻这话，胡羽之眉头又是一皱，喃喃自语了一句之后，又问道，"人证可还在你手中？"

崔宏连忙下拜："卑下该死，卑下该死，胡公恕罪。人证被那褚三娘临死反扑，也已死了。"

"无用的废物！"胡羽之又再次怒了起来，怒视着崔宏，那目光简直恨不能把他给撕了。

"胡公息怒。"崔宏连忙从怀里摸出一个小木盒，往胡羽之那边一送，嘴里同时说道，"人证，冰井务里可多得是，卑下迟些便再去寻几个。"

胡羽之伸手接过木盒揭开一看，当先就见着数颗个头不小的珍珠，还有铺在盒底那金光闪闪的金块，脸上闪过满意之色，把木盒往怀里一揣笑道："有人证便好，快起来说话吧，天怪凉的，莫要冻着了。"

"谢胡公。"崔宏连忙道谢起身。

得了好处，胡羽之的态度可谓是一百八十度大转变，和颜色悦地嘱咐道："你这差事办妥了，事后自会有你的好处。尸首和人证，你可要看好了，怕是不日就得用上。"

"多谢胡公栽培。胡公请放心，这次便是豁出去性命，卑下也不会让人证再出差。"崔宏边道谢边拍着胸脯保证，过后小心地问道，"胡公，可要差人去看看那尸首？"

胡羽之点点头："也好，迟些，你便带陈方去验看一下尸首。"

他所说的陈方，便是之前领崔宏进来的那个小黄门，崔宏一听心中大喜，胡羽之焉能不知他与这陈方关系处得不错，让陈方与他同去，他扯的谎便算是已经圆过去了。

至于褚三娘，得罪了胡羽之身后那位，死不死也没有两样了。得到了满意的结果，崔宏连忙告退。

送走了崔宏，胡羽之催促随侍快速帮他换好一身小黄门的袍服，便快步去往入内内侍省衙门。

很快，他就在衙门的后宅见到了已经穿戴好袍服的梁师成。

见胡羽之着一袭小黄门袍服过来，梁师成脸上露出满意之色，挥退了服侍的小黄门，待胡羽之拜侯过，梁师成开口道："坐下说话。"

"谢干爹。"胡羽之半个屁股贴着梁师成对面的凳子坐下，随后便将崔宏带来的消息原原本本地说了一遍。

他倒是收钱便办事，字里行间隐晦地为崔宏表了功。

梁师成这等老狐狸，又怎会听不出他的意思，作为手下的心腹，梁师成自不会驳他这点脸面，听完缓缓地开口道："死便死了，但你需盯紧了，切不可再出差错。"

胡羽之连忙保证道："干爹请放心，孩儿办事，您放心便是。"

梁师成点了点头又道："你办事，我自是放心的。内侍省那边是何情形？"

胡羽之闻言，脸上现出轻蔑的笑容："那周游实乃酒囊饭袋，自昨日起就未踏出过内侍省半步。"

"如此便好。"梁师成微微点头，接着问道，"今日的事情可都已经安排妥当了？"

听他问起这事，胡羽之脸上露出警惕之色，小心地四下看了看，起身凑近梁师成耳边低声道："已安排妥当了，今日值守的班头，孩儿都是安排的自己人，到时便会依计行事。"

梁师成听完他的安排，满意地点头笑道："做得好。此番功成，羽之你当头功，届时为父定会保举你做个大内总管。"

"多谢干爹，孩儿若真能做上总管，肝脑涂地也要报干爹大恩！"一听这话，胡羽之先是一愣，而后面露狂喜之色，身子几乎是从椅子上滑下来，跪倒在地上，对着梁师成就是"咚咚"磕头。

今年初，杨戬病故，这大内总管的位置就腾出来了，宫中可是无数人盯着这个位置来着，他如此卖力为梁师成办差，还不就是为了能有这么个机会么？

如今梁师成主动提出，如何不让他欣喜若狂？

梁师成笑着将他从地上扶起来："快些起来，你为我立下这等大功，一个总管又算得什么？日后，你的好日子可还长着呢。我如今的位置，最终还不得交到你手中？"

胡羽之此时已被这馅饼砸得头昏眼花了，眼中满是希冀之色，梁师成如今是何地位？在京中有"隐相"之称，王黼这个宰相都得看他脸色行事，他若也能有这个机会，生前富贵自不用说，死后青史他都得留下一个名字。

好一会儿，他才从美好的希冀中清醒过来，看着一脸微笑的梁师成，连忙摆正姿态连道不敢。而后两人又商谈了一番行事的细节，胡羽之这才如踩着云端一般，一脚轻一脚重地离开屋子。

待胡羽之离去，梁师成脸上微笑瞬间收敛，冷冷地看着门口。不多时，他起身对着屋内铜镜仔细整理袍服仪容，一切整理妥当之后，将去除身上异味的香囊系在腰上，这才起身去往延福宫给官家请安、问早。

第五十四章　两耳不闻人间事

梁师成领着两名小黄门，穿过宣佑门沿路往北朝拱辰门去，他们要去的是拱辰门外的延福宫。

这延福宫原本是作为帝、后游乐之用，初时规模不大，但赵佶即位之后不满于宫苑的狭小，遂令人大肆扩建营造这延福宫。宫内凿池为海，引泉为湖，殿阁亭台连绵不绝，嘉葩名木及怪石幽岩，穷奇极胜，耗费了无尽的工财。

自延福宫建好之后，官家大部分时间都待在这座宫苑之中，今日也是如此。

梁师成一行，一路来到拱辰门外，经看守拱辰门的护卫亲从官通禀之后，等了好一会儿，才由一名延福宫内侍官引进宫门。

这内侍官表面看似客气，实则透着疏远。

梁师成脸上古井无波，心头却是恼恨异常。昔日他风光时，这内侍官可不是这般嘴脸。但归根到底，他的权势全是来自官家，只要失了官家的恩宠，所有的一切便如浮云，这让他如何甘心？只是猜忌已经存在，却是一时难以消除。

在内侍官的引领下，梁师成很快在延福宫临湖的偏殿见到了穿着便服，在望亭书案前挥毫的官家。

书案一旁一名内侍官正在动手研着墨。

看着书案旁研墨的内侍官，梁师成脸色微微一寒，随后快步上前恭敬地往赵佶身前跪伏在地道："奴婢叩见天家，天家万福金安。"

"是守道来了啊，免礼平身吧。"赵佶没有抬头，继续沉浸在自己的创作中去。

"谢天家隆恩。"梁世成再次大礼叩拜之后，才放轻脚步去到书案边。

赵佶是在作画，看画作的轮廓画的应该是个女子。

研墨的内侍见他过来，连忙笑着点头算是见礼了。

梁师成目光阴冷地看着这名内侍，此人名叫李彦，给事掖庭出身，是杨戬的人，之前他真没发现这个李彦有这等手段，借着杨戬病故和他被官家猜忌的空档，一跃顶替了他和杨戬的位置，成了官家身边新晋的红人。

见梁师成的目光盯着自己，李彦先是一愣，迅速抬头看了官家一眼，见官家沉浸在作画中毫无表示，他也只能老实地放下手中的墨块退到一边去，让梁师成来接替他的工作。

他现在虽是得了官家的宠信，但只要官家还未明确要对梁师成动手，梁师成在宫中的地位就不是他能够挑战的。

接过李彦的工作，梁师成小心地将墨水研墨均匀，以供官家取用。

以梁师成对官家的了解，只看这画作是一女子，便已猜到画的是谁，可是他却一直没有说破，直到画作上的女子已经有了李师师的轮廓，他这才笑着赞道："李娘子也不知是修了多少世的福报，才能得天家如此痴情钟爱。"

赵佶闻言脸上不由自主地露出微笑，梁师成这话他可是太爱听了。

画了这么一会儿，他也感觉有些累了，便将手中的笔放到一旁的笔架山上，坐回了身后椅子上。梁师成与李彦二人见状，不约而同地就快步往官家身后去，要给他揉捏肩膀。

梁师成扭头阴狠地瞪了李彦一眼，李彦被他眼神中的阴毒之色吓得脚下一顿，梁师成借机先一步去到官家身后，轻轻地帮他揉捏起肩膀来。

梁师成半生都在钻研官家的喜好，他这按摩的手法，自然也是官家最为受用的。

只见赵佶遂微闭双眼靠坐在椅子上，神色颇为享受。

梁师成边给官家按着肩膀，边对一旁的李彦吩咐道："你先下去吧，天家这里咱家来伺候。"

李彦自是不愿，只是官家此时也摆手示意他先退下，他这才不甘地叩首退离。

又给官家按了一会，梁师成感觉火候差不多了，小心地开口道："天家，太子殿下前日里不是说要增设一家养济院吗？奴婢在东华门外有处宅子倒是合用，就想着将那所宅子送给太子以作此用。"

赵佶闻言眼眉微微一动，他哪能不知道梁师成送东华门外那所宅子的目的？

那王黼家正在东华门外。当日他去王黼家，发现梁师成与王黼的宅子仅一墙之隔，且从朱勔那得知，二人关系甚为密切。

他为何会扶持内侍在朝为官？便是要制衡文官。偏偏梁师成与王黼相交密切，可是犯了他最大的忌讳。若不是还没有合适的人选替代梁师成，梁师成早就被他给贬了。

好一会儿，赵佶才开口道："你有这份心，朕心甚慰。"

听了这话，梁师成心头一颤，平日私下官家与他说话都是以"我"自称，如今却是以"朕"自称，恐怕昔日他主奴二人的融洽关系是再难修补回来了。

梁师成暗自深吸一口气，压下心中的情绪，装作无事一般道："奴婢一会儿便让人将地契送去东宫。"

"嗯。"赵佶点了点头，又享受了一会儿梁师成的按摩后，开口问道，"师师午后便能回城了吧？樊楼的护卫安排得如何了，莫要扰了师师休息才是。"

梁师成答道："是。平日里樊楼只设一小队殿前司军士护卫李娘子周全，今日又另外增调了一都人便装在楼中护卫。只是……"

"只是什么？"梁师成的迟疑，让赵佶很是不满，他抬高了些许声量，"怎么如今连你说话也吞吞吐吐的？"

"奴婢不敢。"梁师成慌忙小心地道，"天家，据皇城司奏报，方腊贼子似遣有刺客，意图不轨，不若奴婢令人再加派些人手……"

"糊涂！"他话还未说完，赵佶就皱着眉头打断了他，"这般动静，还不得惊动御史台那帮人？你是想让朕耳根子不得清净？"

"奴婢不敢，奴婢不敢，只是天家安危重要，奴婢不敢有半点疏忽。"见官家发怒，梁师成脸上顿时满布惶恐之色，连忙拜伏在地告饶。

"如今这方腊贼子已是强弩之末，覆灭只在旦夕之间，他哪里还敢来谋刺？便是他们敢来，朕这东京数十万精兵锐卒，也能叫他们有来无回。"赵佶放缓了语气继续道，"且朕要上樊楼的事，连御史台的那些人都不知，他们又何从得知？若是大兵看护，反倒是此地无银三百两了。"

"天家英明，是奴婢思虑不周了。"梁师成嘴上这般应着，心中却是暗自冷笑，莫说是方腊刺客了，如今便是城中百姓都知道官家今晚要在樊楼夜会李师师。只是他这位官家，两耳从不闻人间事，又哪知晓这些？不过这也正是他想要的结果，他已经提醒过了，如此便是官家今夜逃过一劫，也没法怪罪到他头上了。

赵佶对梁师成的态度还是满意的，故也不欲在这个问题上再多费口舌，扯开话头："今日赏灯的事宜，安排得如何了？"

梁师成赶紧答道："陛下受了些风寒的消息，奴婢已让人传出去了，赏灯时，奴婢会令人设置御帐于城头，陛下只消在御账中观灯即可。"

"做得好。"

有御账遮身，王黼、蔡攸这些个重臣皆是知情识趣之辈，便是看出来了，也只会帮他遮掩，那些御史台的人没有证据，自是没法来扰他清净。

梁师成则适时地开口道："陛下，奴婢想请陛下今夜准许奴婢随侍身侧，不然奴婢实难安心。"

"不用了，你的心意朕明白，但你与李彦不在御账旁侍奉，恐会引那些人生疑。"赵佶想都不想就拒绝了。

梁师成闻言心下一沉，虽早已料到官家不会让他随侍，但这句话真由官家口中说出，他还是感觉到了失落。只是这样的感觉没有持续太久，略顿了片刻，他便道："陛下，那让内侍省的周游随侍，如何？他如今代掌皇城司，若真有事，想来对应也方便些。"

"周游？也好，那便如此安排吧。"赵佶闻言略做思量，觉得梁师成所说也有理，便答应了下来，随后冲梁师成摆了摆手道："朕有些乏了，你下去安排行事吧。"

"是，奴婢告退。"梁师成跪地叩首，躬身倒退出偏殿外。

一出门就见李彦假意恭敬地看着自己，梁师成脸色瞬间满布冰霜，冲李彦冷哼了一声转身离去。

李彦毫不在乎梁师成所带的敌意，笑眯眯地目送梁师成离开。

能获得赵佶宠爱，他亦是人精中的人精，只凭在门外偷听的这些对话，他便知梁师成已是昨日黄花，被他踩在脚下，不过是时间问题罢了。

第五十五章　圣驾申时上西楼

三元节，指正月十五为上元，七月十五为中元，十月十五为下元，乃是道教的三个节日。

三元节要张灯，从宋初便有这习俗，后太宗于淳化元年免了中元、下元张灯，只保留了上元灯会的习俗，也因此上元节比之另外两节更为热闹、喜庆。

饶是昨日东京街面不甚太平，亦挡不住百姓对于上元节的热情，再加上，经过一宿的奔波巡防，巡防的禁军军士与开封府的衙差，大部分都已回去歇息，街面上巡防的兵卒少了去多半，没了这帮如狼似虎的配军搅扰，百姓、游人也能安心出街。

辰末时分，天空已经大亮。赵府位处间阖门，临近汴河，自也是城内繁华所在，府外街面上摊贩、牙脚店多如牛毛，此时府外的街面上人潮早已是熙熙攘攘，叫卖声此起彼伏好不热闹。

一年齿甚幼的青袍小厮顺着人流前行，来到赵府竹林外，闪身离开人群进到竹林，然后一路快步寻到赵府设于竹林的小门。小厮小心地四顾一番，见四下无人，这才伸手有节奏地轻扣小门。

对上暗号，小门"吱呀"一声从里面打开，一个满脸橘皮的老嬷嬷推开门来。

青袍小厮连忙拱手行礼道："老妈妈，咱是来寻贵府赵娘子的。"

听青袍小厮那尖利的嗓音，还有身上那浓厚香粉仍遮不住的臊臭异味，老嬷嬷便知人对了，这才让开门领小厮进去寻赵晗。

在这府中，她才是赵晗真正的心腹。

此时褚三娘与赵晗二人正在赵晗闺房中等待，丫鬟竹儿早早地便被赵晗安排去采买布置节日所需，以便她们与周游派来的人会面。

"娘子，人来了。"门外响起老嬷嬷的声音。

褚三娘迅速起身开门，将那青袍小厮让进屋来。她一眼便认出眼前这青袍小厮，乃是周游身边的亲信小黄门所扮。

"小人乌勤，见过褚都知，见过赵娘子。"见到褚三娘，小黄门连忙见礼。

褚三娘简单地回了一礼，直截了当地问道："东西可带来了？"

小黄门连忙从怀里摸出几张信纸递给褚三娘。褚三娘接过信纸，便转手递给赵晗一同观看。

"玉京曾忆昔繁华，万里帝王家。琼林玉殿，朝喧弦管……"

纸上的内容，都是官家所作的各种诗词，书写的字体也是用的官家所创的瘦金体。

"这是官家的字？"看到纸上书写用的字体，褚三娘眉头微皱。

"这并非是官家的字迹。"赵晗摇头笑道，"姐姐你看，这字虽像，却缺了风骨韵味，笔力轻浮。不过倒是行得一手献媚邀宠的好手段。"

褚三娘闻言再仔细一看，果然如赵晗所说。同时，她也马上明白了过来，官家最为得意的就是自己这手瘦金体，梁师成学个形似神不似，以这拙劣的模仿表以崇敬取悦官家，又不会让官家因他模仿太像而心生猜忌。这等不着痕迹的手段，可真是她想破脑袋也想不出来的。

眼见她二人看过诗词，乌勤再次行礼道："干爹让小人转告娘子，若是无事，想申时在府中宴请娘子，娘子不妨早些过去。另外，敢问娘子，官家诗词，有几篇姑娘以为最佳？"

乌勤当然不会不知道周游让带的话是何意义，但赵晗她们却是心知肚明，这是告知她们官家会在申时去往樊楼，同时问她们有多少人要上西楼护驾，让她们早些去他家取应用之物。

人数的问题，众人昨日就商议好了，褚三娘这边，除却她自己，还有豹舅、朱自通与孟迁，公孙道人这边另有七人，合计十一人。赵晗遂答道："多谢周公盛情，奴家定准时赶到。至于官家的诗词都是绝佳，但我以为有十一篇为其中最佳。"

"小人记得了，那小人便不多叨扰二位了，告辞。"乌勤心中默念了两遍，将赵晗的话牢牢记在心里，这才拱手告辞。

送走乌勤，褚三娘二人也没有耽搁，连忙去往花厅召集众人。

一会儿的工夫，众人聚齐得了消息，便各自分开行动。褚三娘带着豹舅，公孙道人一行也是要自行其是，孟迁同样有着自己的心思要离开赵府准备。

可他又不是双方任何一伙的，他单独行事，褚三娘和公孙道人又哪能放心得下？恰巧朱自通也说要准备些材料，以应对今晚的局势。最后，便由他与孟迁同行。

经过燕青给众人简单地易了下容，一行人便各自分头行事。

孟迁与朱自通两人结伴从赵府后门离开。此时，街面上人群熙攘，倒是极大地方便了两人出入。他二人闪身混入人流，跟着人流往骡市坊方向去。

街面上此时到处张灯结彩，各式彩灯几乎挂满了全城。不过此刻还是白天，倒还好些。若是到了夜里，除却出来赏灯看花的，还有许多杂耍艺人穿着戏服，装扮成各色神话人物，在街面上穿梭走动，寻着那些有钱游人或唱念戏本中的吉祥、俏皮话，或展示些杂耍本领，来逗乐这些游人换取一些打赏，场面好不热闹。

往年，上元节也是孟迁的狂欢日，这一天的豪客可比任何时候都多，一天能赚到的银钱足顶平日一月。夜里的灯节过后，他还能来扫街，捡拾些遗落的金银首饰，又是一笔不错的收入。只是这次，他却是心不在焉，半点都融不进这喜庆的气氛中去，心里沉甸甸的。

朱自通见状，拍了拍他的肩膀道："若是怕了，便莫要跟我等去吧，我迟些帮你与褚都知说说便是。"

孟迁深吸了一口气，故作轻松地笑道："多谢老丈。只是常言道富贵险中求，我孟迁这次怎么也要搏上一搏。"

见他态度坚决，朱自通也只能摇头作罢。

说话间，迎面过来一个卖蜜饯的小商贩："梨条、梨干、梅子姜、柿膏儿……"

"给我包点梅子姜，还有梨条。"孟迁拦下了商贩，从怀里摸出一把铜钱递了过去。

看着商贩包蜜饯的功夫，孟迁伸手从商贩的担子上抓了两片梅子姜，递给朱自通："晓莲最好吃这些东西，平日里我怕她吃多了伤身，不敢多买，今日过节让她吃个痛快。"

朱自通笑着点了点头，接过孟迁手里的梅子姜吃了起来。

孟迁自己也吃了一片，梅子的酸甜，让他脸上露出一丝享受之色，旋即他又小心地将商贩递过来的蜜饯包装进回肩上的褡裢里，这才与朱自通一道继续赶路。

不多时，两人便来到了之前骡市坊外的林子里，孟迁也顺利地将埋在林子里的那几十两金子取了出来。取回了金子，孟迁只觉安心了不少，只要这些金子能到杜秀娘的手上，今晚他便是出点差池也不怕了。这样想着，孟迁的心头松快了下来。下一步，他便是要陪着朱自通去一趟朱雀门外。

心下安定，孟迁也有心情询问朱自通的事了："老丈，你与褚都知……"

孟迁自今日见着褚三娘就一直在观察褚三娘，见她一切如常，便知朱自通并没有与褚三娘相认。这不免让他有些好奇朱自通的心思了。

"我只消寻得兰儿便于愿足矣，何苦让她知晓这些，徒增烦恼？"朱自通当然知道他想问什么，哂然一笑，忽然他停下脚步目光盯着孟迁道："孟小哥，昨日之事天知地知，你知我知，万不可让兰儿知晓，你可明白？"

孟迁被他盯得心头一寒，连忙偏开目光拱手应道："明白，老丈你放心，我这嘴严得很，绝不会漏出去。"

朱自通盯着孟迁看了好一会，才满意地点头笑道："如此便好。"

又是一会儿工夫，两人终于出了朱雀门，来到了一处偏僻的枯井前。

第五十六章　灯节壮行夺地城

枯井的井口被一块大石头压着，朱自通上前将大石从井口掀开，而后勾住井沿反身探入井中，取出两个满覆浮灰的坛子。

随意抖了抖坛子上的灰，朱自通揭开了封盖，霎时一股子难闻的臭鸡蛋味立马从坛内喷出，纵然孟迁站得不算近，也被这股气味冲得，差点没背过气去。

孟迁赶紧捂住口鼻，往后退开几步避开坛内散发的臭味，一脸嫌弃地问朱自通道："老丈，这是谁家的屎盆子，藏得这般严实。"

看着他的模样，朱自通乐了，解释道："此乃猛火油，是从占城送来的好货，用这占城油制的不灭火与火油弹效果最佳。"

孟迁听说是好东西，哪里还会再顾忌这油气味难闻，连忙捏着鼻子凑近过去查看。只见坛内的猛火油呈棕黑色，若不是气味过于难闻，倒是颇类街市上所卖的菜油。

"此物点着了，水不能熄，只能以沙土掩上才能灭掉。日后你要取用，万万要记住。"朱自通叮嘱了孟迁一声，又将另一个坛子的封盖打开，"这是东海来的鲸油，此物辅以猛火油，放能炼制出不灭火油。迟些，我教你如何配置。"

孟迁一听眼睛就亮了，朱自通说这话的意思，怕是要将其那手用火的绝活相授呀！

"多谢师父。"孟迁直起身来，整了整身上的衣服，向后退开两步让开跟朱自通之间的距离，往地上一跪，又郑重地向朱自通拜了下去。

听到孟迁嘴里的称呼，朱自通满脸错愕地回过头来，看着已经大礼拜倒在身前的孟迁，他脸上缓缓露出笑容，伸手将跪拜在地的孟迁拉起："罢了，我便收下你这个徒儿。今日仓促了些，日后你我师徒再补上这拜师礼。"

他之前完全没想过这事，教授孟迁那用火的绝学，只是想报答其帮自家寻到女儿的恩情，现在孟迁主动跪地拜师，他自然也不会拒绝。

"弟子自是听凭师父安排！"见朱自通同意收下自己，孟迁大喜过望，有了师徒这层关系，夜间上西楼，朱自通自会多关照他这个徒弟几分，而公孙道人和朱自通又有些许师兄弟的情谊，等于同时也跟公孙道人一行攀上了几分关系。

之前他就有这样的心思，只是苦于没有合适的机会，这机会今日他总算是等到了。

"这上面是为师行走江湖的一些手段，你且自行学学，若有不懂的，便来问为师。"定下了师徒的名分，朱自通越看眼前的孟迁越觉得满意，伸手自怀里摸出一本小册子递给孟迁，继而往太行山方向恭敬地拱了拱手，"咱这一脉是出自太行山杨门，祖师爷是杨门延德公，你师祖是吴勇方，人送外号通天杖。本门的绝技是延德公所创五郎八卦棍，此棍法由延德公昔日出家所创，以枪化棍，棍法由内外八卦而成，故名'五郎八卦棍'。日后为师自会教授与你。你虽过了习武之年，但仍要勤学，不可断了我这一门的传承。"

"是，师父放心，弟子定不负师父您的期望。"孟迁满口子答应。

朱自通满意地点了点头，他虽跟孟迁接触时间不算长，但对他的品性还是有些了解的，虽是油滑、市侩了些，但品行还算不错，只从其对家人的态度上便能看出这点。这也是他愿意收下孟迁的原因之一。

简要说了些师门的事，朱自通用随身携带的葫芦，分别装满火油与鲸油，之后将坛子重新封存好，两人便继续去采买其他所需的配料。

将所有的东西采买完，两人这才返回赵府。

回到赵府，孟迁如数将财物交给杜秀娘，未免杜秀娘再多追问，他又将拜在朱自通门下的事告诉杜秀娘，杜秀娘听闻这消息也是大喜过望。自去取了十两金子，领着孟迁去朱自通的住处行拜师礼。此处暂且按下不表。

巳初，录事巷密室。

密室内，半截明尊高坐在主位，密室内的灯火照不到主座的位置，他整个人隐于暗中，只能看到一丝轮廓，只腰间所配的断刃亮着微微银光，昭示着他的身份。堂下站着八人，八人都戴着面具掩饰面容，只能从体型上看出是七男一女。这些人便是他旗下各行的执刀人。

"尊主，卑下这边毁了一家粮店，两处库房，损失足有两千七百二十八贯，铺中账目都被取走了。"其中一富态之人，拱手向他汇报昨日的损失。

待此人汇报完，半截明尊冲众人摆了摆手："你等都下去吧，一切依照安排行事。"

"是。"八人拱手领命，接着陆续退出密室去。

待这八人走后，又一团灯火亮起，照亮了半截明尊，也映照出他深锁的眉头，昨日他虽已及时察觉到危机，将应对之策安排了下去，但他在东京城里的铺子铺得实在太大，时间又过于紧迫，在无忧洞的疯狂反扑之下，仍是出现了不小的损失。

不过这些，都还在他的意料之中，只是让他没想到的是，无忧洞那边的目标竟是他旗下产业的账目，他自问这些年所辖商铺的账都做得极细致，等闲看不出什么来，但是场面铺大了，难免也有疏漏，更架不住有心之人探究，怕是会惹出些麻烦来。

正当他愁眉不展之时，一阵脚步声传来，半截明尊抬头一看，是丑儿与厉鬼回来了。

厉鬼几乎是蹿到半截明尊面前，跪在地上喜形于色地禀报道："恭喜尊主，贺喜尊主，那无忧洞主，怕是真的归西了。"

便是半截明尊定力再强，这会脸上也忍不住闪过一丝激动。

也无须他发问，厉鬼就兴奋地继续说道："卑下将消息在无忧洞散开来，那四大金刚往地城探了半日，如今已为了争洞主之位闹翻了。"

半截明尊眼中喜色连闪，目光一动转到丑儿身上。

丑儿明白他的意思，连忙禀告道："禀尊主，昨日午后无忧洞开始大肆袭扰，不光是咱们在东京的产业，别家产业也被殃及，其中便有王侍郎家的，今日王侍郎似要去往王贵妃处告状了。"

丑儿嘴里的这位王侍郎，虽只是从三品的户部侍郎，品级一般，但这位王侍郎可是宫中王贵妃的兄长，而这位王贵妃正是官家最宠爱的儿子郓王赵楷的亲生母亲。

若无忧洞主在，怎会让手下人去捅这么个马蜂窝？

"好好好，哈哈哈哈！"听完丑儿带回来的消息，半截明尊总算是展颜大笑了起来，"那便借今日灯节的喜庆，为我等夺那地城壮壮行色！"

第五十七章　宝光如来邓元觉

丑儿与厉鬼听闻此言，皆是大喜过望，连忙垂首拜倒齐声喝道："吾等愿为尊主先驱！"

"此行自是少不得尔等，起来说话吧。"半截明尊虚抬右手让他二人起身。

"谢尊主。"

待二人起身后，半截明尊又问道："可还有旁的消息？"

"那李师师午后便会返城，宫中的眼线传回消息，申时后那人要坐殿悟道，除亲近之人不允进延福殿，想来便是那时去往樊楼西楼。"丑儿垂首道，"眼线还传回一个消息，说那人出入西楼的密道就在景明坊杨戬家后院假山下。"

"天助尊主！如今知道密道入口在哪里就好办了！"厉鬼还没有从之前的情绪中脱离出来，此刻听到如此重要的消息，一时忘了形。

但主位上的半截明尊却没有说话，面色由之前的喜悦逐渐变得铁青。看得厉鬼瞬间汗毛倒立。

"尊主，可是有什么问题？"丑儿自然也感受到了自家尊主气场的变化，战战兢兢地问道。

"丑儿，你为本尊办事这么久，不会不知道我们在宫中的眼线是何位置。"半截明尊声音冰冷。

"这……"丑儿不傻，稍稍点拨便明白了半截明尊的意思，扑通一声就跪了下来，"卑下办事不力，请尊主责罚！"

原来，问题就出在密道这条消息上。

宫中那些位高权重的太监可不是能轻易收买控制的，他们在宫中眼线的身份从来没法接触到这等机密，可在这等关键时刻却探到如此重要的消息，多半是有人刻意借眼线将消息传递过来。这也就意味着他们的行事早为人所洞悉，那是不是连他们跟方腊合作都已经为此人所知。

"也怪不得你。既然有这样手眼通天的人，想要我们做他的刀，做便是了。"半截明尊的神色又回到了一片淡然，"不过，该处理的首尾还是要处理干净。"

丑儿此刻背后上也已是冷汗淋淋，慌忙一脸决绝地道："尊主放心，宫中那眼线，是卑下透过胡衲内间接控制的，消息也从未直接传到卑下手中，便是真查下来，也只会落到胡衲内头上，绝不会牵扯到卑下，便是牵扯到卑下，卑下也会让线断在卑下身上。"

半截明尊缓缓点了点头道："如此最好，最迟明日，便要把所有的线都断掉。"

丑儿这才暗松了口气，半截明尊说出这话，就是饶过了他这回了。

他赶紧应诺："请尊主放心，卑下会处理干净。"

半截明尊略微沉吟之后，又道："扫清首尾后，你去临安吧。"

"是！多谢尊主恩典"丑儿闻言心头先是一紧，不过很快他就想明白了半截明尊的意图，心头又是一松，连忙叩首谢恩。

外放临安是惩罚没错，但也给他留了机会，临安便在方腊所占州县左近，只消今日刺杀成功，方腊便能重新站稳脚跟。到时他身处临安，便会成为半截明尊与方腊交流的重要一环，只要做事得力，他在赊刀人内部的地位就不会有任何动摇，以尊主的心性，还能给他机会已是极为看重他的表现了。

见他已领会了自己的意思，半截明尊心中甚为满意，接着吩咐厉鬼："童儿，你去将这些消息传给那些人。"

"是，卑下这便去办。"厉鬼娃娃得意地瞥了一眼丑儿，强压着心头喜悦，故作沉稳地领命离去。

丑儿见半截明尊如此安排，略显担忧地低声问道："尊主，你让他去传信……"

他和厉鬼都是半截明尊收养的孤儿，多年相处哪会不知厉鬼性情之恶劣，

"本尊何需讨好他们？"半截明尊冷笑着摆手打断丑儿的话，接着又吩咐道："安排下去，灯节时城内若兵马有异动，便让城里乱起来。乱上一刻便赏一贯，人人皆有！"

"是！"丑儿应诺。

巳时二刻，东华门外土市子民宅。

方七佛紧蹙着眉头，焦急地在院子里来回踱着步，仇道人与陆行儿也在这院中，但比起他来，两人则要气定神闲许多，仇道人在院中大槐树下闭目打坐，陆行儿则在另一旁的石桌旁看着书。

看着两人的悠闲模样，方七佛心头更为恼火了，当即大步流星地去到陆行儿旁边，一把夺过他手里的书，往地上一扔，吼骂道："你这穷酸，这光景了，还有心思看书！"

院中三人，仇道人他还有些忧头，但陆行儿却是他眼里的软柿子。

"你……真是有辱斯文！"陆行儿被他此举气得脸色通红，却也知道奈何不得这蛮子，绵软无力地骂了一句后，心疼地捡起地上的书来，轻轻拍打掉书上沾的灰土。

仇道人缓缓睁开双眼，有些无奈地扫了两人一眼。正当仇道人准备重新闭上双眼，来个眼不见为净的时候，厉鬼穿门而入，三人顿时警惕地望向来人。

厉鬼进门后，环视了仇道人三人一眼，抬手冲旁边拱了拱手，以表对半截明尊的尊敬后说道："我家尊主，让我给三位带了消息来。"

他话说得虽还算客气，但语气却是半点都不客气，充满了趾高气扬的味道。

"哪来的三寸钉？信不信你家爷爷把你那吃饭的家伙拧下来当球踢？"方七佛这人，他对人不客气可以，旁人对自家不客气那可绝对不成。如今他那暴脾气瞬间被厉鬼的语气给引爆，狞笑着就大步向厉鬼走去，这架势是真准备对厉鬼出手。

在这关键当口，仇道人不想节外生枝，连忙起身拦下方七佛，给了他个严厉的眼神，这才皮笑肉不笑地冲厉鬼比了个请的手势："贵使请里头说话。"

见仇道人拦下了方七佛，厉鬼很是不屑地斜撇了方七佛一眼。

被厉鬼这模样一刺激，方七佛气得眼睛都红透了，低吼一声便要推开仇道人动手，仇道人被他的蛮力推得往后一趔趄，连忙沉身稳住身形，用力扣着方七佛低声警告道："方将军，孰重孰轻，还需贫道再次言明吗？"

方七佛这才喘着粗气强压心头怒焰，紧攥着沙包大的拳头，往后退了那么一步，只是一双眼睛如毒蛇一般死盯着厉鬼，片刻都没离开过。

眼见方七佛听了劝，仇道人也松了口气，再次请厉鬼进屋，只是这次他也没法再装得客气了，脸上满是寒霜。这家伙如此挑衅方七佛，何尝又不是对他们的挑衅呢？半截明尊安排这样的人来传讯，内里又是带着何等深意？是对他们有何处不满，还是已经知晓他们隐瞒了无忧洞主未死的消息？可真容不得他不去深思。

厉鬼此行也就是带几条消息过来，把消息带到之后，便告辞离去。

"我誓杀此人！"待厉鬼离开，方七佛目光阴毒地看着屋门，从牙缝里蹦出这几个杀气腾腾的字来。

仇道人拍了拍方七佛的肩膀，得到厉鬼带来的消息，他的脸色已然好看了许多，因为这些消息远超过了他的预料，不光探知了狗皇帝夜上西楼的时辰，还探听到了密道所在，今夜那狗皇帝插翅都难逃。他遂取了纸笔写下一封书信交给陆行儿道："陆兄弟，还得烦请你跑上一趟，将此信送到酸枣门外岳庙菜园，交给惠能禅师。"

陆行儿看着手中的书信，心里有些不是滋味。很显然，圣公在东京还有自己不知晓的安排，但这会也不是纠结这些的时候，他遂接过书信快步离开。

酸枣门便是内城以北的景隆门，距离土市子这边倒也算不得太远，只是官家圈占了内城北大片土地修建艮岳与延福宫，通往景隆门的道路无法再通行，陆行儿只能从马行街出封丘门，绕道到岳庙菜园，将书信交给了菜园住持惠能禅师手中。

得了信件，惠能和尚连忙差人将信送到禅院一名新来挂单的僧人手中。这名挂单的僧人自称法号元觉，原为歙州宝光寺寺监，歙州为方腊占据后破了寺庙，这才不得已逃来东京投奔。因其出手阔绰，惠能欣然收留了他。

只是这惠能和尚哪里知晓，他收留的这个元觉和尚，实乃方腊麾下四大元帅之首，宝光如来邓元觉，擅使一根五十余斤重的铮光混铁禅杖，沙场上有着万夫莫敌之勇。

他与他带来的那一干僧兵，便是此番方腊预留的后手。

第五十八章　诸方云动汇月圆

巳末，赵府。

赵晗看着手中孟迁辞别前送给自己的梅子姜，脸上表情有些复杂，她还记得幼时第一次吃梅子姜，也是在灯节这日，是赵明诚买给她的，那酸甜温暖的滋味她一直都没忘过。

"咳咳……"正当她沉浸在往日美好的记忆中时，被屋外寒风一激，脸色瞬时一白便撕心裂肺地咳嗽起来。昨夜强行使用拂菻迷魂术，让她原本就虚的身子雪上加霜。

"娘子，这天寒地冻的，您怎么在外头待着？"竹儿刚巧这时回来，见状连忙上前搀着她，轻拍着她的后背帮她顺气。

待赵晗咳嗽稍缓，见着赵晗手上捧着的梅子姜，她不由得眉头一蹙道："这是谁呀？不知娘子您的肠胃受不得这辛辣之物么？"

赵晗看着她笑道："许久没尝过了，有些想念。"

见她这般说，竹儿也不好再责怪，便搀着她往屋里走。回到屋内，竹儿把赵晗搀到床边坐好，转身去到火炉旁将炉中炭火拨旺，让屋内更暖和些。做完这些，竹儿嘱咐了赵晗一声，便要出门去端汤药。

看着竹儿忙前忙后地为自己操持，赵晗脸上现出一丝犹豫之色，见她要出门这才开口叫住她道："竹儿。"

竹儿闻声连忙转回头来："娘子，还有甚吩咐么？"

赵晗开口道："我有些挂念叔父他们了，你代我带些礼物去莱州给叔父他们问个安，午后便出发吧。"

"不可！"竹儿一听想都不想就拒绝了，紧接着便意识到自己的反应过大了些，连忙解释道，"奴婢走了谁来伺候娘子？要不，让青儿去吧。"

听她这么一说，赵晗沉默了片刻，倒也没多坚持，点头答应下来，随后便微闭双目靠着床沿歇息。

听着竹儿的脚步声越来越远，赵晗再次睁开眼睛，此时她眼神中已是布满霜寒，她起身去往书案边取了一封信件揣在怀里，随即推门出了闺房。

一路来到后院，寻到之前接待周游所遣小黄门的那个老嬷嬷。

"娘子，您怎么来了？"见赵晗来了，老嬷嬷连忙放下手头的事起身见礼。

"李妈妈，没有外人，你便莫要这般多礼了。"赵晗笑着搀起她，而后将怀中的书信递过去道，"李妈妈，请将这封信交给老师。"

李嬷嬷接过信揣进怀里："请娘子放心。"

随后赵晗又摸出一个小包裹递过去："李妈妈，这些年辛苦你护佑照拂，这是我的一点心意，还请你莫要嫌弃。"

赵晗的这番举动，让李嬷嬷察觉到了异样，她皱着眉头打开包裹一看，里面是为数不少的金叶子，论分量足有几十两之重，不由疑惑道："娘子，你这是？"

"李妈妈，莫要多问了，快些去吧。"赵晗笑着摇了摇头，并没有要解释的意思。

"娘子，没有过不去的坎，你万事请多三思才是。"见她不愿说，李嬷嬷也只能作罢，委婉地劝诫了两句便带着书信离开了赵府。

午初，樊楼后段茶室。

樊楼每座茶室都是一间小型的独立院落。院落不大但五脏俱全，假山流水、青萝绿竹，无异于一座小型的园林。环境极佳不说，且私密性也极好，颇受那些不爱外间喧嚣的文人雅士的喜爱。

此时李嬷嬷正跪在一间茶舍内，将赵晗交给她的信件呈给盘坐在茶室矮几后的人。

矮几后这人背光而坐，半身都没在黑暗中，只其脸部银色鬼头面具因光芒反射清晰可见。

这鬼头面具竟是与那无忧洞主的鬼面一般无二。

鬼面人接过信件拆开了看了看，看完之后发出一声轻叹。

"这妮子倒是下了狠心了。"说完，他抬头看向李嬷嬷，开口问道，"李四娘，若今夜让你杀尽赵府中人，你可能办？"

李四娘一听这话身体不由得微微一颤，无比错愕地抬头看向鬼面人。她是鬼面人安排在赵晗身边的护卫，这么多年除了偶尔帮赵晗传信外，从未被启用过。她万万想不到鬼面人今日竟然让她屠了赵府阖府上下。

鬼面人一言不发地等着她的答复。

李四娘迅速平复好波荡的心情，只略微思量就坚定地拱手答道："只消尊主下令，卑下绝不会手软。"

听到她的答复，鬼面人才满意地道："很好，今夜你带几人去赵府听晗儿命行事。还有，去寻一具体貌与晗儿相仿的尸首。"

"是！"李四娘连忙拱手领命。

吩咐完后，鬼面人摆了摆手让李四娘退下。

李四娘走后，又有一人匆匆赶到茶室外，这人正是那日护卫在冒牌无忧洞主身侧，并在危机之时独自逃命的人。

"尊主。"快步来到茶室，这人恭敬地对鬼面人行礼。

鬼面人端起刚点好的茶分了一杯："坐下喝茶。"

"谢尊主。"道过谢后，这人去到鬼面人对面端起茶盏一口饮尽赞道，"尊主好茶艺。"

鬼面人端起自己的茶盏轻抿一口，这才问道："安排得如何了？"

那人赶紧答道："禀尊主，都已安排妥当，火队与风队的人手，都已安排在大殿候着，尽皆备有强弩，谁敢来都插翅难逃。"

鬼面人听完点了点头道："嗯，好好盯着，今夜万不能出任何差错。"

"是，卑下绝不敢有半点疏忽。"那人连忙拱手应诺。

"嗯，下去吧。"鬼面人放下茶盏，摆手挥退这人。

待人走后，他独坐茶室中，继续沉心点茶，连喝几盏之后，这才长身站起，迈步去到院中，欣赏了一会院内精美的微缩园林后叹道："多好的樊楼，今夜之后怕是要毁了。"

感叹了一会，他缓缓抬起头来，眼神略显复杂地看着北方的天空，缓缓启口道："老师，你今夜可会来？"

未正，左承天门皇城司。

佳节至，皇城司内自也是张灯结彩，人人见面互道安康，一片喜气洋洋。

负责今日值守的下一指挥方智勇，领着两名抱着酒菜的皇城卒，一路往崔宏所属的差房去。

"五、十、十五……"

还没到崔宏所在的差房，方智勇远远便听到从差房里传来的猜枚喧闹之声，听得这动静，他脸上笑容更甚，连忙招呼手下皇城卒加快脚步去往差房。

来到门口，方智勇笑眯眯地对屋内问道："崔宏兄弟，可是你在？"

屋内，崔宏正和几个心腹手下围着桌子猜枚喝酒。顺利把胡羽之糊弄过去，可是让他放下了心中大石，这才将几个心腹手下叫来吃喝庆贺。

听到是方智勇的声音，崔宏遂将酒碗往桌上一放，起身去给方智勇开门。这方智勇在探事司各指挥中，是出了名的无用，能得这个指挥的位置，全是凭他懂做人、会打点。又因他天生一副笑模样，在探事司内得了"笑菩萨"这等带有轻蔑意味的绰号。不过也正因如此，这人倒也好相与。

见着崔宏，方智勇拱了拱手满脸堆笑道："崔宏兄弟，今日上元节怎么不在家过节啊？"

崔宏带着些许假笑很是敷衍地回了一礼道："家中左右无事，咱便想着跟手下弟兄一起过个节。方兄弟你怎么来了？"

方智勇笑着指了指手下怀里的酒坛道："今日是我值守，听闻崔兄弟也在，正巧我得了一坛'眉寿'，便想着跟崔兄弟同饮一番。"

"樊楼的'眉寿'？方兄弟够意思！快快，请里头坐。"崔宏一听这话，再看到方智勇手下抱着的酒坛，眼睛都亮了，态度一下子变得客气了许多，连忙笑着把方智勇往屋里迎。

这樊楼最好的酒有两种，一种叫"眉寿"，一种叫"和旨"。

这两种酒的酒名都是源自诗经，但因眉寿酒，被传有延年益寿之效，这酒价水涨船高不说，还被宫中采为贡酒，常人想要喝可不容易。

"崔兄弟，请！"方智勇笑眯眯地跟崔宏一起进入差房，遂令手下开封那坛眉寿酒，跟众人推杯换盏起来。

崔宏与他手下人都为好酒之人，崔宏作为指挥还好些，他手下那些人可没多少机会能喝到眉寿这等好酒，逮着如此机会还哪会客气，当即豪饮猛灌起来。

酒过三巡，崔宏已觉得有些头昏脑涨，初时还只当是酒意上头，待到手下陆续栽倒，他才察觉有异，立刻探手去抓一旁的佩刀。方智勇冷笑着一使眼神，早就准备好的手下立刻扣住了崔宏双手。

此时崔宏哪里还有还手之力？他艰难地扭头看着方智勇问道："你为何……"

话未说完，他便眼前一黑昏迷过去。

"绑了，送到后门去。"方智勇吩咐道。

后门，一辆倒夜香的车正在候着。

第五十九章　昔日教头今反贼

未末，马行街南头合盛解库。

解库便是当铺，不比旁的行当，不是到了山穷水尽的时候，谁会愿意进出这等地方。今日是上元佳节，这地方也就愈发冷清了。

一天都过去大半了，合盛解库也没迎来一个客人。

不过这前堂冷清，后院却是一点都不冷清。

孟迁、褚三娘、朱自通、豹舅四人正在这合盛解库的后院候着，等着梁山人众前来汇合。孟迁摸了摸刚剃尽胡须的光滑下颌，又看了看旁边同样剃光了胡须，换上一身寿字纹蓝布直裰，颇有些仙风道骨味道的朱自通。便是豹舅也已将脸上胡须剃尽，身上还洗了个通透，再无那冲鼻的野兽腥膻，也弃掉了那身胡拼乱凑的皮毛，换上了一身青布直身，光看模样倒称得上眉清目秀。

不过很显然，他很不适应身上的这些变化，坐在椅子上抓耳挠腮的，感觉哪哪都不自在。

众人做这般打扮，自然是褚三娘她们与周游定的计划，所有人假扮成内侍省太监混入西楼。为此，还给每人配了一面钟形木腰牌，那腰牌正面刻着"内仆局太监张详"，背面刻着"忠字八百七号"字样。

正是宫中内侍所有的身份腰牌。

等待了一会儿工夫，后院门被敲响，孟迁赶紧起身去开门。门开后，梁山众人鱼贯而入，只是去时只五人，此番来时却有七人。其中一人斗笠遮面，孟迁只能见其半张脸，此人四方脸形，左脸颊还有一块铜钱大小的烧疤。另一人虽穿着朴素，但唇红齿白，生着一双俊目，眉飞入鬓英气十足，相貌比之燕小乙来丝毫不逊。

梁山一众进入后院，双方各自见礼后，公孙道人冲新来二人比了比介绍道：

"此二位是我梁山分坐第六、第九把交椅的林冲林头领和花荣花头领。"

孟迁听到这话，不由得将目光落到了林冲身上。八十万禁军总教头，豹子头林冲，这位英雄在东京城的传奇色彩太浓了，从来都是各大说书先生嘴里的常客。他虽未曾与其谋面，但却是闻名太久了，今日终于有机会得见，他真有些忍不住心头的激动。

得公孙道人介绍之后，林冲缓缓地将头上斗笠摘下来，目光径直落在褚三娘身上，总似带有几分愁苦的脸上才浮现一丝笑容，道："林某与令尊乃昔日旧交，那日令尊将你领回家之时，你年岁还尚小，如今已是长成亭亭玉立的大姑娘了。我等弟兄，却再无见面之日。"

褚三娘闻言脸色瞬间一白，从林冲的言语里透出的信息让她心中一滞，加之之前朱自通说的话，她莫名有了一个猜测。

只是这个猜测，让她的心乱成了一团。

朱自通则是紧张地看着褚三娘，林冲的话印证了他之前的想法，可这是他原本想要死守的秘密。如今，突如其来的一切，让他既紧张又多少有那么点期待。

林冲见褚三娘这模样，还当是因他提起褚义，惹得褚三娘伤心了，连忙抱歉道："是林某多嘴了，褚兄弟也算是求仁得仁，无愧褚家忠良之名。侄女，你莫要太过心伤，林某今夜自当竭尽全力为你褚家正名。"

"侄女代先父谢过叔父。"褚三娘快速平复了心情，冲林冲深施一礼致谢。

只是从头至尾，她都未曾往朱自通那边看一眼。朱自通见状心头微微一松，却又难免失落。

随后便是梁山这边分发腰牌，剃除胡须。做完这些，后院门再次被敲响，这次来的是周游家的大管家，大管家领人将一个大麻袋送到众人手里，便快步离开了合盛解库。

褚三娘清楚送来的是什么，迅速抛开心中纷杂的情绪，矮身解开麻袋，遂露出里面还昏迷着的崔宏。只见她探手扣住崔宏的发髻，手中使力将其从麻袋中拖出来。

"哎呀！"受痛之下，崔宏惊叫一声清醒过来，看清楚眼前的褚三娘，他被吓得亡魂尽冒，连忙求饶道："褚都知，饶命，褚都知饶命啊！我只是奉命行事!"

褚三娘愤愤地将他往旁里一甩,冷声问道:"奉谁的命?"

崔宏顿了一下,答道:"奉郑指挥使的命!"

军将勾结内臣可是刺探宫讳的死罪,说出来也是个死,倒不如栽到指挥使郑居中身上,说不得还能暂时苟下命来。

已推断出了幕后之人是谁,褚三娘如何还会被他欺瞒,冷笑了一声之后,前行一步,猛然抬腿一脚用力地踩在崔宏的膝盖上。只听"咯哒"一声清脆的骨裂声响,崔宏忍不住发出一声凄厉的哀号,他的膝盖已是被褚三娘一脚踩碎了。只是他才惨叫出声,孟迁便及时将一团破布塞进了他嘴里,阻断了他的惨嚎。

褚三娘略微惊异地扫了孟迁一眼,她之前倒是没发现,这小子还有这般精细的心思。这合盛解库可并非是什么偏僻地,若是让人听到了崔宏的惨叫,难免会引来些什么麻烦。

待崔宏疼痛稍缓,褚三娘才将布团取出,再次问道:"崔宏,不想死,便与本官说实话,你真当本官不知背后那人是谁?"

"你既是知晓,为何还要我来说?"崔宏闻言惨笑道,"左右都是死,我也没甚好说的。"

"这死啊,也有死得痛快与生不如死两种。"这时公孙道人笑着蹲到崔宏身边,拍了拍他的脸颊笑道,"贫道这里倒是有几种生不如死的法子,今日便让崔兄弟你尝试尝试吧。"

说着,公孙道人从怀中摸出一个瓷瓶,随后揭开瓷瓶,将内里的白色粉末撒到崔宏身上。

"痒,痒,啊……"

只片刻,崔宏脸上就露出古怪的神色,接着身体就开始疯狂蠕动起来,蠕动间又触动膝盖伤势,脸上表情痛苦到扭曲,实在守不住了他连忙吼道:"饶……饶了我,我……说,我……说!"

公孙道人闻言露出一丝篾笑,遂又掏出一个瓷瓶,将里头的药粉洒在崔宏身上。崔宏这才缓缓停止蠕动,最后如同一摊烂泥一般摊在地上,整个人已近虚脱。

褚三娘冷冷地看着他再次发问："说！"

崔宏这会眼睛都已有些睁不开了，气若游丝地道："我……我是受……受，军头引见司胡羽之之命，栽……栽赃你，多的我……也……不知了。"

事情发展到这一步，孟迁虽不知褚三娘的具体计划，但也已猜到了七八成，眼珠一转对崔宏说道："崔指挥，现下倒是有条活路，就看你愿不愿意活了。"

到这会，崔宏也没什么好挣扎的了，一听还有活路，连忙应声道："愿……愿意，求都知给条活路。"

孟迁小心地看着褚三娘的脸色说道："你虽做了恶事，但毕竟是受人指使，只消你在官家面前将事情一五一十说出，为褚都知平反翻案，褚都知想来会愿饶你一命。"

崔宏一听是这主意，当即回口道："内……内外勾结，窥探……宫讳，亦是死罪！"

"你若是答应呢，便是要死，也得待到你无用后，官家才会斩了你，若是你能让褚都知满意，再花费打点，保不齐还能留下条命。

孟迁嘿嘿笑道，"但你若是不答应呢，道长可还有千百种手段伺候你，崔指挥若是个聪明人，应该懂得如何选吧？"

第六十章　小别一月胜新婚

崔宏听完这话，脸上表情为之一滞，只是略做犹豫之后，他瞥了孟迁一眼嗤笑道："黄口小儿，你哪知这背后隐秘，我入了台狱亦是生不如死，死后还得连累家小。"

言罢，他便闭上眼睛不再多说，一副任凭宰割的模样。

见崔宏仍是没有服软，褚三娘眉头紧蹙，要扳倒梁师成，仅凭她手上伪造的手书显然是不够的。此番若是无法一击而中，即使她最终得以平反，也结下了梁师成这等大仇。从此，她褚家恐再无宁日。

可若是崔宏肯出面指证那胡羽之，胡羽之是梁师成心腹，拔出萝卜带出泥来，梁师成自也是脱不了干系。这也是她为何任由孟迁代她承诺，而没有反对的原因所在。手下心腹皆丧命与崔宏手中，她若出言宽恕崔宏，那置为她而死的冯修几人于何地？孟迁代她说出这些，再合适不过了。左右又不是她应诺的，到时候再杀崔宏，她也无任何负担。

武都头是个粗直之人，哪有这个耐心劝说崔宏服软？当即恶狠狠地叫道："你这厮，莫不是以为，洒家便不能杀你全家？"

听到这话，崔宏睁开眼睛往武都头那边看了一眼，他并未认出武都头是谁，但目光瞥到武都头身边的林冲便定住了，仔细辨认了一番之后，惊道："林，林教头？你们是梁山反贼？"

随后他扭头看向褚三娘，道："褚都知，你竟真勾结了反贼！"

褚三娘自是没兴趣与他解释此事。

"嘿，贼厮，洒家这便撕了你！"眼见崔宏丝毫不理会自家的威胁，武都头大为恼怒，迈开大步就要上前收拾崔宏。一旁的林冲赶紧拉住他，真让他一冲动杀了崔宏，那可就坏大事了。

孟迁见如此劝说还不能说服崔宏，脑子立刻快速转动，绞尽脑汁回想听到过的各种宫廷传闻，仔细思索崔宏背后的牵连。他是个聪明人，在场众人论武力他拍马难及，今夜西楼救驾他恐怕帮不上什么忙，想要从中捞取些功劳，便得让褚三娘认可他的作用，而眼下劝服崔宏无疑就是他体现价值的机会。

在这一刻他的脑子分外地清晰，很快就将脉络给摸清楚了。

说来也巧，周家大管家他是认识的，刚刚见他前来，那便说明褚三娘与周游有合作，周游是童贯的人，这事天下皆知。能让周游出手的，对方多半是童贯的对家，也就是梁师成。

若是换成平日，想透了这里头的关系，给他十个胆子他也不敢涉足这等事情中，但他如今没得选，只能跟褚三娘一条道走到黑。随即，孟迁深吸了一口气，对崔宏冷笑一声道："崔指挥，你怕还不知道吧？此番方腊行刺，内应便是你背后那位。褚都知此番便是要惩奸除害，救圣驾于水火。不然为何是周公着人将你逮来？你此时还不迷途知返，戴罪立功？旁的也不需要你做什么，你只消出面指证幕后之人，那幕后之人必难逃一死，他若死，凭褚都知与周公的关系，你何愁没有一线生机？"

他的这番言语不说是破绽百出，但也经不起太多推敲。可偏偏大面上都对，加之崔宏这会儿心早乱了，哪还有有心思去细细推敲，一听他说得像是那么回事，立刻惊得睁开眼睛死死地盯着褚三娘看。不过很快他又惊疑地看了一眼林冲，褚家世代忠良想要救驾他是信的，可又怎么会跟这帮梁山反贼混在一起？

"梁山众位英雄也是忠良之辈，那幕后之人勾连方腊反贼的证据，便是他们冒死带来的，他们此来目的便是为了救驾招安。"孟迁哪会给他怀疑的时间，立刻又冷笑道，"崔指挥，你好生想想，若非如此，以褚家对管家的忠心，又怎会与他们结伴为伍？"

见崔宏面色有了些犹移之色，孟迁继续道："若非是因对官家的忠心，需留你指证那幕后奸佞，就凭你害死褚都知那么多弟兄，褚都知早该把你给剐了！"

孟迁这番话戳中了崔宏心中最大的担心，他扫了一眼脸色阴沉的褚三娘，终是下定了决心。他本要挣扎起身谢罪，但稍有动作便牵动了腿伤，只能躺在地上冲褚三娘一打拱手道："褚都知，是我吃了猪油蒙了心，害死了那几位兄弟。只要褚都知您能宽宏大量饶恕我，我事后必奉上大笔银钱抚恤那几位兄弟的亲眷，并披麻戴孝为他们跪守坟头赎罪。"

说完，他便紧张地盯着褚三娘的脸，等着她给出答复。

孟迁满脸担忧地看着褚三娘，他费尽心机才算是说服崔宏，可他说的这些，可都没征求过褚三娘的同意，若褚三娘不认账，那他这番心机可就白费了。

好在褚三娘并没有意气用事，目光森冷地盯着崔宏看了好一会，才冷冷地开口道："若有半点差池，我便叫你生死两难。"

听她这么一说，孟迁才暗自长出了一口气。

"多谢褚都知宽宏大量，多谢褚都知宽宏大量。我自是唯褚都知马首是瞻。"崔宏闻言则是大喜过望，连连向褚三娘道谢。

随后褚三娘简单地与崔宏说明要他做些什么，又拜托公孙道人给崔宏治疗一下伤腿，便将孟迁唤到了一旁。

孟迁小心地跟着褚三娘，两人来到院中偏僻处，褚三娘这才转过身来，目光冷冷地看着孟迁，直到看得孟迁浑身都不自在了，她才开口道："你好大的胆子，胆敢代本官做主？"

"是小的僭越了，只是这等滚刀肉，若是不给他点甜头，可不会乖乖听话。"孟迁赶紧赔着笑脸回道，"小的说的那些话您就只当是小的放的屁便是，都知您可没答应他甚。待事办成了，您想怎么收拾他，便还是怎么收拾他便是。"

褚三娘冷着脸听完他的话，柳眉微微一皱。之前她对孟迁的印象实在谈不上好，可是经过刚才的种种，她已发现孟迁极会办事，都无须她说什么，孟迁便知该如何配合她行事，还能把事情办得圆圆满满。

这种人她身边也有，便是那文仲。她此番这么轻易便被人陷害，跟她对文仲的信任脱不了关系。但经过文仲的背叛之后，她也明白了一点，类似文仲、孟迁这样的人自然好用，但是心思过于敏捷，也更难掌控。

她也不过思索了片刻，便有了决定，抬眼看着一脸小心的孟迁，冷声道："此番便罢了，若还敢无令行事，便休怪本官狠辣无情！"

言辞凌厉地敲打过后，褚三娘转身快步离去。

孟迁闻言心头一喜，褚三娘语气虽是冰冷，但其中含义却是表达得清清楚楚，这是要将他视作自己人了。比起前途不明的梁山一众，今日若能救驾成功，褚三娘必得官家重用，同时还搭上了"媪相"童贯，靠上这样的粗大腿，往后他老孟家的好日子可就来了。

"都知放心，往后小的再不敢了！"遂即他谄笑着表起忠心，亦步亦趋地连忙跟上褚三娘的脚步。

申初。

原本漆黑寂静的密道，突然远远地亮起数团火光，伴随而来的是一串急促的脚步声响。走在前头的是数名打着灯笼，身穿便服的宫中内侍。后面则是被众内侍簇拥，已经换上了一身道袍，头上缠着道髻的官家赵佶。赵佶此刻满脸焦急，手撩着道袍下摆，脚步匆匆地往前赶着路。

"天家慢些走，莫要摔着了。"一旁随侍的周游一边以同样的步幅搀着赵佶前行，一边小心地提醒着。

可赵佶哪里会搭理他，一心只想快些穿过密道去与佳人相会。小别胜新婚，他是真切地感受到了。李师师一走月余，他可真是想煞了李师师。

一路穿过密道，来到封锁密道的铁门前，一名内侍取出钥匙，将密道口厚重铁门上的大锁打开，随后与另一名内侍一同将铁门推开。待二人推开铁门，赵佶便急匆匆地甩开了周游的手，快步往楼梯上去。周游领人将大锁从外再次锁住，令两名内侍在门前严加看守，这才收好钥匙跟上楼去。

第六十一章　风起涌云绕西楼

赵佶一路疾行至三楼李师师绣房。

守在闺房门外的两名侍女一见是他来了，连忙屈身万福，口中唱道："奴婢等叩见大官人。"

"无朕之令，莫要让人进来。"赵佶收了脸上那急切的模样，故作沉稳地微微点头吩咐了一句，接着稍稍一整身上的衣冠，便迈步上前推门进入绣房。

李师师的绣房占据了整个三楼，花椒泥墙，香桂为柱，设有火齐屏风、鸿羽帐，地面更是满铺西域进贡的毛毯，再辅以炭炉增温，室内丝毫感觉不到半点冷意。

进到绣房，隐隐便听到从后厢传来的水声和言语声，赵佶脸上遂露出一丝难掩的笑意，迈步去往绣房后厢。待见到后厢里的情形，赵佶脸上笑容更甚。只见后厢中，李师师正背身坐在澡盆中，由一名侍女的伺候着沐浴。

伺候李师师洗澡的侍女发现是他来了，连忙拜倒在地："奴婢叩见大官人。"

"十一郎，你怎的这时来了？"听到侍女的话，李师师抓起澡盆边上的帕巾揞在胸前，转过身来慌忙向赵佶行礼。

"怎么，不想见为夫？"看着眼前日思夜想的俏丽脸容，还有那纤秾合度的曼妙身姿，赵佶心里的火都快烧起来了。

哪怕赵佶是玩笑的语气说的这话，李师师也不敢怠慢，连忙带着几分娇羞低垂螓首道："妾身无日不思念着十一郎，只是妾身舟车劳顿，若不洗净身子，哪敢与十一郎相见？"

"这又何妨？你且坐下，让为夫来帮你沐浴梳妆。"赵佶听闻此言，满意地放声大笑，迈开大步就往李师师那边去。

一旁的侍女也知情识趣地退出后厢。

绣房外，周游领着两名腰挂长刀的壮硕内侍上到三楼，守在门外的侍女立刻伸手将他们拦下。

周游遂令那两名持刀内侍守在门外，自己则去往楼下安排护卫事宜。西楼自官家临幸李师师之后，便不再用来对外待客，二楼的房间是用来给李师师身边的侍女居住，一楼则是用来给平日里护卫西楼的殿前司兵将休息。

去到楼下，早早就被周游安排来西楼布置的亲信内侍升禄，立刻领他去往临近楼梯的一间房间。

一进屋周游便问升禄道："今日西楼防卫如何安置的？"

"禀义父，今日护卫西楼的是殿前司捧日军的刘、李两位队头与麾下精锐军士五十人。十人护卫前后门，另四十人便服潜于左近。"

升禄回禀道，"另依义父之令，孩儿选了内仆局身手高明者十人潜于二楼，随时听候义父号令。"

"怎么才十人？"周游闻言眉头顿时一皱。今夜他要应对的是方腊的那些亡命刺客，殿前司的兵士他不了解，自是信不过。

内东门司的那几个"带御器械"，也就是民间所谓的"御前带刀侍卫"，这些人来自梁师成所掌控的入内内侍省，他更是信不过，内仆局可用人手才十人，便是加上褚三娘那十一人，满打满算也就只有二十几人，这点人手可真谈不上多。

听他这么一说，升禄脸上露出无奈之色："义父要信得过的，还要武艺不错的，孩儿寻来寻去，只能寻到这些人。义父若是觉得不够，孩儿便再去想办法。"

"不必了，旁的安排呢？"周游摆手拒绝了他的提议，他们今夜行事最忌讳的就是打草惊蛇。

升禄赶紧答道："一切都依义父您的吩咐，飞鸽已备好了，一旦出事，咱立刻便能把消息传出去，皇城司人马至多只消一刻便能赶到。"

"嗯。"周游这才满意地点了点头。

见自家义父的表情看着还算满意，升禄这才小心地问道："义父，今晚是不是要出事？"

他侍奉周游的时间可不短了，甚少见义父如此紧张焦虑，且这诸多安排都显示着今夜的不平常。

周游立刻厉声呵斥道："不该问的，莫要多问。圣驾在外，咱家怎敢轻慢？"

"是，是孩儿多嘴了，孩儿该死！"升禄顿时被他这模样给吓到，连忙跪倒在地，同时不停地重掌自己的嘴。

周游这才缓和了语气，道："行了，下去把殿前司的那两个队正给咱家唤来。还有，你去楼外守着，咱家还调拨了些人手来，有十一人，他们到了，便领他们来见咱家。"

"是，孩儿立刻就去办。"升禄连忙领命退出屋外去。

待他走后，周游有些出神地看着窗外，嘴里喃喃自语道："生死富贵，就看今夜这一搏了！"

临近申正，天色渐暗。

此时距离闹花灯还有半个时辰，东京城已经彻底热闹了起来，城中家家灯火、处处管弦，城中四河上飘满了莲灯，已然化为了四条光河。宣德门前的御街上也早已搭好了放灯的山棚，到时便会万灯齐亮，金碧相射、锦绣交辉，那也便是上元节狂欢最高潮的时刻。

此刻，越来越多的人开始涌向宣德门前，将宽敞的御街堵了个水泄不通，人人脸上都是喜庆之色。许多别有用心的泼皮、闲汉，也混在其间，各个脸上表情兴奋又隐含着凶戾。

樊楼自也是如此，除西楼外，其他四楼都有大量三教九流之人涌入，负责西楼护卫的殿前司明暗哨，见着如此庞大的人流，难免心慌。

褚三娘一行，也随着人流进入樊楼。事先周游就已说明会令人在外接应，褚三娘很快就在西楼的外围与升禄接上了头。眼见人数与周游所说相当，又有内仆局的腰牌，升禄便知这就是义父要自己迎的人。有他的引领，护卫西楼的殿前司兵士自不敢阻拦。

进入西楼后，除去豹舅留在一楼厅堂，其他人跟着升禄来到周游所在的房间。

越是临近放灯的时间，周游就越是紧张，见着褚三娘一众架着崔宏到来，他总算稍稍松了口气，挥退升禄后，周游忙上前询问道："褚都知，东西可都准备好了？"

褚三娘点了点头，从怀中摸出一封书信，周游见此很是有些惊讶："才一封？"

褚三娘自然知道他在担心什么，点头道："一封足矣。"

周游将信将疑地拆开书信查看。看完之后，不由倒吸了一口凉气，暗自庆幸信件内容必定引发官家对梁师成猜忌和愤怒的同时，也心惊于赵晗手段的狠辣，心中打定主意日后绝不去招惹赵晗其人。

书信里的内容，其实与谋反扯不上半分关系，字里行间全是对太子勤勉、仁厚的赞誉，换在平时便是让官家看到也是无妨，但是要放在刺杀临身之时，这些内容就字字诛心，个个要命了！

看完书信，周游已然放下心来，随即看向被孟迁师徒架着的崔宏。

见周游看向自己，崔宏已无半点其他的念头，连忙拱手求饶道："周公饶命，周公饶命，小的已迷途知返，愿在官家面前指证那胡羽之，还请周公宽宏大量，饶小的一条狗命！"

"哼，吃里爬外的东西！"周游看着他冷哼了一声，"你这条狗命在咱家眼中不值一文，能否活命，便看你自己了。"

"小的明白，小的明白，多谢周公大恩大德，事后小的定有厚报。"崔宏闻言连连应诺。

周游厌恶地瞥了他一眼不再搭理，转而环顾屋内公孙道人一众，很快就察觉到了公孙道人一众的不同，朝廷上下，除了那些个自命不凡的清流官，少有对他这类在宫中有些权柄的中贵人不假颜色的。换成民间百姓，就更是如此，便是最低级的中黄门在外，百姓见着不是畏之如虎，便是谄媚逢迎。但他在公孙道人一行身上却见不着这些，不仅如此，这些人甚至全然没有介绍自家身份的意思，也就在孟迁的脸上他还能看到熟悉的谄媚笑容。

周游到底还是老练，也不管对面是什么态度，他直接问褚三娘道："褚都知，不知这几位是？"

"这几位都是忠义之士。"褚三娘也不愿现在说明公孙道人一众的身份，简单地敷衍过去，遂又问，"周公，不知官家现在何处？"

周游见她不愿说，也只得暂时放下心中疑问，抬手往楼上恭敬地一揖道："天家在与李娘子叙旧，咱家会寻机领你面圣。"

他心里也是急得很，刺杀最有可能的时间便是在官家与李师师观灯的时候，若在这之前没依照计划进行下去，一切的准备可能就都白费了。

第六十二章　疑心自会生暗鬼

是人都知道，周游所说的叙旧是在做什么，这会儿去打扰，怕是脑瓜子都要不保。

众人也只能耐下性子在楼下等待。

好在等了不多会儿的时间，就听得楼上响起丝竹声，众人闻声皆大喜，这便意味着官家那边已经完事了。周游不敢怠慢，连忙吩咐手下将准备好的果品糕点端来，让褚三娘一众端上借进献果品酒水去三楼面圣。

孟迁率先毛遂自荐。念及孟迁机灵，且勉强能算得上是自己的人，褚三娘略做思量便也接受了他的自荐。再加上公孙道人、林冲，一行四人在周游的带领下，托着酒水果品去往三楼。

经过门外带御器械的银针验毒之后，一行人推门进入了李师师的绣房。

"昨夜雨疏风骤，浓睡不消残酒。试问卷帘人，却道海棠依旧。知否，知否，应是绿肥红瘦……"

一进绣房，孟迁便听到了婉约优美的歌声，那靡靡婉转的歌喉，加上绝佳的唱词，听得孟迁浑身鸡皮疙瘩都起来了。

他悄摸着偷眼向歌声传来之处看去，只见珠帘后一容貌绝美，身姿袅娜，身着一身淡紫襦裙的女子坐于瑶琴后，想来便是京中第一行首李师师。

"好好好，好个绿肥红瘦，妙极妙极，以景衬情，字句运用可谓精工，这李清照当得大才一称。"紧接着就是一声男子的赞叹声，只见一相貌堂堂、风姿英俊的清隽道人坐于李师师对面。

至于眼前这人是谁，便不用多说了。

看到这人，孟迁不由得浑身微微颤抖，只觉一阵口干舌燥，腿脚都开始有些发飘了。周游一直紧张地盯着孟迁一众人，他不知晓孟迁他们的底细，若是一群山野匹夫，在君前失仪，他也同样没好果子吃！

此刻赶紧低声呵斥孟迁道："没有规矩，再胡乱看，小心掉了脑袋。"

莫说是孟迁，便是褚三娘等人见到官家，也多少显露出几分激动之色。孟迁闻声又是一哆嗦，连忙低垂下头，不敢再去看官家。

这边赵佶也察觉到周游等人的到来，周游连忙跪倒在地禀报："天家，奴婢等送来果品酒水。"

褚三娘等人也赶紧跟随跪拜。

"嗯。"赵佶只是淡淡地扫了周游他们一眼，便摆手让他们退下。

周游还在琢磨该怎么做，褚三娘眼神一凝，深吸了一口气放下手中瓜果，跪伏在地上道："罪臣，冰井务都知褚三娘，叩见天家圣颜，求天家为罪臣申冤平反！"

赵佶闻言脸色一凝，却并没有去看褚三娘，而是眼神冷厉地看向周游，周游被他这一眼吓得连忙一头磕在地上道："奴婢死罪！褚都知是因彻查方腊刺客被人陷害，幕后之人权柄彪悍，非奴婢所能抗衡，奴婢实不忍褚都知这等忠良之后受此戕害，才出此下策。"

赵佶眯眼看着周游问道："权柄彪悍？是谁？"

周游这会儿也是彻底豁出去了，狠狠一咬牙道："便是那淮南节度使，开府仪同三司，入内都都知梁师成！"

赵佶眉头一皱，但想到晨间梁师成多番地提醒他方腊意图行刺，还极力要求来西楼随侍，梁师成若是刺杀行动的幕后主使，万一他答应了，岂不是将自己也置入险境中？

且谁人与方腊勾连都有可能，唯独宫中权宦与方腊勾连，他是不信的。毕竟宫中内侍的权势皆来自他，方腊还能给出何等优厚的条件来收买拉拢梁师成这等人？只要梁师成脑子没坏，多半不会蠢成这般模样。

他遂冷声讯问周游道："你是说梁师成勾连方腊反贼，欲行刺于朕？"

周游一听他这语气，冷汗瞬间就流了下来，连忙解释道："这是罪臣与褚都知的猜测！只因，只因奴婢抓到探事司下二指挥崔宏，他指证是军头引见司的胡羽之指使其陷害褚都知，而胡羽之又是，又是梁师成的义子……"

赵佶的手指婆娑着面前的茶盏，缓缓道："崔宏人呢？"

周游连忙答道："人在楼中。"

赵佶略微思量后点头道："那便带上来吧。"

"是！"周游连忙领命躬身退出绣房。

周游走后，赵佶看了褚三娘一会儿，似乎想到了什么，开口对褚三娘道："朕记得你是褚义之女。抬头让朕看看。"

褚三娘不由心头一紧，该来的终归还是来了。今上爱金石、书画、美人这是世人皆知的。昔日她父亲救驾身亡，赵佶为表仁厚曾宣见过她家，那时她年尚不及笄，赵佶见她生得貌美，便动了收她入宫之心。若不是当时她家小弟年纪尚幼，不能接替褚义的职位，又有当时最为受宠的王贵妃从中干涉，恐怕她早已是官家后宫中的妃嫔之一了。

只是王命不可违，褚三娘只能听命缓缓抬起头来，看到褚三娘的相貌之后，赵佶眼中闪过一丝失望，略带缅怀地叹了一声道："女大十八变，古人诚不欺我，朕尚记得你年少时那娇俏模样。罢了，把你的事说与朕听听。"

孟迁此时才算是明白了，为何来见赵佶之前，褚三娘特意让燕小乙帮她易了下容，这会她的脸型变得有些方正，谈不上丑，但也绝对算不得好看。

糊弄过去后，褚三娘心头大松一口气，开始将自己的遭遇说给赵佶听。赵佶听后并未做什么表示，一会儿的工夫周游便带着崔宏回来了。

"罪臣探事司下二指挥崔宏，叩见吾皇万岁，万万岁。"崔宏一见到赵佶，慌忙拜倒在地。

"内外勾结刺探宫讳，崔宏，你好大的胆子！"赵佶最忌讳的就是这种内外勾结的事，一双眼睛冷冷地盯着崔宏，此时崔宏在他眼中已与死人无异了。

崔宏险些被吓尿了，带着哭腔认罪并辩解道："罪臣冤枉啊，罪臣所做皆为引见司勾当官胡羽之指使，胡羽之用罪臣家小、前程威胁，罪臣只能就范。罪臣从未，也不敢窥探宫讳，还请陛下明鉴啊！"

赵佶接着冷声问道："除胡羽之，可还有旁人与你勾连？"

崔宏赶紧摇头道："便只有这胡羽之与罪臣勾连，罪臣今晨还送了胡羽之二十两金子、五颗东珠，陛下若是不信，可让人前往搜查。"

"这个朕自然会找人去查。"赵佶很是厌恶地道，之后又问了几句，见问不出更多东西了，这才挥手，令人将崔宏带下去。

接着他又问周游、褚三娘："尔等笃定梁师成意图谋刺，可还有其他人证物证？"

褚三娘摇了摇头道："启禀陛下，罪臣曾夜探梁府，本是想寻些证据翻案，虽是寻到了一封密信，但内容与刺杀并无关联，有此疑心，皆只是罪臣与周公的推测。"

赵佶一听密信两字，眼睛就眯了起来："密信？可还在？"

"在。"褚三娘从身上摸出那封伪造的密信，双手呈上。

赵佶接过书信，立刻一目十行地观看了起来，越看脸色越是难看。看完之后，他将书信丢到一旁，阴冷着目光盯着褚三娘又问道："这书信取自梁府？"

褚三娘点点头笃定地道："正是，那日罪臣夜探的便是梁师成东华门外的宅子。"

"这信既无落款也不知是写给谁的，你怎么知是梁师成所写。且此间内容也并无不妥，又怎么断定其为密信？"

"禀陛下，罪臣是从此信放置的位置判定其为密信。至于怎么断定是梁师成所写，罪臣对比了书房中梁师成的手札笔记。"褚三娘道。

"哦？你倒是仔细。"赵佶的评价看不出任何情绪，"那密信藏于何处？"

"内书房紫檀架暗格之内。"褚三娘自是早有准备，为此，她还特地让时头领去探了梁师成宅邸的书房，对书房的格局了如指掌。

赵佶微微点了点头，正当下跪众人暗自松了一口气之时，赵佶突然语气凌厉了起来："大胆褚三娘，竟敢诓骗朕！"

话毕，手中婆娑的茶盏就飞了出去，幸而没有砸到人，只是落在地毯上，滚了出去。

官家突如其来的怒气，吓得周遭几人皆是一颤。特别是周游，若非多年在御前当差，此刻他恐怕已经瘫坐当场了。

幸亏褚三娘尚能自持，语气坦然道："罪臣不敢诓骗陛下。"

赵佶正欲训斥，却见一只白皙嫩滑的手轻轻盖在了他的手背上。赵佶抬头，就见李师师眉目含情地看着他，轻声细语地说道："十一郎息怒，妾身看着褚都知倒不像是信口雌黄之人，不如听她说完可好？"

轻轻柔柔的声音好似一汪清泉，瞬间抚平了赵佶心头的怒火。他拍了拍李师师的手背，点了点头。再开口时，语气果然缓和了许多："那你便说说，梁师成为何要留着自己写给别人的信？还收在暗格里。"

"罪臣以为，多半是此信刚写完，还不及送出。"褚三娘道，"官家请看，信件纸张上有墨迹相互沾染的痕迹，臣在展开时便发现信上的墨尚未完全干透。"

"哦？若如你所言，梁师臣有勾结逆党弑君之嫌，那么丢了密信后他理应彻查才是，可朕却从未听闻他有任何异动。"赵佶一边抚着李师师的手，一边不紧不慢地道。

官家的问题看似随意，实则环环相扣，让跪在地上的褚三娘不得不对其有了新的认识，也让其他四人着实捏了一把汗。

不过，所有这些问题褚三娘与赵晗都曾推演过，此刻她倒也不惧："梁师成若无行动，陛下以为臣为何会从冰井务的都知变成一个见不得光的朝廷通缉犯？也正因如此，臣才确信这信并不如表面看到的这般简单。"

"这信当然不简单。"

赵佶的声音冰冷，褚三娘刚刚这句话回得可以算是非常大胆了。可偏偏就是这句大胆的反问，打消了他心头最后一点疑问。

书信的内容皆是对太子的种种赞誉，可偏偏也让他找到了梁师成密谋刺杀的理由和原因，对于梁师成这样的宫中内侍而言，权势皆来自官家，但是赋予他权利的官家是不是他，却并不一定了，以太子与梁师成的渊源，当日若非梁师成，便也没有如今的太子……想到这里，赵佶就更加肯定了褚三娘所言的真实性。只是这些不足与外人道罢了。

疑心生暗鬼，这便是赵晗种种安排的目的，由他们来说给赵佶听，效果远不如赵佶自己联想。诸多的设计和线索，也注定了赵佶会心生这些联想。

赵佶深吸了一口气，暂时平复内心的激动，勉强控制着柔声对褚三娘说道："褚家世代忠良，你父褚义更是救驾而死，朕怎会令忠臣寒心？你等且先退下，事后朕定会还你一个公道。"

"陛下圣恩明断，罪臣感激不尽。"褚三娘闻言脸色大喜，连忙叩谢圣恩。

赵佶此时心思哪还在这，有些疲惫地闭上双眼，右手轻摆，示意众人退下。就在这时，林冲与公孙胜交换了一个眼神，齐声开口。

"罪臣林冲，叩见吾皇万岁，万万岁。"

"草民公孙胜，叩见吾皇万岁，万万岁。"

第六十三章　火树银花纷乱起

周游本想起身退走，突然听到林冲二人的话，稍愣一下之后，脸色骤然一片煞白，腿脚一软裤裆一热，直接吓瘫在地上，面如死灰般地看向林冲二人。

入云龙公孙胜、豹子头林冲，可都是梁山反贼中赫赫有名之辈，官军多次围剿铩羽，梁山这些个头领的名号，在朝中早已是耳熟能详，他又如何会没听说过？

他竟将一帮梁山反贼引到了官家面前！

"什么？"赵佶也是被吓得不轻，闻声直接从座椅上弹了起来，眼带惊惧地看着林冲二人，却不敢出声呼唤门外守着的那些个带御器械护卫。此时他与林冲二人的距离不远，若轻举妄动引得二人暴起，那他焉能有命在？

褚三娘与孟迁二人，见状都是紧皱眉头，心中暗骂林冲二人鲁莽，他们能理解因为放灯时间迫近，林冲二人急于与官家谈好招安事宜，但这般鲁莽，没给官家些缓冲的时间，若是惊吓到了官家，大家可都没有好果子吃。

孟迁脑筋猛转，之后狠狠一咬牙对赵佶道："恭喜陛下，贺喜陛下，陛下兵退方腊，威服四海，梁山义士深感官军之威，又知陛下仁慈，早有招安之心，此次探知方腊意图行刺，便派出山中精锐前来护驾，并向陛下表以投诚之诚心。"

他这番话说得极是好听，先是赞颂了赵佶兵败方腊的功绩，又将梁山姿态拉得很低，听得赵佶心头异常舒爽，再见林冲二人跪伏在地并无异动，心中戒惧也缓缓放下来，重新坐回椅子上，满意地扫了孟迁一眼后，对林冲二人道："可是如此？"

"启禀陛下，正是如此，草民这有公明哥哥亲笔所写投诚书，请陛下龙目御览。"公孙胜赶紧答复，随后从怀中取出宋江手书，恭敬地递呈过头顶。

孟迁瞥了一眼一旁还没缓过劲来的周游，遂起身接过书信，弯腰举过头顶，恭敬地递送到赵佶手中。

赵佶接过书信时看了孟迁一眼，见孟迁相貌生得还不错，再加上刚才的那股机灵劲，很是满意地点头道："你很好。"

"多谢陛下夸赞，草民不敢当。"听到官家的赞扬，孟迁喜得心都快翻了，身体不由自主地微微颤抖着跪地谢恩。

赞过一句后，赵佶便不再理会他，开始仔细观看书信内容。一路看下来，信中内容让赵佶脸上泛起满意的笑容。若是在方腊造反之前，梁山这帮反贼他自是容不得的，必剿之以服四海，但方腊造反之后，梁山之乱就只能算是癣疥之疾了。

如今，梁山主动来投，就如孟迁之前所说，不光彰显了他赵佶威服四海，不战而屈人之兵的威仪，还能白得大批精兵良将，让这些反贼去互相消耗，对他来说真是百利而无一害。

三楼这边，一群人静待官家看完书信，室内落针可闻。

反观楼下倒是一派热闹祥和，樊楼主事眼见临近放灯，便令人送来些应节的酒水吃食。

豹舅作为宫中中贵人留下的人手，殿前司那两位队头自是不敢怠慢，令人盛了面蚕、油锤，又带上一缸酒便去到豹舅所坐的角落，想要与他套套近乎。

豹舅不善与人交流，警惕地看着这二人靠近。

刘、李两队头来到豹舅身前，将酒水吃食放在豹舅身前的桌上，刘春谄笑着对豹舅说道："某家刘春、他叫李奉，见过这位中贵人。这是樊楼送来的吃食，味道可是不错，中贵人且尝尝。"

豹舅对吃食还是感兴趣的，遂伸手抓起一颗油锤放进嘴里吃了起来，只是才吃两口，他眉头就皱了起来，将嘴里嚼着的油锤直接吐了出来，嘴里自语道："肉味不对！"

接着他又抓过酒缸，对着缸中酒仔细嗅了嗅，对刘、李二人道，"让人莫吃了，这些都下了药！"

刘、李二人面面相觑，他二人之前就已经吃过些了，并没有感觉酒食有什么问题。

"中贵人，你莫不是想多了，樊楼这些人，还敢对咱做甚不成？"刘春笑着又喝了一口酒。

只是豹舅油盐不进的性格，令气氛一度有些尴尬。幸好刘春是个会见机行事的，见豹舅不理他们，也不强求，只说是一会儿要去巡视，便带着李奉走开了。

豹舅见他二人不信，一时也不知该如何是好。犹豫了片刻，还是起身想往楼上去通知其他人，只是才走道楼梯口便被驻守的兵士挡住了去路。

临近酉时，宣德门外，山棚山沓上具已结彩，左右以五色彩结跨着狮子、白象的文殊、普贤菩萨灯山，沿御街以草缚龙，密置着灯烛万盏，只待时至，便会齐齐掌灯。

山棚至宣德门前的广场，则以棘刺环成一个大圈，是为"棘盆"，朝廷所请的歌舞、百戏艺人已然做好了准备，只待掌灯开始，便起舞乐以娱百姓，棘盆外围与宣德门下则密布维持秩序的禁军兵士。

整个御街早已被观灯的百姓堵得水泄不通，虽是还未燃灯，宣德门前已是锣鼓喧天、人声鼎沸喧闹之极了。宣德门上正中的望楼前，也已布设好了御账，够品级来此陪官家与民同乐的官员，依官职品级环坐与御账周围。

太子赵恒领着随侍内侍，一边与沿路官员回礼，一边快步赶往御账这边。赵恒相貌随母，与官家迥异。他不受宠多多少少也和长相有些关系，也正因为不受宠，他面上少了几分储君该有的意气风发，反倒是常带着一丝沉郁。

"内臣梁师成参见皇太子。"

"内臣李彦参见皇太子。"

见着赵恒，随侍御账旁的梁世成和李彦连忙见礼。

"梁公、李公。"赵恒简单回了半礼。而后跪倒在御账前，高声对御账内的人影说道："儿臣叩见父皇，儿臣听闻父皇身体不适，特来问候，不知父皇身子可爽利些了？"

"朕无妨，皇儿无须忧心，退下去观灯吧。"御账内很快有所回应，声音与官家很是相似。

可是作为父子，赵恒又怎么会听不出账内嗓音的些许差异，但他装作没听出的模样，再次行礼道："父皇无恙，儿臣便安心了。那儿臣便告退了。"

"去吧。"账内又传来回应声，赵恒这才起身恭敬退下，退出很远他才转过身去站直身体，目光有意无意地往樊楼方向瞥了一眼，才大步去往自己观灯的位置。

"掌灯……"

与此同时，随着一声声令传下，城墙下万灯齐放，鼓乐喧天而起，灯节始！

而此刻，正对西楼望台的脚店二楼，几双眼睛透过窗缝焦灼地盯着西楼望台。房内的人，自是仇道人一行。

赊刀人确实财雄势大，竟是将西楼周边的民宅、脚店都腾空来，给仇道人一众作为藏身之地。

"怎还没见人！"眼见灯节将始，性子急躁的方七佛已经耐不住性子，焦躁地说起话来，手中的狼牙棒都快被他攥出水来了。

持弓和握剑的陆行儿、仇道人两人，此时也同样内心焦灼，但他们比起方七佛，还是要沉得住气些。就在这时，宣德门那边鼓乐喧天而起，几声巨响，空中烟花绽放，霎时间，偌大一个东京城，到处火树银花，灯明如同白昼。

灯节终于开始了！

到这会，便是再沉得住气，看着空无一人的西楼望台，仇道人的心都揪了起来。只是那半截明尊卖得一手好关子，竟半点不透露他要如何相助，只教他们候在此处，静待时机便是。如今，时辰已经到了，西楼半点动静也无，这劳什子明尊怕不是个江湖骗子。

就在这时，陆行儿猛地一拉他的衣袖道："道长，快看！"

仇道人顺着他所指的方向一看，只见，护卫于西楼前的那些殿前司兵士，此时已经纷纷瘫倒在了地上。

他当即笑得嘴都合不拢了，冲空气一打拱手，厉声喝令道："明尊高义，我等记住了！"

在他看来药倒护卫士兵的，只能是半截明尊的人，同时这也是在向他们传递赵佶正在西楼的信息！

"杀！"

随着他的令起，早就按捺不住的方七佛狞笑厉吼着，一棒子敲碎窗户，腾身跳出脚店，身先士卒地往西楼狂奔而去。

陆行儿与仇道人也紧随方七佛之后，跃出脚店，直奔西楼而去。随后大批方腊人马从藏身地现身，跟随他三人如潮水一般涌向西楼。

方腊一方行动的同时，豹舅手下的野狗也察觉出了异常，纷纷狂吠示警。

第六十四章　鏖战西楼兵马乱

"尔等迷途知返，朕心甚慰，自是不会亏待诸位。佳节在前，便先退下好生过节，明日朝议朕再与群臣商讨招安之事。"眼见灯节将至，赵佶哪还有心思此时去跟林冲他们谈招安，满心只想着与李师师过节，简单地安抚了林冲二人几句，便挥手令他们退下。

很显然，方腊行刺之事，他到底还是没怎么放在心上。

可就在这时，窗外灯光大作，同时众人耳边也响起了自宣德门方向传来的喧天鼓乐声，紧接着就是此起彼伏的狗吠声响起。

"不好，刺客来了！"褚三娘一众听到犬吠声，脸色齐齐一变，林冲弹身从地上起来，对褚三娘说道，"褚都知，速带陛下离开，我等断后。"

说罢，林冲二人便转身快步出门。

一推开门，便见着门外看守的几名带御器械内侍，已是横七竖八地倒在地上，赵佶见状，脸色大变，至此他才明白真有方腊刺客刺杀他！

"两位哥哥，出事了！"林冲二人才出门，就遇上匆匆上楼来通知的燕小乙，见着林冲二人急匆匆地从绣房出来，燕小乙赶紧将兵刃丢给林冲二人。

林冲、公孙胜分别探手抓住燕小乙丢来的丈八蛇矛与松纹古定剑，一跃从楼梯跳下去，守在二楼楼梯前。有小李广之称的花荣，则寻了个高处，满弓搭弦箭锋直指二楼楼梯口。燕小乙等人则各自守御在二楼各处。

就在这时，楼下传来轰然一声巨响，这时一楼门板被紧接着便听得一计吼声："圣公有令，杀敌者赏百金，活捉赵佶者，赏万金，擢升一城元帅！"

封赏一出，方腊人马的喊杀声更激动了几分，蜂拥地往楼上来。

听得楼下的动静，赵佶早已是吓得脸色煞白，褚三娘迅速朝他一拱手："陛下，快些跟着臣走！"

说完，她一跃出门，以脚勾起地上一把环首刀，持刀便快步往楼下去，朱自通连忙跟上她的脚步。

"陛下快走！"周游和孟迁二人，则左右搀扶着赵佶离开。

赵佶此时哪还有心思惦记李师师，白着一张脸，在孟迁二人的搀扶下，一脚深一脚浅地离开。

见赵佶没理会自己，李师师眼中闪过一丝哀戚，却并不见太多慌乱，也没慌乱逃跑，反是脸色平静地推开望楼门，迈步去到望台上，依着栏杆遥望宣德门那边万灯齐放的盛景。

褚三娘二人快步下到二楼，燕小乙连忙将熟铁棍丢给朱自通。朱自通探手接兵刃，护于褚三娘身前。就在这时，方腊人马已涌上楼梯来，朱自通甩手便是一颗火雷弹丢下。

"嘭"的一声火焰爆发，烧得方腊刺客惨叫连连，成功地阻挡了前进的脚步。

花荣手中箭也跟着飞出，准确地穿过一名刺客的喉咙。但同时方腊刺客的回应也跟着出现，一箭如闪电般射向公孙道人，公孙道人连忙偏头躲开，"咚"的一声，箭羽钉在公孙道人身后的楼板上，箭尾剧烈晃动。

见刺客中还有这等神箭手，林冲连忙对花荣大喝道："花荣，射杀箭手！"

"诺！"花荣应声飞蹿改换位置，目光搜寻之下，快速寻到持弓的陆行儿，满弓就是连珠三箭射向陆行儿。

陆行儿迅速矮身翻滚，躲过花荣的连珠三箭之后，起身就是一箭回应，花荣迅速移动躲避。

此时，孟迁二人搀着赵佶从楼梯上下来，仇道人见到赵佶眼睛顿时放光，慌忙吩咐陆行儿道："陆兄弟，留住皇帝！"

陆行儿闻言，立刻放弃跟花荣的对阵，目光电扫，寻到赵佶的位置，立刻开弓连射。孟迁见状连忙扯着赵佶矮身躲避，还好他反应够快，陆行儿射出的箭只一支射穿了赵佶的道髻。

"啊！"头上的扯痛吓得赵佶惨叫出声，双腿早已是软了。

"护驾，护驾！"周游也被吓得不轻，尖着嗓门拼命呼吼，褚三娘与内仆局的那些内侍，赶紧上前来，将赵佶团团护住。

林冲一矛刺翻一名冲在前头的刺客，焦急地对褚三娘吼道："我等断后，你们护着陛下快走！"

"那边，可直通密道。"周游连忙指明方向，褚三娘迅速引着赵佶往周游所指的方向去。

孟迁自是跟着褚三娘同行，朱自通则在临走之前，又往楼下丢出数枚火雷弹，再次引发方腊一众的骚乱，令其攻势再受迟滞。

眼见赵佶被护住离开，手下攻势又被火雷弹给阻滞，仇道人气得破口大骂："公孙胜，林冲，我敬你们是个好汉，如今竟也甘为这狗皇帝的鹰犬，可想过尔等这般行径，可对得住你们那些死在宋军手中的弟兄，可当得上你等替天行道的旗号？实令人齿冷！"

他这番话对林冲他们毫无用处，唯有武都头听了脸上闪过一丝愧色。

就在此时，二楼东边墙壁发出轰然巨响，方七佛狞笑着砸墙而入，抡着手中狼牙棒就朝离他最近的武都头砸去，同时大量黑衣刺客穿窗而入，

戒刀这等轻巧兵刃，应对狼牙棒这等重兵吃亏之极，便是武都头武艺再高强亦不敢轻撄其锋，立刻快步退避。"轰"的一声，狼牙棒重重落地，整个西楼二层都狂抖了一下。

眼见方七佛旧力已尽，武都头迅速大步跨前，扭腰旋身手中刀闪电般斜斩方七佛脖颈。方七佛狞笑一声，几十斤重的狼牙棒，在他手中如无物般，一挽棒花磕开武都头斩来的刀，再次狂吼着奋力挥砸。

"休得猖狂！"燕小乙见武都头被方七佛逼得连连后退，一震手中熟铁棍砸开与自己交手的方腊刺客，舞棍挡下方七佛的狼牙棒。

"咚"的一声巨响，棍棒相交，二人都被对方兵刃上的力道震退。

只是方七佛不过倒退半步便稳住了身形，燕小乙则是往后趔趄了好几步才堪堪站稳，高下立判。

"给洒家死！"武都头此时已经是气得双目通红了，将手中雪花镔铁戒刀往地上一丢，探手扣住燕小乙的熟铁棍，猛然发力将其生生从燕小乙手中夺过来，抡棍就往方七佛猛砸。燕小乙甩了甩被震得酸麻的手臂，心知自己不是那黑莽汉的对手，遂抓起武都头丢下的戒刀，转身迎战其他方腊刺客，其余人众也各自迎敌。

这些方腊刺客既是被选派来参与刺杀，自然都是武艺精熟之辈，单对单不

是在场梁山好汉的对手，但人多势众，人马源源不断地攀上二楼来，很快梁山一众好汉便陷入了劣势，被打得节节后退。

花荣眼见这边情形不妙，不得不放弃压制陆行儿，调转方向，探手从箭囊中抓起三支箭，满弓拉弦对着方七佛便射将出去，箭箭直指方七佛咽喉等各大要害。

若能解决眼前这跟武都头势均力敌的黑莽汉，那楼上的压力可就小多了。眼见箭矢射来，方七佛惊得怪叫一声，忙抖手用力将武都头推开，以兵刃护住头胸快步退避。

他反应不慢，但箭矢速度更快，三箭中两箭射中他，可还是被他躲开了要害，只射中了他的右侧大腿和右手手臂。

武都头自是乘胜追击，手中熟铁棍带着沉闷的呼啸，往方七佛头部狠狠砸下。

方七佛哪还敢再硬撑，立刻忍着疼痛快步退走，退走的同时一手扣住身手一名手下扯到身前来抵挡武都头的攻击。这人还没来得及惨叫，脑袋便被武都头的熟铁棍砸了个稀巴烂。

方七佛将尸首往武都头方向一推，自己则快步与身后手下汇合，不再逞匹夫之勇。

楼下陆行儿见楼上再无箭射下来，立刻抓住时机，向扼守着楼梯口的林冲、公孙胜连发多箭，林冲二人不得不退避躲闪，方腊一方立刻趁机涌上二楼。

一时间梁山众好汉被打得节节败退，情形已是岌岌可危。

话分两头，褚三娘一行通过二楼的通道下到密道，架着赵佶一路疾行，周游则在旁边向赵佶说明他所做的安排，以宽赵佶的心："天家莫急，奴婢已令人飞鸽传书皇城司，不消一刻援兵便能赶到，到时这帮反贼插翅难逃。"

正说着，突然前方的人突然停下脚步，赵佶险些一头撞在身前护卫的内侍身上。

赵佶这会正是惊怒交加，当即就要发作喝骂，就听对面响起一个男子声音："阿弥陀佛，敢问前方可是赵宋天子陛下？我家圣公令贫僧请陛下去往东南一晤，还请陛下屈尊与贫僧同行吧。"

赵佶闻言心头顿时一颤，立刻抬头看去，只见前方大批僧人挡住了他们的去路。站在最前方一个方面大耳的，看起来一脸的慈眉善目的僧人，右手挂着亮银禅杖，另一手对他行着单掌礼。

第六十五章　李代桃僵施狡计

褚三娘看了一眼将通道堵了个严实的众贼僧，低声喝令道："杀过去。"

言罢她便握紧手中环首刀，作势就要领人前往迎战。

"大和尚，方外之人，何苦深陷这等纷争之中？"这时朱自通伸手拉住她，摇了摇头，让褚三娘跟在自己身后。而后，一边与邓元觉说着话，一边提着熟铁棍，以极快的速度往邓元觉那边跑去。

"战乱起，苦的是百姓黎民，圣公请陛下去往东南，便是要救万民于水火，此举可称功德无量！"

看到朱自通靠近，邓元觉眼睛微微一眯，挥手拦下身旁想要挺身护卫的僧兵，也提着禅杖迈开大步迎向朱自通。说话间，两人就已经近身，朱自通身形骤然一沉，右脚跟用力一磕棍尾，手中熟铁棍携着风雷之势疾速砸向邓元觉的脑袋。邓元觉也不慌，马步一沉，单手持禅杖举过头顶招架。棍杖相交，密道中顿时响起一声轰雷般的巨响，震得人耳膜生疼。

铁棍上所携的巨力，打得邓元觉险些单膝跪倒在地。朱自通这头看似占了上风，但他的脸色却是极为难看，眼前这和尚可是用单手就接下了他的全力一击啊！若非是这和尚托大，他怕是丝毫便宜都占不到。

如今占了先机，朱自通哪敢给邓元觉喘息之机？右脚迅速往后一退站姿成左弓步，同时持棍翻腕托起，一招天王托塔，铁棍闪电般砸向邓元觉持杖的手，唯有将邓元觉手中禅杖打落，他才有胜算。

邓元觉连忙就地往旁边一滚，躲开朱自通棍招的同时，手持禅杖贴地挥砸朱自通腿部，用力之猛甚至在青石铺就的地板上，擦出一串火星。朱自通见状连忙跃身而起躲避，腾空之时，双手池棒再次砸打邓元觉的头部。邓元觉怒哼一声，连忙收回禅杖高举横架。

又是一声巨响，这次邓元觉轻松接下朱自通的棍击，再往上用力一撑，将朱自通给震飞了出去。朱自通趔趄落地稳住身形，马上又再次扑将过去。经过短暂的交手，邓元觉已然摸清了朱自通的底细，其人勇力不俗，但比起他来还是逊色不少，遂冷笑着提杖迎上。

两人战成一团，密道内不时响起如雨打芭蕉般密集的打铁声，二人过处，棍影杖风使得无人敢于靠近。

褚三娘不愿在此耽搁，手微微一动，袖中短刀遂滑落到她手中，寻了个机会，手一抖短刃脱手飞出，直扎向邓元觉肋部。

邓元觉冷笑一声，一挽杖花，禅杖环首重重地砸在朱自通棍上，将其打退后，禅杖环首又顺势将褚三娘掷出的短刃击飞，短刃以比来时更快的速度钉入密道墙壁中，褚三娘用力猛扯连接短刃的锁链，费了不小的力气才将短刃收回。

经过此番试探，褚三娘面色煞白，她此时才明白朱自通面对的是怎样的一个对手。褚三娘还不及回转心神，朱自通这边又再次舞棍迎上了邓元觉。

"左右，拿人！"邓元觉此时也已有些不耐了，嘴里厉喝一声，他身后的僧众闻令齐声应喝，而后便蜂拥冲来。

同时邓元觉吐气发力，全力挥舞手中禅杖，往朱自通打去。只听禅杖舞动间带起闷雷般的破空声，便可知这一击何等可怕，朱自通忙持棍横架。

只听一声闷雷般的巨响，朱自通手中的熟铁棍便被禅杖给生生砸弯，整个人也被这股巨力撞得倒飞开去，重重地摔落在地。

落地之后，朱自通再无力握棍，铁棍脱手掉落，他也忍不住"哇"地吐出一大口血来。

"朱……老丈！"褚三娘见状大骇，连忙上前来搀扶。

"你快些走，我来拖住他们！"朱自通一把甩开她的手，低吼了一声，接着探手从怀里摸出一把火雷弹，甩手就朝扑来的僧众打去。

火雷弹落地，瞬间爆成团团烈焰，众贼僧随即大乱。

"万万要保住自己的性命！孟迁，替为师护都知周全。"言罢，朱自通挣扎着爬起身来，回头深深地看了褚三娘一眼后，捻开腰间装火油的葫芦塞，迈开大步就往众贼僧那边冲去，行动间火光一现，他整个人顷刻化作一个火人，烈焰随即瞬间充斥整个密道。

第六十五章 李代桃僵施狡计

"老丈！"褚三娘见状，整个心都被揪了起来，嘴里不由发出一声凄厉的呼喊。

"你这厮，疯了不成！"邓元觉见着带着熊熊烈焰朝自己扑来的朱自通，胆气当即尽丧转身夺路飞逃。

不用褚三娘招呼，火才起，周游等人便架起赵佶转身往来处逃。

"我师父便是你爹，你可要记紧了！"眼见褚三娘还在对着眼前烈焰发呆，孟迁只得停下脚步，快步上前拉着她逃走。

褚三娘一把甩开孟迁的手，迅速抹去脸上的泪水，对孟迁道："一会给我躲好些，我不死，便不会让你死。"

孟迁闻言一愣，随后便想明白了，她这是把对朱自通的愧疚寄托到了他的身上。

说罢，褚三娘也不等孟迁，自顾迈开大步赶上赵佶一行。

等人又回到密道口，便遇见已经退入密道的梁山一众，梁山众人此时都是浑身染血，其中张顺身中数箭，全赖燕小乙搀扶才能行动。

"你们怎么还没有带陛下走？"见着孟迁一行竟然回头来，公孙胜脸色大变，他们拼死阻挡方腊刺客为的是什么，不就是为了给赵佶逃走争取时间么？

周游苦笑着解释道："后头一群妖僧挡路，为首妖僧厉害无比，幸亏那……那位……老英雄以命相搏，我等才得以脱身。"

听说刺客还断了密道后路，林冲一众脸色瞬间变得无比难看，他们竭力抵御方腊刺客，现下精疲力竭不说，还人人带伤，若是再战怕是会有折损。

"梁山诸位爱卿，只要诸位爱卿救朕出这险地，朕不吝封侯以赏！"赵佶这回也算看明白，他如今能靠的恐怕只有梁山众人了，为求保命，哪还会吝惜。

"臣等自会全力护陛下周全。"林冲深吸了一口气，对赵佶行了一礼。起身后又问周游，"妖僧有多少人马？"

褚三娘接口答道："恐有三五十人。朱老丈自焚搏命，不知能杀伤几许。"

"只能拼死一搏了。"林冲回头看了公孙胜一眼，公孙胜微微点头以作回应。

这时孟迁开口道："陛下，草民有一计。"

邓元觉一脚踏碎朱自通烧焦的头颅，领着剩余十几僧众，杀气腾腾地飞奔堵截赵佶。

行走了一段，他便听远处传来厮杀声，脸上遂泛起一抹狞笑，脚步又更加快了几分。

"逆贼！朕……啊——"行进间，他便听到了赵佶的惨叫声，这让他有种不好的预感，留着赵佶的命，逼他签下城下之盟，对他们方腊才是最为有利的。

"狗皇帝，你终是死在林某手中了！哈哈哈！"随后他便见着远处微弱的火光下，一人将一具身着道袍的尸体挑于半空中放声狂笑。

"恭贺林头领，今日为我梁山立下不世大功！"

邓元觉眉头又是一皱，从两人的对话里，他已大概明白了对面人的身份，那枪挑赵佶的，应该便是昔日的豹子头，如今的梁山小张飞林冲。方腊在南，梁山在北，他也只听说过林冲等人的名号，未曾与之谋面。不过看眼前人的身量，倒也不似作假。

邓元觉遂远远地冲林冲单掌行礼道："敢问施主可是梁山小张飞林冲？洒家乃是圣公方腊麾下国师邓元觉。"

"原来是元觉国师，某家正是林冲，某还道为何这赵佶去而后返，原来是有国师相助！多谢！"林冲将矛上尸首甩下，冲邓元觉回了一礼表以谢意。

"某家公孙胜，多谢国师。"随后公孙胜也冲他行了一礼致谢。

"武松、燕青，谢过国师。"武松燕青几人，也纷纷自报名号表达谢意。

"不知诸位同道，可见过仇道兄一行？"邓元觉目光扫过林冲一众，又看了看被甩在地上的尸首，心中虽有些惋惜，但木已成舟，他也无可奈何。

"仇道兄还在率人阻挡禁军护卫，我等事已成，便先行告辞了，后会有期！"公孙道人简单地说明了一句，便开口辞行。

邓元觉皱着眉头看着林冲一众靠近，随后冲身后僧兵一挥手，示意让出条路来给林冲等人离开。比起他们来，梁山跟赵宋朝廷可谓仇深似海，他是无论如何都不可能想得到，梁山一行来此会是为来救赵佶而来。

行近邓元觉，林冲手握蛇矛向邓元觉拱手行礼，邓元觉也单掌回礼，正当邓元觉垂头之际，林冲眼中厉色一闪，蛇矛尖锐的尾端立刻朝邓元觉脚面狠狠扎去。

第六十六章　纷纷乱血流成河

邓元觉真没想到林冲会突然袭击自己，猝不及防之下，脚板霎时被蛇矛洞穿，剧痛之下他忍不住惨叫出声，赶紧探手扣住林冲手中蛇矛，奋尽全力把林冲推开。

邓元觉的蛮力惊人，林冲当即被他推得一趔趄，蛇矛也随之从其脚背拔出，伤口涌出的鲜血瞬间浸透了邓元觉所穿的僧鞋。同时武松、公孙胜几人也抢步上前，各使刀剑奋力砍杀邓元觉所率僧兵。

邓元觉瞥了一眼见手下僧众已被武松二人砍翻好几个，余者也已被惊掉胆气，便知已是无力回天，再耽搁下去他的命恐怕也要交代在这，遂猛挥禅杖逼退上来围攻的燕小乙，又奋力掷出禅杖再次迫退林冲，果断地转身往樊楼方向全力奔逃。

只是他浑没注意到，他前路的黑暗中，一柄长刀已经横在他的去路前。

邓元觉一脚绊在刀刃上，小腿顿时又添一道深可见骨的伤口，惨叫着倒地，褚三娘立刻从黑暗中跃身而出，带着满脸的恨意，双手握刀全力斩向邓元觉脖颈。邓元觉毫不犹豫地伸手抓住砍来的刀刃，奋力一夺，褚三娘当即被他的蛮力扯到近前，环首刀也被其生生地夺了过去。这时的邓元觉一心只想着逃命，夺过刀直接往地上一扔，挣扎着就要爬起身继续逃命。

褚三娘自知不是邓元觉的对手，被夺了刀之后便迅速往后退避，同时袖中刀也已经滑落到她手中。正当她要用袖中刀再次攻击的时候，豹舅从黑暗中蹿出，直接扑在了邓元觉背后，手爪狠狠地在邓元觉脸上一抓，邓元觉顿时发出一声不似人的痛苦嘶吼，他半块面皮几乎被这锋利的爪子抓开，右眼也直接被抓瞎。

痛疯了的邓元觉惨嚎着伸手扣住豹舅的手，蛮力一使，直接将豹舅从背上扯下来，奋尽全身力气将豹舅往地上狠狠一砸，接着又将豹舅的身体甩向后面的褚三娘。豹舅的身体重重地撞在褚三娘身上，褚三娘脸色霎时一白，"哇"地吐出一口鲜血，跟豹舅一起委顿在地。

甩出豹舅，邓元觉头都没回地往前继续狂奔逃命，孟迁见状连忙从暗中奋力向邓元觉丢出手中的火雷弹，火雷弹在邓元觉背上炸开，在其背部燃起熊熊烈焰，但邓元觉浑然不顾，顷刻间就已远遁而去。

如此布置都没能要了邓元觉的命，可见这恶僧的厉害，孟迁自是不敢去追的，遂转身去到褚三娘身前查看。褚三娘还好，只是被豹舅身体撞伤了内腑，这会脸色虽不好看，但已回过些气来，可豹舅却是不停地吐着血沫，显然是受了不轻的内伤，不过幸好他向来皮糙肉厚，性命倒还无忧。

梁山众人此时也已斩尽了邓元觉带来的僧兵，不敢有片刻耽搁，一行人继续往密道出口逃。没了阻碍，很快便通过密道，到了连接密道的杨戬家后院，眼见密道外再无刺客，众人齐齐松了口气。

此刻，密道入口处停放着一顶软轿，周游忙喝令幸存的两名内侍去担轿，他自己则扶着赵佶去往轿厢，边走边宽赵佶的心道："天家，出了这儿就是濡楼街，今日街面上弹压的是捧日军，有捧日军士卒护驾，可保无忧矣。"

"快些回宫去。"赵佶衣衫褴破碎，有气无力点点头，坐进轿厢中。

周游忙令那两名内侍起轿，快步离开遮蔽密道的假山。

只是才出假山，就听"嗖、嗖、嗖"的连续弓弦震鸣声，头前抬轿的内侍当即惨叫一声，抓着喉咙上所中的箭羽扑倒在地，软轿也随之倾覆，赵佶惊叫着摔出轿厢外。好在公孙胜眼疾手快，一把扣住赵佶的脚，迅速将他给拉了回来。

"天要亡朕吗?!"赵佶此时已是魂不附体，喃喃间整个人如同一团烂泥般瘫在地上。

林冲伸手把软轿拖回来，将钉在轿厢上的箭羽拔下来交给花荣后，问周游道："此处是何地？"

周游连忙答道："此地是杨总管府上后院，穿过正宅便能到濡楼街。"

"正宅在何处？"林冲边说边发力拆卸软轿轿厢，在他的力量下，轿厢很快便被拆成了四块木板。

周游指了指方位，林冲微微点头，将轿厢四壁木板一一交给孟迁、褚三娘等人，安排道："你们以此为盾，护陛下周全。"

孟迁接过递来的轿厢板，狠狠地吞了口口水，手紧紧地攥着木板，因为太过用力，指节已然泛白。

一切安排妥当，公孙胜快步去到受重伤的张顺身前，捏开他的嘴巴，给他塞了一颗药后对时头领说道："我等引开来敌，你安置好张顺兄弟。"

"诸位哥哥，万万保重。"时头领郑重地点了点头，拱手对公孙胜几人深施一礼。

"都跟紧了，走！"一切安排妥当，林冲低吼一声，一行人快步离开假山。

就在外头纷乱成一团之时，赵府内安静得可怕。

赵晗坐在闺房中皱着眉头，小口地喝着药汤，这么多年过去了，她依然没有适应药汤的苦涩。

突然间，数名黑衣人飞身飘落到闺房前。为首黑衣人迈步去到闺房门口，轻轻地叩了叩房门道："娘子，李四娘前来听命。"

听到李四娘熟悉的声音，赵晗缓缓将手中药碗放下："李妈妈进来说话吧。"

李四娘挥了挥手，另五名黑衣人遂隐入暗中，她这才推门进屋，向着赵晗拱手一礼道："李四娘奉令，领风组五人，前来听候娘子差遣。该如何行事，请娘子示下。"

赵晗盯着她看了一会，才点头道："往日都让李妈妈你做些洒扫杂事，委屈你了。"

"二十两金子，寻常人家，便是辛劳十年也攒不下这么多钱，娘子如何委屈老身了。"李四娘笑道，"娘子要的尸首已备好，娘子可要亲眼看看？"

赵晗闻言脸色微微一白，连忙拒绝道："不用了，李妈妈办事，我放心。"

李四娘知她是怕，遂道："那请娘子给老身一些衣物，老身一会给尸首换上。"

赵晗自是心领神会，起身去到衣柜前，挑选了一套平日里她最喜爱的白色衣裙交给李四娘。

李四娘收好衣裙，又道："娘子，现下街上大乱，正是行事之机，我等该如何做，娘子快些示下吧。"

赵晗轻咬了咬下唇，正要开口说话，只听远处竹儿的声音传来。

"娘子，娘子，街上出大事了。"

李四娘微眯双眼往门外看了看后，又回头催促道："娘子，该如何行事，请示下。"

"动手吧，莫让他们走得太痛苦了，西厢房那二人，也杀了吧。"赵晗似乎是才下定了决心，言罢便转过身去。

"娘子，街上全乱了，李妈妈，你怎么穿成这样……"赵晗背过身去整理时，竹儿进房来，见着穿着一身夜行衣的李四娘，她不由得一愣。

李四娘面无表情地转过身面对进门的竹儿，猛然，左手闪电般探出紧扣住其脖颈，一扯一按，竹儿惊叫着、身不由己地仰躺在李四娘已抬起的右腿上。接着，李四娘用右手蒙住竹儿双眼，猛一发力，只听一声清脆的骨裂声响，颈骨便已被折断，生机顷刻消散。

解决竹儿后，李四娘拖着尸体离开房间，留下赵晗一人。

赵晗始终没有回头，脸上满是痛苦之色，身体不受控制地颤抖不停，过了好一会儿，她才颤抖着手抓起床边裘袍披在身上，又抱起房中秦筝，快步去往后院。

赵府乱起之时，后院也开始响起琴声，琴曲为昔日蔡文姬所作《胡笳十八拍》。

赵府后宅伙房，杜秀娘用衣袖擦了擦脸上的汗水，用笊子捞起煮好的一颗杂肉面蚕尝了尝，觉得味道满意，这才用笊子捞起锅中面蚕盛了两碗，用盘子端起往赵晗闺房去。

孟迁今日跟褚三娘他们行动，她帮不上任何忙，想着干坐着担心也是无用，便动手给赵晗做了些她拿手且又应节的杂肉面蚕。如此，既能表达对赵晗多日照顾的感谢之情，也能借此与赵晗拉近些关系，赵晗与褚三娘是为密友，孟迁能安然回来，日后少不得要褚三娘照顾的地方。

杜秀娘托着面蚕一路往赵晗闺房方向去，走了没多远，突然就听一声惊叫，一人突然从外宅门冲进后宅来，满脸惊恐地狂奔逃命。紧接这人之后，一个黑衣人跟着窜进后宅，对着逃跑那人，抬弩就是一箭射出，逃跑的人背部中弩惨叫倒地，黑衣人大步近前，抽出腰中长刀一刀穿心结果了对方。看到这一幕杜秀娘都吓傻了，手中一个不稳，碗筷尽皆摔落在地，黑衣人似是听到了碗筷摔碎的动静，立刻扭头往她所在的方向看过来。

杜秀娘被这一眼吓得心险些从胸口跳出来，慌忙捂住自己的嘴，蹲下身去躲藏。所幸黑衣人只看了一眼，就移开目光，转身离开。

见到黑衣人离开的方向，杜秀娘表情立刻变得无比惊惶。这黑衣人去的方向，正是孟晓莲在的西厢房！

待黑衣人走远，杜秀娘慌忙起身，拔腿就从另一个方向往西厢房狂奔。只是太过慌乱，她哪还注意得到脚下的情形，才跑两步，脚下便是一个趔趄，惊叫着一头撞在一旁的树干上，眼前一黑便失去了意识……

第六十七章　团圆节家破人亡

孟迁一行人举着盾阵，护卫官家前行。

那盾阵虽然看着简陋，但用来抵御箭矢却还是管用的，再有林冲等一众高手以兵刃协助抵御，刺客只以箭矢攻击，对盾阵中人并没有太大的威胁。

一众人有惊无险地穿过后院进到杨家正宅，有了房屋遮蔽，刺客的弓矢带来的威胁也更小了。之后又是一阵穿廊绕柱后，总算出了正门，杨家正门对着濡楼街，此时街面上空无一人，莫说今日还是上元节，便是平日此街也不会如此寂寥。

他们哪里知道，就在灯节开始的时候，宣德门前观灯的人群出现了大骚乱，直到调动了驻扎与大内附近的捧日军左厢军，才将骚乱给平息下来。

就在这时，只听得一阵响亮的马蹄声，一彪足有百人的捧日军骑军从街道另一头疾驰而来。

见着这些骑军，周游喜出望外，连忙从盾阵中跑出来，拦在街道正中，用尖锐刺耳的嗓音对疾驰而来的骑军连声大吼道："咱家内侍省都知周游，天家遇刺，众军速速护驾……"

"吁……"

见着是一个穿着大红内官袍的人阻路，为首骑军将领连忙拉马停步，听了周游的嘶吼，将领脸色大变，慌忙问道："圣驾在何处？"

周游一指盾阵："圣驾在那儿，快，快护驾！"

"众军听令，随我护驾！"将领赶紧领着众骑军展开阵型将盾阵层层护卫其中。

"末将捧日左厢军第一军，振威校尉许通叩见吾皇，末将救驾来迟，请陛下恕罪。"兵马摆好阵型，许通匆匆下马，取下头上铁胄，快步到盾阵前跪地请罪。

孟迁等人这时才放下手中钉满箭矢的木板。放下木板，孟迁一屁股瘫坐在地上，腿脚软得根本站不起来。赵佶也没好到哪里去，脸色苍白如纸，嘴唇干裂，身上脸上满布污秽，模样更是狼狈之极。

他恨恨地看着远处刺客咬着牙命令道："许通，朕命你杀尽这些刺客，一个不留。"

"末将领命。捧日军，杀敌！"许通应诺了一声，转身快步回到自己的马前翻身上马，抓起得胜沟上挂着的亮银枪，用力一夹马腹，便领着数十骑杀向这帮刺客。

可是，哪怕赵佶已被数倍于己方的精锐骑军护住，这些刺客依旧毫不畏惧，在首领的带领下齐声呼喝后，悍不畏死地再次向赵佶这边发起冲锋。

"辽人！"赵佶一听刺客嘴里的呼喝，脸色瞬间变得铁青，咬牙切齿地说出两个字。

他除了不会做皇帝外，其他事上绝对称得上博学。

辽人所用的契丹语，他也钻研过一些时日，能听懂这帮刺客说的是什么。这帮刺客刚才的呼喝，是在乞求长生天的护佑。

"某家被这些蛮子消遣了！"跟刺客同行的一个蒙面人，远远地看着官军猛烈的攻势，嘴里怒骂了一声，带着两名蒙面护卫迅速隐入暗中离开。

余下数量不足二十的刺客，面对数倍于他们的捧日军精锐骑兵，哪会有什么悬念，不过顷刻，就被诛杀殆尽。

"启禀陛下，此间刺客皆已尽数正法。"确定眼前刺客都已经死透了，许通回到赵佶处复命。

杀尽这些刺客，赵佶才觉得心头稍微舒坦些，同时浓浓的倦意涌上心头，他开口唤来周游，将腰间一枚玉佩交给周游："周游，朕许你调动全城兵马，便是将城中翻个底朝天，也要将刺客斩尽杀绝！另，将梁师成那贱奴及其一众党羽锁拿归案。还有，帮朕把师师寻回来。"

吩咐完这些，赵佶这才想起边上还站着林冲一众，又开口道："诸位义士今日劳累。周游，令人领诸位义士去馆驿歇着，诸事明日再议。"

"奴婢领旨谢恩！"周游满脸喜色地跪地领旨。

经此一遭，官家可是把莫大的权力交到他手上了，且不说其中蕴含的无尽好处，便是那大内总管的位置，此时已是在朝他招手。

屠戮过后，便是无尽的寂寥与萧飒。

赵府阖府不过二三十人，片刻的工夫，便已杀戮一空。完成任务的李四娘，身不染血地去到后院向赵晗复命。

眼见赵晗沉于音律中，李四娘默然立于一旁，静静地候着。

"为天有眼兮何不见我独漂流？为神有灵兮何事处我天南海北头？我不负天兮天何配我殊匹？"

赵晗嗓音凄凄切切，很是婉转。只是唱到一半，便忍不住扑倒在筝上痛苦悲泣起来。她与蔡文姬的遭遇虽不尽相同，但这句唱词真是道尽了她的心酸苦楚。

"今日过后，往日种种再与娘子无关，娘子日后自是天空海阔再无拘束。"李四娘待她发泄了一会之后，这才缓缓上前开口道，"府内之人，只厢房那杜秀娘还不知所踪，但各门都有人看守，她跑不了。"

赵晗这才缓缓收了哭声，好一会才问道："那孟晓莲，可有受苦？"

李四娘道："我等寻到她时，她尚在梦中，未有半点苦痛。"

赵晗闻言深吸了一口气，抬头望向空中皎洁的圆月，好一会才幽幽开口："李妈妈，你可有觉得我太狠毒？"

李四娘摇头道："娘子既要那女娃死，那女娃便自有该死之处。"

赵晗凄笑了一声："她亦是个可怜人儿，我不恨她，我恨的是这天道不公，她若不死，便是这天道对我最大的嘲讽。"

李四娘没有再多言语，她不信天也不信命，只信手中的刀剑。

赵晗说完也没再多言，迈步就往外间走，李四娘提着灯笼赶忙跟上。一路，赵晗用眷恋的目光看向周遭熟悉的一切，不由得潸然泪下，今日过后，这里便再不是她的家了。

"娘子，且住。"走着走着，突然李四娘出声叫住赵晗，快步去往赵晗身侧的掠去。赵晗这才发现是杜秀娘，就倒在她身侧不远处。

李四娘伸手探了探杜秀娘的鼻息，又看了看杜秀娘身前的树，对赵晗道："应是撞在树上昏了。"

说罢，她探手抽出腰间长刀，便要结果了杜秀娘的性命。

这时赵晗突然出声喝止："罢了，李妈妈，我今夜不想再见血了。"

说完，她便转身快步离去。李四娘自是唯她之命是从，遂也收刀入鞘，快步跟了上去。

片刻之后，偌大一个赵府便开始浓烟、火光四起。

火起之时，杜秀娘也缓缓恢复意识，挣扎起身，眼见赵府四处火起，心头为之大骇，头脑瞬间清醒过来，跌跌撞撞地就往西厢房奔去。

地面上热闹，东京城地下也不逞多让。

拨开重泥，便可见半截明尊与丑儿、厉鬼，还有二十几名哑奴，穿过地城外围的毒瘴来到地城大殿门前。半截明尊取出护龙匙嵌入殿门锁口，捏住匙上凸起的鬼头一拧，便听"咯咯咯……"一阵机簧声响，殿门随着机簧声缓缓开启。

大殿内，漆黑无比，火把的亮光，就仿佛黑暗给吞噬了一般，仅能照亮身前数尺之地。四周如深渊般的黑暗，给人极大的压迫感。

"火起。"

就听半截明尊低喝一声，一条火光骤然从他手中升起，比起旁人所持的火把，这团火光可要亮得多，四周的黑暗帷幕接触到这团火光，随即"呲呲"作响。

半截明尊甩手将手中火团往大殿中轴打出，将沿途景象逐一照亮。火团飞出数十米，火光渐熄，却也隐约照见了大殿尽头御座上的景象。只见，火光中一抹微弱的银光反射出来，有一个模糊的人影正端于御座之上。

"保护尊主！"虽只一眼，但丑儿还是能分辨出反射出银光的，正是人影头部的面具，他顿时大骇，立刻领众哑奴将半截明尊给围护其中。

这时只听"砰"的一声大响，大殿门轰然闭合，更是惊得赊刀人一众脸色大变。与此同时，无数震弦声起，大量箭矢如雨一般射向中庭，箭矢射入皮肉的钝响不绝于耳，却并无太多惨叫声。箭雨足足射了三轮，才停下来，大殿内重归宁静。

少顷，"轰、轰、轰"，在一声声火焰升腾的声响声中，大殿中的火光接连亮起，冲散了殿内瘴气的同时，也将大殿照得如白昼般透亮。

第六十八章　终亡国翻天覆地

大殿中，身着团花紫袍，脸罩银色鬼面的无忧洞主高坐殿中御座之上，四周还埋伏着近百黑衣人，各持弓弩指着大殿门前的半截明尊一行。

大殿门口，早已被射空的弩箭钉满，地面上此时也横七竖八躺满了半截明尊座下哑奴死士的尸首。而厉鬼与丑儿二人，则用身体将半截明尊挡在身后。因为靠着殿门，尸首还挺立着，丑儿空洞的眼神正死死地盯着御座方向。

无忧洞主双手紧扣着御座扶手，身体前倾，双目凝视着殿门前还挺立着的尸首，眼神复杂之极。

猛然间挺立在殿门前的尸首动了动，殿内所有人都不由自主地一惊。随后便见厉鬼尸首被丢开，露出后方毫发无伤的半截明尊。殿内众弓弩手见状又是一惊，纷纷扣紧弓弩的弩机，便要再次齐射解决半截明尊。

御座上的无忧洞主见半截明尊还活着，眼神中竟浮现出一丝释然，遂高举右手一摆，高声喝道："放下弓弩。"

手下闻声，依令垂下手中弓弩。

无忧洞主这次未再以口技掩饰自己的真实嗓音，半截明尊眼睛一眯，冷声说道："守心，是你？"

听半截明尊叫出自己的名字，无忧洞主遂将脸上的面具取下，露出面具下，留着八字须儒雅清秀的脸庞。

若此时有朝中官员在，怕是即刻就能认出此人正是政和五年的探花郎，如今东宫太子的家寺令顾元朗。而顾元郎还有一个不为人知的身份，便是半截明尊曾经最为器重的弟子，他的表字守心还是半截明尊给取的。

顾元朗冲着半截明尊深施一礼道："弟子见过老师。"

殿内众弓弩手脸色都是一惊，他们怎能想到他们的尊主与半截明尊竟是师生关系！

半截明尊冷冷地扫了顾元朗一眼，开口问道："当日你坚持要做家寺令，便是为了今日？"

顾元朗坦然承认道："若非如此，弟子在老师面前，恐无半点机会。"

当朝将太子的职责定为"视膳问安"，也就是太子要做的、能做的，就只有每日请安。太子都是如此，东宫官员就更是如此了，东宫所设官职几乎都闲职、虚职。也就东宫家寺令，这种助太子管理府务的职差还算是个实职，但也就在东宫内能管理些仆从，太子一日未登基，东宫家寺令充其量也就只是个管家罢了。

所以当日顾元朗领了东宫家寺令这一官职时，半截明尊可谓是暴怒，并从此冷落了他。

半截明尊又问道："樊楼背后的人也是你？"

"是也不是。"顾元朗随即拱了拱手，"樊楼是殿下的产业。"

"那么密道的消息也是你有意放给本尊的了？"

这次顾元朗没有回答，但答案已经显而易见。

"哈哈哈哈……"至此，半截明尊心里所有的疑问都解开了，遂放声狂笑起来，只是笑声中并无半点激愤的情绪，反倒是充满了快意的味道。

听到半截明尊的笑声，顾元朗立刻感觉到头脑一阵昏沉，他同为使用迷魂术的高手，哪会不知这是为何，连忙奋力一咬舌尖，想要用疼痛来破解所中的迷魂术。可是这点疼痛丝毫无用，他的头脑很快便在笑声中陷入一片混沌。

待顾元朗清醒过来，半截明尊已然坐到了他之前坐的御座上，正居高临下地俯视着他。

见此情形，顾元朗并未显露出惊慌，他稍稍环顾了四周，只见他手下的弓弩手，此时已全部倒在了血泊中，都是遭弩箭射杀致死。不用想也知，必是在半截明尊的迷魂术下自相残杀了。

他深吸了一口气后，对半截行了一礼道："弟子输了。如今，只求速死，还望老师垂怜。"

"你可知，本尊所创这迷魂术，如何才能大成？"

半截明尊并未回应他，也没有等他的回答，只是自顾自地说道，"需学得鲁班经下册中的术法。本尊学鲁班经，选了个'孤'字，注定一生无后。昔日你选做这家寺令，本尊为何那般生气？是因为本尊以为你甘于平庸、毫无抱负。此等庸碌之辈，如何能继得本尊衣钵？不想，你却是让为师刮目相看了。"

顾元朗闻言一愣，他竟是从半截明尊的话中，听出了转机来！

"此乃本尊在东京所有的布置，今日便交予你。今日方腊若刺杀那人得手自是最好，你可两面逢源、呼风唤雨。若未能得手，便按你心中所想行事即可。"也不待顾元朗说什么，半截明尊将一册帛书丢在他身旁，起身便往大殿后方走，"本尊会看着你的作为，你若不能兴盛我纵横一脉，本尊自会来取走你的性命。"

眼见半截明尊去往的方向是地底毒瘴来源之地，顾元朗张了张嘴，最后却还是没有开口提醒，眼看着半截明尊消失于毒瘴之中。

月上中天，一切尘埃落定。

东京城的大街小巷里依旧洋溢着上元佳节欢愉的气息，彼时小小的纷乱并没有影响百姓们游园赏灯的兴致。

并无人知晓，这一夜，这座城经历了怎样的翻天覆地。

只是，有些事终究会被改写，有些人终究已经死去。

绍兴八年（1138），冬，临安府。

自年初，官家将行在从应天迁到临安府，短短不到一年，临安府的人口猛增，朝廷也不停在临安大兴土木，如今的临安已隐隐有了几分昔日东京的气象了。

临安城艮山门是临安府水、陆交通的交会点，也比旁的地方又更热闹些。

而就在艮山门不远的梅家桥边，开有一间名为"悦来楼"的酒肆。

别小看这悦来楼，莫说是在梅家桥这一块，便是在临安府也有着不小的名气。一切皆因这悦来楼掌柜说的一口好书，往来三山五岳的好汉都喜欢在悦来楼落脚，听一听掌柜的说书。

今日又到掌柜的说书的时辰，早早地酒肆二楼就坐满了人。

"你等可听说了，金贼的诏书，要官家脱了龙袍，拜迎！"

"可不是？我听说，秦相在劝官家答应！"

"什么秦相？简直是秦贼！真真气煞人了！这厮怎敢如此？若是这般做了，我大宋风骨何在?!"

"慎言慎言！"

楼中客人热议的便是前几日金国派"诏谕江南使"张通古来使，约定和议之事。

那张通古竟然告知朝廷，诏谕使进入宋境后，接伴官须跪膝迎接，州县官须望"诏书"迎拜。到达临安府后，官家还须脱下皇袍，改穿大臣服拜受"诏命"的事。

此事一经传出，便在临安引起了轩然大波，临安军民无不群情激奋，今日街头巷尾都在谈论此事。

二楼房间里，悦来楼掌柜自是听得到外间的议论声的，他摇头叹息，金使提出这等要求，若官家真应下了，何止是丧权辱国？简直是脊梁骨都断了。

往后宋境百姓，如何能在金人面前抬起头来？

这时，一年轻伙计敲门进来："掌柜的，时辰快到了，客爷可都在唤您了。"

"行了，我就去。"掌柜的起身抓起一旁的折扇，背着手迈步就要往门外走。

伙计连忙跟上去问道："掌柜的，今日说哪段呀？"

掌柜的皱起眉思索片刻后，道："还是《汴京上元局》吧。"

"又是这段呐？"伙计一听脸色就苦了下来，这段故事是精彩，但架不住掌柜总说啊，他都快听腻了。

掌柜的闻言笑骂着用折扇轻敲了伙计脑袋一下："嘿，旁人还得使钱才能听到，到你这还不乐意听了！"

"哪能啊！"伙计赶紧赔笑脸，眼珠一转，转开话题道，"掌柜的，您一直说这是昔日东京城上元夜发生的故事，为何不叫《东京上元局》，偏要叫《汴京上元局》哩？"

"你这呆子，今夕又是何年呐？"

掌柜的脚下一顿，脸上的笑容倏地一僵，随后摇了摇头，苦笑道："如今的大宋，哪里还有什么东京城？"

宋靖康二年（1127），金国灭宋后，改东京城为"汴京"。

番外　佛不佑无义之辈

上元节后，某日。

东京城郊山林，数名皇城司逻卒牵着马守在山林外，林中一处地势较高的土丘下，一座坐北朝南的墓穴当中而立。

此出地势前低后高、两侧林木如护卫环绕，中间部分堂局分明，正面对的便是蜿蜒的汴水，称得上是风水宝地。这座墓正是朱自通的墓地。

孟迁叔嫂与褚三娘三人，正跪在朱自通墓前，三叩九拜做最后的拜别。褚三娘虽未开口承认朱自通这个父亲，但其为朱自通披麻治丧，便是以行动认下了朱自通这个父亲。

此时，距离上元夜已半月有余。这期间，梁山已与朝廷谈好招安事宜，朝廷以新降之人，未效功劳，不可辄便加爵为由，没有授予梁山降众官职与爵位，只给了宋江一个破贼都先锋的临时官职，便调梁山兵马去攻方腊。

至于官家乞活之时，许的公候之赏根本就没影，公孙胜得了个正八品的御武副尉，武松等则只得了个从九品的陪戎副尉，林冲稍好些，得了个从六品的振威校尉，都是些无实职的武散官，纯属打发。

祭拜完朱自通后，褚三娘看向孟迁：“当日你决定不给晓莲下葬时，我便知你是要离开东京的，但我还是想再问一句，你真的不考虑留在皇城司帮我吗？或者你先出去散散心，等平复了心情，再回来便是。”

孟迁此次西楼一役，表现可谓是可圈可点，若无他，官家能否这么轻易脱险可真不好说，如今她身边亲信损失殆尽，孟迁这等人才，正是她需要的。

更何况，孟迁还是朱自通唯一的弟子。

听她出言挽留，站在一旁一直默不作声的杜秀娘脸上浮现出紧张之色，手不由自主地紧拽住孟迁的衣角。感觉到嫂嫂的动作，孟迁微微皱了皱眉，而后冲褚三娘一拱手道："多谢褚都知厚爱。只是我家嫂嫂自晓莲出事后，便受了惊吓，日日夜不能寐，长久下去，我怕她的身子受不住。况且，我也确实不愿再留在东京城了。"

说着，孟迁的目光看向朱自通的墓碑，眼中满是悲切。褚三娘见此，也只得暗叹了一口气，不再相劝。

孟晓莲是她安排在赵府，如今赵府出事，赵晗身亡，牵连晓莲丧命，这其中她有着不可推卸的责任，孟迁不愿留下帮她也是情理之中。

"那好，你多珍重，日后若是要我帮忙，尽管来寻我。"褚三娘言辞恳切。

这一次，孟迁没有作答，只定定地看着墓碑出神。

两相无言，双方便在祭拜结束后分道扬镳。孟迁架着驴车载着杜秀娘回到了安仁坊的家中。

关上院门，尚未进屋，孟迁便停下了脚步，看着杜秀娘道："嫂嫂，你实话与我说，是不是晓莲的死与褚都知有关？"

孟迁早就察觉到了杜秀娘的不对，自从那日在赵府的废墟里寻到她之后，她就一直对褚三娘表现得颇为畏惧，他琢磨来琢磨去，难免将这两件事联系到一起。

听他这么一问，杜秀娘立刻就慌了，连忙摇头否认道："不，不，晓莲的死，跟褚都知没，没有关系。"

她的语气充满了不确定，孟迁本就压抑了许久的情绪瞬间爆发来，无法控制地吼道："嫂嫂，你到底知道些什么？你真的什么都不记得了吗？连我都不能说吗？"

杜秀娘只是不停摇头流泪，却死活不愿意开口。

"我这便去问褚三娘，看你们到底有什么事瞒着我！"孟迁气急，当即就要摔门离开。

杜秀娘见状大急，连忙拽住他，哭喊道："不，你不能去！不能去！我说便是！"

孟迁这才停下脚步，杜秀娘哭着将那日她记得的事情告诉孟迁。

那日赵晗与李四娘寻到她时，她并非全无意识，这也是她在赵府起火后，还能逃到安全之处的原因。只是，因为受到了惊吓，加之吸入太多烟尘，昏厥后丧失了部分的记忆。之后几天午夜梦回时，那夜所见种种不停在她脑中回现，她也逐渐记起了所有的事情，只是便是她想起了，又怎敢告诉孟迁？

"以褚都知与赵娘子的关系……万一，万一她们是一伙的，你说我怎么能不怕？！"杜秀娘此刻满脸是泪，泣不成声，"还有，还有那具尸体，恐怕也不是……"

"那具尸体肯定不是赵晗！她没死！"听完事件的真相，孟迁已是愤怒欲狂，通红的眼中杀气四溢，咬牙切齿地怒骂出声，说着便气急败坏地要往门外去。

杜秀娘赶紧一把拉住他，焦急地哭道："二叔，听嫂嫂的，咱不是她们的对手，晓莲已经没了，你若再出事，你让嫂嫂还怎么活？"

盛怒之下的孟迁哪还听得进这些？一把就甩开她的手继续往门外去。

"你若敢去，我便死在你面前！"眼见劝不动孟迁，杜秀娘瞅见院中柴刀，立刻冲过去拿起柴刀横架在自己脖子上。

"嫂嫂，你这是做什么，快把刀放下来，莫要伤了自家。"孟迁见状慌忙就上前去夺刀。

"你别过来！"杜秀娘连忙喝止他的行动，接着说道，"我们明日一早便离开东京城，从此再不回来，你答应，我便放了刀，你若是不答应，我便死在你面前，好过，再把你送走了！"

孟迁见状哪还敢动？慌忙点头："嫂嫂你说什么就是什么，我都听你的还不成么？你快些把刀放下！"

杜秀娘再次确定道："你可是应下了？"

孟迁忙点头："应下了，应下了，嫂嫂，你快把刀放下吧！"

"你对天起誓！"杜秀娘道。

"皇天在上，我孟迁起誓，绝不找褚三娘报仇。明日一早，我便随嫂嫂出城去，从此离开东京城，不再回来。若违此言，天打雷劈！"孟迁神色肃穆，语气决绝。

杜秀娘这才放松了手中刀，孟迁赶忙箭步上前，迅速将刀从其手中夺下。

杜秀娘泪眼涟涟地对孟迁解释道："二叔，非是嫂嫂不愿为晓莲报仇，而是……"

"嫂嫂，我省得，你是担心我。"孟迁把柴刀放到了安全的地方，"刚刚是我鲁莽了，胳膊拧不过大腿的道理我懂。你且放心，我又不是傻子，明知斗不过她们，还要与她们拼命。嫂嫂你说的对，我们是该立刻离开东京，带着晓莲离开这个是非之地。"

听他这般说辞，杜秀娘才安心了些，连连点头表示赞同。

安抚下杜秀娘的情绪后，叔嫂二人便开始打点行装。眼看着孟迁的情绪似乎真的平静了下来，杜秀娘这才放下心来。

入夜，杜秀娘于床榻上突然惊醒，心头不觉升起一股怪异之感。

孟迁之前说得对，自晓莲离世后，她一直都睡不安稳，可是今夜却是不同。忽然，杜秀娘似是想到了什么，从床上猛地坐了起来，手忙脚乱地披上衣物冲了出去。

小小的院落，早就没了孟迁的踪影。

只是她已无力再去阻止孟迁，只能含着眼泪跪在正堂孟氏先祖神龛前，乞求先祖保佑孟迁平安归来。

亥正，正是月黑风高时，呼啸的风穿堂过巷，带起的风声尖锐如鬼啸，听得人浑身发寒。

外城云骑桥旁的禅心庵门户紧闭，这会儿庵中多数比丘皆已歇下，唯有一名带发修行的居士，还跪在正殿三世佛前，诚心念诵着《佛说三十五佛名礼忏文》。

正当这名居士诵经的时候，一道黑影悄无声息地出现在居士背后，冷笑开口道："佛爷又怎会护佑你这等无义之辈？"

听到这话，诵经的居士悚然一惊，慌忙扭过头来。

昏黄的烛光照在她清秀的脸庞上，赫然就是那个"已死"的赵晗。

赵晗看清楚来人是谁后，脸色也是一变。看孟迁那杀气腾腾的模样，还有手里提着的钢刀，她哪里还能不知孟迁是为何而来？

她心头不由得大悔，若非她自认为算无遗策，绝不可能有人能找到她，故而遣走了李四娘独自在这修佛参禅，又怎会陷入如今这样的险境。

"阿弥陀佛，孟施主既寻来，那杜施主当是无恙，我身上的罪孽也减了几分。"看着孟迁提着刀迈步过来，她快速平复了心情，冲孟迁行了个佛礼，"当日我为嗔念所制，犯下大错。今日能死在孟施主手中，也算是赎罪了。只是孟施主，杀我之后，便请速速离开东京。否则，我的死讯若让褚姐姐和我叔父知晓，恐会牵连到孟施主你叔嫂二人，咳咳……"

话还未说完，她脸色就是一白，剧烈地咳嗽起来。

赵府一事结束后，不知为何她的身体比往日里还要差了许多。如今，没有药物辅助，想用迷魂术完全控制住孟迁，她也自知是不能了。因此她所说的话，句句都是针对孟迁的弱点。只要迷魂术稍稍奏效，无论是让孟迁对她心生同情，抑或是投鼠忌器，她的命也就暂时保下来了。

果然，孟迁的脚步在她身前停顿下来，赵晗不由心头大喜，但下一刻，便见刀光一闪，孟迁手中刀便捅穿了她的腹部。

剧痛之下，赵晗发出痛苦的惨叫，谁知声音才出口，就被孟迁紧紧捂住了嘴巴。

至死赵晗都不敢相信，孟迁竟如此果断地就杀了她，他难道就不想知道她为何要杀孟晓莲，不想知道那日杀孟晓莲的黑衣人是谁吗？

待赵晗的身体缓缓瘫倒在地，孟迁才喘着粗气停下手来，心头激愤经过这番发泄已经消散得差不多了，他头脑也恢复了清醒。

"晓莲，哥帮你报仇了！"

看着地上赵晗尸首那空洞的眼睛，孟迁一屁股瘫坐在地上，眼泪不由自主地就流了下来。

"汪汪……"就在这时，几声狗吠从远处传来。

听到狗吠声，孟迁不敢再耽搁，他看了一眼眼前的佛像，跪地在佛像前磕了一个头，然后从怀中摸出一个葫芦，将里面的不灭火油泼洒在赵晗尸体上。

佛堂内烈焰升起，孟迁也快步出来，与藏在暗处的豹舅会合，迅速离开了禅心庵……

番外 佛不佑无义之辈